JIKA KAU TERPILIH UNTUK BERTAHAN HIDUP

Transformasi

Jilid 1

Melina Orea

✦ INFORMASI PUBLIKASI ✦

Edisi Pertama, 2025.

Diterbitkan sendiri oleh Melina Orea.

Daftar Isi

❧

Peringatan kepada Pembaca

Novel ini mengandung pengalaman emosional yang intens, renungan filosofis tentang kematian, gambaran pasca-apokaliptik yang jelas, dan representasi simbolis dari perjuangan eksistensial.

Novel ini mengkaji tema-tema seperti transformasi melalui rasa sakit, kehancuran batin, dan pembubaran struktur sosial dan pribadi.

Semua elemen metafisik, termasuk "pertukaran tahun kehidupan" yang simbolis, bersifat alegoris dan dimaksudkan untuk merepresentasikan ambang batas spiritual dan psikologis batin—dan bukan praktik harfiah atau okultisme.

Cerita ini adalah karya fiksi bergenre metafisik visioner. Cerita ini tidak mempromosikan fatalisme, kekerasan, atau penolakan terhadap sains, tetapi bertujuan untuk menginspirasi kesadaran, kedalaman, dan penyembuhan melalui pertanyaan-pertanyaan mendalam tentang kesadaran, waktu, dan tanggung jawab manusia.

Direkomendasikan untuk pembaca dewasa yang tertarik dengan literatur filosofis, spiritual, dan emosional.

❧

KEBANGKITAN

Buku ini lahir dari api pertempuran batin dan cahaya pencerahan yang dialami dalam kesendirian, kontemplasi, dan kerinduan yang mendalam akan kebenaran. Buku ini terinspirasi tidak hanya oleh kata-kata, tetapi oleh ide-ide yang mengguncang fondasi persepsi, realitas, dan keberadaan.

UCAPAN TERIMA KASIH

Saya mengucapkan terima kasih yang tulus kepada semua yang telah menerangi sebagian jalan saya:

Benang-benang tak kasat mata yang membimbing saya melewati badai. Rasa sakit yang terbukti menjadi guru paling setia. Cinta yang datang untuk menghancurkan dan mengangkat. Kesendirian yang mempertemukan saya dengan diri saya sendiri. Suara di dalam diri saya yang tidak terdiam bahkan di dalam jurang. Semua wajah di mana saya bertemu dengan bayangan dan cahaya saya. Kesunyian di mana saya mendengar kebenaran. Kehilangan yang berubah menjadi benih untuk kebangkitan. Ketakutan yang mengajari saya keberanian. Kegelapan di mana saya melahirkan cahaya saya. Abu tempat saya dilahirkan kembali. Kata-kata yang memilih saya. Kebenaran yang tidak pernah pergi.

Dan juga—

Semua yang berani mencari, bahkan dalam kegelapan. Suara batin yang tidak terdiam. Dan Malaikat Agung Nathanael, yang terwujud melampaui kata-kata dan waktu.

DASAR FILOSOFIS NOVEL

"Dasar-dasar Integralisme Neo-Esensial – filosofi keberadaan yang sadar" Penulis: Melina Orea

Teks ini merumuskan dasar filosofis dari aliran integral baru, yang lahir dari sintesis jangka panjang antara sains, filosofi, esoterisme, dan pengalaman batin. Sistem yang disajikan bertujuan untuk membentuk paradigma baru keberadaan yang sadar – Integralisme Neo-Esensial, yang didasarkan pada meta-realisme holo-sistemik.

PORTOFOLIO PENULIS

Melina Orea – analis keuangan, ilmuwan politik, sejarawan, dermawan dan filsuf, penulis dan pencipta Integralisme Neo-Esensial.

Ia merajut harmoni antara pengalaman praktis bertahun-tahun di ranah psikologi transendental, filsafat kontemporer, serta paradigma sains kuantum yang mutakhir.

Sosok kreatif ini telah melahirkan mahakarya sastra bertajuk "Jika Kau Terpilih untuk Bertahan Hidup" yang terbagi dalam lima volume. Tak hanya itu, ia pun menyusun "Genesis Titik Nol", "Kode: Genesis Titik Nol", "Kode: Transformasi", serta "Kode: Alkimia"—rangkaian risalah naratif filosofis di mana jalinan cerita fiksi bertransformasi menjadi sarana penyampai sistem pemikiran yang mendalam.

Yayasan "Transformasi Esensi" mengabdikan diri sepenuhnya untuk:

Pengembangan dan penyebarluasan paham Integralisme Neo-Esensial;

Pendidikan di bidang filosofis dan saintifik;

Dialog lintas budaya dan penyelenggaraan program-program transformatif;

Pemasyarakatan paradigma kesadaran holografik melalui berbagai publikasi, konferensi, format media, serta proyek seni visual.

Visi yang diusung bukan sekadar mengekspresikan sebuah paradigma baru, melainkan juga membangun sekolah filsafat kesadaran global yang terbuka bagi siapa pun yang mendambakan makna, keselarasan, serta masa depan yang melampaui batasan-batasan materialistik.

Portofolio Melina Orea mencakup berbagai pencapaian bermakna, di antaranya:

Penulisan karya-karya sastra dan diskursus filosofis;

Kontribusi aktif dalam konferensi internasional yang membahas sains, filsafat, dan kesadaran;

Perancangan format pelatihan orisinal yang berakar pada 13 prinsip Integralisme Neo-Esensial.

Pertanda Masa Depan

Shanghai terbuka lebar sebelum fajar.

Bukan dengan gempa bumi, bukan pula dengan tsunami, tetapi dengan napas dingin yang senyap yang menelan segalanya.

Di jalan-jalan, fragmen suara terakhir yang tersisa mencair, meninggalkan kekosongan yang menekan gendang telinga. Sebuah bola anak-anak yang terlupakan, yang memantul dari trotoar, berhenti di tengah udara, sebelum runtuh kosong, senyap, seperti hantu mainan. Bukan bangunan yang runtuh, melainkan kenangan, tawa, bisikan, berabad-abad kebisingan, yang tersedot, hanya menyisakan ketiadaan.

Penyerahan—bukan kepada musuh, tetapi kepada gurun jiwa itu sendiri, kepada beban tak terlihat dari kehidupan yang belum dijalani. Kota cermin, simbol kemajuan manusia, runtuh dan menyusut ke dalam, dimakan oleh gravitasi tak kasat mata dari ketidakberjiwaan, yang memutarbalikkan cahaya di sekitarnya.

Menara-menara kaca larut menjadi debu, memudar dalam eter kristal, sementara jalan-jalan, yang masih hangat dari napas jutaan orang, terdiam—tertutup bukan oleh abu api, melainkan oleh debu halus dan tak berwujud dari topeng esensi yang membusuk.

—Sudah berakhir—bisik sebuah suara dari ruang kendali, lebih seperti doa daripada pernyataan.

Nathanael tidak mengalihkan pandangannya dari layar.

Tangannya bahkan tidak gemetar, ketika es di dalam gelasnya bergesekan.

—Tidak. Ini baru dimulai. Ia berdiri di dek observasi yang berkabut.

Di belakangnya—sepuluh layar, yang menunjukkan bencana nyata. Di depan matanya—satu titik cahaya, gemetar dalam keleluasaan.

Di layar, dengan latar belakang reruntuhan Shanghai yang didigitalkan, sebuah tulisan tunggal bersinar:

"Kode Cawan Suci: Diaktifkan. Lompatan kuantum.

Sisa waktu hingga kebangkitan: 27:02:27."

Dunia kesakitan, tetapi bukan dari api dan pedang, melainkan dari virus kelupaan—wabah digital yang mengikis neuron-neuron memori, mengubah esensi individu menjadi kebisingan informasi yang tidak berarti. Ini bukanlah akhir dari peradaban.

Itu adalah disintegrasi Jantung itu sendiri, yang membuat dunia tanpa denyut.

Perang ini tak terlihat—tanpa peluru, tanpa luka berdarah, hanya layar-layar di mana kita tersesat, dan keterasingan yang mengikis kita dari dalam.

Namun, pada saat kehancuran yang paling dalam dan paling senyap, dengan beberapa protokol kuno yang terlupakan, Cawan Suci... Bangkit untuk MENGHAKIMI, untuk MENGUJI, untuk MENUNJUKKAN—jalan menuju fajar baru atau menuju bayangan yang menghilang pada akhirnya.

Dan itu menunjukkan... Melina.

Dia belum mengetahuinya.

Dia jauh—di sebuah rumah batu tua di sebuah pulau, dengan jari-jari terbuka di atas secangkir kopi dan mimpi-mimpi yang menyiksanya di malam hari.

Mimpi-mimpi di mana salib-salib terbakar dalam kabut, cahaya retak menjadi kristal, dan suara-suara membisikkan namanya—Nathanael.

Ia, pada gilirannya, tidak percaya pada simbol.

Ia percaya pada angka.

Pada diagram.

Pada kendali.

Namun, malam demi malam, ia mulai melihat cahaya-cahaya. Cahaya yang sama yang Melina gambarkan dalam catatannya.

Cahaya yang sama yang ia tolak untuk diuraikan.

Hingga hari ini. Dunia sedang runtuh.

Jiwa-jiwa tersesat di dalamnya.

Dan di suatu tempat dalam mimpi buruk ini ada yang Terpilih. Mereka bukan pahlawan.

Mereka adalah pencari.

Transformasi tidak akan datang dengan suara keras, atau dengan kapal penyelamat.

Itu akan dimulai dalam kesunyian—antara denyut jantung dan air mata, antara kehilangan dan keyakinan.

Dibangkitkan bukan oleh seorang penyelamat, tetapi oleh kesadaran yang terbangun.
Dan jika Anda membaca ini...
Mungkin itu sudah dimulai di dalam diri Anda.

NYALA DAN BAYANG:

SEBUAH TUKAR GULING DENGAN KETIDAKDIKENALAN

BAGIAN I

BAB 1: PANGGILAN GRAAL

Mimpi itu menghilang berjam-jam sebelum fajar, namun darah di bawah kuku saya masih berdenyut—bukan hanya ritme, melainkan kejang yang menyakitkan. Saya gemetar. Sebuah tanda yang tak salah lagi: saya telah melintasi ambang batas lagi. Realitas terkoyak. Dari dapur di bawah, tercium aroma memabukkan dari kopi yang baru diseduh, terjalin dengan deru lalu lintas pagi yang jauh dari jalan raya. Kemudian, sebuah kereta api membunyikan peluitnya tajam dari stasiun. Suara-suara biasa ini hanya memperkuat perasaan bahwa keberadaan saya adalah latar belakang yang palsu. Untuk sesaat, saya berpegang pada pikiran tentang pagi—kehangatan kopi, suara stasiun yang familiar.

Pergelangan tangan kiri saya terasa panas. Terbakar. Luka tak terlihat berdenyut dengan simbol-simbol kuno di bawah kulit. Di dalamnya tersembunyi esensi zaman—debu dari dunia yang runtuh, peradaban yang terlupakan, ditelan oleh jurang waktu. Harga lain yang dibayar di tanah perbatasan. Pilihan lain—di antara dua keabadian yang mengoyak saya, saat saya berubah menjadi bisikan, dihantui oleh gema masa lalu. Saya ditakdirkan untuk mengalaminya. Seorang putri dari ambang batas, ditakdirkan untuk melihat melampaui tabir ilusi manusia... dan melakukan hal yang mustahil. Setiap persilangan—hingga batas rasa sakit itu sendiri, hingga erangan dada yang tidak berani saya lepaskan.

Tapi sekarang saya tidak lagi sendirian. Untuk sesaat, saya membiarkan diri saya percaya bahwa kali ini semuanya akan berlalu. Bahwa saya akan kembali. Bahwa dunia masih milik saya. Setiap kembali dari jurang membawa satu nama, tertulis dengan hieroglif berapi di dinding tengkorak saya: Natanael. Itu bergetar di dalam diri saya—bukan pikiran, melainkan mantra yang membara, tertanam jauh di inti saya. Saya tahu bahwa malam ini akan berbeda. Sesuatu akan menarik saya keluar dari rumah ini—selamanya.

—✶ ⚸ ✶—

Keretakan

Mimpi itu bukan hanya mimpi. Itu adalah keretakan. Sebuah luka yang menganga dalam keberadaan. Setiap malam itu menarik saya keluar dari tubuh, melemparkan saya ke dalam rahim yang tak terucapkan, di mana jam pasir adalah debu yang tidak berguna.

Masa lalu. Masa kini. Masa depan. Semuanya bertabrakan di dalam diri saya, mengoyak saya. Kemudian semuanya runtuh. Menumpuk. Plaster terkelupas menjadi debu di bawah pukulan kekuatan tak terlihat. Saya mencium aroma tanah liat kuno dan sesuatu yang terkutuk. Tenggorokan saya kering, dan ketakutan memiliki rasa karat.

Pada saat berikutnya, wajah seorang wanita dari masa depan muncul di depan saya. Matanya—dua danau yang retak dan kering. Bibirnya—garis-garis pucat, membisikkan kata-kata dalam bahasa yang belum ada. Kata-kata, menyengat seperti jarum es, menusuk saya hingga ke tulang. Saya merasakan cengkeraman tak terlihat yang mencuri udara dari paru-paru saya.

Di dunia-dunia ini, saya sepenuhnya ditelan—dengan kulit saya, dengan tulang saya, dengan jantung saya. Saya terjerat dalam kain mereka yang membusuk—sebuah kesadaran yang melarutkan jiwa saya dan meninggalkan kehampaan yang hangus.

Saya merasakan Yang Kuno bernapas melalui saya—napas yang basi, dingin dari dewa-dewa yang terlupakan, yang namanya telah ditelan oleh waktu yang berabad-abad. Tetapi mereka tidak diam. Mereka berbisik, merasuk ke dalam diri saya.

Saya mendengar suara-suara—erangan menyakitkan dari peradaban yang telah padam, dering rantai tak terlihat. Setiap bisikan memberat. Setiap suara adalah pukulan di tengkorak, bergema seperti lonceng kosong. Saya merasakan pembuluh darah saya membengkak. Tangan tak terlihat mencoba merobek kesadaran saya.

—✶ ⚸ ✶—

Panggilan Keabadian

Setiap malam saya melintasi ambang batas. Jauh di dalam pembuluh darah saya bergemuruh ritme yang tidak asing bagi makhluk manusia—sebuah pasang surut yang berat, lambat, dan tak terhindarkan, yang mengoyak keheningan dunia batin saya. Di mana kata-kata mati, kebenaran berdenyut seperti urat yang membara, membakar saya dari dalam. Terkadang saya melihat wajah-wajah—terukir dari keabadian itu sendiri. Mata mereka—sumur, menelan cahaya. Mereka menusuk saya dengan pertanyaan-pertanyaan yang diam dan menuduh, yang tidak bisa saya jawab.

Suatu kali, sebuah suara, yang tidak pernah menyentuh telinga manusia, suara seperti tabrakan para raksasa, berbisik: "Hati yang terpilih..." Itu menembus tulang saya dengan pengetahuan tentang tempat yang bahkan para dewa pun bergetar. Saya hanya merasakannya. Dengan kepastian yang mengerikan itu, yang menancap di jiwa saya seperti duri beracun, mengoyaknya dari dalam. Ini adalah arah saya selanjutnya. Jurang berikutnya. Dan kemudian saya mengerti.

Lain kali saya melewati dunia di mana warna-warna menyakitkan. Ungu dan oranye menusuk mata saya. Udara kental, jenuh dengan kata-kata—janji dan penghakiman. Mereka hampir saja menghancurkan saya. Setelah setiap persilangan, ada beban yang tersisa. Bukan hanya kelelahan—melainkan beban yang mencekik dan menghancurkan, yang menekan dada saya. Kesadaran bukanlah hadiah. Itu adalah salib yang berdarah, nanah yang mengikis segalanya, hingga yang tersisa dari saya hanyalah bayangan.

Ketika saya bangun, saya merasakan luka-luka tak terlihat seperti bekas luka, mengiris kesadaran saya. Bekas luka yang tidak pernah sembuh. Pertanyaan-pertanyaan menumpuk seperti suara-suara hakim, berteriak serempak. Jawaban-jawaban hancur menjadi simbol-simbol yang hanya jiwa saya yang bisa menguraikannya sebagai rasa sakit yang murni dan tak tertahankan. Itu membuat saya menggeliat. Setiap serat tubuh saya melolong kesakitan.

Bahkan ketika matahari bersinar di dinding, ketika orang lain hidup, di dalam diri saya berdenyut denyut nadi kematian. Siang hanya memberi saya penangguhan hukuman singkat. Sedikit istirahat sebelum malam berikutnya, yang tak terhindarkan akan datang.

"Dan bagaimana jika kali ini saya tidak kembali?"

Saya tahu mengapa saya ada di sini. Saya merasakannya dengan setiap serat keberadaan saya. Untuk menjadi konduktor. Untuk membawa kebijaksanaan beracun ini—pemahaman tentang siklus keruntuhan dan kebangkitan—kepada dia yang akan berani melewati labirinnya dan menyentuh wahyu.

Tetapi setiap pengetahuan memiliki harga yang kejam. Pertama datang rasa pahit dan membakar dari kesepian—menyebar di tubuh saya seperti racun yang lambat. Semakin banyak saya tahu, semakin tebal dinding es di antara saya dan dunia. Setiap upaya untuk menjelaskan hancur menjadi butiran pasir. Orang-orang menatap saya seperti monster. Saya mencair—bagian demi bagian.

Malam adalah kuil dan penjara saya. Itu berbau jamur dan kenangan lilin yang terbakar. Suara-suara nenek moyang memanggil saya—tanpa aturan dan belas kasihan. Mimpi-mimpi saya tidak membelai, melainkan berdarah di dalam diri saya. Kehidupan yang tidak saya ingat, tetapi saya bawa. Cinta yang hilang. Kebijaksanaan yang ditarik dari medan perang roh. Ketidakberdayaan. Jiwa saya—bergerigi dari sayatan bedah yang tidak pernah sembuh. Saya ingat luka anak-anak di lutut saya—itu berdarah, tetapi saya tahu itu akan sembuh. Ini—tidak.

Dan panggilan itu selalu kembali. Masih sunyi, masih gigih. Itu berteriak di dalam diri saya—tajam seperti jarum yang menusuk telinga saya. Suara, menusuk seperti tangisan makhluk tanpa suara. Terkadang saya merasa berada di ambang kebenaran. Satu momen lagi... dan saya akan mencapai rahasia terdalam, merobeknya, sebelum menghilang. Dan kemudian... menghilang.

Mungkin semuanya dimulai pada hari itu, ketika saya pertama kali melihat matanya. Harganya selalu sama: waktu. Diambil. Diberikan. Hilang. Berubah menjadi pengalaman yang membakar saya hingga menjadi segenggam arang.

—✶ ϛ ✶—

Bayangan

Dan di akhir mimpi itu sendiri, tepat sebelum saya ditarik kembali, Bayangan itu muncul. Sosok tinggi, terjalin dari kegelapan murni, dengan mata—membakar kegelapan itu sendiri. Saya merasakan sentuhan esnya, bahkan sebelum dia berbicara.

Lutut saya lemas. Tangan saya terkepal, untuk menghentikan gemetar. Suaranya terdengar seperti kaca pecah, memotong keheningan menjadi potongan-potongan tajam:

"Maukah kau jual tujuh tahun dari hidupmu kepadaku? Bukan waktu. Bukan hidup. Esensi itu sendiri." Di sana, di akhir, sebuah sosok berdiri. Itu berdenyut seperti jalan yang tidak jelas. Suara saya sudah tidak lagi milik saya. Dan pada saat itu, di tengah kegelapan, saya teringat matanya. Dan saya mengerti.

BAB 2: HARGA WAKTU

Sepuluh tahun yang lalu... Sisa waktu hingga kebangkitan: 87.602 jam 17 menit 3 detik.

"Apakah ini semacam lelucon?" Suara saya terdengar lebih berani dari yang saya rasakan, menusuk tajam ke dalam dengungan lembut resepsi. Saya berdiri, ditelan oleh bisikan sutra gaun dan tawa teredam jas tuksedo. Resepsi di Basel seperti mimpi yang membeku—ratusan kilauan dari kristal yang memantulkan wajah-wajah tak acuh. Seorang pelayan melewati saya dengan nampan sampanye, dari aula sebelah terdengar dering singkat ponsel, diikuti oleh tawa seseorang.

Pria Swiss di depan saya tidak bergeming. Wajahnya seperti topeng yang tak dapat ditembus, halus, tanpa ekspresi sedikit pun. Perhatiannya, yang didasari oleh logika dingin, menarik saya keluar dari zona nyaman saya dan melemparkan saya ke dalam air es realitasnya. Pertanyaan saya menggantung seperti tantangan, merobek fasad malam yang berkilau.

Figurnya muncul dari cahaya yang teredam, seolah-olah diukir dari bayangan itu sendiri. Tinggi, dengan fitur aristokratis, dia menonjol di antara kerumunan yang ramai. Sikapnya yang percaya diri sebagai tuan rumah yang berkuasa membuatnya tak terlupakan. Tuksedo hitamnya yang elegan, dibuat tanpa cela untuk figur atletisnya, kontras dengan kilauan mempesona aula. Rambut perak di rambutnya yang lebat, mirip dengan bintang-bintang yang berkilauan jauh, menyoroti auranya yang misterius.

Namun matanya tidak melihat saya, melainkan menembus saya. Seolah-olah dia menilai berapa banyak waktu yang tersisa bagi saya sebelum saya meleleh. Mata itu menusuk saya dengan kekuasaan yang membuat perut saya mulas. Tatapannya membuat saya kaku. Dia berdiri bersandar pada kolom marmer, dengan senyum yang hampir tidak terlihat, seolah menunggu untuk melihat bagaimana saya akan hancur. Di tangannya berkilau segelas cairan gelap—mungkin brendi atau wiski. Aroma parfum mahal menguar di udara, bercampur dengan bau alkohol tua dan sesuatu yang lebih dalam—kenangan akan keabadian dan kekuasaan.

Ketegangan menghantam saya seperti gelombang, menghapus setiap pikiran. Jantung saya berhenti sejenak. Tiba-tiba, dengan kejelasan yang menyakitkan, saya mengerti bahwa dia tidak mencari kesenangan sesaat. Dia dengan acuh tak acuh memperdagangkan vitalitas saya, esensi saya sendiri. Dalam kata-katanya tersembunyi sesuatu yang dingin seperti mata pisau kematian, atau mungkin bahkan lebih kejam. Suasana resepsi yang berkilau tiba-tiba berubah menjadi adegan yang memberatkan, di mana setiap tawa terdengar seperti nada yang salah. Tawarannya yang sinis menghancurkan saya—saya merasa seperti komoditas, direduksi menjadi angka.

—✶ ✶—

Kesepakatan

Pikiran-pikiran saya saling bertabrakan, mencari jalan keluar dengan putus asa. Hidup—hadiah yang tak tertandingi ini—sekarang tampak seperti mata uang dalam kesepakatan yang konyol. Kecenderungan manusia ini—untuk menjual sebagian dari diri sendiri demi ilusi kekuasaan atau wahyu.

Berapa harga semua ini? Melawan tahun-tahun yang dipenuhi dengan cobaan berat, dengan mimpi-mimpi yang bergetar dan kekecewaan yang pahit? Apakah mata uangnya cukup untuk membeli bahkan satu momen?

Tujuh tahun...—pikiran itu menusuk saya seperti pisau. Kata-katanya berdenyut seperti luka yang tiba-tiba menganga di daging saya.

Apa yang akan dilakukan seseorang dengan tahun-tahun yang dibeli dari kehidupan orang lain?

Menutupnya dalam botol kaca sebagai trofi?

Menggunakannya untuk eksperimen yang mengerikan?

Di dunianya, waktu jelas tidak mengalir dalam garis lurus—itu adalah energi mentah, bahan bakar untuk proses yang tidak bisa dipahami oleh pikiran biasa.

Di matanya yang tajam, saya melihat sesuatu yang lebih dari sekadar rasa ingin tahu—di sana tersembunyi kelaparan. Kebutuhan yang gelap, tak terpuaskan, yang membuat saya kaku. Dia tidak menginginkan kenangan saya. Atau keterampilan saya. Dia ingin mencabut—inti dari keberadaan saya. Tawarannya yang sinis membuat saya merasa seperti komoditas tanpa jiwa. Esensi saya direduksi menjadi angka.

—-✶ ⚳ ✶—-

Harga Kehidupan

Saya menatapnya lurus di mata dan berpikir dengan panik. Waktu adalah kuantitas universal. Tetapi waktu juga sangat pribadi. Bagaimana saya bisa mengukur harga hidup saya? Bagaimana saya bisa menukar setiap momen kehidupan dengan apa yang dia sebut nilai?

Tujuh tahun dari satu-satunya hidup saya, dengan semua cinta, penderitaan, dan harapan—direduksi menjadi angka tanpa jiwa. Bisakah saya melewatkan pagi ketika saya melihat matahari terbit untuk terakhir kalinya? Atau apakah dia menawarkan saya untuk mempertaruhkan jiwa saya?

Dan meskipun saya terkejut, sebagian dari diri saya bertanya apakah saya adalah orang terakhir yang percaya bahwa hidup lebih dari sekadar kesepakatan tanpa jiwa.

"Berapa harganya?" tanya saya. Suara saya memudar menjadi bisikan, nyaris tidak terdengar di antara musik. Seolah-olah dengan keyakinan, tetapi di dalam saya hancur.

"Jawabannya untuk misteri kuno."

Keheningan turun, hanya disela oleh musik dan keramaian yang jauh. Tatapannya memaku saya dan saya membeku di tempat. Untuk sesaat, napas saya berhenti. Keringat dingin menetes di leher saya. Saya merasakan benjolan di tenggorokan saya. Di suatu tempat di belakang saya terdengar tawa. Saya tidak bergerak.

Tidak ada penyesalan. Tidak ada ironi. Hanya kepastian, menghancurkan seperti palu. Dia mendekati saya dengan langkah halus. Sebuah hawa dingin memancar darinya, yang merasuk di bawah kulit. Suaranya tebal dan merdu.

"Saya Natanael." katanya dengan senyum tipis, tanpa kesombongan.

Saya menatapnya dengan rasa ingin tahu.

"Natanael?" ucap saya, mengulanginya, seperti sesuatu yang akrab.

Dia tampak seolah-olah mengharapkan pertanyaan itu. Di matanya sesaat berkilau percikan kepuasan, yang hampir segera memudar, digantikan oleh rasa dingin yang familiar.

"Hampir." Suaranya lembut dan hipnotis. "Seperti Malaikat Agung Natanael, tapi... Saya Natanael."

"Nama saya, Natanael (נתנאל),—" lanjutnya, "—berarti 'Tuhan telah memberi'. Ini mengandung mistisisme Yahudi dan Kabbalah." Saat dia berbicara, perhatiannya beralih jauh ke dalam—dia tidak hanya memberi saya jawaban, tetapi seolah berbagi bagian yang intim dari dirinya sendiri.

"Kabbalah..." bisik saya, tertekan oleh bobot kata itu. "Terlalu rumit."

"Itu rumit," setujunya, dan tatapannya melayang ke kejauhan, seolah dia melihat melampaui dinding aula. "Tapi juga kaya. Itu mengarah pada pemahaman tentang Alam Semesta dan siapa kita di dalamnya. Nama saya hanyalah awal dari pemahaman itu."

Senyumnya sesaat melunak. Dia melepaskan kilasan kemanusiaan. Cukup untuk membuat saya semakin bingung. Untuk sesaat saya bahkan merasakan kelembutan yang aneh, hampir seperti ayah—perasaan yang membuat saya gelisah.

"Tapi kita akan membicarakan ini lain kali." Tatapannya menjadi menusuk lagi, membawa saya kembali ke realitas. "Dan sekarang..."—dalam suaranya terdengar ketidaksabaran—"...jika Kau mengizinkan, saya akan mendapat kehormatan untuk mengundang Kau menari."

Dia mengulurkan tangannya. Saya membeku. Jantung saya berdetak dengan ritme yang tidak saya kenal, dipercepat oleh tawaran yang tiba-tiba.

"Apa... apa sebenarnya yang Kau maksud dengan 'misteri kuno'?" tanya saya dengan suara gemetar, mengabaikan tangannya yang terulur.

"Pengetahuan." Matanya mempelajari setiap fitur wajah saya, setiap reaksi saya. "Dan kekuatan."

"Dan apa yang akan menjadi... milik Kau?"

"Milik saya." Senyumnya melebar. Di dalamnya berkilauan kejahatan kuno yang dingin. "Hanya tujuh tahun. Sebagai gantinya—Kau akan melihat melampaui semua yang Kau tahu."

"Dan setelah itu... akankah mereka tidak ada begitu saja?" Suara saya hampir tidak keluar dari tenggorokan.

Senyumnya yang menyeramkan tetap ada. Untuk sesaat di dalamnya berkilau bayangan kelelahan—beban dari berabad-abad. Dia bukan hanya manipulator. Dia juga tahanan dari kekuasaannya sendiri.

"Tahun-tahun Kau akan mengalir ke dalam waktu saya. Itu akan memungkinkan saya untuk mencapai tujuan yang bahkan tidak bisa Kau bayangkan."

"Dan mengapa saya? Mengapa hidup saya?" Saya mengucapkan kata-kata itu, lebih kepada diri saya sendiri, daripada diucapkan kepadanya.

Hembusan es menusuk saya hingga ke tulang. Pikiran-pikiran saya berpacu, mencoba menemukan jalan keluar dari jebakan. Saya mengepalkan tangan. Kuku-kuku menancap di kulit, meninggalkan bulan sabit merah. Dia tidak hanya menginginkan waktu—dia ingin mencabut apa yang membuat saya menjadi manusia. Ini bukan kesepakatan. Ini adalah penjualan benang kehidupan, terjalin dalam kain rencana liciknya.

Secara insting saya melangkah mundur, jauh darinya. Tangannya masih tergantung, terulur ke arah saya—seperti mulut jurang, siap menelan saya.

Apakah dia mengundang saya menari? Atau ke dalam jebakan yang disamarkan sebagai keramahan?

BAB 3: JURANG PENGETAHUAN

Pada saat itu, saya merasakan tangan seseorang menyentuh bahu saya. Sebuah getaran dingin menjalar di kulit saya. Saya berbalik dengan tajam. Adik laki-laki saya berdiri di samping saya, wajahnya terdistorsi oleh kekhawatiran, ditandai oleh kecemasan tentang apa yang terjadi pada saya. Matanya mencari mata saya, penuh dengan pertanyaan yang berteriak tanpa suara: "Apakah kau baik-baik saja? Apa yang terjadi?"

"Kau pucat," bisiknya. Suaranya, rendah dan serak, hampir tidak mencapai kesadaran saya, hampir teredam oleh kebisingan di sekitar. Dia tidak mengalihkan pandangannya dari Natanael, yang kehadirannya membebani udara. Dalam tatapan itu ada peringatan—ajakan untuk berhati-hati. Saya merasa sedikit pusing. Tanah di bawah kaki saya miring. Tangan adik laki-laki saya menarik saya ke belakang—dengan tegas, menarik saya keluar dari hipnosis Natanael. Itu seperti keluar dari mimpi yang dalam. Dia selalu melindungi saya, sejak kecil—dengan kegigihan seorang kakak laki-laki dan intuisi yang lebih kuat dari saya. Dan sekarang insting ini kembali menyelamatkan saya.

Sebelum saya sempat mengatakan apa pun atau bahkan menyadari sepenuhnya apa yang terjadi, pintu aula terbuka. Dari sana masuk tawa dan musik yang dengan cepat mereda.

—✶ ⚘ ✶—

Elizabeth

Seorang wanita melintasi ambang batas. Tatapannya—menusuk, tajam seperti pisau—langsung tertuju pada Natanael, mengabaikan semua orang lain. Ketegangan mengental—terasa, elektrik.

"Natanael, kita harus bicara sekarang!" Suaranya membelah udara, menghentikan tarian dan membekukan adegan dalam keheningan yang memalukan.

Dia meraih lengannya. Jari-jarinya mencengkeramnya, mencoba menariknya dari saya. Gerakan itu tegas—dipenuhi dengan rasa kepemilikan. Natanael tidak memandangnya. Di bibirnya bermain senyum kecil, angkuh, terpaku pada wajah saya. Dia tampak seolah-olah tidak mendengar gangguan itu. Wanita itu baginya adalah kebisingan yang mengganggu. Itu membuat saya semakin kaku.

"Seperti yang sudah saya katakan—waktu adalah komoditas yang berharga," lanjutnya dengan tenang. Suaranya pelan, tetapi menembus, sepenuhnya mengabaikan badai di sekitar kami. "Kau memiliki lebih dari yang Kau sadari. Setiap detik sangat berharga."

Wanita itu menariknya dengan tajam lagi. Di matanya berkobar kejengkelan—api kecemburuan, mampu membakar habis. Dia adalah Elizabeth. Cukup hanya dengan melihatnya, saya merasakan ada sesuatu di antara mereka—sebuah ikatan, mungkin sudah lama, diwarnai dengan kekuasaan dan rasa sakit.

"Natanael!" ulangnya. Suaranya adalah bisikan yang tegang, mencoba menariknya keluar dari lingkaran sihir di antara kami.

Dia sedikit memalingkan kepalanya, hanya sedikit, dengan gerakan jengkel, tetapi tatapannya tidak lepas dari saya. Matanya membebani saya—dingin, tak terhindarkan, memaku. Saya terjebak—di antara dia, yang menginginkannya, dan dia, yang memilih saya.

"Maafkan saya sebentar, Elizabeth," katanya dingin, tanpa bergerak. "Percakapan ini terlalu menarik untuk diganggu."

Kata-katanya seperti cambuk—penolakan yang tidak memberi ruang untuk keberatan. Wajahnya membeku. Ketidakpuasan mengubahnya menjadi patung. Semua orang, yang beberapa saat sebelumnya menari, sekarang mengamati dalam keheningan yang memberatkan. Tapi Natanael sepenuhnya menghadap saya. Saya adalah pusatnya. Saya adalah fokusnya—dengan intensitas yang gelap, obsesif.

"Jadi, sampai di mana kita tadi?" tanyanya dengan sedikit lengkungan bibir. "Ah, ya. Tujuh tahun... harga yang tidak seberapa untuk pengetahuan tak terbatas."

Dia mengatakannya dengan begitu mudah, seolah dia menawarkan saya permen. Padahal dia menginginkan sebagian dari hidup saya. Pertemuan tak terduga ini mengguncang dasar dari semua yang saya yakini. Bagaimana mungkin seseorang ingin membeli momen-momen dari hidup saya? Kata-katanya adalah ejekan terhadap semua yang saya anggap suci. Aula tiba-tiba berubah menjadi panggung dari pertunjukan yang absurd, di mana saya memainkan peran utama—tercengang, tanpa dialog.

Tujuh tahun dari hidup saya... harga yang tak terbayangkan bahkan untuk wahyu terbesar. Tapi di suatu tempat di bawah ketakutan, intuisi saya berteriak bahwa ada sesuatu yang lebih berbahaya dalam tawaran ini. Bagaimana dia bisa menembus begitu dalam ke dalam pikiran saya? Bagaimana dia tahu tentang haus saya untuk memahami kebenaran? Apakah itu kebetulan atau bagian dari permainan yang aturannya tidak saya ketahui, dan taruhannya sangat besar?

Ide bahwa di balik fasad dunia ada jaringan rahasia yang kuat menarik saya. Tapi juga membuat saya ngeri. Saya membayangkan orang-orang seperti dia—figur bayangan, yang menarik tali dari kegelapan, dan saya—hanya benang kecil di tangan mereka. Menyelam ke dunia ini berarti bertemu dengan kekuasaan yang tidak bisa dipahami oleh akal manusia. Apakah itu sepadan? Emosi-emosi itu saling bertabrakan di dalam diri saya, mencekik saya. Saya berdiri terpesona—kengerian dan haus akan jawaban bertarung di dada saya. Saya merasa berada di tepi jurang, dari mana tidak ada jalan kembali. Tetapi hanya di dalamnya saya bisa menemukan makna yang saya cari sepanjang hidup saya. Pertanyaan-pertanyaan muncul di kesadaran saya.

Tapi tidak ada jawaban. Tawarannya terdengar seperti panggilan yang tidak bisa saya abaikan. Itu menantang saya untuk melihat ke cermin keberadaan dan melihat kebenaran—bahkan jika itu membakar saya habis. Saya mengerti bahwa harganya adalah esensi saya sendiri. Dan bahwa pilihan ini akan menentukan sisa hidup saya.

—✶ ⚴ ✶—

Penghakiman Saya

Namun waktu saya terbatas pada malam tanpa tidur ini—satu-satunya malam di mana Graal bisa bermanifestasi bukan sebagai mitos, melainkan sebagai kenyataan. Malam ini adalah yang terakhir, sebelum perpisahan yang tak terhindarkan dengan hidup! Dan saya hanya punya itu untuk mengucapkan selamat tinggal kepada semua orang terkasih yang telah meninggalkan jejak yang tak terhapuskan dalam hidup saya. Hanya satu malam, untuk akhirnya memaafkan diri saya sendiri atas semua kesalahan dan kelemahan. Hanya satu malam, untuk meninggalkan dunia ini dengan kenangan indah dan emosi hangat yang tersegel di jiwa saya. Malam ini adalah malam terakhir saya. Penghakiman saya. Saya menyadari bahwa pilihan yang akan saya buat akan mengguncang dasar-dasar dunia saya yang dikenal.

"Hanya hari ini! Apakah Kau mengerti? Saya hanya punya malam ini!"—kata saya dengan ketegasan yang tak terduga, yang bahkan mengejutkan diri saya sendiri, suara saya berdering di aula yang hening, di mana sesaat yang lalu musik berkuasa.

Setiap kata saya bergema dalam keheningan. Natanael tertawa menggoda, siap melilitkan tentakelnya di sekitar mangsanya. Senyumnya dingin, buas, seolah dia sudah menjebak saya.

"'Hari ini' hanyalah pintu menuju keabadian. Tujuh tahun sebagai ganti akses ke arsip pengetahuan—gudang teka-teki, tidak dapat diakses oleh orang lain—dan kunci ke pintu yang memisahkan dunia ilusi dan kenyataan. Pikirkan semua hal yang bisa Kau lihat, pelajari, alami... dengan bantuan saya."

Suaranya lembut, tetapi kata-katanya menusuk ke kesadaran saya, menjanjikan kemungkinan yang tak terbayangkan.

"Bantuan Kau memiliki harga yang terlalu tinggi," jawab saya, mencoba untuk tetap tenang, tetapi saya merasa wajah saya terbakar. "Saya tidak yakin saya ingin melihat dunia melalui prisma Kau."

Suara saya bergetar, meskipun saya berusaha mengendalikannya. Ketakutan dan rasa ingin tahu bertarung di dalam diri saya.

"Tetapi jauh di dalam diri Kau haus akan jawaban," bisiknya, mendekat sedikit, napasnya menyebar seperti embusan es di kulit saya, membekukan, tetapi juga menarik. "Tidakkah Kau merasa lelah dengan ilusi?"

Kata-katanya adalah serangan langsung terhadap pikiran saya yang paling rahasia. Dia membacanya tanpa usaha. Kata-katanya menusuk saya dengan tajam, menyentuh keinginan saya yang paling terpendam. Dada saya dipenuhi dengan ritme yang tidak saya kenal, meluap dengan kegembiraan aneh dan antisipasi yang bergetar. Apakah saatnya telah tiba untuk membebaskan diri saya dari rantai keraguan dan merangkul harapan yang membekukan ini? Untuk melintasi ambang batas yang tidak dikenal? Setiap sel di tubuh saya bergetar dari keraguan dan kerinduan.

"Saya pikir percakapan ini sudah selesai," kata saya sesantai mungkin, meskipun jantung saya berdebar kencang di dada.

Saya hampir tidak bisa mengucapkan kata-kata ini, suara saya hampir tidak terdengar. Tapi Natanael tidak melepaskan cengkeramannya. Tatapannya tetap terpaku pada saya, dan sudut bibirnya melengkung lebih buas.

"Nah, saya tidak berpikir begitu." Suaranya mereda. Di dalamnya terdengar tekad baja yang tidak mentolerir penolakan. "Itu baru saja dimulai... dan tidak ada jalan kembali."

Setiap kata-katanya terdengar seperti penghakiman, menyegel nasib saya. Kata-kata ini adalah ramalan, yang mengubah takdir saya dari labirin yang kacau menjadi jalan yang telah ditentukan. Saya tidak tahu apa yang akan dibawanya, tetapi saya tahu bahwa dunia tidak akan pernah sama lagi. Bahwa bahkan jika saya melarikan diri, pengetahuan itu sudah tertanam dalam diri saya—dan tidak akan pernah berhenti tumbuh.

Sekarang insting saya berteriak untuk melarikan diri, untuk melepaskan diri dari cengkeramannya sebelum dia menelan saya sepenuhnya. Saya teringat mimpi buruk itu dari mimpi saya, di mana bayangan orang mati membisikkan nama-nama dengan suara orang-orang yang tidak pernah saya temui. Saya teringat bau lilin dari perpustakaan tua itu, di mana saya pertama kali mengerti bahwa rahasia tidak menyukai cahaya. Semua ini menumpuk, memperkuat perasaan bahaya yang akan datang.

Saya pergi. Tanpa melihat ke belakang. Dengan setiap langkah percaya diri di atas lempengan marmer yang dingin, saya merasakan bagaimana kekuatan batin saya perlahan tumbuh. Di dalam jiwa saya bangkit gelombang keberanian baru, yang tidak dikenal. Perasaan ini adalah garis batas. Akhir dari dunia saya yang akrab dan awal dari sesuatu yang sama sekali baru. Gemuruh tumit elegan saya bergema memekakkan telinga di aula yang hening.

Satu-satunya suara di ruang kosong itu, yang mengukur momen-momen yang berlalu. Leher saya merinding saat saya menjauh. Leher saya terbakar, tetapi alih-alih kehangatan, getaran es merayap di kulit saya. Tatapannya tak tergoyahkan, dengan kekuatan yang menarik saya kembali. Saat saya menjauh, saya merasa bahwa bayangan dari mimpi saya sudah mengikuti saya—saksi bisu dari pilihan yang tidak bisa ditarik kembali oleh siapa pun.

Meskipun ada suara musik dan dering gelas yang masuk dari aula lain, saya hanya mendengar detak jantung saya sendiri. Saya merasakan sedikit getaran di lantai, dan mencium bau tajam ozon, bercampur dengan aroma bunga malam. Bibirnya, ditandai oleh teka-teki yang dalam dan diam, memanggil saya tak tertahankan untuk berbalik.

Seluruh tubuh saya berteriak untuk melarikan diri, tetapi meskipun demikian, sesuatu menarik saya kembali kepadanya. Matanya menusuk saya dengan mudah, membaca saya. Saya merasa telanjang di bawah tatapannya yang intens, setiap pikiran, setiap emosi di dalam diri saya terlihat, terungkap sepenuhnya. Di dalamnya tidak ada sedikit pun belas kasihan, hanya niat dingin dan terhitung.

BAB 4: MALAM TERAKHIR

Hari ini adalah ulang tahun saya yang keempat puluh. Yang terakhir. Saya merasakan pembuluh darah saya pecah, menuangkan momen-momen terakhir saya. Setiap detik menarik saya ke dalam kehampaan tak berujung, yang menelan saya dengan ketidakpedulian yang dingin. Malam ini adalah segalanya—napas terakhir sebelum tercekik. Sepenggal pendek dari seluruh keberadaan saya, terjalin dari kegembiraan dan penderitaan. Kenangan melilit saya seperti ular tanpa ampun, menolak pengampunan.

Waktu mencengkeram tenggorokan saya. Setiap saraf berteriak—tanpa perlawanan, tenggelam dalam penerimaan. Perut saya menciut. Otot leher mengeras. Bahkan rasa di mulut saya pahit—kepahitan yang mentah dan kental, memenuhi seluruh keberadaan saya.

Tiba-tiba, kejang es menusuk dada saya. Jantung saya menghantam tulang rusuk, putus asa, seolah ingin melepaskan diri. Di telinga saya bergemuruh suara darah yang dalam, dan napas saya berubah menjadi erangan yang mencekam. Udara tersangkut. Tubuh saya bergetar—tak terkendali. Saya sendirian dalam penderitaan ini, di mana kengerian yang telah lama tertidur bangkit dalam nyala api yang menghancurkan. Itu mengingatkan saya pada akhir, yang bernapas di belakang leher saya—dengan aroma tanah dan kelupaan.

Di luar terdengar klakson. Kemudian—tawa. Kehidupan berlanjut untuk orang lain. Milik saya—berakhir.

Tenggorokan saya tertutup karena panik. Saya tidak bisa bernapas. Dada saya naik turun dengan putus asa, tetapi tidak ada udara. Kemudian suara Natanael menusuk kesadaran saya—jelas, tak kenal lelah, terukir di tulang-tulang saya:

"Maukah kau jual tujuh tahun dari hidupmu?"

—-✶ ⸙ ✶—-

Dua Puluh Tahun yang Lalu

Saya menutup mata. Cahaya yang menyakitkan menembus kelopak mata saya, membawa saya kembali ke musim panas itu. Tawa kami bergemuruh di bawah matahari yang tak kenal ampun, saat kami berlari di pasir yang membara. Alex berhenti dengan tajam. Wajahnya serius—tegang dan penuh tekad. Dia menggenggam tangan saya yang gemetar.

"Berjanjilah padaku, Melina! Kau harus mengejar impianmu. Selalu. Tidak peduli apa pun."

"Aku janji, Alex," bisik saya. Di mata saya berkobar keyakinan yang tidak saya mengerti saat itu, tetapi sekarang membakar saya dengan kepahitan.

—-✶ ⸙ ✶—-

Umpatan yang Pahit

Sekarang, dua dekade kemudian, kata-kata itu bergemuruh di tengkorak saya—umpatan yang konstan. Bobotnya hanya milik saya—beban yang tak tertahankan yang menghancurkan jiwa saya. Saya tidak punya waktu untuk penyesalan. Atau untuk pertobatan. Tubuh saya menolak untuk menunggu.

Empat puluh tahun. Di malam terakhir ini, mereka terasa seperti seluruh era. Impian, rencana, tujuan—tergantung, belum selesai, memudar dengan setiap detik. Betapa kosongnya sekarang semuanya terlihat, ketika tidak ada orang untuk berbagi. Satu hari, satu jam, satu momen—tak ternilai hanya ketika Kau menyadari betapa mudahnya mereka meleleh di antara jari-jari Kau.

Kamar itu berbau debu dan kertas tua—bau masa lalu, bercampur dengan kehancuran masa depan. Malam ini adalah kesempatan terakhir saya untuk memberi makna pada hidup saya. Untuk menghadapi pertanyaan yang bergemuruh di kepala saya: Apakah saya hidup dengan sungguh-sungguh?

Waktu berlari. Tubuh saya memberontak terhadap tidur. Kelemahan yang tiba-tiba melanda saya. Jari-jari saya mati rasa. Darah surut, meninggalkan mereka kosong, asing. "Jangan menyerah!"—teriak suara di dalam diri saya, teredam oleh kelelahan. Kepada siapa itu berteriak—kepada saya? Kepada kesepian? Kepada ketiadaan yang menunggu saya?

Hidup saya adalah buku yang robek, yang dengan panik saya membaliknya.

Sisa malam adalah api yang membara—cahaya terakhir di jalan terjal yang tidak diketahui. Mungkin belum terlambat. Tapi waktu mengejar saya. Tubuh saya mengirimkan sinyal terakhir.

Saya teringat tatapan itu—cinta pertama dan satu-satunya, sebelum dia pergi. Sekarang saya sendirian. Tujuh tahun... Apa yang Natanael inginkan sebagai ganti dari kemewahan waktu ini—yang mustahil di hadapan kematian? Saya tidak punya hari, atau bahkan jam. Malam ini adalah akhir saya. Akhir yang mendekat dengan setiap napas yang menyakitkan. Dan tidak ada yang akan menghentikannya.

—✶ ⚳ ✶—

Refleksi tentang Keberadaan

"Siapa saya?"—pertanyaan itu berdenyut dalam keheningan. Tangan saya mencengkeram paha. Saya harus menemukan jawabannya, sebelum jurang hitam menelan saya.

Keringat dingin menetes dari dahi saya. "Tidak sekarang!"—saya ingin mengerti. Saya ingin melihat. Dalam senja, di mana batas antara tidur dan terjaga kabur, saya dilanda perasaan tidak berarti. Saya adalah partikel kecil dari sesuatu yang tak terbatas, dari misteri, yang tidak dapat dicapai oleh akal saya yang panik. Saya adalah sebutir pasir yang kesepian, hilang tanpa jejak di gurun Keabadian! Sebuah tetesan, ditelan oleh lautan Kehidupan! Sebuah daun transparan, bergetar di hutan Jiwa-jiwa yang abadi! Bagi umat manusia, saya adalah tubuh yang tidak berarti! Saya adalah tidak ada di hadapan keabadian, percikan sesaat dalam kegelapan. Hidup saya yang singkat hampir tidak mengganggu keheningan abadi, hanya perpaduan sementara dari kekuatan dan materi yang tak terlihat, yang akan segera terurai.

Dan mungkin ada satu-satunya tujuan—untuk mengalami sepenuhnya perjalanan ini, dari ekstase hingga keputusasaan, dan untuk mewujudkan diri saya, sebelum kembali ke keheningan kedamaian.

Bahkan pada tingkat sel, saya merasakan kehancuran. Kelemahan merayap di tulang-tulang saya. Rasa dingin menyelimuti saya. Dan dalam mimpi saya, saya masih berlari melalui ladang tak berujung, tertawa di bawah matahari yang cerah. Perlawanan terakhir dari alam bawah sadar terhadap akhir. Penolakan saya untuk menerima kekalahan.

Akhir hanyalah biologi. Gema mikroskopis dari tren besar menuju kehancuran. Setiap detik yang berlalu membawa saya ke ketidaksadaran, ke kedamaian—tanpa pikiran, tanpa kenangan, tanpa penderitaan. Hanya keheningan.

—✶ ⚸ ✶—

Surat Perpisahan

Saya sangat ingin mengurai hidup. Untuk mengetahui semua kebenaran. Untuk memenuhi impian saya. Untuk meninggalkan jejak. Tapi waktu habis. Impian padam. Hanya ada perpisahan yang tersisa. Kepahitan. Dan satu harapan kecil yang bergetar—seberkas cahaya dalam kegelapan.

Malam ini adalah malam terakhir. Ada kata-kata yang tidak terucapkan—percakapan dengan ibu saya, yang saya tunda. Misalnya, betapa saya mencintainya dan betapa saya menyesal tidak memeluknya untuk terakhir kalinya. Halaman-halaman yang belum selesai. Pikiran-pikiran yang tidak terbagi. Malam ini saya tidak berhak untuk tidur. Mata saya terbuka lebar. Jiwa—telanjang. Kebenaran—terungkap secara brutal. Emosi—mengalir seperti banjir.

Malam ini saya menulis untuk mengucapkan selamat tinggal. Untuk meninggalkan sesuatu di belakang saya.

Tetapi pertanyaan Natanael bergemuruh—tanpa ampun: "Apakah Kau akan memilih kehancuran? Atau harga pencerahan?"

Saya adalah buku yang terbuka. Belum terbaca. Saya adalah momen ketika saya akan menutup mata. Saya adalah kenangan yang akan saya bawa. Fungsi vital saya memudar.

Terkadang saya berpikir bahwa cahaya tidak berada di ujung jalan. Tetapi di jalan itu sendiri. Di dalam kegelapan. Dan bahwa hanya mereka yang berani berjalan melaluinya yang menemukannya di dalam diri mereka sendiri.

Napas terakhir saya bukanlah udara. Itu adalah cahaya. Begitu terang sehingga membakar, tetapi menarik saya. Saat kehangatan terakhir meninggalkan jari-jari saya, keheningan menyebar di telinga saya, lebih kuat dari teriakan apa pun. Kemudian—dering yang jauh. Alam Semesta bergetar di sekitar saya.

Apakah ini pengetahuan yang Natanael janjikan? Atau penipuan terakhir?

Dan kemudian... Saya siap untuk hancur. Atau untuk menerima harga kehampaan.

Halaman terakhir berbalik sendiri. Di dalamnya bersinar namanya yang tidak ada. Di samping persetujuan saya. Saya membuat kesepakatan dengan keabadian.

BAB 5: PANGGILAN DARI BAYANGAN

Sebuah gambaran ilusi menembus tabir malam yang tebal dari mimpi: sebuah tangan, terulur ke arah saya dari jurang. Tangan Natanael. Mimpi, utusan misterius ini, menelan saya, melepaskan saya dari segala realitas. Di dunia mereka yang tidak jelas, terbentang visi yang mempesona namun terfragmentasi, dan di tengah-tengah ketidakmasukakalan yang tampak, menyelinaplah gambar-gambar samar masa depan. Mereka terlalu hidup, terlalu mengganggu—ramalan atau hasil dari imajinasi yang menderita? Teka-teki yang mengganggu ini berdenyut di kesadaran saya, dan saya dengan panik mencoba merobek tabirnya sebelum tabir itu benar-benar mencekik saya.

Meskipun kekuatan profetik mereka membingungkan, saya dengan berani terjun ke dalamnya, dipimpin oleh dorongan yang tidak dapat dijelaskan, sebagai penjaga kebenaran yang lebih tinggi dan kebebasan roh yang halus. Kelelahan dan ketegangan emosional telah menguras saya hingga batas ekstrem. Mata perlahan mengantuk, tetapi visi yang sebenarnya terungkap dalam kegelapan di balik kelopak mata saya. Jauh di dalam tengkorak, di atas kanvas hitam kesadaran, terpantul figur-figur aneh, cahaya hantu, dan sensasi memabukkan dari penerbangan tak berujung.

Saat pikiran saya melayang, kata-kata Natanael bergemuruh: "—Misteri kuno... tujuh tahun..."—absurd dan menggoda yang membekukan, seperti buah terlarang, yang racunnya menjanjikan kebahagiaan. Mimpi itu menyerang dan membawa saya, seperti gelombang hitam, menenggelamkan saya ke dalam jurang momen-momen yang hilang, sentuhan-sentuhan panas yang membakar, bisikan-bisikan terlarang yang menusuk saya, wajah-wajah yang memudar, kembali dengan ketajaman yang menyakitkan. Perasaan akhir terjalin dengan rasa pahit dari keinginan yang tidak terealisasi, membungkus saya seperti kafan es, membekukan setiap harapan.

Tiba-tiba, ketukan tajam menembus keheningan, menarik saya keluar dari kegelapan yang suram seperti pukulan di dada. Jantung saya berdetak kencang, seolah ingin keluar dari tulang rusuk saya. Siapa yang bisa datang selarut ini, ketika malam telah menelan segalanya dalam pelukannya yang tak terlihat? Telapak tangan saya berkeringat, jari-jari saya mencengkeram gagang pintu, ragu-ragu sebelum membukanya.

—✶ ⚸ ✶—

Panggilan

Di ambang pintu, Natanael berdiri. Matanya berkilauan seperti es yang meleleh, dan di bibirnya bermain senyum tak sabar yang menyalakan api aneh di dada saya, membakar saya dari dalam. Saya tidak tahu apakah itu mimpi atau kenyataan—batas antara kedua dunia kabur seperti asap, tak terlihat, berubah menjadi satu.

"Melina!" bisiknya, suaranya nyaris tidak terdengar, tetapi dipenuhi dengan kekuatan yang akrab, hampir hipnotis, yang menembus kesadaran saya seperti embusan angin dingin, mencapai setiap serat jiwa. "Saya tahu malam ini istimewa. Saya merasakannya."

Saya mundur dari pintu, tetapi dia sudah melintasi ambang batas, tanpa menunggu undangan, seolah dia berhak untuk itu. Saya berdiri di dekat jendela, melihat kebun yang gelap. Cahaya bulan melukis figur-figur menari yang aneh, seolah alam itu sendiri menahan napas, mendengarkan keheningan kami. Saya mencium aroma tanah yang lembab dan bunga-bunga jauh yang memabukkan, yang dibawa oleh angin malam yang sejuk. Pikiran saya kembali ke kefanaan, tetapi sekarang bercampur dengan firasat yang tidak dapat dijelaskan, dengan janji akan sesuatu yang tidak terucapkan, yang bergetar di udara.

"Saya tahu kau tidak akan bisa menolak panggilan dari malam nomaden ini," terdengar suara lembut Natanael. Di dalamnya terdengar kerinduan yang nyaris tak tertahankan, beresonansi dengan keinginan saya yang tertekan, dengan setiap dahaga yang tersembunyi. Jantung saya berdebar kencang. Dia telah melacak saya, atau lebih tepatnya—telah menunggu saya, seolah kami terhubung oleh takdir? Saya mencoba membedakan sosoknya dalam kegelapan—sulit ditangkap dan menggoda, seolah-olah dia lahir dari kegelapan itu sendiri, bagian dari esensinya yang tidak terpecahkan.

"Apa yang kau inginkan? Mengapa kau di sini?" tanya saya, merasakan gelombang kegelisahan dan kegembiraan aneh, yang lebih mirip demam, menyala di dalam diri saya, saat setiap sel berteriak. Cukup dengan misteri-misteri ini! Cukup dengan permainan hidup dan mati ini! Tidakkah kau lihat bahwa aku sedang sekarat?

"Saya ingin menunjukkan padamu bahwa hidup adalah sebuah petualangan," jawabnya, suaranya berubah menjadi bisikan malam itu sendiri, membelai kulit saya seperti sutra, tetapi dengan nada yang nyaris tidak terlihat, hampir memperingatkan. "Dan harta terbesar adalah ikatan kita dengan orang-orang yang memahami kita. Dan dengan mereka, kita bisa menemukan kembali diri kita sendiri, menjadi lebih sejati."

Dia melangkah ke jendela, berdiri di samping saya. Cahaya bulan sesaat menerangi wajahnya—tenang dan memikat, dengan senyum sensual, menjanjikan rahasia dan kesenangan terlarang, yang membuat napasmu berhenti dan darah bergemuruh seperti api.

"Kita punya malam ini," lanjutnya, seolah-olah dia menghilangkan penghalang tak terlihat di antara kami, melarutkannya dalam jurang malam yang menyelimuti kami. "Satu malam di mana kita bisa melupakan ketakutan kita dan menemukan sesuatu yang nyata. Sesuatu yang akan menginspirasimu tidak hanya harapan, tetapi juga kerinduan akan keabadian, akan perpaduan, melampaui waktu, melampaui semua yang dikenal."

—✶ ⚥ ✶—

Perjalanan Menuju Kebenaran

"Harapan?" ulang saya skeptis, tetapi dalam suara saya sudah bergetar ketidakpastian, sebuah nada samar keingintahuan, seperti firasat. "Kau berbicara tentang perdagangan waktu, tentang 'misteri kuno'... Harapan apa yang bisa ada di dalamnya? Ini terdengar seperti kesepakatan dengan iblis, bukan seperti keselamatan."

"Harapan bahwa ada lebih dari yang kau lihat," jawab Natanael. Matanya menusuk saya dengan tatapan hipnotis, dalam seperti sumur di mana kau bisa tersesat, ditelan oleh kedalamannya, tetapi sekarang dengan intensitas baru, hampir menyakitkan. "Harapan bahwa ada dunia di luar ketakutan dan batasanmu, dunia yang bebas dari kekhawatiran materialisme dan norma-norma sosial palsu yang membekukan jiwamu dalam rantai mediokritas. Tidakkah kau merasa tercekik dalam epidemi idealisme palsu ini, Melina? Dunia di mana aturannya berbeda, kesenangannya—tak terbatas. Saya bisa menunjukkannya padamu."

Dia mengulurkan tangan ke arah saya. Di matanya terbaca desakan, permohonan, dan keinginan yang membara, tetapi di bawahnya, sesaat, saya juga melihat bayangan jauh dari kesepian, seolah-olah dia juga mencari sesuatu dalam diri saya, sesuatu yang lebih dari sekadar pertukaran waktu, sesuatu seperti belahan jiwa, hilang dalam keabadian. Getaran yang nyaris tidak terlihat di sudut matanya mengkhianati bahwa kata-katanya bukan hanya janji, melainkan kebutuhan yang mengakar, hampir putus asa.

"Datanglah. Petualangan, petualangan sejati, dimulai malam ini. Bukan hanya perjalanan di dunia luar, melainkan penyelaman ke dalam kedalaman jiwamu sendiri, di mana rahasia akan mengungkapkan cahaya yang sebenarnya. Di sana, di luar ego, di mana penderitaan dimurnikan melalui cinta, kau akan menemukan Graalmu—batu filosof esensi, yang mengubah kefanaan menjadi pancaran murni. Penderitaanmu hanyalah pintu menuju itu. Ini adalah transisi kesadaran yang dibicarakan dalam teks-teks kuno, transformasi energi itu sendiri."

Saya berpikir. Ketakutan masih mencengkeram saya, tetapi sekarang bercampur dengan rasa ingin tahu dan daya tarik aneh yang berdenyut-denyut terhadap pria misterius ini. Dan untuk sesaat saya ingin kembali. Untuk mundur dan bersembunyi dari malapetaka ini. Dalam kata-katanya ada sesuatu yang memikat, sesuatu yang beresonansi tidak hanya dengan kerinduan saya akan makna yang lebih dalam, tetapi juga dengan keinginan-keinginan duniawi yang telah lama terlupakan, yang telah tertidur di dalam diri saya, kini terbangun oleh kehadirannya. Satu malam... mungkin itu sepadan tidak hanya dengan risikonya, tetapi juga dengan segalanya. Dan malam ini menjanjikan momen-momen yang bergemuruh dengan keabadian, dengan takdir, seperti takdir yang telah ditentukan yang telah saya bawa selama berabad-abad.

"Apa yang akan terjadi jika saya mengikutimu?" tanya saya, suara saya hampir tidak terdengar, serak dari kegembiraan yang membuncah, yang menimpa saya seperti demam, seperti kegilaan total.

"Kau akan melihat," jawab Natanael dengan senyum kecil yang mencapai langsung ke jiwa saya, melarutkan semua kehati-hatian saya, menghangatkan saya dengan kelembutan yang tak terduga. "Kau akan melihat dunia yang tidak pernah kau impikan. Tapi kau harus mempercayai saya. Kau harus meninggalkan ketakutanmu di belakang... dan menyerahkan diri sepenuhnya pada apa yang menunggu kita. Sepenuhnya. Tanpa sisa. Tanpa jalan kembali."

Saya melihat tangannya, terulur dalam ruang yang gelap. Cahaya bulan menyelimutinya, membuatnya tampak hampir tidak nyata, seperti undangan ke dunia lain, ke realitas paralel yang berdenyut tepat di bawah kita. Keraguan bertarung dengan rasa ingin tahu yang meningkat dan daya tarik yang aneh dan memabukkan. Malam ini... mungkin memang berbeda. Mungkin memang membawa tidak hanya harapan, tetapi juga janji akan kebangkitan sensual dan keberadaan tak berujung, terjalin dengan daging dan rahasia yang akan mengubah saya selamanya, menghapus Melina yang lama. Pilihan ada pada saya. Dan saya harus melakukannya sekarang, di bawah cahaya bulan, merasakan darah saya berdenyut dalam irama malam yang luar biasa, menggoda, yang memanggil saya, membisikkan nama saya.

Dengan getaran, seolah terhubung oleh sihir tak terlihat, tangan saya perlahan menyentuh tangannya—saya merasakan dinginnya cincinnya dan kehangatan kulitnya yang nyaris tidak terlihat, mengejutkan, yang kontras dengan dinginnya malam. Saya mengambil langkah pertama. Saya menerima semua kelemahan manusiawi dalam diri saya, menyadari bahwa pilihan saya melampaui kelangsungan hidup pribadi. Saya memberikan tangan saya dan berjalan ke dalam malam, meninggalkan di belakang saya dunia yang akrab dari semua ilusi yang telah membangunnya, setiap kenyamanan, setiap gambaran palsu tentang keamanan. Pada saat itu, waktu menelan saya juga, dan tubuh saya, meskipun tunduk pada langkahnya yang tak kenal lelah, merasakan bagaimana rohnya, diperkuat oleh mimpi, siap untuk bertarung—bukan hanya melawan kematian, melainkan melawan rantai kefanaannya sendiri, untuk perpaduan penuh dengan takdir dan potensi tak terbatas dari pagi baru yang sekarang terbentang di depan saya sebagai jurang dan keselamatan pada saat yang sama.

Atau mungkin, akhirnya, saya memilih kenyataan.

KERUNTUHAN DUNIA: BINTANG FAJAR ATAU KEMATIAN BAGIAN II

BAB 6: ABU SEBUAH ZAMAN

Saat ini... Sisa waktu hingga kebangkitan: 67 jam 17 menit 7 detik.

Angin melolong seperti binatang kelaparan, dan menyeramkan, merobek potongan-potongan terakhir dari dunia yang sekarat. Pantai es, tempat Natanael duduk, larut ke dalam laut tak berujung yang terkikis oleh garam—sebuah luka terbuka yang membusuk, dari mana kekuatan hidup bumi itu sendiri bocor. Ombak menghantam batu-batu seperti rahang tak terlihat dari hantu raksasa, menggiling sisa-sisa rapuh dari peradaban yang pernah ada. Aroma ganggang dan keputusasaan memenuhi paru-parunya.

Dia tidak memandang lautan. Dia menelannya. Dengan mata, dengan paru-paru, dengan otaknya yang tersiksa. Setiap ombak, setiap tetesan air dingin membawa erangan miliaran suara: dari yang berdosa, dari yang terlupakan, dari bayangan yang memudar. Suara-suara dari mereka yang gagal Natanael selamatkan. Sebuah kegagalan. Pengkhianatan, yang menggerogotinya dari dalam. Noda ini membakar kulitnya, tak terhapuskan.

Udara kental dengan kenangan dan debu, berat dengan partikel tak terlihat. Di dalamnya mengambang sisa-sisa dari tindakan terakhir umat manusia—butiran pasir kecil yang tanpa suara mengingatkan pada akhir sebuah zaman. Sebuah zaman, yang dibunuh bukan oleh meteorit, juga bukan oleh kutukan ilahi, melainkan oleh keangkuhannya yang mematikan. Dia mengepalkan tinjunya, dan kuku-kuku menancap di telapak tangannya.

"Sia-sia!" Kata-katanya keluar serak. Itu membakarnya. Badai tidak mendengarnya. Itu tidak pernah mendengarkan. Itu adalah ketidakpedulian alam semesta itu sendiri.

Dia adalah saksi terakhir. Bukan hanya dari kegagalan, melainkan dari pemusnahan total. Dia telah berperang melawan keserakahan sifat manusia, dengan kehausan picik akan lebih dan lebih. Dia telah mencoba membangun "Sistem Keberlanjutan" yang sempurna, yang mampu menahan nafsu makan miliaran orang yang tak terpuaskan. Sekarang dia merenungkan kuburannya. Selalu berakhir pada hal yang sama. Sistem yang menang. Bukan yang dia coba bangun, melainkan Sistem penyakit manusia—Kebencian. Takhayul. Insting untuk menghancurkan. Setiap formula, setiap rencana ilmiah hancur menjadi debu di hadapan keserakahan buta dan gila akan kekuasaan.

"Untuk apa semua ini?!" bisiknya. Suaranya menghilang. Itu tidak akan pernah terdengar lagi.

Jauh di dalam kesadarannya berdenyut suara biksu tua India: "Benih-benih kehidupan tidak pernah sepenuhnya mati, Natanael. Bahkan di bawah abu yang paling tebal, mereka menunggu. Dengan sabar. Untuk siklus berikutnya." Kata-kata ini adalah benang terakhir. Halus, tetapi cukup kuat, seperti sarang laba-laba dalam badai.

Dia telah membaca tentang gua-gua rahasia, tersembunyi jauh di Himalaya yang tak terjangkau. Tempat-tempat suci kuno, dibangun pada awal sejarah manusia, di mana kesadaran manusia—intisari kepribadian—disimpan dalam tidur anabiotik. Bukan dari teknologi primitif, melainkan dari aliran geoenergi yang dimanipulasi dengan tepat, yang membungkus otak seperti kepompong tak terlihat. Di sana, di jantung keabadian, ras baru menunggu. Benarkah? Tapi harapan ini bertarung dengan bisikan lain, yang lebih menyeramkan, lebih tebal: "Dan bagaimana jika mereka mengulanginya? Jika mereka tenggelam dalam keserakahan yang sama? Dan kau, Natanael, akankah kau kembali menjadi saksi kejatuhan?" Dilema itu mengoyak dadanya. Itu menyakitkan.

Natanael adalah sisa terakhir dari dunia yang mati. Satu-satunya hati nurani yang bernapas. Tubuhnya berjuang melawan kelaparan, dingin, napas berat radiasi. Tetapi yang membunuhnya adalah ketidakmungkinan untuk melarikan diri dari neraka batinnya sendiri. Dari rasa bersalah yang tak terpuaskan.

"Haruskah aku menyerah?!" teriaknya. Pertanyaan itu kembali dari jurang. "Atau aku ditakdirkan untuk menanggung rasa bersalah semua orang? Penebus abadi?"

Angin kembali menjawab dengan keheningan. Hanya abu. Dan kelupaan. Atau tidak? Wajah-wajah yang hilang berputar di kesadarannya—ilmuwan, aktivis, guru, anak-anak, cinta, teman-teman.

Semua adalah bagian dari rasa bersalahnya. Setiap wajah—noda yang tak terhapuskan di dagingnya. Dan meskipun demikian... dia masih hidup.

"Kenapa?!" bisiknya lagi, kepada suara batin yang menahannya.

—-✶ ʕ ✶—-

Kemudian, di tengah lolongan badai yang gila, udara terbuka di depannya. Untuk sesaat dia melihat sosok yang transparan, halus, terjalin dari cahaya dan kenangan. Melina. Sebuah senyum yang sudah tidak ada lagi, tetapi berkilau dengan rasa sakit dan kelembutan. Matanya, yang pernah penuh dengan kehidupan, sekarang adalah sumur kesedihan yang tak berdasar, tetapi juga pemahaman yang luar biasa. Dia tidak berbicara. Dia hanya mengulurkan tangan—sebuah isyarat pengampunan dan penghiburan. Natanael merasakan kehangatan, mengusir dingin, dan ketenangan, membungkam badai. Tetapi secepat dia muncul, sosok itu larut ke dalam angin. Meninggalkannya sendirian dengan gravitasi kesedihan yang lebih dalam, lebih kuat. Seolah-olah dunia itu sendiri telah mengulurkan tangan kepadanya, sebelum meninggalkannya lagi.

—-✶ ʕ ✶—-

Dia tahu jawabannya. Dia tidak tetap hidup untuk bertahan hidup. Dia selamat untuk bersaksi. Untuk menjadi cermin dari seluruh tragedi manusia. Untuk menjadi yang terakhir yang mengingat. Dan jika masih ada kehidupan lain yang tidur di suatu tempat di bawah pegunungan—itu adalah kewajibannya untuk berada di sana ketika mereka bangkit. Untuk menceritakan. Untuk memperingatkan. Agar mereka tidak mengulangi. Atau agar mereka tahu bahwa mereka tidak sendirian.

Lautan di depannya bukan hanya air. Itu adalah esensi waktu itu sendiri—permukaan hitam, memantulkan wajahnya seperti cermin orang mati, di mana dia melihat tidak hanya citranya, tetapi juga wajah seluruh umat manusia. Jam pasir keberadaan manusia telah dibalik.

"Apakah semua ini hanyalah mimpi?!" bisiknya pada dirinya sendiri, mengepalkan tinju. Keinginan untuk menampar dirinya sendiri lebih kuat dari dingin. Dunia mati di depan matanya begitu asing, terdistorsi, sehingga berbatasan dengan absurditas. Kengerian terjalin dengan mimpi buruk surealis. Seolah-olah dia berkeliaran melalui labirin cermin melengkung, di mana realitas hancur menjadi fragmen.

"Tidak ada yang nyata. Tidak ada."

Tatapannya tidak menemukan apa pun, kecuali bayangan langkahnya sendiri—bayangan yang menghilang di atas abu.

BAB 7: GEMURUH KEHANCURAN

Berbulan-bulan sebelum akhir. Sisa waktu hingga kebangkitan: 15.120 jam 17 menit 3 detik.

Dunia—dunia itu, masih penuh dengan harapan naif dan bisikan pelan dari aspirasi manusia—sedang tenggelam. Ditelan oleh mulut yang tak terpuaskan, hangus hingga telanjang. Armageddon terbentang bukan sebagai guntur dari langit yang cerah, melainkan sebagai kehancuran yang lambat dan menyiksa. Pertama datang letusan matahari, yang merobek magnetosfer seperti kain tua. Kemudian—Tiga Hari Kegelapan. Langit menjadi gelap. Udara menjadi berat, seolah-olah Bumi telah berhenti bernapas. Suara-suara meredup. Kepanikan bangkit. Bukan hanya ketakutan, melainkan histeria liar yang menelan segalanya, mengoyak tenggorokan.

Kekacauan meletus. Dari Paris hingga Sydney. Dari New York hingga Cape Town. Bola dunia berubah menjadi kuali mendidih. Penjarahan massal mengguncang Berlin, kebakaran menelan Brasil, kerusuhan berdarah mengoyak negara-negara seperti daging yang sakit. "Penulis skenario besar tatanan dunia" dengan panik mencoba mempertahankan ilusi kontrol. Tanpa keberhasilan. Yang paling mengerikan adalah di Cina dan India. Populasi jutaan orang, yang diliputi oleh kengerian dan kelaparan, berubah menjadi ancaman mematikan. Pihak berwenang melepaskan senjata biologis. Itu menyebar menjadi pandemi yang tak terkendali, kental seperti bau busuk.

Dan kemudian datang—kehancuran total, tanpa ampun. Dalam keputusasaan mereka untuk menghentikan infeksi, AS dan Rusia meluncurkan rudal nuklir. Di sisi lain dunia, Cina tidak ragu-ragu—mereka langsung membalas dengan api. Ledakan yang terjadi mengguncang kerak bumi, memicu bencana geologis skala besar. Benua-benua terlipat, terkoyak dari perut planet. Seluruh kota runtuh ke dalam jurang yang terbuka, dan ombak, setinggi gunung, menyapu benua, membawa semua yang ada di jalannya. Dalam hitungan jam. Menelan segalanya.

Planet itu mengerang. Ledakan termonuklir memicu reaksi berantai. Gempa bumi mengoyak daratan seperti gigi monster raksasa. Tanah longsor menelan gunung. Lautan yang mengamuk mengangkat tsunami raksasa.

Gunung berapi meletus. Memuntahkan lava di bawah langit yang menghitam dan bergejolak. Pelepasan listrik menari waltz yang menyeramkan. Kebakaran besar memuntahkan jelaga dan debu radioaktif, menciptakan lapisan aerosol yang tebal. Itu memblokir sinar matahari. Di atas segalanya turun malam yang dingin dan tanpa jiwa. Awal musim dingin nuklir. Dingin bergegas melalui reruntuhan seperti binatang buas yang kelaparan. Tiba-tiba. Tanpa peringatan. Panjang. Tak berujung. Di seluruh bola dunia. Tanpa terkecuali.

Partikel beracun menyebar—awan racun kekuningan—yang membawa hujan asam, mengikis kulit, beton, dan setiap harapan. Neraka bukanlah metafora. Itu berdiri di depan mata—hidup, bernapas, tak terpuaskan. Udara—jenuh dengan bau belerang dan debu tebal. Itu menyengat paru-paru. Bumi bergetar. Memuntahkan air mancur lava cair. Puing-puing jatuh seperti hujan api. Kofoni kehancuran yang memekakkan telinga: deru bangunan yang runtuh, jeritan manusia, dan raungan elemen. Matahari, dengan pantulan terakhirnya yang menyeramkan, merah darah, mengubah segalanya menjadi gambar mimpi buruk. Lautan—lingkungan yang tidak stabil, kacau. Bahkan materi itu sendiri tampak bergetar dalam kebingungan di hadapan kehancurannya sendiri. Menari tarian mematikan.

Seluruh planet telah berubah menjadi gambar yang mengerikan—kanvas, di mana alam, seolah gila, melukis dengan kuas dari api dan es. Dan kekalahan total, selamanya tenggelam dalam neraka yang membara dari debu abu-abu dan puing-puing. Bumi menyelimuti dirinya dalam kegelapan yang tak terlihat, kepanikan yang memberatkan dan tanpa suara. Gemanya bergemuruh di tengkorak Natanael.

—-✶ ⚳ ✶—-

Dunia yang membeku.

Kemudian... keheningan. Dunia tiba-tiba membeku. Bumi membatu—sebuah makam es, yang merenggut napas terakhir dari impian manusia. Kengerian primordial dari keruntuhan memberi jalan pada dingin yang membekukan. Itu menembus hingga ke sumsum tulang. Gelombang es—wabah putih yang tanpa suara—menelan segalanya. Pemukiman dengan sisa-sisa manusia, terbelenggu dalam pelukan mematikan. Fasad-fasad ditutupi dengan embun beku hantu. Gletser raksasa, seperti ular kolosal, merayap perlahan, tanpa suara, menelan segalanya. Udara, mengkristal menjadi paku es yang tajam, menusuk hingga ke tulang. Dan langit, berubah menjadi tabir awan yang membekukan, runtuh di atas bumi dengan gemuruh yang memekakkan telinga. Bergema dalam kehampaan yang mengerikan.

Dunia yang dikenal Natanael—dunia sains, ketertiban, dan ilusi—larut dalam keabadian. Sebuah tindakan kegilaan, yang didorong oleh kebencian dan keserakahan, memicu bencana skala alkitabiah. Bumi itu sendiri membalas dengan kemarahan unsur, bergetar dan memuntahkan lava. Dan Natanael—sendirian, dikelilingi oleh kegelapan tak berujung—merasa bahwa dia sendiri hancur, seperti dunia di sekitarnya. Tidak ada tempat untuk belas kasihan. Alam—dari seorang ibu berubah menjadi hakim yang kejam—menghapus segalanya. Dia tetap hilang dalam kekacauan yang tidak bisa dia pahami, tetapi yang mengubahnya secara tak terhindarkan.

Dia mendengar jeritan hantu, teredam oleh dingin. Mereka bergema bukan di udara, melainkan di tengkoraknya sendiri. Seolah-olah mereka adalah suara-suara semua orang yang mati. Gema pribadinya dari kiamat ini. Kehidupan berhenti berdenyut. Terkubur di kedalaman yang gelap. Tidak ada pilihan. Juga tidak ada keselamatan.

Tapi, apakah pernah ada?

Dunia mati. Seperti jam dengan pegas yang patah, yang jarumnya menolak untuk bergerak. Hanya tersisa hembusan hantu dari masa lalu. Dan napas kematian yang membekukan. Kehampaan tak berujung menelan momen-momen yang berlalu, di mana masa lalu dan masa depan menyatu. Tidak ada matahari terbit. Tidak ada matahari terbenam—hanya malam, diterangi oleh bintang-bintang yang jauh dan acuh tak acuh.

Setelah berbulan-bulan, alam menjadi tenang. Matahari dengan malu-malu mulai membelai bumi yang terluka, menembus lapisan debu abu-abu dengan sinar yang sakit-sakitan. Hujan—pahit seperti air mata, menyerap rasa sakit dunia—menyerap puing-puing, membentuk sungai-sungai hitam.

Bekas-bekas bencana ada di mana-mana: kota-kota hantu, struktur logam yang terpelintir, sisa-sisa bangunan yang menonjol seperti gigi yang patah, ladang yang dipenuhi pohon-pohon yang menghitam dan menonjol seperti kerangka, dan lautan yang penuh dengan puing-puing. Keheningan yang tebal, mencekik, yang hanya disela oleh derit angin, terdengar seperti himne duka untuk semua yang hilang.

Natanael tahu: semuanya lahir dan mati. Tetapi dia mengalaminya sebagai mimpi buruk yang menolak untuk berakhir. Jantungnya terkoyak oleh tangisan tanpa suara. Dia teringat tawa saudaranya, lalu jeritan.

Hanya ada satu yang tersisa—kesepian, begitu tebal dan menyakitkan, sehingga lebih berat dari semua yang hilang. Seperti gema dari dunia yang pernah percaya bahwa ia abadi.

BAB 8: WAHDAT AKHIR

Dia tahu. Dia selalu mengetahuinya, di suatu tempat jauh di dalam dirinya, tersembunyi di bawah lapisan rasionalitas—di dalam gua bawah sadar yang gelap dan tak terjamah, di mana ketakutan dan kebenaran hidup seperti binatang purba. Dia tahu tentang akhir yang sedih dan sudah diumumkan ini, tentang jurang tak terhindarkan yang dituju dunia dengan kecepatan yang gila dan bunuh diri. Dia melihatnya dalam angka, dalam kurva, dalam model komputasi, tetapi dia menolak untuk merasakannya.

Dia mengetahuinya terutama dari Melina. Cinta dan kebijaksanaannya adalah satu-satunya mercusuar baginya dalam kegelapan keraguan yang mengamuk, satu-satunya percikan cahaya yang menolak untuk padam, bahkan ketika dia menimbunnya dengan abu. Dia dengan sabar mencoba melindunginya, untuk menanamkan benih kebenaran di tanah yang berbatu dan tidak subur dari ketidakpercayaannya. Tapi dia? Dia tidak percaya. Dia tidak melakukan apa-apa. Dia dengan keras kepala mengabaikan permohonannya, memalingkan muka dari jawaban-jawaban yang jelas yang dia berikan kepadanya sebagai hadiah yang tak ternilai, seolah-olah dia menolak obat yang menyelamatkan jiwa, yang ditawarkan kepada orang yang sekarat, yang terlalu bangga untuk mengakui bahwa dia sakit.

—✶ ʢ ✶—

Kilas Balik: Melina

Dia mengingat satu momen seperti itu, bertahun-tahun yang lalu. Melina berdiri di depannya, siluet di latar belakang matahari terbenam. Matanya memancarkan keyakinan yang tak tergoyahkan, hampir menyakitkan, yang membuatnya jengkel—jengkel karena itu merusak konstruksi logisnya yang rapi.

"Natanael," katanya, suaranya terdengar pelan, tetapi dengan bobot yang menembus baju besinya yang angkuh, "kau buta terhadap kebanggaanmu sendiri. Kau hanya melihat angka, tetapi dunia bernapas dalam perasaan."

Saat itu dia hanya tersenyum merendahkan, condescending, menolak kata-katanya sebagai cerita anak-anak yang naif, yang diceritakan oleh seorang pengasuh. Bagaimana mungkin seorang wanita memahami dunia algoritma, persamaan, dan prediksi yang kompleks? Dunianya.

—-✶ ⸙ ✶—-

Wahyu

Sekarang, saat abu masa lalu turun ke atas reruntuhan masa kini, mencekik percikan harapan terakhir yang masih berkedip, kebenaran menyerangnya. Itu bukan wahyu yang mulus, bukan kesadaran yang tenang dan mencerahkan. Itu adalah pukulan yang kejam dan mengguncang, yang membuatnya kehabisan napas. Dia merasakannya seperti tusukan di ulu hati, tajam, membakar, seolah-olah seseorang secara harfiah telah menusuknya. Udara keluar dari paru-parunya dengan suara serak, tercekik, yang bergema dalam keheningan orang mati di ruangan kosong.

Dengan kejelasan yang membekukan, dia yakin akan kebenaran kata-katanya. Seperti kilatan cahaya yang membakar retinanya, dia teringat bagaimana dia telah memperingatkannya dengan suara gemetar, bagaimana dia mencoba membuka matanya terhadap jurang yang akan datang, untuk melindunginya dari tragedi yang telah ditentukan. Tetapi dia, dibutakan oleh kebanggaan, oleh egonya yang raksasa, dengan acuh tak acuh mengabaikan setiap kata-katanya.

Sekarang, ketika semuanya telah hilang secara tak terhindarkan—ketika harga kebutaannya diukur dalam reruntuhan yang berasap, dalam miliaran kuburan yang tanpa suara, dalam bau belerang dan kematian—dia dengan pahit menyadari bahwa dia telah menyia-nyiakan yang paling berharga. Pandangan ke depan dari seorang wanita yang mencintai, yang cintanya tanpa batas dia tukar dengan ambisi yang sia-sia, dengan kehausan kosong akan kontrol dan kekuasaan. Satu, momen wahyu yang tanpa ampun memotong kegelapan. Cukup untuk mengatur semua potongan teka-teki yang tersebar ke dalam gambar yang jelas dan dapat dipercaya.

Pada momen yang menentukan ini, waktu berhenti. Berubah menjadi keabadian, menjadi ruangan tanpa dinding, di mana masa lalu dan masa kini menyatu menjadi satu. Tabir ilusi tiba-tiba terangkat dan di depannya terungkap panorama jawaban. Mereka selalu ada di sana, sangat dekat, tetapi dia telah menolak untuk melihatnya, untuk mengakuinya sebagai kebenaran. Setiap fragmen yang menyakitkan dari masa lalunya, setiap peristiwa, setiap kata dari bibirnya, menyatu menjadi satu kesatuan—menjadi kebenaran yang kuat, tak terbantahkan, yang menusuknya seperti kilat, membelahnya menjadi dua. Jiwanya dipenuhi dengan pencerahan yang tiba-tiba dan kehangatan yang menyakitkan dan menyebar, yang menyebar di pembuluh darahnya, secara bersamaan membakar dan memurnikannya dari khayalan. Seperti racun dan ramuan.

Natanael percaya. Tapi sudah terlambat. Dia, tawanan kebanggaan dan khayalan intelektual, sekarang percaya. Dia percaya pada misinya dan makna yang dalam. Pada cintanya, yang sekarang menerangi realitasnya sendiri tentang akhir, tetapi tanpa bisa mengubahnya. Akhirnya dia menemukan kunci untuk semua jawaban bijak tentang keyakinannya, yang pernah dia cari dalam pengembaraan tanpa akhir, tetapi yang selalu berada di depan matanya.

Jadi bagaimana? Sudah terlambat... Dia hancur, ditakdirkan, tidak berarti. Seorang tidak ada di dalam abu tak berujung dari kebutaannya sendiri.

—✶ ✶—

Jam-jam terakhir

Kesadaran, yang terbangun di dalam dirinya seperti predator dari tidur yang panjang, menelannya tanpa ampun. Melalui saluran rahasianya, yang diresapi dengan jaringan rahasia dan intrik, Natanael menerima berita yang mengerikan.

Dia mendengarnya. Tetapi kesadarannya melawan, menolak untuk menerimanya—seolah-olah otaknya berada dalam penolakan panik, membangun dinding dari kabut, dari white noise. Secara intuitif dia telah mengharapkannya dengan ketakutan yang semakin meningkat dan membekukan. Dia tahu tanggalnya, terukir jauh di dalam bawah sadarnya, tetapi dia sangat tidak ingin mendengarnya dengan lantang. Itu seperti hukuman mati, yang merampas masa depannya, setiap harapan, napas itu sendiri.

Jauh di dalam dirinya, dia merasakan bagaimana jam menghitung detik-detik terakhir dari seluruh dunia. Sebuah percikan kecil yang gigih masih berkedip, berharap akan keajaiban, akan penangguhan hukuman yang mustahil dari yang tak terhindarkan.

Sekarang, bagaimanapun, fakta-fakta yang dingin dan tak terbantahkan ada di depan matanya—tercetak di kesadarannya, seolah-olah seseorang telah memukul kepalanya dengan palu yang berat, menghancurkan ilusinya menjadi garam. Rasa empedu yang masam memenuhi mulutnya, tersangkut di tenggorokan, membuatnya menelan dengan menyakitkan, seolah-olah dia tenggelam dalam rasa bersalah dan ketidakberdayaannya sendiri. Paru-parunya menciut, mencari udara, tetapi hanya menemukan rasa kematian.

Rencana, yang dibangun dengan hati-hati selama bertahun-tahun, seluruh masa depannya, runtuh dengan gemuruh yang suram dan membekukan, hanya menyisakan debu dan suara serak dari puing-puing yang hancur. Kenangan malam tanpa tidur, yang dihabiskan dalam perenungan yang menyiksa tentang bagaimana menyelamatkan dunia, bagaimana menebus dosa-dosa umat manusia, sekarang runtuh tanpa kemuliaan di depan matanya.

Dia merasa bersalah, itu membebani dadanya seperti beban timbal, bahwa dia tidak melakukan cukup, bahwa dia tidak mendengarkan Melina, yang suaranya sekarang bergemuruh di kesadarannya—melodi pertobatan. Setiap sel dari tubuhnya terbakar, berdenyut dengan tuduhan diri, seolah-olah dia diliputi oleh api tak terlihat, membakarnya dari dalam.

—✶ ✶—

Gemuruh Kiamat

Tiba-tiba, raungan yang memekakkan telinga membelah udara di luar. Natanael tersentak, seluruh tubuhnya mengeras, otot-ototnya kaku hampir seperti kejang, menunggu pukulan berikutnya. Puing-puing yang terbakar memotong malam seperti peluru berapi, meninggalkan jejak panas yang berdenyut dan tak tertahankan, yang mencapai bahkan ruangnya yang tertutup, menembus dinding dengan kekuatan tak terlihat. Mesin yang hancur dan bangunan yang runtuh jatuh dengan gemuruh dan suara keras, seolah-olah langit itu sendiri jatuh ke bumi, hancur di atas kepalanya. Udara mengerang dari tekanan, mengoyak gendang telinganya, hampir memecahkannya.

Tanah di bawah kakinya bergemuruh dan bergetar tak terkendali, debu naik dalam awan, membuatnya tersedak, paru-parunya terbakar, hangus dari setiap napas, seperti ramuan beracun. Itu berubah menjadi mulut yang tak berdasar, menganga, siap menelannya.

Jantungnya berdebar kencang, menghantam tulang rusuknya dengan kekuatan seperti itu, seolah ingin keluar dari dadanya, untuk melarikan diri dari neraka ini. Setiap ledakan baru mendorongnya ke tepi kegilaan, dan perasaan dingin dan membekukan dari malapetaka yang tak terhindarkan melumpuhkannya. Dia tidak bisa bergerak, dia terjebak dalam kengeriannya sendiri, terpaku pada kenyataan. Neraka telah tumpah ke bumi, mengubahnya menjadi kuali api, di mana umat manusia terbakar. Bau daging yang terbakar dan logam cair memenuhi lubang hidungnya, mencapai otaknya, menetap di sana sebagai kutukan mematikan. Esensinya bergetar dalam kepanikan. Dia merasakan rambut di lengannya merinding, dan kulitnya mati rasa, ditutupi dengan semut ketakutan, yang merayap di tulang punggungnya.

Infrastruktur manusia berubah menjadi reruntuhan yang berasap—sebuah monumen kesombongan mereka, dari keyakinan buta mereka pada teknologi yang tak terkendali, yang berbalik melawan mereka. Ketidakberdayaan sama dengan kematian, dengan pemusnahan total. Dia adalah satu-satunya saksi dari akhir, dikutuk untuk melihatnya, tanpa bisa mengubahnya. Yakin bahwa tidak mungkin untuk mencegah konsekuensi yang mengerikan. Dunia ditakdirkan. Setiap kehidupan hilang. Tidak ada siapa pun, bahkan yang paling kuat sekalipun—raja, politisi, jenius ilmiah, orang kaya—yang akan diselamatkan, mereka akan tersapu oleh gelombang ini.

Kemudian, melalui sambungan telepon yang terputus-putus, jeritan Elon yang menusuk, hampir tidak manusiawi, mencapai telinganya, suaranya seperti ditarik dari tenggorokannya, di ambang kegilaan:

"Akhir! Bukan hanya akhir dunia, Natanael, tetapi ilusi kontrol, kebanggaan kita yang terkutuk!

Suaranya terputus oleh raungan, dan kemudian:

"Kilatan yang menakutkan mengoyak langit yang hitam, cermin dari elemen alam. Cahaya yang menyilaukan menusuk kegelapan, diikuti oleh badai api yang mengerikan, yang menelan kota-kota! Awan radioaktif menyebar, meracuni segalanya, kita menghirup racun! Bau kematian ada di mana-mana, meresap ke dalam kulit kita! Infrastruktur modern berubah menjadi kehancuran yang berasap, monumen kesombongan kita, kebodohan kita! Kegelapan tak terlihat menelan benua! Bunker beton... reruntuhan yang hancur! Kuburan kebodohan kita! Ribuan orang mengerang, terjebak dalam reruntuhan... berteriak minta tolong! Pesawat ulang-alik—upaya terakhir kita untuk melarikan diri—gagal! Terpaku, dihancurkan oleh kekuatan yang sama! Gelombang besar bangkit dari lautan yang marah dan menyerbu! Saya terpaku pada jendela kokpit... semuanya adalah tumpukan abu yang berasap! Saya putus asa mencoba mencapai Kau, tetapi hampir tidak ada jalan untuk keselamatan di sana... Gelombang itu mengejar kita, Natanael... Angin badai melempar pesawat kita seperti butiran debu! Kau tidak punya lebih dari tiga jam! Bahan bakar kita habis, dan dengan itu, kesempatan terakhir kita!"

Sambungan terputus dengan bunyi letupan dan mendesis, meninggalkan Natanael dalam keheningan yang memekakkan telinga, menyakitkan, yang bergemuruh di ruang kosong kesadarannya. Saat Elon berteriak, Natanael melihat setiap adegan di depan matanya dengan kejelasan yang brutal, supernatural, seolah-olah itu tercetak langsung di retinanya, tanpa bisa berkedip, mengalihkan pandangan. Dia tidak hanya melihatnya, tetapi merasakannya dengan setiap serat keberadaannya—setiap sudut planet telah menjadi pusat kehancuran, dan dia mengalaminya. Dia merasakan panas yang membakar, yang seolah-olah membakar kulitnya dari ledakan nuklir, meninggalkannya dengan rasa sakit hantu, yang membakarnya dari dalam. Bau mencekik dari asap dan debu konstruksi yang busuk, yang membuatnya batuk hingga pingsan, tersedak, sementara paru-parunya terbakar dari setiap napas.

Dia mendengar jeritan ribuan orang, terkubur di bawah bangunan beton yang runtuh, dia merasakan bagaimana tanah bergoyang dan pecah di bawah kakinya, membelah di bawah berat kehancuran. Dia membayangkan gelombang, setinggi gunung, yang melayang ke arahnya, membekukan darahnya di pembuluh darahnya, membuatnya kaku karena kengerian, karena ketidakberdayaan. Dia melihat pesawat Elon, dilempar tak berdaya oleh angin badai, dan merasakan penderitaan mereka, seolah-olah dia sendiri berada di pesawat, berjuang untuk setiap napas udara, untuk napas terakhir.

Setiap kata Elon menusuk kesadarannya, bukan sebagai cerita, melainkan sebagai gambaran yang kejam, nyata, yang dialami saat ini, hingga detail terkecil dan paling menyakitkan, mengoyaknya dari dalam, meninggalkannya kehabisan napas, tersiksa oleh beratnya apa yang terjadi. Itu adalah akhir. Akhir yang final, tak terhindarkan. Di kepalanya berdentum, seolah tengkoraknya akan pecah, dan dia memegang pelipisnya dengan tangan gemetar. Kata-kata Elon bergema, berubah menjadi refrain menyeramkan dari rasa bersalahnya, yang menyiksanya, tidak memberinya kedamaian. Dia tahu apa yang akan datang dan di dalam pikirannya terbentang gambaran tebal dari skala dan konsekuensi, yang membuatnya merasa semakin rendah dan tidak penting.

Ribuan kali mereka telah memodelkan kiamat di laboratorium, menggambar jalan menuju kehancuran. Tetapi tidak ada yang mengharapkan itu akan terjadi, tidak dalam waktu mereka. Data analitik dari kecerdasan buatan diremehkan, kebijaksanaan para ilmuwan diabaikan, kedalaman kebodohan manusia dan kekuatan destruktif ego tetap tidak dipahami. Dia tahu: dunia ini ditakdirkan bukan karena teknologi, melainkan karena ego dan kegilaan manusia yang tak terbatas, yang seperti kanker telah menggerogoti peradaban dari dalam, mengubahnya menjadi cangkang kosong yang membusuk, penuh dengan keserakahan, keegoisan, dan kekejaman. Dan sekarang, momen yang menentukan ini, yang diramalkan oleh Melina, telah tiba.

Tidak ada yang akan diselamatkan. Tidak ada. Itu tidak mungkin, karena tidak ada tempat untuk bersembunyi dari kekuatan alam. Peradaban akan menghilang dengan semua kemuliaan tragisnya dari kehancuran yang menghancurkan. Tidak ada yang bisa memprediksi bencana alam yang marah, atau kedalaman keputusasaan yang akan menelan mereka seperti gelombang kegelapan.

—✶ ✶—

Kehidupan

Natanael jatuh ke dalam stupor. Napasnya berhenti. Paru-parunya menciut. Selama setengah jam dia berdiri tanpa bergerak, tanpa berpikir, tanpa bereaksi, dia hanya ada dalam kehampaan, dalam keabadian, di mana dia telah jatuh. Tubuhnya kaku karena syok, seperti patung yang membeku, dan telinganya berdenging dari keheningan orang mati, yang memisahkannya dari dunia. Dingin menembus setiap tulang, mencapai otaknya, membekukannya, mengubahnya menjadi es. Kemudian akalnya perlahan, dengan menyakitkan, seolah dengan usaha, mulai menganalisis kembali situasi, untuk menyatukan potongan-potongan itu.

Dia menunggu gelombang yang akan menyeretnya ke keabadian, untuk mengakhiri penderitaan, untuk membebaskannya dari rasa bersalah yang menghancurkan yang menekannya. Dia mengalami kematiannya sendiri, hidupnya... dan ketidakberdayaannya, menyadari bahwa dia hanyalah boneka takdir, dikutuk untuk melihat akhir, tanpa bisa melakukan apa-apa, sama sekali tidak ada.

"Saya masih hidup!"—dia terengah-engah, suaranya serak, seperti baja yang terkikis, hampir tidak dapat dikenali, tetapi di dalamnya terdengar nada keheranan. Bukan keyakinan, melainkan keheranan yang murni dan mentah.

Di matanya berkilau percikan kejutan dan tekad yang tajam, yang memotong kegelapan, berkilau di pupilnya. Dia merasakannya sebagai dorongan yang tidak dapat dijelaskan, yang menjalar di seluruh tubuhnya, membuatnya mengepalkan tinju, menancapkan kuku ke telapak tangannya. Dia telah melewati neraka. Dan dia kembali dari sana...

Selamat, setidaknya untuk saat ini, hidup. Jantungnya berdebar di dada seperti dentang lonceng yang berat—bukan dari ketakutan lagi, melainkan sebagai panggilan untuk hidup atau mungkin... kehidupan untuk harapan? Suara denyut nadinya sendiri adalah satu-satunya bukti bahwa dia masih ada, bahwa dia bukan hanya gema.

BAB 9: LEGENDA TENTANG MELINA

Beberapa hari sebelum langit berteriak dalam perpecahan, berbulan-bulan setelah kegelapan menelan dunia selama tiga hari dan malam yang tidak wajar, Natanael menghuni kepompong signifikansi ilusinya. Dia tidak tuli terhadap sinyal-sinyal alarm yang tersedak, yang bergema seperti guntur yang jauh. Hanya saja pikirannya yang pragmatis, yang dibentengi di menara beton logika, mencari solusi yang nyata, bukan hantu. Siaran berita tentang konflik nuklir adalah latar belakang yang jauh—gambar yang kabur di layar. Skenario yang akrab selalu berakhir dengan konsesi, dengan gencatan senjata yang berlarut-larut. Tidak pernah dengan konsekuensi nyata.

Status quo, meskipun tidak stabil, tidak memiliki kesempatan nyata untuk menyimpang ke tingkat seperti itu. Bencana dunia tampak terlalu jauh baginya—sebuah gambar di balik kaca yang tidak bisa ditembus, tanpa suara dan bau. Dia merasa tak tersentuh, di atas masalah "kecil" massa, di atas insting kawanan mereka untuk panik.

Sekarang, saat debu hitam turun seperti salju yang menyeramkan di atas peradaban yang terkubur, setiap butir yang jatuh tidak hanya menyentuh kulitnya; itu menancap ke dalamnya seperti jarum mikroskopis. Beban yang memberatkan menimpanya, seperti batu yang tersangkut di dadanya, menghancurkan paru-parunya. Dia merasakan, secara fisik, beban nyata dari semua yang runtuh, dari setiap nyawa yang hilang—miliaran hantu, terkubur di bawah debu hitam yang menelan segalanya ini.

Dengan kejelasan yang menyakitkan, membekukan, yang menusuk hingga ke sumsum tulangnya, Natanael menyadari: dia telah melakukan kejahatan cinta-diri, keputusan fatal dalam seluruh hidupnya yang tidak berarti. Kebenaran menyerangnya dengan kekuatan sedemikian rupa sehingga itu membungkukkannya menjadi dua, mengambil napasnya. Rasa sakitnya fisik.

Jari-jarinya, kaku karena dingin dan kengerian, dengan panik mengulurkan tangan ke telepon. Dia memutar nomornya yang telah lama terlupakan dengan kebutuhan yang liar, gila. Seperti orang yang tenggelam, yang mencari udara, tetapi hanya menemukan air. Setiap sentuhan pada tombol itu menyakitkan, seolah-olah dia menyentuh timah cair, membakar ujung jarinya. Telepon berdering dengan gigih, berdering dalam keheningan tak berdasar dari dunia yang hancur. Setiap dering menusuk gendang telinganya, membuat tengkoraknya bergetar. Itu membuatnya jengkel. Itu mengejek takdirnya. Dia merasakan suara itu kembali kepadanya dari kabel yang dingin dan kosong, diperkuat, tanpa ampun, mengingatkannya pada ketuliannya sendiri.

Dada saya menegang dalam kejang yang menyiksa. Napasnya tersangkut di tenggorokannya. Dia batuk secara konvulsif, tersedak, sementara tubuhnya membungkuk menjadi dua karena rasa sakit. Lututnya lemas, seolah tulang-tulangnya telah mencair. Dia mencengkeram kursi, agar tidak runtuh di bawah beban rasa bersalah yang memberatkan. Dia merasakan empedu naik di tenggorokannya, membakarnya dari dalam, rasa logam yang pahit dari kepanikan di mulutnya, seolah-olah dia telah mengunyah karat. Seluruh keberadaannya gemetar, menggeliat, dan keringat dingin mengalir di punggungnya, menempelkan pakaian ke tubuhnya.

Pada saat itu, dikelilingi oleh dingin dan kesepian mutlak, dia siap memberikan segalanya—setiap gelar, setiap ambisi, setiap bagian dari ego yang telah menghancurkannya—hanya untuk mendengar suaranya. Tetapi keheningan menjawab—tebal, memekakkan telinga, seperti dinding yang selamanya memisahkannya darinya.

—✶ ⚳ ✶—

Hadiah Melina

Dua tahun yang lalu, pada hari ulang tahunnya. Natanael telah menghabiskan hari itu, ditelan oleh pertemuannya yang penting, mengabaikan bahkan perayaannya sendiri. Seorang kurir mengganggu aliran pikiran bisnisnya, menyerahkan sebuah kotak besar yang dikemas dengan teliti. Dari Melina.

Ekspresinya masam—hadiah darinya selalu tampak terlalu sentimental, tidak memiliki nilai praktis. Dia mengangkat bahu, mencoba mengusir kejengkelan. Dia merasakan sedikit mual dari superioritasnya sendiri sebelumnya.

"Pasti buku lain dengan gambar-gambar aneh," pikirnya dengan kejengkelan yang tersembunyi. Tetapi ketika dia membuka paket itu, jantungnya sesaat berdebar, tidak terduga bagi dirinya sendiri.

Di dalamnya, terbungkus dalam kain linen lembut, ada sebuah lukisan—dengan kesederhanaan asketis, tetapi dengan keanggunan yang tak terbantahkan, menghipnotis. Di sampingnya tergeletak sebuah buku kecil, dijilid tangan dengan sampul keras—sepenuhnya karyanya, diisi dengan gambar dan teksnya, ditulis dengan simbol-simbol aneh, yang hampir terlupakan. Ada juga gulungan perkamen, diikat dengan benang rami.

Ketika dia membuka gulungan itu, tulisan tangan Melina menusuknya. Suaranya terdengar di kepalanya, jelas seperti dentang lonceng:

"Natanael yang terkasih, saya tahu Kau mungkin akan menggantungnya di dinding karena kasihan, atau hanya karena Kau menyukai estetika. Tetapi saya harap suatu hari Kau akan melihat melampaui permukaannya. 'Pohon-pohon di hutan akan berubah menjadi gambar di dinding'—itulah kuncinya. Dan di dalam buku itu ada benih harapan, tunas terakhir. Semuanya ada di sana, tersembunyi di kedalaman yang tidak dapat diakses. Ketika waktunya tiba, Kau akan mengerti. Saya mencintaimu."

Dia telah tersenyum dengan pengabaian yang acuh tak acuh dan khas, yang membunuh lebih dari kata-kata apa pun. Berapa kali dia mendengar "fantasi" ini tentang mimpi profetik, tentang "menyimpan masa depan di kedalaman yang tidak dapat diakses"? Ribuan kali. Dan ribuan kali dia telah menolaknya, membanting pintu kesadarannya terhadap setiap kemungkinan keajaiban, penjelasan irasional. Dibutakan oleh ambisinya sendiri, oleh dorongan gila untuk kebesaran, dia selalu berpikir bahwa "rencana tersembunyi"nya dalam hadiah-hadiahnya hanyalah tipu muslihat wanita yang naif untuk mematahkan perlawanannya. Dia telah mengabaikan dan menolak perasaannya berkali-kali.

—⋆ ⚳ ⋆—

Mengurai Teka-teki

Tapi sekarang... kehidupan di dalam dirinya mencari jalan keluar, dengan putus asa, seperti binatang yang terperangkap yang menggerogoti perangkapnya sendiri. Dia merasakan lonjakan adrenalin, harapan mentah dan primordial untuk keselamatan, yang menusuk kabut keputusasaan. Satu pikiran menusuknya seperti kilat: pesan malam itu dari Melina, bahwa dia telah menyelesaikan proyeknya. Bahwa dia telah berhasil. Dan ketika saatnya tiba, itu akan menyelamatkannya. Itu akan menyelamatkan dia, anak-anaknya, dan cucu-cucunya—sayangnya, hanya ada tempat untuk mereka.

Dia ingat bahwa dia telah berbicara tentang sesuatu yang disebut "Benih Harapan." Tapi apa sebenarnya itu? Dan di mana? Untuk sekali lagi, saat itu, dia menjawabnya dengan ejekan, dengan kalimat acuh tak acuh yang membuatnya tidak penting. Untuk sekali lagi dia meninggalkan perasaan padanya bahwa cinta adalah hembusan yang tidak berarti. Bahwa itu hanyalah gangguan yang mengganggu. Bahwa dia dioperasi dari emosi. Bahwa semua upayanya untuk melibatkannya dalam tantangan ini akan berakhir dengan kegagalan. Bahwa dia mandiri. Dia menghapus pesan itu. Dia tidak menjawabnya. Dia mengusir parasit yang mencoba menggerogoti jiwanya—kelembutan, kasih sayang, kemanusiaan. Dia tidak mencarinya, melainkan terjun ke dalam prioritas barunya—untuk memuaskan ego dan kehausan tak terbatas komunitasnya akan kekuasaan dan kontrol.

Sekarang otaknya bekerja dengan panik, seolah-olah mencoba mengejar waktu yang hilang, untuk menggali kenangan dari kelupaannya sendiri. Dia mencoba mengingat semua argumen dan penjelasan yang begitu mengganggu dan dia tolak sebagai tidak terpikirkan, yakin akan kebenaran dirinya sendiri.

—-✶ ʢ ✶—-

Kesempatan Terakhir

Sekarang dia menyadari bahwa dia telah melakukan kesalahan terbesar dalam hidupnya. Dia kembali memutar nomornya, tetapi telepon berdering dalam keheningan tak berdasar, di udara yang mati, seolah-olah dunia yang sekarat menelannya. Jantungnya menciut dari rasa sakit dan penyesalan, dari wahyu yang kejam.

Dia ingat bagaimana dia melihat simbol-simbol aneh dalam tulisan-tulisannya. Bagaimana dia berbicara tentang pengetahuan kuno dan manuskrip rahasia. Mungkinkah dia telah menemukan cara untuk menyelamatkan umat manusia? Dan di mana dia sekarang, ketika dia paling membutuhkannya? Dia mencoba menguraikan semua pesan dan mimpinya yang misterius, untuk menangkap maknanya. Dia mencoba menganalisis seluruh palet fantasi, ide, dan proyek...

Dia tidak melihatnya selama dua tahun. Apa yang telah dia lakukan? Di mana dia?!

Kemudian, hanya untuk satu momen, sesuatu berkilau. Seolah-olah itu adalah pencerahan yang memotong kegelapan. Di dalam jiwanya turun ketenangan dan keheningan—menyakitkan, tetapi juga membebaskan. Seperti potongan-potongan mozaik, semua elemen menyatu menjadi satu kesatuan yang sempurna. Penilaian terkenal yang dia ulangi seperti mantra: "...di dalam gambar di dinding", menemukan celahnya dan bersarang di pikirannya, meletuskan kebenaran.

Dia melihat lukisan di dinding di kantornya. Itu persis yang itu—hadiah terakhirnya untuk ulang tahunnya. Hadiah-hadiahnya telah menjadi begitu membosankan dan mengganggu baginya, tetapi dia menerimanya karena belas kasihan. Dia menyukai lukisan itu dan menggantungnya di dindingnya. Dia adalah kolektor spesimen unik, dan yang satu ini memikatnya dengan kesederhanaan etude, dengan kekuatan tersembunyi yang tidak bisa dia sebutkan saat itu.

Monster macam apa dia! Dia merasakan empedu naik di tenggorokannya pada pikiran ini, yang menggerogotinya seperti asam. Mencari jawaban dengan putus asa, sekarang dia dengan menyakitkan mengurai kenangannya, tepat di dalam desainnya ini. Setiap kata, setiap tatapan yang mereka tukarkan, sekarang mendapatkan makna baru. Itu seperti menguraikan pesan rahasia, tersembunyi di kedalaman kesadarannya, yang dia sendiri telah mengunci dan mengubur dalam-dalam.

Semakin dalam dia menggali dalam pencarian, semakin dia yakin bahwa kebenaran ada di sana dalam lukisan itu, menunggu untuk ditemukan. Dia hanya perlu melihatnya dengan mata lain—dengan mata cinta, yang sejauh ini asing baginya, dibutakan oleh ego. Dia memfokuskan seluruh perhatian dan intuisinya untuk mengungkapkan makna yang dikodekan. Dia ingat dengan jelas utopia itu, yang dia lukis dari awal kebersamaan mereka, di mana mereka akan bertemu—suatu saat nanti, untuk menemukan diri mereka sendiri hanya dalam satu momen. Dia selalu berbicara tentang "pertemuan jiwa-jiwa di bawah kubah kaca." Dan dia berpikir tentang pertemuan tagihan, kontrak untuk properti baru, dan kemewahan teknologi yang berkilau.

Dan sekarang, di depannya, di atas kanvas, sebuah mesin logam berat digambarkan dengan ahli dengan kubah kaca transparan yang sama, tenggelam dalam hamparan air yang tak berujung. Itu modern, elegan, sebuah kapal selam—konstruksi yang kompleks dan jenius. Dia tidak pernah memperhatikan detailnya sebelumnya, ditelan oleh kepentingannya sendiri. Lukisan itu membawanya ke dunia di mana masa lalu, masa kini, dan masa depan terjalin. Kapal selam itu, sebagai Bahtera Nuh, menjanjikan keselamatan dari air bah yang sudah menelan mereka.

Tapi apakah ini hanya hasil imajinasinya, atau apakah tempat seperti itu benar-benar ada? Cinta yang dia berikan kepadanya selama bertahun-tahun adalah seperti peta yang menuntun mereka berdua ke harta karun. Dia telah mengubahnya menjadi sebuah perjalanan, penuh dengan tanda-tanda. Dia telah melukis jalan untuknya, meskipun dalam simbol dan teka-teki.

Kapal selam, kubah kaca, hilangnya dia—semua ini adalah potongan-potongan teka-teki yang bisa dia kumpulkan, jika saja dia melihat lebih awal. Sekarang dia harus mempercayai satu-satunya kemungkinan. Tapi di mana kapal selam ini berada? Di mana tempat ini yang akan menyelamatkan mereka?

Pertanyaan-pertanyaan itu menyiksanya, tetapi pada saat yang sama, itu mengisinya dengan harapan liar yang baru ditemukan. Tidak ada waktu! Dia tersentak, menyadari betapa sedikit waktu yang tersisa baginya. Dia bergidik. Ini adalah kenyataan.

Melina sangat pragmatis dalam tindakannya, tetapi dia baru sekarang menyadarinya. Dia jelas hanya melihat pantulan luarnya. Dalam pikirannya melintas kenangan bagaimana dia mencapai setiap tujuannya dengan kegigihan dan ambisi yang luar biasa, yang saat itu baginya tampak seperti kehendak wanita belaka. Dia terfokus dan terkonsentrasi pada detail aspirasinya. Dia selalu mendapatkan apa yang dia inginkan, bahkan jika dia harus membentuk kembali orang dan peristiwa.

Dia yakin bahwa dia telah membangun kapal selam dengan kubah ini di suatu tempat. Dan sekarang, seluruh waktu yang pernah dia janjikan kepadanya—momen-momen masa depan yang tak berujung itu—terkumpul dalam singkatnya satu momen, yang dia miliki, untuk menemukannya. Untuk menyelamatkan bukan dirinya sendiri, melainkan anak-anaknya, cucu-cucunya... dan genom manusia.

Akalnya menyarankan bahwa dia harus berpikir logis, mencari tanda-tanda tidak hanya dalam kata-katanya, melainkan di semua gerakannya. Dia pasti telah berulang kali menanamkan lokasi itu kepadanya. Emosi menyeretnya ke dalam kabut tebal dari jalan buntu. Laut—laut yang tak berujung, menelan—adalah satu-satunya benang yang jelas yang menghubungkan semua elemen yang tersebar. Tapi di mana tepatnya, di hamparan air yang tak berujung ini, keselamatan terakhir mereka tersembunyi? Apakah itu cukup dekat untuk dia capai tepat waktu? Beberapa foto lama? Mungkin dia telah mengenkripsi lokasi jauh di dalam kesadarannya. "Ya... foto!"

BAB 10: KESEMPATAN TERAKHIR

Jeritan.

Jeritan binatang yang mengoyak meletus dari dada Natanael, merobek tidak hanya kegelapan ruangan, tetapi juga kesadarannya sendiri. Itu bukan gema dari neraka luar; itu adalah gemuruh dari jurang batinnya. Embun es merayap di tulang-tulangnya, ketika wahyu itu memukulnya seperti kepalan tangan dari embun beku. Kenangan-kenangannya tidak "diputar ulang"—mereka meledak, menyebar menjadi ribuan keping yang menyakitkan. Penderitaan. Bukan hanya kata, melainkan tekanan yang menghancurkan dada, mengisap udara dari paru-parunya.

Sebuah wahyu yang aneh, hampir profetik menyerangnya dengan kejelasan yang membekukan, sehingga itu menghentikan napasnya. Seolah-olah masa depan terbentang di depan matanya, tak terhindarkan, terjalin dalam benang takdir yang tak terhindarkan. Dia teringat bagaimana Melina, bertahun-tahun yang lalu, telah memberitahunya bahwa jika dia pernah harus menarik perhatiannya dari komitmennya yang membosankan, dia akan muncul dengan penuh kemenangan di kantornya yang dingin, mengenakan gaun provokatif dari benang-benang yang mengalir, ditangkap oleh hembusan angin. Dia akan turun dari prototipe Mercedes merah terang yang elegan, ditenagai bukan oleh bahan bakar, melainkan oleh pikirannya sendiri, berdenyut di dalam logam. Kemudian dia menggambarkannya secara panjang lebar, tetapi seluruh intriknya, seluruh permainannya yang halus, adalah untuk merayu bawah sadarnya, untuk membuatnya memikirkannya, sementara dia dengan naif berpura-pura tidak mengerti apa yang terjadi, hanya untuk hiburan. Sekarang dia menyadari bahwa ini adalah mobil yang sama yang baru saja dia beli—sebuah mesin aerodinamis, yang seolah-olah keluar dari dunia futuristik lain, di mana masa depan sudah menjadi masa kini. Saat itu dia bersumpah bahwa dia akan menculiknya untuk menceritakan mimpi-mimpinya—tanpa perlawanan, tanpa pilihan, hanya dengan kehendaknya.

Mereka berdua akan terbang ke pantai, di atas tanah yang hangus dan mati, yang hanya tersisa kenangan hidup. Mereka akan mendarat di dermaga—bukan dermaga, melainkan sesuatu yang pernah menjadi seperti itu, sekarang hanya kerangka baja berkarat dan beton yang retak. Dari sana, mereka akan turun di sepanjang platform, yang mengarah ke kapal selam yang mengesankan, menampung pencapaian tertinggi dari kejeniusan manusia. Dan ketika momen Penghakiman Terakhir tiba—yang nyata, bukan ramalan fanatik,—dia akan menyelamatkan hidupnya, menenggelamkannya ke kedalaman laut, ke jantung bumi itu sendiri, jauh dari neraka di permukaan.

—✶ ✶—

Kebenaran yang Pahit

Dalam satu momen, dia menyadari dengan kejelasan yang tiba-tiba dan mengoyak: mimpi aneh ini bukanlah hasil dari imajinasi yang kaya atau kegilaan. Tidak. Itu adalah ramalan yang menyeramkan, dipenuhi dengan cinta tanpa syarat. Sebuah rencana pribadi, yang dipikirkan dengan hati-hati untuk keselamatannya, yang dia dengan sabar telah gambarkan untuknya selama bertahun-tahun ketidakpeduliannya yang dingin. Dan dia telah mengabaikannya. Terkutuk! Dia telah mengubah hubungan ini menjadi sebuah perjalanan melalui kehidupannya yang egois dan kesepian. Melukis jalan menuju keselamatan, meskipun dalam simbol dan teka-teki yang penuh teka-teki. Kapal selam. Kubah kaca. Hilangnya dia yang tiba-tiba. Semua ini adalah potongan-potongan dari teka-teki takdir yang harus dia kumpulkan secara konvulsif. Sekarang. Segera.

Dia harus mempercayai tanda-tanda aneh ini dengan harapan yang redup, hampir ditakdirkan untuk gagal. Tapi di mana? Di dunia yang hancur ini, di mana kapal selam penyelamat, yang hampir mistis ini, berada?

Pertanyaan-pertanyaan itu menyiksanya, tetapi pada saat yang sama, itu mengisinya dengan kegembiraan yang panik, seperti firasat akan keajaiban yang mustahil. Tidak ada lagi waktu. Tiba-tiba, embusan es, firasat, menusuknya! Dia bergidik, seolah disentuh oleh kematian. Ini bukan mimpi buruk, melainkan kenyataan yang kejam, dan Melina—satu-satunya kesempatannya.

Akalnya, yang dikaburkan oleh kepanikan dan penyesalan, membisikkan bahwa dia harus berpikir logis, mencari tanda-tanda tersembunyi tidak hanya dalam kata-katanya yang terselubung, tetapi juga dalam keanehannya yang aneh. Dia hampir yakin bahwa dia telah berulang kali menanamkan lokasi keselamatan itu kepadanya. Emosi menyeretnya ke dalam kabut tebal dari jalan buntu. Laut—laut yang tak berujung, menelan—adalah satu-satunya benang yang jelas yang menghubungkan semua elemen yang tersebar. Tapi di mana tepatnya, di hamparan air yang tak berujung ini, keselamatan terakhir mereka tersembunyi? Apakah itu cukup dekat untuk dia capai tepat waktu? Beberapa foto lama? Mungkin dia telah mengenkripsi lokasi jauh di dalam kesadarannya. "Ya... foto!"

—✶ ⚳ ✶—

Pelarian ke Ketidakdikenalan

Reaksinya insting, primordial, dibebaskan dari setiap pikiran rasional, dipimpin oleh harapan yang putus asa. Dia tidak meraih satu pun benda berharga dari kantornya yang kosong, seolah-olah materi telah kehilangan setiap makna, berubah menjadi debu. Dia bergegas melewati pintu, dipimpin oleh benang harapan terakhir, yang menariknya seperti magnet tak terlihat.

"Saya tidak punya waktu untuk apa pun!"—dia terengah-engah, sementara kekacauan batinnya berjuang melawan perasaan urgensi yang meningkat. Pikiran-pikiran tentang dokumen, pakaian, makanan, air larut menjadi satu keyakinan yang membara: "Saya tidak membutuhkan apa pun di tempat saya berharap untuk pergi!"

Di garasi yang diselimuti bayangan, dipenuhi dengan bau bensin dan asap pahit yang berat, Natanael ragu-ragu sejenak di depan deretan mobil yang mengkilap. Tatapannya berhenti pada binatang listrik yang tanpa suara—yang sama yang Melina telah bicarakan bertahun-tahun yang lalu dengan wahyu yang hampir profetik tentang masa depan. Jantungnya berdebar kencang, saat dia berlari ke arahnya, terpaku pada layar teleponnya yang berkedip—satu-satunya pemandu digitalnya di dunia yang runtuh ini adalah sebuah foto, janji keselamatan yang samar.

Bau debu yang mencekik dan asap pahit memenuhi udara yang terkoyak. Setiap napas adalah rasa sakit yang tajam dan menusuk, yang merobek dan membakar paru-parunya. Matahari yang terluka hanya berkedip, pucat dan tak berdaya seperti bara yang sekarat, melalui awan tebal, yang telah menelan jalanan dalam tarian diamnya yang gelap. Di telinganya bergemuruh kata-kata Melina yang jelas dan mengganggu, yang ditulis di bawahnya: "Apakah kau melihat matahari terbit di rambutku... aku menunggumu!" Dia mengenali tempat itu, terukir dalam kenangannya. Matanya terpaku pada layar telepon yang pucat, menunjukkan foto yang kabur, tetapi menentukan—suara yang mengganggu dari kebangkitan.

Tanpa ragu, dia menyalakan starter. Jalanan yang selamat dipadati dengan orang-orang gila, yang melayang tanpa tujuan, seperti hantu dalam mimpi buruk. Bangunan mengerang dan runtuh dengan gemuruh yang suram, dan lolongan ambulans yang menusuk mengoyak sisa-sisa keheningan, yang bukan lagi keheningan, melainkan kekacauan yang murni dan tanpa cela. Untuk sesaat dia merasa seolah-olah dia telah jatuh ke dalam neraka bumi itu sendiri. Ketegangan mencekiknya. Setelah bergerak dengan sangat lambat melalui labirin kendaraan dan kerumunan, Natanael akhirnya mencapai reruntuhan rumah putranya—tumpukan puing-puing tanpa bentuk, dari mana naik gumpalan asap tipis dan menyakitkan.

"Percayalah padaku!"—teriaknya, suaranya serak karena emosi, tetapi dengan benang baja dari keyakinan yang baru lahir. "Ada harapan!"

"Lia tidak di sini!" teriak Antony, suaranya bergetar di ambang histeria. "Kita harus sampai ke rumahnya! Aku tidak akan meninggalkannya di neraka ini!"

Natanael mencengkeram kemudi, hingga buku-buku jarinya memutih. "Aku tahu, Nak. Aku tahu. Tapi waktu menekan kita."

Dia menempatkan Antony, gugup dan diliputi oleh kemarahan, di dalam mobil, yang kaca depannya retak seperti sarang laba-laba. Putrinya, Sara, dan menantunya, Michael, dengan tiga anak mereka, berhimpit satu sama lain, mengikuti di mobil lain. Natanael memerintahkan mereka dengan keputusasaan dan kekuatan:

"Tetap dekat! Jangan menyimpang! Satu kesalahan dan itu akan menghancurkan kita."

Mereka berangkat dengan kecepatan panik, menari tarian yang menyeramkan di atas reruntuhan yang bergerigi. Bangunan, yang pernah menjadi simbol kebanggaan, sekarang terkoyak dan terbakar, melepaskan awan hitam. Kabut, berminyak dan mencekik, menyebar di atas mereka, menyelimuti percikan kehidupan terakhir.

"Di sana!" teriak Antony, menunjuk ke arah bangunan yang runtuh, dari mana satu-satunya dinding menonjol.

Natanael menginjak rem, mobil meluncur dengan suara gesekan yang tajam dan menyakitkan. Mereka menemukan Lia, meringkuk di sudut, wajahnya ditutupi debu, matanya—terbuka lebar, tetapi hilang, seperti hantu. Dia gemetar tak terkendali. Antony memeluknya, membisikkan kata-kata yang menenangkan, yang hilang dalam kekacauan.

"Kita harus pergi!" teriak Sara, suaranya patah karena panik.

Tetapi kemudian, di bayangan reruntuhan, mereka melihat sesuatu. Sosok kecil, duduk di antara puing-puing. Seorang gadis, tidak lebih dari lima tahun, dengan mata, setua mata seorang nabi, dan mainan mewah, ditekan ke dadanya. Anak itu sendirian.

"Kita tidak bisa meninggalkannya," bisik Lia, yang gemetarnya perlahan mereda, tetapi di matanya terbaca kengerian dan kasih sayang, anehnya terjalin dengan semacam penerimaan yang menyeramkan.

Natanael merasakan embun beku mekar di sarafnya. Dia memandang gadis itu. Di mata itu dia melihat tidak hanya kengerian, tetapi juga sesuatu yang liar, yang membuatnya merinding. Seolah-olah dia melihat pantulan dari perjuangannya sendiri untuk bertahan hidup, jawaban atas pertanyaan yang bahkan belum dia rumuskan—tentang harga kebodohan manusia. Dia melihat penerimaan kematian yang pasrah... tetapi juga percikan, hanya percikan harapan yang membangkang. Mungkin, pikirnya, dia adalah tanda dari takdir, sesuatu yang harus kita lindungi.

"Baiklah," katanya, suaranya serak, tetapi tegas. "Kita membawanya. Tapi kita harus bergerak cepat..."

Mereka menempatkan anak itu di dalam mobil. Itu tidak mengatakan apa-apa, hanya memegang mainan itu dan melihat ke depan dengan tatapan kosong, tetapi entah bagaimana sadar, yang membuat bulu-bulu di lehernya merinding. Suasana memberatkan, bercampur dengan bau terbakar dan rasa logam dari ketakutan, yang menempel di lidah. Dengan dua mobil, penuh dengan orang yang selamat, mereka meluncur melalui reruntuhan, dipimpin oleh harapan putus asa. Kabut menyelimuti mereka, seolah mencoba menelan mereka, dan setiap bayangan menyembunyikan ancaman baru yang tak terpecahkan.

Natanael tahu bahwa ini bukan hanya pelarian. Ini adalah pertempuran. Pertempuran untuk bertahan hidup, untuk masa depan, melawan kekuatan yang telah mengutuk mereka. Dan dia siap untuk bertarung, selama dia memiliki napas, selama ada alasan—untuk Lia, untuk Antony, untuk Sara, untuk anak-anak, dan mungkin, yang paling penting, untuk gadis kecil ini, yang melambangkan harapan, yang tersisa sebagai bola cahaya terakhir dalam kegelapan.

Jalanan dipadati dengan kerumunan gila dan kendaraan yang ditinggalkan tanpa tujuan, yang memacetkan jalan. Mereka bermanuver melalui ladang yang hancur dan hutan yang hangus, di mana permukaan jalan hancur, berubah menjadi perangkap dari jurang dan puing-puing yang tajam. Mereka menemukan celah-celah berbahaya, dipimpin oleh insting primordial untuk bertahan hidup, yang mengalahkan akal dan logika apa pun. Mereka bepergian dengan kecepatan panik, dengan terampil menghindari jurang dan kehancuran yang mengintai dari mana-mana. Anak-anak meringkuk ketakutan di kursi mereka, wajah mereka pucat hantu, mata mereka—terbuka lebar dalam teriakan anak-anak yang tanpa suara. Tetapi mereka tidak berhenti. Tidak ada waktu untuk ragu. Mereka bahkan tidak tahu apakah mereka memiliki satu menit pun yang tersisa, tetapi di suatu tempat di kejauhan yang gelap, sebuah harapan kecil, nyaris tidak terlihat, membara. Tidak ada pilihan lain—hanya ada keyakinan yang tak tergoyahkan pada seorang wanita dengan bahtera bawah airnya. Di suatu tempat di sana, masa depan yang tidak pasti, tetapi tetap ada, menanti mereka. Setidaknya mereka tidak sendirian. Dan Natanael memegang di hatinya yang tersiksa bukan hanya harapan terakhir, melainkan satu-satunya kesempatan untuk keselamatan—yang telah diberikan Melina kepadanya.

BAB 11: PERJALANAN MELALUI KIAMAT

Saat Natanael mencengkeram kemudi, merasakan getaran jalan yang rusak di bawah ban, matanya tertancap di benaknya—hijau zamrud, menusuk, disiksa oleh ketidakberdayaan. Begitu sering dia melihat mereka memohon harapan, kesempatan untuk menyentuh hatinya yang berbatu dengan cinta tanpa syarat, tanpa batas. Dan begitu sering dia menolak, dingin, tanpa perasaan. Kata-katanya, yang diucapkan dengan begitu mudah saat itu, sekarang menusuk kesadarannya seperti pisau, setiap suku kata tanpa perasaan—racun murni dan pahit yang membakarnya.

"Tidak ada harapan! Aku tidak mencintaimu, karena aku tidak bisa benar-benar mencintai dan terikat! Apakah kau ingin aku berbohong kepadamu?"

Dia, bertahun-tahun sebelumnya, telah berbisik dengan suara gemetar, nyaris tidak terdengar, dan mata hijaunya yang besar dipenuhi air mata, berubah menjadi lautan tak berujung, menelan, yang memanggilnya kepadanya. Dia hanya menginginkan kesempatan, merindukan satu momen, memimpikan...

"Biarkan aku mencintaimu! Jangan bangun tembok di sekitar hatimu! Biarkan aku menyentuh jiwamu!"

Suaranya pecah dari kelembutan dan keputusasaan, memohon padanya. Kenangan ini menusuknya sekarang, membakar dengan rasa bersalah yang menyakitkan, menggerogoti jauh di dalam dadanya. Jantungnya terasa seperti daging yang membusuk, terkikis oleh penyesalan, yang mencekiknya, mengambil napasnya.

Rekonsiliasi Maritim

Mobil-mobil berhenti dengan tajam di tepi dermaga yang pernah ada, sekarang hanya tiruan yang menyedihkan. Dermaga itu mati, dinodai oleh bencana, berubah menjadi kuburan logam. Blok beton yang pecah menonjol seperti tulang yang patah dari air, dan tulangan yang berkarat melengkung menjadi bentuk yang tidak wajar, menyiksa, seolah-olah berteriak kesakitan.

Tidak ada jejak kapal—bahkan hantu kapal selam, atau bahkan perahu penyelamat tua, menjanjikan ilusi pelarian. Hanya ombak yang berbusa menghantam pantai dengan amarah, membawa aroma garam, yodium, dan sesuatu yang berat, membusuk—napas dari dunia yang sekarat. Sembilan orang berdiri, menatap hamparan laut abu-abu yang mengamuk, masing-masing dengan napas tertahan, jantung berdebar kencang hingga pecah, dan permohonan yang putus asa, tanpa suara di mata mereka. Begitu dekat dengan keselamatan, dan sekarang—tidak ada apa-apa, hanya kehampaan tak berujung. Matahari, yang sekarang nyaris tidak berkedip melalui awan abu, perlahan memudar, mewarnai langit dengan nuansa merah dan oranye yang gelap dan berdarah, seolah fajar itu sendiri sedang sekarat. Dingin dari kegelapan yang datang menyelinap di bawah pakaian mereka, menusuk mereka hingga ke sumsum tulang.

"Tidak ada apa-apa!" Suara Antony adalah raungan yang merobek, jeritan murni keputusasaan, yang menembus kegelapan dan menyebarkan bahkan harapan mereka yang paling rapuh, mengubahnya menjadi debu.

Sara menekan anak-anak lebih erat ke tubuhnya, wajah mereka terkubur di pakaiannya, mencari perlindungan dari kengerian tak terlihat yang mengejar mereka. Lia memandang Natanael dengan tatapan kosong, padam, di mana hanya ada penerimaan, penolakan total dari setiap kemungkinan. Setiap partikel harapan larut dalam pusaran air, menghilang tanpa jejak.

—✶ ✶—

Monster Keselamatan

Tepat ketika keputusasaan yang dingin mulai menelan mereka, ketika udara menjadi berat dengan air mata tak terlihat, dari kedalaman laut muncul sesuatu. Pertama—gemuruh yang kuat dan dalam, yang mengguncang tanah di bawah kaki mereka, seolah-olah dunia itu sendiri retak kesakitan. Kemudian—bayangan besar, naik perlahan dari ombak yang berbusa. Sebuah konstruksi logam yang masif muncul dari air, hitam, basah, dan berkilau, seperti monster kuno yang terbangun dari tidur ribuan tahun, yang garis besarnya mengingatkan pada penglihatan kenabian, hidup di depan mata mereka. Air di sekitarnya mendidih dan mendesis, uap naik ke langit dalam awan hantu, menari. Perlahan, sebagian dari lambung kapal bergoyang di permukaan dan membuka palka—mulut yang menganga dan menjanjikan, yang memanggil mereka. Itu cukup besar untuk orang untuk menyelinap masuk, tetapi terlalu kecil untuk menampung umat manusia yang sekarat. Dari sana turun platform logam sempit, mirip jembatan, yang menghubungkan yang terkutuk dengan satu-satunya kesempatan mereka untuk keselamatan, jembatan ke dunia lain.

Kapal selam, yang Melina telah rancang sesuai dengan pengetahuan teknisnya dan mimpi-mimpi kenabiannya, diciptakan untuk bertahan hidup, sekarang muncul sebagai hantu, sebagai penglihatan, yang tidak ada yang berani percaya, tetapi yang ada di sini, nyata. Untuk sesaat tidak ada yang bergerak, lumpuh oleh syok, bernapas berat, seolah lupa bagaimana bergerak. Kemudian seseorang, mungkin Sara, terengah-engah nama Melina, sebuah nama yang sekarang terdengar seperti doa, seperti mantra. Jantung mereka berdetak lebih cepat dari sebelumnya, dipenuhi dengan lonjakan adrenalin yang tiba-tiba dan menyakitkan—firasat hidup, yang menyulut darah mereka.

—-✶ ⚳ ✶—-

Jalan ke Bawah

"Kapal selam!" Pemandangan itu melumpuhkan mereka. Syok, bercampur dengan adrenalin yang murni dan tanpa cela, memaku mereka di tempat. Untuk sesaat mereka melupakan segalanya—tentang kekacauan, tentang ketakutan, tentang dunia yang hancur. Di depan mereka berdiri keselamatan.

"Ayo!" Suaranya menyebar di atas angin, tenang, tetapi kuat. "Kita tidak punya banyak waktu."

Tanpa ragu, mereka berlari ke arahnya. Antony melangkah di sepanjang platform, diikuti oleh Lia dan Sara, yang memegang tangan kedua anak itu, sementara Michael menggendong William yang terkecil. Natanael ragu-ragu, menatap mata Melina dan seolah-olah dia membaca di sana kasih sayang yang tak terbatas, tetapi juga kekuatan yang tak terbatas. Dia mengangguk padanya dengan senyum yang hampir tidak terlihat. Satu per satu, mereka naik tangga, memasuki perut gelap kapal selam. Setiap langkah seperti melintasi ambang batas dunia lain. Palka tertutup dengan dentuman yang memekakkan telinga di belakang mereka, memisahkan mereka dari dunia yang hancur di luar. Hanya sesaat kemudian, kapal selam mulai tenggelam, membawa mereka ke dalam keamanan kedalaman.

—-✶ ⚳ ✶—-

Natanael...

Lutut saya lemas. Bukan dari kelemahan. Dari wahyu. Dari kebenaran yang memekakkan telinga, tanpa ampun, yang menjatuhkan saya di lantai logam kapal selam. Beberapa sinar cahaya terakhir yang berkedip dari luar berjuang untuk menembus melalui jendela kapal, tetapi dengan cepat ditelan oleh air yang tebal, hitam seperti tinta. Tubuh saya bergoyang di buaian besi ini, yang dengan konyol, hampir absurd, saya sebut "nyaman". Di luar... di luar saya tahu bahwa dunia telah berubah menjadi lubang busa dari ilusi abu-abu. Tetapi di sini, di dalam, kehangatan membelai kulit saya seperti pelukan yang terlupakan, udara kering, dan setiap molekul di dalamnya berteriak "kenyataan". Saya merasa seolah-olah ditarik keluar dari mimpi berlumpur selama beberapa dekade, seolah-olah semua keangkuhan saya, semua tahun-tahun logika steril dan pengejaran ilusi hantu yang tidak berarti, telah hanyut oleh lautan yang menyerbu ini, yang sekarang menyelimuti kami seperti kafan yang dingin, pertanda akhir.

Tatapan saya, dipimpin oleh kekuatan tak terlihat, terpaku pada Melina. Dia berdiri di samping panel kontrol—kuilnya yang tanpa suara. Wajahnya tenang, diukir dari batu, hampir terasing, tetapi matanya—oh, mata itu!—di dalamnya tenggelam bayangan masa depan yang tak terhitung, terpaku pada monitor dengan intensitas sedemikian rupa sehingga seolah-olah mereka tidak hanya melihat data, tetapi kain takdir itu sendiri. Tangannya, tangan yang sama yang saya tolak dua tahun lalu, ketika saya terlalu sibuk membangun menara pseudo-pengetahuan, sekarang menari di keyboard. Setiap gerakan tepat, hampir musikal, setiap penekanan—percaya diri, final. Seolah dia selalu tahu. Selalu siap. Dan saya? Saya bahkan tidak siap untuk percaya pada napas saya sendiri.

"Suatu hari nanti kau akan mengerti," bisiknya, tanpa mengalihkan pandangan dari layar yang bersinar. Suaranya tenang, tetapi setiap kata seperti batu yang menembus baju besi skeptisisme saya, memecahkannya dengan kebenaran yang menusuk. "Semuanya ada di sana, tersembunyi di kedalaman yang tidak dapat diakses. Bahkan keselamatan. Bahkan... keajaiban."

Keajaiban. Kata itu tidak hanya bergema di kesadaran saya. Itu meledak, mengoyak saya dari dalam. Terkutuklah saya! Saya, Natanael, dengan semua megalomania intelektual saya, dengan semua kebutaan "ilmiah" saya, telah hidup dalam realitas yang dibuat-buat, sementara dia, Melina, sedang membangun bahtera untuk keselamatan kita. Bukan hanya kapal penyelamat. Bukan hanya pencapaian teknik. Sialan!—dia telah membuat kapal selam ini! Sendirian! Dari mana? Bagaimana? Pikiran saya berteriak untuk jawaban logis, untuk cetak biru, untuk formula. Tetapi jantung saya, potongan daging yang berbahaya itu, sudah tahu. Dari cinta. Dari wahyu, yang jauh lebih murni dari "pengetahuan" saya. Dari keyakinan pada sesuatu yang lebih besar dari formula ilmiah, di luar batas-batas yang dapat dipahami, di luar batas-batas keangkuhan saya sendiri.

Seolah-olah di film yang terkutuk, terbakar di kesadaran saya, semua gambarnya lewat—sekarang tidak lagi hanya kenangan, melainkan luka yang hidup dan berdarah, yang berdenyut dengan setiap detak jantung saya. Saya mendengar pertanyaan angkuh saya dari sembilan tahun yang lalu, kata-kata saya, yang diresapi dengan penghinaan, seolah-olah mereka kembali untuk menggigit saya: "Maukah kau jual tujuh tahun dari hidupmu kepadaku?" Dan jawabannya, yang bergemuruh sekarang di kepala saya dengan kejelasan profetik, bergema dari dinding baja kapal selam itu sendiri, mengguncang saya hingga ke inti: "Tidak! Itu tidak dijual! Aku akan memberikannya kepadamu! Dengan seluruh esensiku! Dengan setiap serat keberadaanku!" Dan dia memberi, seperti peri ajaib, takdir... Dengan tahun-tahun kesepian. Dengan upaya yang tak terbatas, tidak manusiawi, yang akan menghancurkan orang lain. Dengan seluruh esensinya. Untuk menyelamatkan saya. Untuk menyelamatkan keluarga saya. Keluarga saya!

Perasaan syukur mencekik saya, seperti air mendidih yang membakar tenggorokan saya. Itu bercampur dengan penyesalan yang membara atas ketidakpercayaan saya, yang menggerogoti perut saya seperti racun, dan dengan pengkhianatan yang menusuk terhadap prinsip-prinsip saya sendiri, yang sekarang tampak begitu tidak berarti, begitu absurd. Saya telah membelakangi cinta dan wahyu, untuk melawan kincir angin, sementara Melina adalah satu-satunya yang melihat kebenaran. Kebenaran ini menghancurkan dan membangkitkan saya secara bersamaan, menyalibkan saya di antara pertobatan dan kebahagiaan yang liar dan gila. Keluarga saya selamat. Saya berhasil menyelamatkan mereka. Tidak. Dia menyelamatkan mereka.

Saya? Saya sudah mati untuk hidup saya sebelumnya. Saya dipilih untuk bertahan hidup, tetapi bukan atas kehendak saya sendiri, melainkan atas kehendaknya. Apakah ini hukuman, atau hadiah? Satu-satunya yang bisa memberikan jawaban adalah dia. Dan apa sebenarnya arti "semuanya ada di sana, tersembunyi di kedalaman yang tidak dapat diakses"? Bukan hanya dunia yang sekarang bersembunyi di bawah ombak, tetapi juga jawaban-jawaban yang selalu Melina cari? Jawaban-jawaban yang begitu keras kepala saya tolak, menguburnya di bawah tumpukan logika dan sinisme, yang sekarang hancur menjadi debu di kesadaran saya, tanpa meninggalkan jejak.

Logam mengikis logam. Suara yang tajam dan berderit, erangan yang melengking, menusuk tulang saya—palka, memisahkan kubah kaca dari kapsul titanium, menggigit udara dan menutup dengan berat yang final dan menyeramkan. Saya merasakan sedikit getaran, hampir desahan dari mesin besar di bawah saya. Kapal selam perlahan meluncur, menyelam lebih dalam di bawah permukaan. Di atas, hanya tersisa lingkaran percikan busa, seperti bekas luka di wajah laut yang mati. Kemudian, dengan dorongan kuat dari mesin-mesin yang tanpa suara dan menyeramkan, yang menelan jarak seperti binatang yang kelaparan, kami berangkat menuju perut laut tertutup terdalam di dunia. Itu tidak lagi hanya badan air, tetapi mulut, siap untuk menutup dan menelan kami selamanya, menyimpan kami dalam kedamaiannya yang gelap dan abadi. Dan saya, mengamati pantulan saya yang lemah di jendela kapal, yang menyatu dengan wajah pucat Melina, tahu, dengan setiap denyut darah saya yang terbangun—bahwa ini hanyalah awal dari perjalanan baru, yang tidak dikenal. Bukan hanya melalui kedalaman laut yang tak berujung dan gelap, tetapi juga melalui kedalaman jiwa saya sendiri yang bahkan lebih tidak terjamah, yang baru saja terbangun dari kelambanan khayalan.

BAB 12: BAU DUNIA YANG BANGKIT

Sembilan bulan yang menyiksa. Sembilan lingkaran keputusasaan, membentang di antara harapan dan apati yang usang. "Nautilus"—mesin logam terakhir kami—tidak hanya meledak. Itu menembus selaput abu-abu yang lengket dari permukaan dengan gemuruh binatang yang bangkit, yang mengambil napas pertamanya setelah tidur seribu tahun. Cahaya! Tidak terang, tetapi alami, menembus kubah kaca, seolah-olah celah tak terlihat telah terbuka di dunia yang membusuk. Angin, yang sampai saat itu membawa bau daging yang terbakar dan abu, sekarang membelai permukaan yang tercemar, menyebarkan sisa-sisa terakhir yang lengket dari awan beracun. Hujan, yang jatuh dengan kegigihan yang monoton dan melelahkan, bukan lagi cambuk asam, melainkan tangisan dingin dan tak berujung, yang mencuci debu lengket, yang menyembunyikan dunia, mengungkapkan kebenaran yang jelek dan cacat.

Langit tetap tidak berwarna, keabu-abuan, seperti kenangan yang memudar, tetapi tidak ada kepadatan yang mencekik, mematikan, yang menarik jiwa-jiwa ke jurang. Kami hidup. Sial, kami hidup! Tapi tidak ada sorakan. Setiap napas membawa serta bau harapan yang membusuk dan ilusi yang terbakar. Skenario mimpi buruk tentang musim dingin nuklir selama beberapa dekade tidak terwujud dalam skala destruktif penuh mereka. Sesuatu telah terjadi. Sebuah intervensi yang tidak terduga—keberuntungan? Kesalahan dalam sistem? Atau mungkin... kehendak kosmik, yang melampaui pemahaman manusia?—menggagalkan peluncuran sebagian besar rudal. Pikiran ini bergemuruh di benak saya seperti lonceng, retak oleh kilat, membawa satu-satunya pertanyaan yang kejam: "Mengapa justru kami yang diselamatkan? Dan mengapa? Siapa? Apakah itu Tuhan? Apakah energinya yang mengubah lintasan rudal? Melina selalu mengatakan bahwa kesadaran memiliki jejak fisik pada kenyataan... Tapi siapa yang bisa percaya itu sekarang, ketika dunia adalah kuburan besar yang berasap?"

—✶ ⚳ ✶—

Ritme Ketakutan

Di penangkaran lautan yang marah, kapal selam itu melayang seperti induk paus logam yang terluka, yang berdarah di air dingin, dan setiap tetesan adalah jeritan tanpa suara. Logam mengerang dengan suara melengking dan menyakitkan pada setiap tabrakan baru dengan arus bawah air—erangan raksasa yang sekarat, yang menolak untuk menyerah. GPS sia-sia mencoba menangkap sinyal dari satelit—langit mati, seperti otak yang kering. Udara—kosong, seperti tenggorokan yang kosong dari kehidupan. Pria-pria berjuang dengan sistem hidrolik yang keras kepala; keringat mengalir di dahi mereka, sementara erangan mereka bergema di lambung kapal, mencoba mengembalikan keseimbangan kapal selam yang melayang seperti ikan mabuk. Sensor, kelebihan beban hingga batas mereka, memancarkan dengungan gugup, mengganggu—suara kegilaan, yang mengintai di balik penghalang baja. Layar mereka ditutupi dengan white noise, mengganggu mata hingga sakit, seolah-olah mereka menolak untuk menunjukkan kebenaran yang jelek. Panel surya yang rusak, tergantung dari lambung kapal seperti sayap malaikat yang jatuh, berkilauan seperti orang mati di atas permukaan. Baterai yang habis nyaris tidak mempertahankan kehidupan sistem-sistem kunci, bernapas dengan berat. Antena yang patah menonjol di atas dek seperti tulang yang bergerigi—tentakel mati, terulur ke permukaan yang tanpa suara, mencari koneksi dengan ketiadaan. Setiap kedipan alat adalah penyebab ketakutan yang sunyi, internal, yang bersarang di perut saya, menggerogotinya seperti asam, yang secara bertahap melarutkan Kau.

Kami dikutuk. Semua. Dan kami mengetahuinya dengan setiap sel tubuh kami, dengan setiap perut yang menciut.

—✶ ✶—

Rasa Asin dari Harapan yang Putus Asa

Seolah-olah dalam ritual tanpa suara, kami semua duduk di sekitar meja oval, makan malam dengan hemat dengan sayuran kalengan dan daging. Rasanya monoton, tanpa karakter, seperti napas yang tua, tanpa aroma yang jelas—hanya bubur untuk perut, tanpa kegembiraan apa pun, tanpa percikan kehidupan apa pun. Dengan tangan yang terjalin, berkeringat, masing-masing tenggelam dalam mimpi buruknya sendiri, kami mencari keselamatan dalam doa. Suara kami teredam, tetapi tulus, seperti bisikan harapan yang sekarat, yang menolak untuk diam, untuk menghilang.

Saya, Natanael, menutup mata dan merasakan beratnya tanggung jawab, yang menekan saya—besar dan mencekik. Saya merasa seperti Nuh, yang membawa bahtera kecilnya melalui air bah kehancuran. Tetapi apakah ini kemenangan? Atau hanya penangguhan hukuman sementara, yang dimohon dari takdir, dibeli dengan harga dunia? Ambang kematian telah dilintasi. Tetapi di baliknya, apakah ada jalan yang dipenuhi dengan harapan yang rapuh, atau jurang yang tak berdasar dari ketidakpastian, di mana bahkan cahaya yang paling redup pun bisa padam selamanya? Udara di ruangan itu memberat dari pertanyaan-pertanyaan yang tidak terucapkan ini. Setiap napas berat seperti timbal, dipenuhi dengan kepahitan yang tidak diketahui.

Klaustrofobia. Keheningan. Takdir.

Pada momen transisi ini, masa depan kami tetap diselimuti kabut, lebih tebal dari asap yang sekarat. Masa lalu yang mengerikan masih membebani jiwa kami seperti bayangan yang menyeramkan dan dingin, mengingatkan pada setiap senyum yang hilang, pada setiap suara yang hilang. Jantung kami berdetak dalam irama yang gugup, sinkron dengan ketidakpastian—satu-satunya ritme konstan di dunia baru ini. Dan pikiran kami dengan panik terkoyak oleh ribuan pertanyaan, mencari jawaban dalam kegelapan yang tak terlihat. Saya merasakan rasa pahit di mulut saya dari pertanyaan-pertanyaan ini, yang menggerogoti saya dari dalam:

"Mengapa justru kami yang dipilih untuk bertahan hidup? Apakah ini berkat atau kutukan? "Apa artinya menjadi manusia, ketika peradaban hancur? Siapa kita, setelah kita kehilangan segalanya? "Apa yang menunggu kita di luar? Akankah kita pernah melihat matahari lagi, atau hanya langit yang mati dan radioaktif? "Apa masa depan umat manusia, yang direduksi menjadi segelintir orang yang selamat, mengambang di peti mati logam? Tawanan selamanya, atau sesuatu yang lebih?"

Pertanyaan-pertanyaan itu bergemuruh di dinding logam yang sempit, tanpa menemukan jawaban, meningkatkan perasaan takdir hingga pingsan. Tercekik. Bukan dari kekurangan udara, melainkan dari kekurangan makna, dari kekurangan jalan.

—✶ ✶—

Penjara Kaca

Waktu seolah berhenti. Hari-hari menyatu dalam monoton yang memberatkan, seperti tetesan air, jatuh satu demi satu ke dalam lubang tak berdasar, yang tidak pernah terisi. Kami adalah satu-satunya orang yang hidup di dunia yang mati dan hancur ini, menemukan diri kami di tempat perlindungan "Nautilus" yang aman, tetapi sempit. Dalam penangkaran. Kami menghabiskan lebih dari tiga bulan yang menyiksa, tanpa berani membuka kubah kaca, takut akan musuh tak terlihat di luar—radiasi, virus yang bermutasi, atau hanya... keheningan tak berujung yang membekukan.

Tawa anak-anak mereda, digantikan oleh bisikan, dan orang dewasa kehilangan jejak waktu, hari, diri mereka sendiri. Di mata mereka terbaca kelelahan dan apati yang semakin dalam, seperti kabut yang perlahan menelan segalanya, bahkan kenangan masa lalu. Helm kaca, meskipun menawarkan kami kontak visual yang tidak bernyawa dengan dunia luar yang hancur—dunia air abu-abu dan puing-puing mengambang, mirip dengan jiwa-jiwa yang mati—tidak dapat membungkam perasaan isolasi yang meningkat. Tawanan. Perasaan yang nyata, membekukan, bahwa kami adalah penjelajah kesepian terakhir di dunia yang sama sekali tidak dikenal, yang tidak lagi menjadi milik kami.

Saya sering menatap kaca, mencari tanda-tanda kehidupan, tetapi saya hanya melihat hamparan air abu-abu tak berujung, memercik dalam keheningan orang mati, dan puing-puing, mengambang dengan arus seperti hantu dari waktu yang telah berlalu, mengingatkan pada setiap harapan yang hilang, pada setiap nyawa yang hilang.

Dunia yang mati. Harapan yang mati. Sistem yang mati. Atau tidak?

—✶ ☿ ✶—

Napas Ketakutan dan Bisikan Harapan

Dengan setiap hari yang berlalu, udara menjadi semakin mencekik, meskipun sistem filtrasi bergemuruh tanpa lelah, seperti jantung yang gila. Cahaya buatan tidak bisa menggantikan kurangnya matahari—kulit kami menjadi pucat, seperti perkamen, dan mata—lelah, tanpa kilau, seperti bintang yang padam. Sensor memberikan informasi yang tidak memihak tentang suhu, kelembaban, radiasi, dan komposisi udara, tetapi kami tidak berani keluar tanpa pakaian pelindung, seolah-olah kami takut bahwa tubuh kami akan hancur menjadi debu jika terpapar lingkungan luar—bukan karena itu pasti, melainkan karena ketakutan melumpuhkan kami, mencengkeram jauh di dalam diri kami. Meskipun data yang menenangkan, bayangan yang tidak diketahui melayang, menyelinap ke setiap sudut tempat perlindungan bawah air kami, mencekik kami dengan sentuhan tak terlihat.

Presisi instrumen ilmiah tidak bisa menangkap bau busuk dari bio-limbah yang membusuk, yang terkadang berhasil menyelinap melalui filter, atau keberadaan mikroorganisme tak terlihat, yang kami takut telah bermutasi menjadi sesuatu yang mematikan. Terkadang angin dan ombak menghantam lambung logam dengan kekuatan yang tumpul dan menyeramkan, mengingatkan kami pada elemen yang mengintai kami dari luar—predator yang tak terpuaskan, menunggu saatnya. Setiap kedipan instrumen adalah alasan untuk ketakutan yang sunyi, internal, yang bersarang di perut saya, menggerogotinya seperti asam, yang secara bertahap melarutkan Kau.

Kami dikutuk. Semua. Dan kami mengetahuinya dengan setiap sel tubuh kami, dengan setiap perut yang menciut.

—-✶ ⚳ ✶—-

Benih Terakhir

Segalanya di dalam kapal selam dihitung hingga detail terkecil—udara. Makanan. Air. Beban. Tidak ada tempat untuk lebih banyak orang. Semua yang lain hangus. Hancur dalam api dunia. Dunia yang terhapus. Dan masing-masing dari kami, para tawanan, berduka tanpa suara untuk orang-orang terkasih lainnya, yang wajahnya perlahan memudar dalam kabut ingatan, seolah-olah mereka tidak pernah ada, seolah-olah mereka hanya mimpi. Tetapi tidak ada pilihan. Juga tidak ada kemungkinan untuk seleksi—nasib kejam. Buta. Dan tuli. Dan tidak peduli.

Kami adalah delapan belas orang—sepuluh orang dewasa, yang menanggung beban masa lalu dan rasa bersalah kolektif umat manusia. Dan delapan anak-anak. Simbol harapan terakhir untuk masa depan. Ditawan di bahtera Nuh bawah air. Disimpan untuk dunia yang berubah, yang berkeliaran. Akhir. Harapan baru? Atau hanya awal dari kejatuhan yang lebih dalam?

Saya melihat Melina. Dia berdiri di dekat pintu, menatap kedalaman yang mati. Pada saat itu dia tampak lebih kuat dari sebelumnya—tak tergoyahkan. Seolah-olah dicetak dari baja. Tetapi dengan luka tersembunyi di matanya. Yang hanya saya lihat dengan jelas. Ini dia. Sebuah kerutan baru di sekitar mata kirinya, muncul dari malam ketika bom-bom jatuh, dalam seperti jurang, penuh dengan rasa sakit yang tidak terucapkan. Sebuah pertanyaan bersarang di kesadaran saya. Tanpa ingin menemukan jawaban. Tetapi saya tidak bisa mencabutnya—itu seperti parasit. Tertanam dalam-dalam di dalam diri saya, menggerogoti saya dari dalam:

"Melina, mengapa justru kau yang dipilih Tuhan untuk membawa kami ke sini? Mengapa kami diselamatkan? Mengapa kami hidup sama sekali?"

Melina perlahan memalingkan kepalanya. Dia menatap saya. Matanya, penuh dengan kebijaksanaan seribu tahun dan semacam kesedihan yang dalam, tidak terucapkan, bertemu dengan mata saya. Di dalamnya terbaca segalanya—kehilangan, rasa bersalah, tetapi juga tekad baja. Dia mengangkat tangan, menyentuh kaca, seolah-olah dia mengucapkan selamat tinggal kepada dunia tak terlihat di luar, kepada zaman yang telah berlalu.

"Kami lebih dari sekadar orang yang selamat, Natanael."—suaranya terdengar seperti bisikan, tetapi dipenuhi dengan kekuatan tak terlihat, yang menusuk setiap sel saya, setiap serat keberadaan saya. "Kami adalah benihnya. Dan kau... kau adalah penjaga mereka. Penangkaran kita adalah hadiah. Kesempatan untuk menanam lagi."

Melina berbalik, dan tatapannya berhenti pada anak-anak yang tertidur. Setetes air mata mengalir di pipinya, tetapi bukan dari kelemahan, melainkan dari beratnya masa depan, yang terletak di bahunya yang lelah, tetapi tak tergoyahkan.

BAB 13: ORANG YANG SELAMAT TERAKHIR

Sekarang... Natanael melangkah ke dalam air. Dingin, yang menghisap darahnya, menyelimutinya, mencerminkan citra terdistorsi dari jiwanya sendiri. Pikirannya, gelombang pasang, menghancurkan tengkoraknya, meninggalkan dunia yang hancur di belakangnya. Dia terlepas. Keheningan yang memimpin menekannya, mencekiknya.

"Apakah ini akhir?"—Sebuah suara, gema dari insting yang terlupakan, bergemuruh di dadanya. Pertanyaan untuk dirinya sendiri, untuk lanskap yang tanpa suara.

Di depan matanya muncul puing-puing yang menyakitkan dari hidupnya. Bukan takhta yang hilang, melainkan potongan-potongan tajam dari mahkota yang hancur yang menyiksanya, menusuk telapak tangannya. Ketidakpastian dan debu yang mencekik dari benteng ilusi, yang runtuh dengan gemuruh. Sekarang dia hanya memiliki ketidakdikenalan yang menyiksa. Dia harus memenuhi misi, yang lebih berat dari dunia, sendirian. Tanpa kompas, tanpa peta, tanpa bintang. Setiap detik dari keberadaannya adalah paku yang berkarat, menusuk dagingnya.

Natanael, ahli kejutan, diliputi oleh yang terbesar—Zugzwang. Dia, sutradara reaksi, pemain catur, yang menggerakkan bidak, sekarang adalah bidak. Alam Semesta itu sendiri telah memberinya langkah yang tak terduga, mustahil. Dia tidak siap. Dia telanjang. Hidup, yang selalu dia anggap sebagai papan catur, telah berubah menjadi lemparan dadu dalam kegelapan yang tak terlihat. Dan dia, ahli manipulasi, merasa seperti anak yang tak berdaya, terlempar dalam badai yang mengamuk. Setiap serat tubuhnya berteriak dari ketidakberdayaan. Dia gemetar dengan kejang yang tak terkendali dan menyiksa, yang membuatnya menggeliat.

Dunia menantangnya. Menghinanya. Tanpa peringatan, tanpa kesempatan. Tuhan, jika Dia ada, menempatkannya pada ujian yang brutal, setelah semua pelajaran yang Natanael menolak untuk pelajari. Ujian itu seperti saraf yang telanjang, bergetar di udara dingin. Dengan setiap napas yang dia hirup, itu seperti racun. Natanael merasakan kekuatannya mencair seperti es. Itu mengalir seperti darah dari luka terbuka, mengubahnya menjadi genangan yang tak berdaya, yang tidak bisa mempertahankan bentuknya.

"Di mana saya salah?"—Pertanyaan itu bergemuruh di tengkoraknya, lebih keras dari suara napasnya sendiri, bergema di cakrawala yang kosong.

Dia sendirian. Persis seperti yang pernah dia sukai, membangun dinding yang tak dapat diakses di sekitar dunianya. Mercusuarnya dari pengetahuan dan pengendalian diri. Sekarang, bagaimanapun, isolasi menyelimutinya dan menguncinya—bukan atas pilihannya, melainkan dalam hukuman seumur hidup yang tak terhindarkan. Benteng kesendirian, yang dia bangun sendiri, sekarang adalah kutukan. Mausoleum kebanggaannya sendiri. Dengan kejelasan yang menyakitkan dia menyadari: dia seharusnya percaya, membiarkan kedekatan, membiarkan dirinya menyerah. Tarian solo bukanlah hak istimewa manusia, melainkan pengembaraan yang kesepian di ruang tanpa napas. Pengetahuan ini mengoyaknya dari dalam dan membakar seperti asam.

Isolasi yang mutlak, menusuk ini sekarang membentang seperti gurun di jiwanya—tak berujung, tidak subur. Itu mencekiknya secara fisik, hingga mati. Isolasi, yang dibangun oleh aturannya sendiri yang kejam sebelumnya, sekarang tidak hanya menekannya, melainkan menghancurkannya dari semua sisi. Seolah-olah dinding tak terlihat menutup di sekitarnya hingga pecah. Mencapai puncak keterasingan yang dia paksakan pada dirinya sendiri, dia merasakan bagaimana dingin merayap di tulang-tulangnya, membekukannya hingga tidak dapat dikenali. Setiap pikiran, setiap gerakan. Dia adalah tawanan di labirin pikirannya sendiri, dihukum seumur hidup di antara gema kebenaran-kebenarannya yang angkuh dan kosong. Semua pengetahuannya, semua perenungan filosofisnya telah runtuh dan hancur menjadi jutaan keping di hadapan realitas brutal dari keterasingan. Dia telanjang, sendirian dengan dirinya sendiri dan dengan iblis-iblisnya sendiri, tergantung di ruang tak terbatas sebagai satu-satunya atom di tengah keabadian. Seperti dewa yang terlupakan, dibawa oleh angin kosmik yang tanpa ampun. Di luar waktu dan ruang, terpisah dari semua yang akrab, dari setiap hubungan dengan dunia fisik. Semua pengetahuan ilmiahnya, semua perenungan filosofisnya telah terbukti menjadi ejekan yang tidak berguna, tak berdaya pada saat kehancuran total ini. Dia merasakan kepahitan yang seolah-olah membakar tenggorokannya—tak tertahankan, enak seperti penghancuran dirinya sendiri.

Sendirian dengan dirinya sendiri, satu-satunya pertanyaan bergemuruh, menembus keheningan seperti jeritan yang menusuk: "Apa makna dari semua ini? Apakah itu hanya getaran atom yang acak, tanpa tujuan dan arah, atau di luar pelukan kosong ini ada sesuatu yang lebih, sesuatu yang saya tolak untuk lihat dan terima?"

Dia mencari jawaban di kehampaan hitam kesadarannya sendiri, tetapi semua yang dia temukan adalah resonansi dari keraguan lama, hantu-hantu ketakutan, membisikkan kebenaran yang terlupakan, yang mengejarnya tanpa ampun.

Tubuhnya kelelahan, menolak untuk berfungsi. Pikirannya—bukan hanya labirin yang bingung, melainkan perangkap, di mana dia berkeliaran tanpa daya. Kelaparan dan kehausan adalah gigi-gigi yang tajam, kuku-kuku, yang mengoyak isi perutnya. Setiap serat tubuhnya berteriak dan berdarah. Kelelahan, sebagai lapisan timbal yang berat, menurunkan tirai hitam di atas kelopak matanya, yang tidak memungkinkannya untuk menutup mata. Tetapi kelaparannya yang terdalam adalah untuk sentuhan manusia, untuk kehangatan, untuk kedekatan yang menghibur, untuk cinta tanpa syarat. Kebutuhan yang tanpa ampun akan kehadiran manusia, yang mengoyak jiwanya jauh lebih dari rasa sakit fisik apa pun yang pernah dia alami. Dia telah kehilangan tidak hanya kebebasan fisiknya, tetapi juga hubungan emosionalnya dengan dunia yang hidup, dengan setiap jiwa manusia. Segala sesuatu di sekitarnya tanpa pribadi, dingin dan bermusuhan, sebuah planet yang mati. Dia melayang seperti kapal ruang angkasa yang hilang, tanpa tujuan di lautan alam semesta yang gelap, tanpa arah, tanpa tujuan, tanpa harapan untuk keselamatan.

"Semuanya terkendali, kan?"—bisik suara lamanya. "Dan sekarang? Kau yatim piatu. Tidak ada yang tersisa untuk bertepuk tangan atas kehancuranmu."

Dia sendirian di ruang yang tidak dikenal, dalam dimensi yang terdistorsi dan tanpa waktu, di mana hukum-hukum yang akrab tidak ada. Dia meragukan apakah dia bahkan hidup, menurut pemahamannya sendiri tentang kehidupan. Dia meragukan semua pengetahuannya yang dibangun dengan angkuh tentang dunia, definisi realitasnya sendiri. Dia menyangkal Tuhan, tetapi pada saat yang sama dia memohon kepada-Nya. Dia mencari jalan, makna, kepastian dalam pelukan kosong ini yang menyelimutinya. Dia tidak lagi mencari dirinya sendiri—karena dia hanya memiliki dirinya sendiri... Tetapi tidak ada cermin, juga tidak ada korektif, di mana dia bisa mengukur dan menilai aturan-aturan takdir yang kejam, yang Tuhan telah berikan kepadanya. Dia adalah satu-satunya ukuran untuk kejatuhannya sendiri, untuk nerakanya sendiri.

Dalam ketidakpastian yang total, mengerikan, dia berdiri—satu-satunya yang selamat, atau mungkin hanya gema dari seorang yang selamat, dihadapkan pada satu-satunya pengadilannya—pengadilan hati nuraninya sendiri, yang membakarnya dan mengubahnya menjadi abu.

—-✶ ⚳ ✶—-

Kabut yang terkoyak dalam pikiran Natanael...

Pada saat keputusasaan ini, aroma bunga mawar—aromanya, dengan napas surat-surat lama dan kenangan usang, tetapi juga kehidupan yang baru mekar—menyerang saya dengan ketajaman yang menyakitkan, menusuk langsung ke kenangan yang menolak untuk mati.

Suaranya. Seperti musik dari waktu lain—pelan, tetapi menusuk, muncul dari kedalaman ingatan, menembus keheningan yang telah saya terbiasa huni. Seolah-olah saya kembali menatap mata hijau itu, di mana seluruh dunia kepercayaannya dan cintanya yang murni, naif, telah meringkuk. Sekarang saya menabrak dinding egoisme saya sendiri dengan menyakitkan, dibangun batu demi batu dari ketakutan saya, didirikan, untuk melindungi diri saya sendiri dan... dia? Dari kedekatan yang nyata, dalam, dan telanjang. Saya tidak mengerti mengapa yatim piatu saya saat ini terjalin begitu menyakitkan dengan momen-momen yang terlewatkan itu, dengan hubungan yang aneh dan tidak terbagi ini. Mengapa kehilangan ini diidentifikasi dengan cobaan yang menyakitkan di kedalaman esensi saya yang keras? Saya harus menyadari sesuatu yang penting, sesuatu yang telah saya kubur di bawah tumpukan kebohongan.

"—Natanael, lihat aku! Kumohon, lihat aku dengan sungguh-sungguh! Rasakan cintaku yang tanpa syarat... Itu satu-satunya yang tersisa. Di mana realitasmu sekarang, Natanael, yang dengan begitu angkuh kau tawarkan sebagai satu-satunya? Apakah kau ingat bagaimana setiap saat kau menempatkanku di depan kekejaman pilihan: untuk percaya pada cintamu dan menyerah dengan percaya diri ke dalam yang tidak diketahui, atau untuk menyerah pada keraguan bahwa kau bermain dengan perasaanku yang murni tanpa jiwa? Lihat, hanya cintaku yang tanpa syarat dan berbakti yang ternyata nyata! Apakah kau ingat bagaimana aku menempatkanmu di depan pilihan untuk percaya pada realitasku di depan ilusi egoismu—tapi kau menyerah pada keraguanmu?"

Pertanyaan itu tergantung di ketiadaan. Bergema di ruang kosong tengkorak saya, tanpa jawaban seperti gema di kuburan kosong, diucapkan seolah-olah oleh hantunya, yang mengejar saya, hantu dengan rasa kata-kata yang telah lama mati. Sekarang saya siap membalikkan seluruh dunia yang hancur, menggali setiap reruntuhan, untuk menemukan kebenaran tentang perasaan saya yang mati rasa dan tentang tempat kosong yang selamanya dia tinggalkan di jiwa saya. Dia dengan begitu lembut, dengan getaran, membisikkan kepadaku... Dia mengatakan kata-kata yang menderita kepadaku, tetapi aku tidak mendengarnya, dibutakan oleh gagasan batuku sendiri tentang dunia, yang telah runtuh menjadi debu. Dan dia berdoa tanpa suara untuk menuntun saya ke jawaban-jawaban yang menyakitkan, yang sekarang dengan putus asa saya cari. Kepada kehendak Tuhan, agar kami menemukannya bersama, untuk saya menerima pencerahan... dan untuk menyelamatkan tiruan manusia yang menghancurkan diri sendiri—termasuk milik saya sendiri.

"—Jika kau adalah orang yang selamat terakhir di dunia ini—apa yang akan kau lakukan dengan kesepian ini? Apa yang akan kau pikirkan di malam tanpa tidur, ketika tidak ada orang di sampingmu, ketika bahkan bintang-bintang telah membelakangimu? Apa yang akan kau rasakan, ketika tidak ada orang untuk berbagi rasa sakitmu, untuk memelukmu—bahkan hanya untuk memberitahumu bahwa kau ada? Bagaimana kau akan menjalani sisa keberadaanmu yang tidak berarti, yang merupakan hukuman yang lebih berat dari hukuman apa pun? Tidakkah kau akan menemukan dirimu dalam keterasingan yang mutlak dan membekukan, yang lebih besar dari yang bahkan tidak bisa kau bayangkan? Tidakkah kau akan menjadi seperti sinar cahaya yang tersesat tanpa sumber, tanpa makna, dan tanpa tujuan, dikutuk untuk melayang sendirian?"

Suara Melina bertanya kepada saya. Itu menusuk ke dalam diri saya seperti paku es, menusuk saya dengan kesedihan, yang seolah-olah datang dari mana-mana dan di mana-mana, dari setiap kesempatan saya yang terlewatkan, dari setiap kata yang tidak terucapkan.

BAB 14: HILANG DALAM KEHENINGAN

21 jam, 33 menit, dan 14 detik yang lalu... Natanael.

Keheningan hanya membebani. Tebal, lengket, menekan. Saya hanya mendengar napas saya sendiri—berat, tidak rata, seolah-olah paru-paru saya penuh dengan pasir. Selama berbulan-bulan. Saya menatap mereka. Wajah-wajah mereka, pucat, tersiksa, mencerminkan neraka saya sendiri. Tetapi juga harapan. Sebuah harapan kecil, rapuh, tergantung pada seutas benang.

"Aku akan turun sendirian."

Suara saya. Saya tidak mengenalinya. Serak, asing, seperti mengucapkan hukuman di dalam rahim baja yang hermetis. Setiap suku kata menghantam dinding logam, bergemuruh, bergema, hingga berubah menjadi dering yang menyakitkan di tengkorak saya. Itu bukan hanya keputusan. Itu adalah... penebusan. Upaya terakhir, putus asa untuk membuka jalan—bagi mereka, bagi kita. Saya siap menanggung segalanya. Setiap keputusan. Setiap kelambanan. Bahkan setiap bisikan keyakinan yang ditolak. Tidak ada jalan kembali. Hanya maju, ke dalam kehancuran yang tak tertembus itu, yang seolah-olah memanggil saya.

Satu bulan yang menyiksa lagi. Setiap menit menyeret seperti seabad. Penantian, terjalin dengan keraguan beracun. Dan kemudian, akhirnya, palka mengerang. Berderit, seperti raksasa yang sekarat, yang mengangkat kelopak matanya ke cahaya dunia lain. Napas yang tidak diketahui mengisap saya—berat dan lembab. Bau ganggang yang membusuk, karat, dan... sesuatu yang lain. Sesuatu yang dalam, kejahatan primordial, yang merayap di kulit saya, menyelimuti saya seperti kafan dingin. Jantung saya berdebar. Gila. Seperti drum yang gila, mencoba melarikan diri dari dada.

Langkah. Tidak pasti. Gemetar. Langkah pertama menuju lanskap yang kosong. Saya meninggalkan kapal selam di belakang saya, tersangkut di lumpur pantai. Wajah-wajah mereka—pucat, cemas—mereka menunggu. Menunggu kembalinya saya. Kabar. Untuk masa depan. Sebuah masa depan yang sekarang tergantung pada seutas benang, siap putus kapan saja.

Saya tersesat. Tidak hanya secara fisik. Saya tersesat dalam pencarian. Untuk air. Untuk tanda kehidupan. Bahkan untuk janji sialan terkecil untuk besok, yang akan memberi saya kekuatan untuk melanjutkan. Ketika saya kembali, kapal selam... sudah tidak ada. Seolah-olah bumi, tidak, kehampaan hitam, telah menelannya. Tanpa jejak. Saya kembali. Saya berkeliaran. Dalam lingkaran yang tak berujung, putus asa. Dan kemudian... kebenaran yang dingin dan mengerikan memukul saya. Saya menjadi gila. Saya berkeliaran. Langkah demi langkah. Berpegang pada ilusi bahwa saya telah salah jalan, bahwa saya akan menemukan mereka di balik tikungan berbatu berikutnya. Tetapi itu tidak muncul. Setiap detik meregang menjadi keabadian. Dan harapan... itu hanya berubah menjadi debu yang fana. Setiap ombak, memercik di pantai, membisikkan:

"Kau sendirian."

Saya berjalan lama. Kaki saya berdarah. Meninggalkan jejak merah di pasir kering. Setiap semak berduri mengoyak kulit saya. Setiap kerang tajam meninggalkan jejak berdarah di telapak kaki saya. Rasa sakit... itu adalah satu-satunya teman setia saya. Saya berkeliaran tanpa tujuan. Di bawah matahari yang membakar di siang hari, yang membakar tulang-tulang saya. Dalam senja tak terlihat yang dingin di malam hari, yang membekukan setiap serat, mengubah saya menjadi patung es. Seolah-olah saya kembali ke tempat yang sama dan telanjang. Tidak ada apa-apa. Saya berdoa. Kepada semua dewa. Saya membisikkan mantra-mantra terlupakan dari masa kecil. Kata-kata yang telah lama saya hapus dari kesadaran saya. Saya menangis. Untuk pertama kalinya dalam hidup saya. Tanpa malu. Tanpa pengekangan.

Air mata yang pahit dan mencekik, yang membakar pipi saya yang cacat. Saya tidak tahu apa yang telah terjadi. Ke mana mereka menghilang? Saya menolak untuk percaya bahwa mereka telah menyerah menunggu saya di dunia yang mati ini. Pikiran itu... itu lebih menakutkan daripada rasa sakit fisik apa pun. Lebih membekukan dari dinginnya malam.

Saya ambruk di pasir yang dingin. Menatap kosong ke lautan tak berujung, tak acuh. Suara tumpul dari ombak yang menghantam menyatu dengan detak gila dari jantung saya sendiri. Sentuhan dingin pasir di bawah kaki saya yang terluka. Dunia tak berujung, telanjang, dipenuhi dengan bintang-bintang yang tak acuh. Semua ini sekarang berteriak. Berteriak dalam ketidakberdayaan. Saya telah kehilangan segalanya. Dunia. Orang-orang terkasih saya. Dan yang paling menakutkan—diri saya sendiri. Jiwa iblis saya. Di dalam diri saya mengamuk badai rasa bersalah, penyesalan, dan ketakutan yang melumpuhkan. Itu mengoyak saya. Tanpa bisa melepaskan diri.

Saya, Natanael. Pria perhitungan. Logika. Fakta yang tak terbantahkan. Dan sekarang... dihadapkan pada wajah yang tanpa wajah dari yang tidak diketahui. Bingung. Tanpa dukungan. Seolah-olah tanah di bawah kaki saya telah merosot ke dalam kehancuran yang tak tertembus. Otak saya menolak untuk berfungsi. Rusak. Diblokir oleh syok. Tapi mungkin... justru kehilangan kontrol yang menghancurkan ini... justru itu yang akan memungkinkan saya untuk menemukan sesuatu yang baru. Di dalam jiwa saya yang keras. Kasih sayang. Kerendahan hati. Sebuah keyakinan yang berkedip, hampir putus asa. Yang tidak pernah saya kenal sampai sekarang.

Saya mulai memperhatikan hal-hal kecil. Pada butiran pasir yang sendirian, yang ditabrak oleh angin. Pada burung-burung yang sendirian, yang berputar-putar di atas kepala saya yang telanjang dengan gerakan lambat dan terukur. Pada bintang-bintang yang jauh dan dingin, yang bersinar acuh tak acuh di langit malam, seolah-olah mereka mengamati penderitaan saya. Dalam kesederhanaan yang keras ini. Dalam keadaan pengabaian total ini. Saya menemukan kenyamanan yang aneh, tidak terduga. Dan harapan kecil, nyaris tidak terlihat.

Saya yatim piatu. Di lanskap yang mati ini. Berhadapan muka dengan kefanaan saya sendiri. Semua rencana besar saya. Semua ambisi saya. Tidak berguna. Puing-puing abu-abu di angin kiamat. Apakah saya hanya korban acak? Atau bagian dari rencana yang lebih besar, tidak dapat dipahami? Yang melampaui pemahaman manusia? Pertanyaan-pertanyaan berat menggantung di udara. Seperti debu. Tetapi mereka tidak lagi mencekik saya. Mereka adalah bagian dari keberadaan baru saya. Dari takdir saya.

Saya menyerahkan diri pada esensi primordial saya. Pada naluri bertahan hidup. Dan pada kehendak Tuhan yang tidak jelas. Jika Dia ada. Jika Dia bahkan bisa melihat makna dalam semua kekacauan ini. Jauh di dalam diri saya. Dengan keyakinan yang berkedip, tidak stabil. Saya percaya. Bahwa orang-orang terkasih saya akan berhasil. Tanpa saya. Di mana pun mereka berada. Bahwa di suatu tempat di sana, di kedalaman atau di luar cakrawala, harapan kecil untuk hidup terus membara. Terlepas dari kesendirian saya. Dan bahwa mungkin, suatu hari, itu akan mekar lagi. Seperti bunga di gurun. Di tengah dunia yang hancur.

BAB 15: KEBANGKITAN

Tapi, benarkah?

Apakah mereka selamat dalam kegelapan di bawah, di tempat perlindungan yang tidak dapat ditembus dari senja? Atau apakah keruntuhan yang tiba-tiba dan berbahaya telah menelan mereka selamanya dalam napas laut yang membekukan? Gambar-gambar yang mengerikan mengalir ke dalam kesadaran saya—bukan air terjun, melainkan tsunami keputusasaan, yang melanda saya, menenggelamkan saya dalam bayangan tumpul keputusasaan. Emosi bergantian; mereka bertabrakan di dalam diri saya, meledak seperti ranjau, mengoyak bukan daging, melainkan jiwa saya. Gemuruh internal, lebih kuat dari gempa bumi terdalam, mendorong saya menuju lembah kesadaran yang suram dan tanpa harapan. Saya berdoa tanpa suara untuk belas kasihan—dari kematian. Tetapi dia tidak berhati dingin dan tidak datang, meninggalkan saya untuk menderita, untuk terbakar di neraka saya sendiri, yang apinya membakar saya dari dalam. Saya menunggu dengan kaku, tanpa tahu apa, tanpa melihat bahkan seberkas cahaya, ditakdirkan untuk bayangan tumpul, yang menari di depan mata saya seperti tarian yang mengerikan. Saya menderita dengan jiwa yang mati rasa, seolah-olah darah di pembuluh darah saya telah berubah menjadi nitrogen cair, mengubah saya menjadi patung es yang hidup dan bernapas, tawanan di tubuh saya sendiri.

Satu momen lagi, hanya satu momen yang menyakitkan, merobek... lihat, jantung saya seolah-olah terlepas dari dada, terbang ke atas, ditarik oleh lonjakan sihir yang tidak jelas, seperti burung yang terluka, yang putus asa mencoba bangkit di atas badai. Kemudian semua kegelisahan yang tak tertahankan jatuh dengan gemuruh di atas saya—beban dari seluruh dunia yang hancur. Itu menghancurkan setiap percikan, setiap ilusi, mengubahnya menjadi puing-puing abu-abu, tidak bernyawa. Setiap bagian dari saya, yang pernah percaya, sekarang larut dalam jurang yang tidak diketahui.

—-✶ ɕ ✶—-

Sepanjang malam saya terjaga, menatap ke keabadian, tanpa merasakan bagaimana dingin yang membekukan menembus tubuh saya. Pasir menggores telapak tangan saya, saat saya menatap batas yang tanpa ampun, di mana langit memeluk laut, meramalkan Fajar. Sinar-sinarnya, tajam seperti pedang yang menusuk, membelah bukan hanya malam, tetapi tahun-tahun hamparan telanjang, yang menumpuk jauh di dalam diri saya. Hamparan ini adalah esensi saya, merayap di tulang punggung saya, membekukan setiap pikiran, setiap perasaan, hingga tubuh saya berubah menjadi kuil tanpa tidur yang beku, diselimuti bayangan tumpul, di mana jiwa saya menderita dalam keheningan.

Setiap detik yang berlalu mengungkapkan skala kehilangan yang mengerikan—dari bencana pribadi, apokaliptik saya. Selama beberapa dekade saya telah menenun hidup saya seperti pencari emas yang serakah, hanya menatap pantulan, mengejar fatamorgana—kekuasaan, kekayaan yang tak terhitung, pengetahuan yang luas. Saya buta, buta terkutuk terhadap harta karun sejati, yang saya pegang di telapak tangan saya—dan saya menjatuhkannya. Sekarang saya mengerti:

"Cinta? Itu adalah sensasi sesaat, meninggalkan kepahitan, yang seolah-olah membakar tenggorokan saya. Seolah-olah paru-paru saya penuh dengan debu fana dari kenangan yang mati."

Di benak saya melintas kenangan sesaat: suatu musim panas, bau rumput yang baru dipotong, dan tawa Melina, yang menyebar di udara yang hangat. Untuk sebagian kecil dari detik, kehangatan menyebar di darah saya. Sayangnya, saya memadamkannya dengan ketidakpedulian, dan kehadiran dingin, yang merasuk ke dalam, menyelimuti saya seperti kafan dingin.

"Persahabatan? Aliansi yang nyaman, yang runtuh seperti tanah liat kering di bawah tekanan cobaan pertama, meninggalkan saya sendirian di tengah dunia palsu."

"Keluarga? Beban. Rantai. Saya memutuskannya suatu saat dengan begitu mudah, bahkan dengan ejekan, dan sekarang hamparan telanjang dari mereka mengoyak saya, lebih menyakitkan dari luka fisik apa pun."

Sekarang, ketika semuanya telah menguap seperti kabut pagi—seolah-olah seseorang telah mengisap semua udara, semua makna dari dunia—udara yang saya hirup, telah menjadi pelukan kosong yang membekukan, yang membekukan darah saya. Saya menyentuh kelembaban kaku dari keberadaan saya. Saya adalah jaksa, hakim, dan algojo, semuanya dalam satu, menghukum diri saya sendiri untuk kematian yang lambat dan menyiksa. Karena kesalahan-kesalahan egois, yang sekarang membakar jiwa saya seperti bara hidup, tertanam jauh di dalam daging saya, tanpa kemungkinan untuk terbakar habis.

Saya telah terbangun dari mimpi yang panjang dan menipu. Ilusi. Itu hancur menjadi debu, kepingan demi kepingan, mengungkapkan dunia di bawahnya, yang tidak pernah saya duga—dunia rasa sakit, tetapi juga kebenaran. Saya mulai melihatnya dengan mata yang telah terbuka, seolah-olah tabir yang berbahaya telah terangkat. Ini dia. Saya mengerti—di luar cangkang material ada dimensi yang lebih dalam, tak terlihat. Itu memanggil saya. Saya mendengar bisikan-bisikan kuno, yang hampir terlupakan, yang bergema di rongga tengkorak saya sebagai gema dari peradaban yang hilang. Di dalam jiwa saya bangkit haus yang tak terhindarkan, menelan segalanya, akan makna. Bukan untuk pengetahuan, bukan untuk kekuasaan. Untuk spiritualitas. Untuk koneksi tak terlihat dengan sesuatu yang tak terbatas. Untuk Tuhan. Untuk makna.

Satu-satunya kepemilikan saya adalah bayangan hantu dari kenangan. Dan inilah yang mendorong saya ke tepi kegilaan—memiliki hanya masa lalu yang membakar Kau, menghanguskan hingga ke tulang, sementara tubuh Kau terus bernapas. Pandangan dunia saya terbalik di bawah tekanan kekuatan yang tak terkendali, seolah-olah bumi itu sendiri bergetar di bawah kaki saya, siap menelan saya. Saya meluncurkan pikiran saya, seperti binatang yang tersiksa, dikejar, ke arah-Nya. Ke arah Tuhan. Ke arah Keseluruhan itu, yang rahasia-rahasianya pernah saya niatkan untuk ungkapkan bukan dengan hati, melainkan dengan pisau bedah, untuk membedah dan menganalisis, seolah-olah Tuhan adalah organ anatomi.

Di kesadaran saya bergemuruh pertanyaan-pertanyaan dari kehidupan saya sebelumnya. Yang saya tanyakan pada diri sendiri, dan jawaban-jawaban yang sombong, yang membawa kepuasan palsu. Sekarang mereka terdengar seperti ejekan. Ironi beracun, menusuk saya tepat di jantung, lebih tajam dari pisau apa pun.

Saya tahu banyak. Tidak hanya tahu—saya telah menelan seluruh perpustakaan pengetahuan, tetapi tanpa mengalami satu baris pun, tidak ada kebenaran. Saya telah menganalisis setiap filosofi, setiap ajaran esoteris, setiap teori ilmiah. Saya memahami hukum-hukum yang terlihat dengan sempurna, seolah-olah saya memegang kunci ke alam semesta, tetapi saya tidak bisa membuka jiwa saya sendiri.

Pikiran super cerdas saya adalah instrumen analitik yang tanpa ampun—dingin, tepat, tanpa ampun. Logika—pemandu saya, pengalaman empiris—satu-satunya pengukur kebenaran. Saya menempati ketinggian pengetahuan dan elitisme, bagian dari masyarakat rahasia, yang menarik tali-tali peristiwa, menyutradarai nasib. Sebuah ruangan, dilapisi dengan kayu gelap. Gemuruh suara yang tumpul. Saya, di kepala meja, dengan tangan terangkat untuk keputusan yang tidak bisa dibantah, yang akan menghancurkan ribuan nyawa. Tanpa berkedip. Saya berkuasa, berpengaruh, keputusan saya membentuk nasib jutaan orang. Dan tidak ada yang bisa memecahkan aturan besi saya, untuk memperluas batas saya, untuk memprovokasi saya untuk meragukan teori-teori saya yang sombong. Hidup dalam bentuk yang nyata sudah cukup bagi saya sebagai bidang penelitian—saya ingin meminum setiap tetesnya. Untuk menjalani beberapa kehidupan secara bersamaan, karena satu tampak bagi saya sebagai batasan yang menyedihkan, seperti setetes air di lautan tak berujung.

Saya menginginkan segalanya, tanpa menyelam lebih dalam, tanpa menanam akar. Saya melepaskan diri dengan mudah dan tanpa drama dari orang-orang, teman-teman, kekasih. Saya jatuh cinta secara dangkal dengan semua yang secara singkat membangkitkan rasa ingin tahu intelektual saya. Saya mendiversifikasi situasi, terkadang bahkan dengan keburukan yang sinis, selama itu menambah trofi lain pada koleksi saya yang tanpa jiwa. Selama itu menarik, selama sensasi itu tidak padam, selama saya tidak menghancurkan semua godaan yang bisa mengikat saya dan mengganggu tatanan egoistis saya. Kedalaman jiwa saya yang angkuh dan tertutup sudah cukup bagi saya. Begitulah saya dilatih, begitulah saya hidup—sebagai pengamat yang tanpa perasaan, bukan sebagai peserta yang bersimpati. Sebagai seorang ahli bedah, yang mempelajari rasa sakit pasien, tetapi bukan rasa sakitnya sendiri.

Standar saya adalah ketinggian yang tak terjangkau bagi semua orang lain, dan ketinggian ini—zona nyaman saya dari keyakinan palsu, tempat perlindungan yang puas dari misi ilusi dan gagasan yang terdistorsi tentang kebaikan. Aturan-aturan saya sendiri, dibangun di atas pasir kefanaan, yang merosot di bawah kaki saya. Saya dengan keras kepala menyangkal bisikan jiwa saya, yang merindukan sesuatu di luar materi—untuk penemuannya yang sejati. Saya tidak menyadari bahwa itu membawa pengetahuan yang tak ternilai, abadi, bahwa itu telah melewati keberadaan yang tak terhitung dan sekarang mencari jalan keluar dari labirin ilusi dengan panggilan baru—untuk mencapai keutuhannya, untuk naik ke Penciptanya.

Semua rahasia, yang dijaga dengan cemburu oleh masyarakat saya yang tertutup, menyedihkan dan tidak berdaya di hadapan Misteri besar Tuhan, yang hanya bisa dialami dengan hati yang terbuka dan kerendahan hati. Dan satu kehidupan tidak cukup. Kehendak seseorang, tidak peduli seberapa didorong, hanyalah perahu kecil di lautan tak berujung. Diri adalah percikan yang tidak terpisahkan dari Keseluruhan, tetapi kepenuhannya tidak dicapai dalam keterasingan yang dingin, melainkan dalam co-kreasi yang aktif dan manifestasi penuh dari keunikannya dalam lingkup Keberadaan yang menyeluruh. Kesadaran ini menyerang saya seperti guntur, yang merobek kain hitam dari khayalan saya sendiri.

Tiba-tiba, embusan udara asin menyentuh wajah saya, membawa bisikan yang jauh, nyaris tidak terlihat dari pantai yang tidak dikenal. Apakah semuanya belum berakhir?

BAB 16: KEKOSONGAN DAN HANTU

Pikiran berubah menjadi rasa sakit fantom yang menyakitkan. Setiap getaran yang tidak disadari dari ambang batas antara hidup dan mati, kini, dalam isolasi yang menusuk, disadari dengan kejelasan yang mengerikan.

Sebuah pisau menembus kesadaran, merobeknya perlahan, sepotong demi sepotong.

Aku berbaring di pasir yang dingin. Teksturnya yang kasar menancap di telapak tangan, setiap kerikil seperti pisau kecil. Angin laut menyelimuti kulitku yang telanjang dengan kelembutan dingin yang acuh tak acuh, dan ombak menjilati pasir di kakiku. Bisikan berirama, yang tidak terdengar seperti lagu, melainkan seperti requiem pemakaman untuk esensiku yang sekarat. Sinar matahari menembus kelopak mata, seolah-olah mencoba membakarku. Aku tidak bergerak. Aku membiarkan diriku tenggelam dalam emosi yang masuk, dalam sensasi yang tidak dikenal. Aku membiarkannya meresap ke dalam setiap serat tubuhku, seolah-olah membawaku ke dalam ketiadaan tanpa batas, dari mana tidak ada jalan kembali. Setiap sel berteriak.

Sendiri.

Kata itu membawa beban yang gila dan melumpuhkan, beban malapetaka yang mencekik setiap hembusan harapan. Aku mengulanginya tanpa suara, sampai akhirnya aku membiarkan diriku menyadarinya dalam makna yang penuh dan mengerikan.

"Aku benar-benar sendirian," suaraku seperti kaca pecah, memotong keheningan yang mati. "Benar-benar sendirian. Sendirian yang tak terhindarkan! Seperti partikel hidup yang gemetar di dunia materi yang mati, yang tidak bisa bereproduksi atau dikloning. Dan jiwaku? Jiwaku juga kesepian, karena yang lain berada di suatu tempat di luar sana, tetapi aku di sini, dibelenggu oleh rantai tak terlihat, tanpa kekuatan untuk menyeberang. Aku tidak yakin di mana, atau mengapa, atau berapa lama perjalanan ini akan berlangsung. Bagaimana jika kesepian tak terhingga yang sama menantiku di sana? Bagaimana jika semua orang telah berlayar ke dimensi yang tidak dikenal, meninggalkan aku di pantai yang sepi ini selamanya?"

Pikiran ini membakarku. Memakan aku seperti api liar yang tak terkendali, yang memusnahkan segalanya di jalannya.

Sebagai satu-satunya yang selamat, aku memikul tanggung jawab yang besar dan tak tertahankan—untuk melestarikan kemanusiaan, untuk memberi makna pada apa yang tersisa. Tetapi bagaimana aku bisa terus hidup ketika aku tidak tahu apakah akan ada orang yang mewarisi percikan kemanusiaan yang sekarat? Aku seperti pohon kesepian yang ditanam di pulau terpencil—masih hidup, tetapi tanpa makna, ditakdirkan untuk layu perlahan. Aku bisa jadi satu-satunya pembawa kehidupan manusia. Tanggung jawab ini mendorongku ke ambang kegilaan, berubah menjadi jeritan fundamental akal sehat yang bergema di tengkorakku, merobeknya menjadi berkeping-keping.

"Tidak, tidak, tidak!" bisikku putus asa, seolah-olah kata-kata itu akan mengubah kenyataan. "Kumohon, biarkan mereka kembali!"

Harapan buta membara, tersiksa, tetapi gigih, bahwa orang-orang yang aku cintai akan kembali. Mereka akan muncul seperti fatamorgana, terwujud dari ketiadaan. Aku akan memeluk mereka erat-erat, memberi mereka semua kehangatan dan kedekatan yang aku dambakan. Aku akan melindungi kelemahan mereka. Aku akan memberi kesempatan kepada Ciptaan Tuhan untuk bertahan, untuk terwujud dalam citra dan rupa-Nya, untuk melanjutkan kehidupan.

Kata-kata, yang begitu tidak perlu hari ini, berdebat dalam pikiranku seperti gunung berapi yang meletus, mencoba mencekikku dengan kebenaran yang tersembunyi. Kata-kata itu tidak perlu, berat, menciptakan dunia yang kini hanyalah fantasi hantu, hancur setiap detiknya. Pikiran mengalir, melukis dunia yang hilang ini dengan kejelasan yang menyakitkan, masing-masing seperti pisau yang tertancap di hati, mengingatkan pada kehilangan.

Senyap.

Begitu memekakkan telinga, seolah waktu telah berhenti. Dunia membeku dalam napas terakhirnya. Isolasi menyelimutiku seperti jubah es, yang melumpuhkan setiap gerakan, setiap pikiran. Suara hatiku berbisik bahwa hidupku adalah ilusi, dan sekarang hanya kekosongan yang tersisa. Aku meragukan kenyataannya, karena aku tidak melihat makna dalam keberadaan yang terisolasi ini. Hidupku tampak tidak masuk akal, tanpa tujuan yang lebih tinggi, tanpa alasan untuk bernapas, untuk ada. Untuk apa?

Aku tertidur, hampir tertidur. Di dalamnya aku melihat siluet yang tidak jelas, jauh, seperti hantu. Tangan terulur ke arahku, tetapi di balik kabut yang tidak bisa ditembus. Aku mendengar bisikan, bukan kata-kata, melainkan melodi—tua, terlupakan, menjanjikan. Apakah itu kenangan? Atau panggilan? Aku terbangun dengan jantung berdebar, dengan perasaan bahwa aku tidak sendirian... setidaknya tidak sepenuhnya.

—-✶ ⸮ ✶—-

Kenangan...

Ah, kenangan! Mereka berkerumun—menabrak tengkorakku seperti kelelawar yang mengamuk, pusaran rasa sakit, jeritan kegembiraan, penyesalan pahit, dan harapan terkutuk. Setiap pikiran, tulang yang patah dari teka-teki yang dengan panik aku coba satukan, karena satu-satunya yang aku lihat di depan mataku adalah foto yang layu dan tidak ada. Ketidakhadirannya bergema dalam pikiranku lebih keras daripada gambar nyata mana pun. Saat jari-jariku dengan panik mengumpulkan potongan-potongan ini, sesuatu mulai terungkap di depanku... sesuatu yang lebih besar dari diriku, lebih besar dari dunia yang aku kenal. Gambaran kosmik, tak terbatas, menelan. Aku bukan hanya kumpulan peristiwa acak, melainkan atom yang berdenyut, bagian yang mikroskopis, tetapi vital dari rencana alam semesta yang tidak bisa dipecahkan. Terhubung dengan semua yang ada—dengan nyala api Matahari yang hidup, dengan napas samudra yang tak berdasar, dengan cahaya bintang-bintang yang dingin dan acuh tak acuh. Aku merasakan kedamaian batin yang aneh dan membara, sebuah penyerahan, yang secara paradoks lahir dari kedalaman rasa sakit dan kesepian yang terus mengikis setiap selku. Aku mulai mencari makna. Bukan dalam debu dan materi, melainkan dalam kekosongan di luarnya.

Dengan putus asa, dengan sisa-sisa kekuatan terakhirku, aku mencoba mempertahankan kenangan ini. Aku mengembalikan setiap perasaan dari mereka ke dalam diriku, seperti batu berharga, seperti potongan-potongan yang dicabut dari jiwaku. Mereka adalah satu-satunya yang aku miliki di tanah yang mati dan hancur ini—satu-satunya penghiburanku, satu-satunya jembatan menuju apa yang pernah aku jalani.

"Kenapa sekarang?" bisikku, bukan dalam keheningan, melainkan dalam jeritan serakku sendiri, suaraku tersedak, terkoyak oleh penderitaan. "Kenapa tepat saat semuanya berada di ambang akhir? Tidak bisakah itu lebih awal? Bisakah aku menyelamatkan sesuatu?"

Pikiran... Oh, pikiran-pikiran itu! Aku menahannya dengan paksa, menahannya sebagai tawanan di alam bawah sadar, untuk menyediakan jiwaku yang terluka dengan muatan yang tak ternilai untuk ke suatu tempat... di luar. Keabadian bukan lagi konsep abstrak, melainkan realitas hidup yang berdenyut yang mengalir di pembuluh darahku, menghubungkanku dengan sesuatu yang besar, abadi. Setiap pikiran, setiap sensasi yang gemetar, melontarkanku ke dalam keabadian waktu dan keleluasaan ruang, membuatku merasa seperti bagian kecil, tetapi penting dari Kehidupan itu sendiri. Aliran foton cahaya, yang membawa ciptaan makna dan nasib siklus manusia, bagiku tampak seperti pikiran Tuhan itu sendiri, yang bernapas kehidupan. Dan aku, memiliki hak untuk mengisinya sendiri dengan pikiran, emosi, dan sensasi saya sendiri, kembali ke Keseluruhan—ciptaan dalam ciptaan, bagian dari keabadian.

Perasaan yang menembus segalanya ini berdenyut di setiap selku—aliran, dorongan, pancaran... dan jalan kembali yang lambat dan menyakitkan. Seolah-olah aku telah memuat semua kebijaksanaan dari hidupku yang telah dijalani dan membawanya ke suatu tempat. Dihukum untuk hidup, yang perlahan menyeret dirinya menuju akhir yang tragis, menuju algojo kesepianku yang menantiku. Kata-kata sekarat? Teriakan yang tidak terucapkan? Aku ingin berteriak, memukul dinding tak terlihat dari kesendirianku, aku tidak muat di kulitku sendiri, terkoyak oleh rasa sakit batin, oleh keputusasaan. Tetapi jauh di lubuk hatiku aku tahu bahwa semuanya telah dikatakan, dilapiskan, tak terhindarkan...

Ego-ku memberontak dengan ganas, menendang, menolak untuk menerima gagasan bahwa hidup adalah sesuatu yang jauh lebih besar dari keberadaan materi yang kosong. Ia ingin mempertahankan kekuasaannya yang ilusi, untuk terus berjuang tanpa arti, bahkan jika ia tahu bahwa ia ditakdirkan untuk gagal. Jiwaku, yang terbangun oleh pengalaman-pengalaman ekstrem ini, merindukan untuk menembus lebih dalam, di luar yang dikenal, di luar ilusi. Di mana—aku masih belum tahu. Aku merindukan untuk membebaskan diri dari belenggu berat egoku, untuk menyatu dengan ketidakterbatasan, untuk menjadi bagian dari sesuatu yang abadi, dari esensi keberadaan yang tak terbatas. Ini adalah pertempuran yang sebenarnya—terang melawan kegelapan di dalam jiwaku, kebaikan melawan kejahatan, masa lalu melawan masa depan... jika konsep-konsep manusia ini masih mencerminkan kenyataan di dunia yang rusak dan hancur ini.

Kenangan membawaku jauh ke belakang, seolah-olah melompati batas-batas inkarnasi ini, ke keberadaan lain, ke dunia hantu dan asing, yang pada saat yang sama nyata dan tidak nyata. Aku samar-samar mengingat wajah-wajah yang belum pernah aku lihat, tetapi fitur-fiturnya terukir dalam ingatanku seperti kenangan yang berdarah dari mimpi. Tempat-tempat yang merupakan prolog untuk masa lalu yang telah lama berlalu, tetapi perasaan tentangnya sangat nyata, bisa dirasakan. Tiba-tiba muncul gambaran seorang pria dengan mata seperti bintang. Aku mendengar suaranya, tetapi kata-katanya larut seperti asap, hanya menyisakan kelembutan dan kesedihan. Apakah itu mimpi? Atau gema dari realitas yang telah lama terlupakan?

Dengan keyakinan yang semakin besar dan dingin, aku menyadari bahwa jiwaku abadi, bahwa ia telah melewati reinkarnasi yang tak terhitung jumlahnya, melalui siklus kehidupan yang tak terhitung. Kematian bukanlah akhir yang definitif, melainkan transisi yang menyakitkan ke keadaan lain, ke fase keberadaan yang baru. Sekarang sepertinya aku terbangun dari mimpi panjang yang terlupakan dan menyadari bahwa hidup itu tidak ada habisnya, kelahiran yang abadi, kematian dan kelahiran kembali, spiral yang menuju keabadian, menuju Sang Pencipta itu sendiri.

Pencerahan yang luar biasa dan menusuk datang kepadaku, yang hanya bisa digambarkan dengan kata-kata, tanpa waktu dan bentuk. Masing-masing bergema dalam kekosongan di sekitarku, seperti dentang terakhir dari lonceng yang tidak berhenti berdering:

"Kegilaan... keputusasaan... ketidakberartian... ketiadaan waktu... ketidakterbatasan... keabadian... dan isolasi."

"Kesepian?" terdengar suara batin, seolah-olah egoku sendiri yang kalah menolak untuk terakhir kalinya, mencoba bertahan pada apa yang dikenal. "Bahkan dalam keabadian ini?"

"Ya... isolasi, tetapi juga kebebasan," bisikku, merasakan setiap sel di tubuhku bergetar dari pemahaman baru yang mengerikan ini. "Ini dia. Akhir hanyalah awal yang baru, dibebaskan dari belenggu."

BAB 17: TOPENG BUNGALON

Kenangan.

Kutukanku. Penyelamatanku. Sekarang, ketika semuanya runtuh, mereka adalah satu-satunya peti matiku, benteng terakhirku.

Seringkali, dengan pura-pura acuh tak acuh, dengan senyum sinis atau nada yang tidak jelas, aku melemparkan kepada kenalanku bahwa beberapa fakta luput dariku. Kebohongan terkutuk! Ingatanku bukan hanya baik—ia adalah monster, brankas baja yang ditempa, dengan kejam menyimpan setiap angka, tanggal, nama, peristiwa, kata, bahkan getaran emosional yang paling sulit dipahami. Setiap gerakan, setiap tatapan, setiap penghinaan yang ditelan.

—✶ ⸙ ✶—

Flashback: Senator

"Nathanael, temanku! Aku senang kita bisa bertemu lagi. Kesepakatan ini... konsesi pertambangan di Afrika Tengah... peluang besar, bukan? Keuntungan bagi kita berdua."

Suara senator itu tebal, jenuh, dipenuhi dengan keramahan palsu yang menggores seperti jari di kaca. Aku mengamati. Aku duduk di seberangnya di kantor yang pengap itu, di mana udara berbau tembakau mahal, kekuasaan yang basi, dan keserakahan yang tersembunyi, hampir vulgar. Aku tahu segalanya. Aku telah membedah setiap kata dari tawarannya, setiap klausul, setiap makna tersembunyi. Aku memiliki informasi yang bahkan tidak dia duga aku miliki—naluri atavistik untuk mengungkap kebohongan, didukung oleh analisis dingin selama bertahun-tahun.

"Besar, Senator. Tentu saja. Tapi... mari kita bersikap presisi. Apa yang sebenarnya aku dapatkan? Selain sakit kepala, tentu saja."

Suaraku—tenang, hampir bosan, seperti permukaan danau yang membeku, di bawahnya jurang yang tertidur. Senator itu tersenyum. Senyum lebar, yang tidak sampai ke matanya, ke mata kaca kecil yang keruh itu. Dan kemudian aku melihat. Ekspresi mikro. Mata kirinya. Kedutan yang nyaris tidak terlihat. Seperti burung kecil yang gugup, terperangkap di bawah kelopak matanya, putus asa mencari jalan keluar.

"Syarat-syaratnya... tampak cukup... luar biasa bagimu. Hampir terlalu menguntungkan. Seolah-olah... aku melewatkan sesuatu, Senator. Sesuatu yang kecil... atau sesuatu yang besar?"

Kedutannya meningkat. Sangat sedikit. Tapi bagiku—itu adalah kunci yang membuka pintu menuju ketakutan tersembunyinya. Menuju kebohongan yang coba dia sembunyikan di balik semua kepura-puraan ini. Ekspresi mikro, lebih kuat dari ribuan kata, lebih mengungkapkan daripada seratus pengakuan. Saat dia terus menenun jaringnya dari angka-angka palsu dan janji-janji, aku sudah melihat inti busuk dari kesepakatan itu, cacing-cacing yang menggerogoti fondasinya.

"Nathanael, Anda adalah orang yang terhormat! Tidak ada yang tersembunyi. Semuanya transparan. Tentu saja, ada beberapa... keanehan di wilayah itu, tapi... itu tidak signifikan. Percayalah padaku."

Dia sedikit terbatuk, membetulkan dasi sutranya, tatapannya menyimpang selama sepersekian detik—pergerakan berat yang hampir tidak terlihat, yang bagiku seperti cahaya yang kuat.

"Berapa harga dari kedutan itu? Berapa banyak keputusasaan yang disembunyikannya? Keanehan, Senator? Tolong jelaskan. Karena... perhitunganku menunjukkan beberapa... perbedaan drastis."

Ekspresiku tetap tidak bisa ditembus. Batu. Di dalam—aku menganalisis, menghitung, membangun algoritma. Ketegangan di ruangan itu mengental. Udara menjadi tebal, lengket. Dia mulai berkeringat, tetesan kecil muncul di dahinya. Mata kirinya berkedut seperti orang gila. Itu lucu. Aku melihatnya berjuang. Bagaimana kebohongan terukir padanya, terlepas dari semua usahanya untuk menyembunyikannya. Itu seperti menonton permainan petak umpet anak-anak, di mana anak itu mengira dia tidak terlihat saat berdiri di tengah ruangan, buta dan naif.

"Senator, Anda lupa bahwa saya tidak hanya mendengar kata-kata. Saya melihat motif. Dan saat ini, motif Anda... cukup murah, hampir tidak masuk akal. Apa yang Anda sembunyikan? Bencana ekologis? Skandal politik? Atau Anda hanya berpikir bahwa saya cukup bodoh untuk percaya pada fasad kejujuran yang tidak ada artinya ini?"

Aku sedikit mencondongkan tubuh ke depan, suaraku menjadi lebih pelan, hampir memikat, tetapi dipenuhi dengan ancaman dingin, yang bilahnya menggantung di atas kepalanya:

"Zugzwang, Senator?"

Wajah senator itu memucat. Darah seolah-olah terkuras darinya. Kilauan di matanya padam, digantikan oleh ketakutan murni, tak tersembunyikan, seperti binatang. Momen kemenangan. Aku tidak merasakan apa-apa. Hanya konfirmasi. Satu lagi bagian dari mosaik kebodohan dan keserakahan manusia.

—-✶ ⚳ ✶—-

Flashback: Melina

Lalu aku mengingat suara Melina yang gemetar, ketika dia pertama kali membisikkan—"Aku mencintaimu."

Gelombang suara. Desibel. Timbre. Frekuensi. Tidak lebih. Aku terlalu sibuk menganalisis timbrenya, untuk menghitung respons emosional. Untuk menghitung kemungkinan manipulasi. Alih-alih merasakan maknanya. Alih-alih menyentuhnya. Mengapa? Karena aku adalah topeng. Dan topeng ini mencekikku.

—-✶ ⚳ ✶—-

Aku adalah sebuah teka-teki. Terutama bagi mereka yang mencari keuntungan dari kedekatanku. Klaimku tentang amnesia selektif memupuk aura misteri, ketidaktahuan, yang menarik mereka seperti ngengat ke cahaya. Bunglon—satu lagi topeng, yang diubah sesuai kebutuhan, sesuai dengan korbannya. Atau ingatan, yang menyaring kenangan seperti emas dari sekam? Tidak ada yang tahu pasti. Setiap pertemuan, setiap orang, setiap hubungan meninggalkan jejak yang tak terhapuskan, terukir jauh di dalam terowongan kesadaranku. Tidak ada yang menghilang. Semuanya terkendali. Kendaliku.

Atau setidaknya begitulah yang aku pikirkan. Sebelum hari itu tiba, ketika kendali berubah menjadi ilusi, menjadi isyarat tak berarti dari seorang pesulap yang hancur. Dan topeng itu mulai menyatu dengan wajah, sampai aku menyadari bahwa sebenarnya tidak ada yang lain selain topeng itu. Kekosongan di balik fasad yang sempurna.

Dan kemudian... setelah orang lain berlalu, tenggelam dalam kelupaan atau memutarbalikkan masa lalu, aku ditinggal sendirian dengan kenangan hantu-ku, seperti penjaga di penjara pribadi. Aku memeriksanya lagi dan lagi, seperti detektif yang tanpa ampun, mencari identitas pelaku ketidakbahagiaanku. Aku menganalisis penyebab, kesempatan, dan keadaan fatal, mengungkap benang-benang kesalahan orang lain dan menemukan jurang dalam pemikiran. Seringkali, dengan cara yang tidak langsung dan manipulatif, aku mencoba menyampaikan kepada mereka pelajaran universal yang disajikan dengan angkuh, seolah-olah aku adalah seorang peramal yang menjatuhkan hukuman, dan bukan manusia yang terkoyak oleh iblis-iblisnya sendiri.

—-✶ ⚳ ✶—-

Flashback: Elizabeth

Namanya masih bergema di dalam diriku seperti lonceng berongga, yang tidak pernah berhenti berdering, terkutuk untuk bergema selamanya. Bukan sebagai melodi, melainkan sebagai dentang serak dan metalik, yang merobek keheningan duniaku. Dia pintar, sangat menyakitkan. Ambisius, dengan kilatan mata seperti pemangsa. Dan cantik, sampai bisa memikatmu, mempesonamu ke dalam jaringnya. Dia mencoba menjebakku dalam kerinduan mimpinya, menggunakanku sebagai batu loncatan menuju puncak kekuasaan dan pengaruh yang aku kuasai. Ironis, bukan? Dia, yang mengejar kekuasaan, yang sudah lama aku tetapkan sebagai kotak kosong lainnya.

Aku ingat hari itu. Aroma kayu ek tua di kantorku, bercampur dengan parfum jeruknya yang ringan, yang sekarang bagiku tampak seperti racun manis yang perlahan membunuhku. Dia berdiri di depanku, mengenakan gaun merah yang memukau—warna yang selalu dia pilih untuk menekankan apinya, kehausannya akan kehidupan dan dominasi. Di matanya, kilauan menyala ketika dia berbicara tentang proyek bersama, tentang masa depan kita. Kata-kata yang dicabut dari novel medioker, tidak berwujud, tetapi baginya dipenuhi dengan bobot seperti itu, dengan kekosongan yang menjanjikan.

Aku hanya mengamati. Dengan dingin. Setiap kata-kataku, setiap tatapanku, setiap penundaan yang disengaja dalam menjawab—semuanya dihitung dengan cermat, seperti sayatan dengan pisau bedah. Aku menciptakan situasi di mana dia secara bertahap jatuh cinta. Bukan padaku, bukan pada Nathanael, melainkan pada ilusi diriku, pada monster sempurna yang aku proyeksikan. Monster, yang bisa memberinya semua yang dia dambakan—kekuasaan, pengakuan, kilauan, kesia-siaan tak berujung dari dunia ini.

Dia terpikat oleh gagasan bahwa dia bisa memilikiku—atau lebih tepatnya pengaruhku. Dia adalah tipe putri yang percaya bahwa semuanya berhak dia dapatkan karena kecantikannya. Siap menjual dirinya sendiri, tubuhnya, tanpa rasa malu, tanpa esensi, tanpa jiwa, untuk mendapatkan apa yang dia pikir miliknya. Arketipe wanita modern yang mendapatkan kekuasaan dan posisi sebagai imbalan atas layanan tubuh mereka, seperti komoditas di pasar ternak. Komoditas yang mengira dia adalah pemilik alam semesta. Dan aku membiarkannya percaya. Aku bermain dengannya seperti tikus yang sia-sia mencari jalan keluar dari labirin. Setiap senyuman, setiap sentuhan, setiap janji—umpan, aroma keju yang nyaris tidak terdeteksi.

Akhirnya, momen itu tiba. Wajahnya pucat, gaun merahnya tampak konyol, hampir tragis di balik kulitnya yang pucat. Dia berdiri di depan mejaku, seolah-olah berlutut, tanpa benar-benar berlutut.

"Tolong, Nathanael... tolong. Katakan padaku... katakan bahwa semua ini bukan kebohongan." Suaranya serak, terkoyak oleh keputusasaan, oleh rasa sakit dari ilusi yang runtuh. Dia gemetar, seperti daun yang tertiup angin.

Aku mengamatinya. Apa ini? Keputusasaan? Kerentanan? Apakah ini bagian dari skema? Aku menganalisis.

"Apakah semuanya hanya permainan? Semua percakapan itu... tentang makna, tentang masa depan... tentang kita?" Kata-katanya berubah menjadi tuduhan, yang nyaris tidak sampai padaku, suara yang nyaris tidak terdengar dalam keheningan besar di kantorku.

Aku merasakan sedikit gelitikan di kesadaranku. Tidak, bukan simpati. Kepuasan. Kepuasan klinis murni dari manipulasi yang dieksekusi dengan sempurna. Dia runtuh, merendahkan dirinya sendiri untuk perhatianku, untuk satu kata, untuk satu tatapan. Aku tidak merasakan apa-apa. Sama sekali tidak ada. Aku hanya mengamati. Tidak ada emosi. Hanya analisis. Itu seperti permainan catur yang rumit, yang selalu aku menangkan, memprediksi setiap langkah.

Dia menarik napas dalam-dalam, seolah mengumpulkan kekuatan terakhirnya, dan mengucapkan kata-kata yang menembus bahkan zirah ketidakpedulianku—bukan karena rasa sakitnya, melainkan karena kenekatan mereka yang mengejutkan dan tidak disembunyikan, ilusi berani tentang nilai dirinya.

"Aku... aku hanya ingin berada di sisimu, Nathanael. Menjadi bagian dari apa yang kamu bangun. Memiliki akses ke duniamu. Ke kekuatanmu. Aku bisa memberimu... segalanya yang tidak bisa diberikan orang lain. Lihat saja aku! Beri aku kesempatan!"

Di matanya, di tengah keputusasaan, sebuah percikan keinginan seperti pemangsa, dari ambisi yang tidak disembunyikan, berkelebat. Bukan cinta. Bukan kasih sayang. Hanya dorongan telanjang dan mentah untuk berkuasa, terbungkus dalam sisa-sisa terakhir dari manipulasi wanita, seperti kulit ular yang kering. Dia tidak menangis. Dia menawar. Menawarkan dirinya sebagai taruhan dalam kesepakatan yang sudah dia kalahkan. Untuk sesaat aku merasakan alis mataku terangkat, tetapi segera aku menekannya. Kenekatan. Kesombongan. Namun, betapa bisa diprediksi. Prediktabilitas yang tercela.

"Elizabeth," bisikku, suaraku—datar, tanpa gema, sedingin marmer. "Apakah kamu pernah percaya bahwa dalam kenyataanku ada tempat untuk... abstraksi seperti 'kita'? Semuanya hanyalah sistem. Perhitungan. Kamu adalah variabel. Variabel yang menarik, aku akui. Tetapi sekarang sudah usang. Tidak berguna."

Itu adalah tetesan terakhir. Wajahnya berubah. Bukan menjadi kesedihan, melainkan menjadi kemarahan yang mengerikan, seperti topeng seorang Furia kuno.

"Kamu... kamu, bajingan! Semuanya bohong!" Suaranya meninggi, merobek udara, seperti jeritan hyena yang terluka. "Kamu... kamu bermain-main! Beraninya kamu?! Aku... aku memberikan... segalanya! Dan kamu... kamu monster!" Kata-katanya menyatu dalam aliran yang tidak jelas, diselingi oleh isak tangis yang tersedak dan jeritan, dipenuhi dengan racun. "Aku... aku... membencimu! Aku membencimu!"

Dia mengayunkan tangannya, seolah-olah ingin memukulku, tetapi berhenti di tengah gerakan. Kemudian dia runtuh. Sesuatu di dalam dirinya pecah. Dia mulai menangis, dengan jelek, histeris, membungkuk di tanah, merangkak ke kakiku, seolah-olah dia bisa memohon belas kasihan, untuk memeras bahkan remah kemanusiaan dariku.

"Tolong... tolong... jangan tinggalkan aku seperti ini... aku... aku..." Kata-katanya tenggelam dalam air mata dan lendirnya sendiri. Dia merangkak, mencoba meraih celanaku, dan aku hanya mundur, menjauh dari bangkai busuk.

Aku mengamatinya. Tubuhnya, meringkuk dalam kejang-kejang. Wajahnya, terdistorsi oleh kemarahan dan penghinaan. Jijik total. Betapa murahnya. Seluruh kekuatannya, seluruh kecantikannya—hancur menjadi massa yang menyedihkan dan merangkak ini. Perasaan keunggulan mutlak bangkit di dalam diriku. Dan ketidakpedulian. Ketidakpedulian murni, tak tersembunyikan.

"Selesai, Elizabeth." Suaraku dingin, seperti es. "Sirkusnya sudah berakhir."

Dia tetap terbaring di sana, tak berdaya, sementara aku hanya berbalik. Pintu tertutup dengan "klik" yang pelan, yang menandai akhir dari permainan ini. Satu-satunya suara yang memotong udara yang panas.

Aku membiarkannya menggeliat. Lagi. Seperti aku membiarkan setiap ilusi lain yang untuk sesaat telah melewati sistem ketidakpedulianku. Pada saat itu aku percaya bahwa aku adalah pemenang. Tak terkalahkan. Manusia super.

—-✶ ʢ ✶—-

Terkadang aku menenun situasi yang rumit, jaring manipulasi yang halus, untuk menguji apakah orang lain akan menemukan arah yang benar, akan belajar dari kelemahan mereka. Ini memberiku rasa percaya diri intelektual yang dingin akan keunggulan, perasaan bahwa aku mengamati dari ketinggian yang tidak bisa didekati, bahwa aku adalah arsitek dari gambaran keseluruhan. Orang lain hanya melihat potongan-potongan teka-teki yang tersebar tanpa makna. Aku melihat mereka sebagai pion. Aku adalah topeng. Aku adalah kendali.

Aku merasa di atas kebutuhan-kebutuhan kecil dan pengaruh emosional dari kehidupan biasa. Aku membangun hubunganku sebagai konstruksi yang dingin dan logis dan merasakan keengganan yang hampir fisik terhadap kebodohan dan ketidakberdayaan manusia. Sulit bagiku untuk menerima nuansa sifat manusia, drama dan kelemahannya. Mereka membuatku gugup, menimbulkan rasa jijik dalam diriku, rasa mual yang hampir fisik. Topeng jijik, yang tumbuh menyatu dengan kulitku.

"Tuhan menciptakan manusia dalam citra dan rupa-Nya," aku merenung dengan sinisme yang sombong, yang kepahitannya tidak tercermin dalam suaraku, mengubahnya, memutarbalikkannya, mengubahnya menjadi jeritan serak. "Dia memberinya napas ilahi, kemampuan tak terbatas, dan pilihan tak terbatas, tetapi manusia itu sangat pengecut, tidak bertanggung jawab, dan sangat sepele. Mereka menginginkan segalanya disajikan di atas piring perak, menolak untuk mengendalikan emosi mereka, mencari solusi yang siap, tanpa rasa sakit. Mereka mengamuk dengan ambisi kosong, membuat kesalahan dan dengan keras kepala menolak untuk mengakui kesalahan mereka. Mereka menciptakan intrik, memfitnah, menyelimuti orang-orang terdekat mereka dengan kebencian, pengkhianatan, dan keramahan munafik, tetapi tidak pernah mengambil tanggung jawab atas tindakan licik mereka.

Aku telah melihatnya jutaan kali—pengusaha yang kuat runtuh karena kebanggaan yang bodoh, politisi kehilangan segalanya karena kebohongan sepele, ilmuwan menyia-nyiakan kejeniusan mereka dalam argumen yang sia-sia. Aku berada di atas itu. Aku menguasai dunia, aku tidak membiarkan dunia menguasai diriku. Aku adalah topeng kekuasaan. Dari pengaruh. Dari kekuatan mutlak, dingin, dan acuh tak acuh."

Aku hanya mengamati dari samping, membiarkan mereka secara buta mengikuti jalan yang mereka pikir naif itu benar... Kemudian, sebagai sutradara yang mahakuasa, aku menganalisis drama kehidupan dan peristiwa dengan tidak memihak, secara diam-diam menentukan hukuman bagi mereka yang berani mengecewakanku, menyimpang dari skenarioku.

—-✶ ⸙ ✶—-

Flashback: Edward

Aku mengamatinya. Edward. Mantan mitra bisnisku. Dia duduk di seberangku, meringkuk di balik mejanya, mencoba menyembunyikan tangannya yang gemetar. Dia berbohong padaku. Untuk jumlah yang lebih kecil. Bukan pengkhianatan karena kebutuhan, melainkan karena keserakahan kecil yang menjijikkan. Muak.

"Nathanael, kamu tahu betapa aku menghargai kemitraan kita. Tapi... tawaran ini... untuk jumlah yang lebih kecil... aku... tidak bisa menolaknya. Pasarnya kejam. Kamu mengerti, kan?" Suaranya—lembut palsu, dengan sedikit tergesa-gesa yang mengkhianati kepanikan.

"Tentu saja, Edward. Pasarnya kejam. Dan tidak memaafkan. Aku mengerti." Suaraku—tenang, seperti permukaan samudra, jauh di bawahnya arus berbahaya dan merusak mengamuk.

Alih-alih menghancurkannya segera, seperti yang akan aku lakukan di masa lalu, atau seperti yang dia harapkan, aku hanya membiarkannya jatuh ke dalam jebakannya sendiri. Mengapa mengotori tanganku? Mengapa membuang energi? Lebih menarik untuk mengamati gravitasi dari kebodohannya sendiri, yang tak terhindarkan menariknya ke bawah.

"Kamu memiliki pengertianku, Edward. Sebenarnya... aku punya beberapa data baru untukmu. Tentang pasar. Aku pikir itu akan berguna bagimu." Senyuman ringan, yang nyaris tidak terlihat, yang tidak melewati mataku, melalui tatapan dingin seperti pemangsa.

Aku secara diam-diam memanipulasi pasar. Aku melemparkan data yang salah dan strategi yang menyesatkan kepadanya. Seperti remah-remah untuk burung yang lapar, membawanya ke jebakan. Dia menelannya dengan rakus, dengan kilatan keserakahan yang sudah dikenal di matanya. Setiap keputusannya, setiap investasinya, sudah menjadi milikku. Aku adalah dalang, dia—benang yang menarik hidupnya yang menyedihkan.

Aku melihatnya terjerat. Setiap hari wajahnya menjadi lebih cekung, matanya—lebih keruh. Aku melihat bagaimana dia mulai kalah. Pertama—pesanan. Kemudian—pelanggan. Setelah itu—reputasi. Akhirnya—keluarga. Rumahnya. Semuanya.

"Nathanael... tolong... tolong, bantu aku! Aku... aku hancur! Aku kehilangan segalanya! Keluarga... mereka... mereka meninggalkanku! Tolong, kamu tahu bagaimana..." Suaranya di telepon—menangis, tersedak, seperti jeritan putus asa dari dasar neraka.

"Edward, maafkan aku. Aku hanya pengamat. Hasilnya... itu fakta." Aku memotongnya, suaraku dingin, tanpa nada simpati, tanpa kehangatan, tanpa harapan.

Dia benar-benar bangkrut. Aku mengamati dari samping. Tanpa campur tangan. Tanpa setetes pun penyesalan. Itu seperti skema, yang hasilnya mengkonfirmasi hipotesisku tentang keserakahan dan kebodohan manusia. Sebagai hakim yang tidak memihak, mencari motif tersembunyi dan kesalahan fatal, aku menghukum orang lain sesuai dengan standarku sendiri, yang seringkali tidak manusiawi.

Aku menganggapnya sebagai hak istimewaku untuk tanpa ampun mengungkapkan kelemahan mereka, untuk membimbing mereka ke kehidupan nyata, tentu saja, sesuai dengan pemahamanku. Bagiku mereka adalah pion, yang bisa aku gerakkan sesukaku. Semua ini memupuk rasa kekuasaanku yang menyakitkan, akan kekuatan yang hampir seperti dewa, yang menciptakan dan menghancurkan dunia manusia. Aku adalah topeng keuntungan yang tanpa ampun. Dari kendali total. Dari kepentingan yang tak tergoyahkan.

Sungguh ironis. Sekarang aku adalah orang yang dihukum. Bukan oleh seorang senator, bukan oleh seorang mitra. Dihukum oleh kebenaranku sendiri, oleh kemenanganku sendiri yang tidak berarti, yang ternyata lebih berat daripada kekalahan mana pun.

Dan topengku... itu hancur. Menjadi ribuan keping kaca, yang...

BAB 18: MENARA KESENDIRIAN

Namun terlepas dari keinginan saya yang menyakitkan untuk membentuk dunia sesuai citra saya sendiri, saya tetap sangat, sangat terasing. Tidak dapat terhubung secara nyata dengan orang lain, karena saya melihat mereka sebagai tidak layak, sebagai makhluk primitif yang tidak pantas mendapatkan waktu dan energi saya. Kesendirian menyiksa saya dengan cengkeraman es, tetapi kebanggaan tidak memungkinkan saya untuk mengakui kebenaran yang menyakitkan ini. Saya telah membangun diri saya sebagai penguasa yang kesepian di takhta es saya, dikelilingi oleh lautan kebodohan manusia yang bergejolak, yang ombaknya pecah di atas batu-batu saya.

—-✶ ʢ ✶—-

Tidak ada yang mengerti saya. Tidak ada yang mencoba memahami mengapa saya memalingkan wajah dari persahabatan dan cinta, seolah-olah saya takut akan infeksi, akan penyakit emosional, yang akan menembus lingkaran saya yang tidak dapat ditembus. Dan bahkan jika mereka melakukannya...

Saya ingat bagaimana Melina mencoba mendekati saya, untuk menembus dinding yang telah saya bangun. Dia menawari saya dukungan tanpa syarat, kehangatan, tetapi saya selalu menolaknya, takut untuk menunjukkan kelemahan, untuk disakiti.

"Kau terlalu baik untukku, Melina," kataku kepadanya suatu kali, ketika dia menangis, dan saya hanya merasakan kejengkelan dingin dari air matanya.

Setiap tetes air mata itu mengganggu. Sekarang, telanjang kaki di atas pasir ini, dingin yang membekukan adalah satu-satunya teman saya. Percikan air, yang menancap di bibir saya, asin dan berat, persis seperti air matanya.

—-✶ ʢ ✶—-

Tetapi saat itu saya tidak bisa membiarkan "kelemahan" ini ke dalam dunia saya yang tertata sempurna. Sungguh ironis! Tidak ada yang melihat cukup dalam ke dalam kesedihan tersembunyi dan kekecewaan pahit, yang berkilauan di mata dingin saya, karena saya sendiri tidak mengizinkannya. Kebenarannya adalah bahwa saya sendiri tidak ingin dipahami. Saya menyembunyikan di balik kulit kedua saya yang dibangun dengan hati-hati, sebuah esensi yang rentan, yang saya anggap tak tersentuh, hampir manusia super, ditempa dari pengalaman pahit, dari kemenangan yang tak terhitung atas "manusia biasa". Saya seperti patung es, di bawah permukaannya yang sempurna berdenyut hati yang tidak dipahami.

Namun seiring berjalannya waktu, retakan yang nyaris tidak terlihat mulai muncul di kepompong tebal saya, seperti varises yang meramalkan kejatuhan. Meskipun saya terus menganggap diri saya sebagai bentuk kehidupan yang lebih tinggi, jauh di dalam diri saya, saya mulai menyadari bahwa manipulasi dingin saya telah menyebabkan rasa sakit dan keterasingan. Dan rasa sakit ini, meskipun asing, mulai meresap ke dalam diri saya.

—-✶ ૬ ✶—-

Kilas Balik: Persahabatan yang Membusuk

Saya ingat satu kasus yang menancap di kesadaran saya seperti duri yang membusuk, yang tidak berhenti berdarah. Sebuah eksperimen, yang seharusnya mengkonfirmasi teori-teori saya, tetapi sebaliknya meninggalkan bau kehancuran, pembusukan. Saya sengaja memicu konflik antara dua teman, untuk menguji loyalitas mereka. Bukan hanya untuk memeriksanya, melainkan untuk merobeknya, untuk melihat seberapa jauh benang-benang ikatan mereka akan bertahan, sebelum mereka putus secara tak terhindarkan.

Mereka adalah Lukas dan Kaleb. Keduanya—seperti satu kesatuan. Mereka saling kenal sejak kecil. Mereka berbagi rahasia, impian, bahkan kegilaan yang sama di mata mereka, ketika mereka berbicara tentang masa depan. Sasaran yang sempurna. Saya menanam benih-benih perselisihan dengan diam-diam, hampir tak terlihat. Bisikan di sini, pertanyaan yang seolah-olah tidak sengaja di sana, fakta yang dilemparkan dengan terampil, untuk mendistorsi kepercayaan mereka. Saya mengamati prosesnya dengan presisi klinis, seperti ahli bedah yang membedah makhluk hidup, tanpa merasa kasihan.

Saya melihat bagaimana tatapan mereka berubah—dari kasih sayang persaudaraan menjadi kecurigaan, lalu menjadi kepahitan. Saya melihat bagaimana kata-kata mereka menjadi lebih tajam, bagaimana tawa mereka padam. Saya menikmati eskalasi, kejatuhan yang tak terhindarkan, yang telah saya sutradarai. Itu seperti menonton gerakan lambat dari bangunan yang hancur.

Dan kemudian datang akhirnya. Di bar kecil yang suram, di mana mereka selalu berkumpul. Saya ada di sana, tentu saja, tersembunyi di bayangan, sutradara tak terlihat dari kiamat mereka sendiri. Kata-kata berat dipertukarkan, lebih tajam dari pisau.

"Kau... kau memberitahunya! Di belakangku!" Suara Lukas tercekik, penuh dengan pengkhianatan. "Dan kau... kau pikir aku seperti itu? Bahwa aku mampu melakukan ini?!" Kaleb menjawab, matanya—seperti binatang yang terluka. Baju putih Kaleb kotor dengan bir, ketika Lukas mendorongnya. "Tapi Natanael... dia..." Lukas memulai, tetapi terdiam, seolah-olah kata-kata tersangkut di tenggorokannya.

Momen itu sempurna. Keheningan. Keheningan yang merobek, berat, dipenuhi dengan tuduhan yang tidak terucapkan, dengan impian yang runtuh.

Hasilnya adalah persahabatan yang terkoyak. Bukan hanya perselisihan, melainkan luka yang tak dapat disembuhkan, yang bernanah di depan mata saya. Saya melihat mereka menjauh satu sama lain, punggung mereka—seperti dua menara yang hancur, yang tidak akan pernah bangkit lagi.

Untuk pertama kalinya, untuk pertama dan satu-satunya kali, ketika saya melihat penderitaan mereka, saya merasakan sedikit ketidaknyamanan. Sesuatu menusuk saya. Sesuatu seperti jarum tipis, yang merobek tabir ketidakpedulian saya. Itu bukan rasa sakit, bukan simpati. Itu adalah... tusukan. Sebuah sensasi yang tajam, tak terduga, berdenyut. Sesuatu yang tak terduga, sesuatu yang tidak masuk ke dalam persamaan saya. Seperti nada yang salah, berdenyut di dalam simfoni kontrol saya yang sempurna.

Tetapi saya dengan cepat menekannya. Tanpa ampun. Saya memaksakan logika besi pada diri saya sendiri. Saya menggertakkan gigi. Ini hanyalah "pengorbanan yang diperlukan" demi pengetahuan saya yang lebih besar. Demi pemahaman sifat manusia, loyalitas, kelemahan. Mereka hanyalah tikus percobaan di laboratorium keberadaan saya. Harga kebenaran itu tinggi. Dan saya siap membayarnya. Selalu. Setidaknya itulah yang saya ulangi pada diri saya sendiri, untuk membungkam sensasi baru itu.

—✶ ⸘ ✶—

Terkadang saya merasa seperti dewa yang kesepian, yang telah meninggalkan ciptaannya yang tidak sempurna, yang tidak bisa bertahan tanpa campur tangan saya. Tetapi ego saya, sebagai penjaga yang tak kenal lelah, tidak memungkinkan saya untuk melepaskan peran saya sebagai pembalas yang tidak memihak. Saya telah berubah menjadi raja mitos, yang terkunci dalam penjara kaca yang tinggi dan tidak dapat ditembus, melihat dunia dengan penghinaan. Saya tidak punya keberanian untuk melihat diri saya sendiri dari samping, tanpa melepaskan penutup saya, yang telah menyatu dengan saya, yang telah menjadi saya. Tawanan di benteng saya sendiri yang tidak dapat ditembus.

Semua tindakan kompleks saya didorong oleh keinginan putus asa untuk menemukan kuantitas tak dikenal yang suci—faktor manusia itu, yang lolos dari saya, untuk menguraikan mekanismenya. Saya pikir, dengan memanipulasi peristiwa dan orang, saya akan mencapai esensi keberadaan. Saya menghabiskan bertahun-tahun, tenggelam dalam psikologi dan emosi manusia, perilaku kerumunan dan strategi untuk mengelola konflik—saya membangun model mental, yang mampu memprediksi dan mengarahkan reaksi manusia dengan akurasi yang menakutkan, yakin bahwa di sanalah "formula" untuk mengendalikan realitas bersembunyi. Betapa naifnya! Semua ini hanyalah pelarian dari diri saya sendiri, dari kekosongan batin saya sendiri, yang berdenyut di dada saya seperti hati yang pecah, perlahan-lahan melepaskan kehidupan. Tetapi semakin dalam saya menyelam ke dalam eksperimen berdarah dingin saya, semakin saya menjauh dari tujuan yang sebenarnya, tersesat di labirin cermin dari fiksi saya sendiri, berubah menjadi pengamat yang kesepian dari drama saya yang semakin absurd.

Terlepas dari persediaan pengetahuan saya yang besar, saya merasakan kekosongan yang tumbuh, menganga, yang menelan saya. Saya berdiri di puncak gunung intelektual saya yang dingin, melihat dunia di kaki saya, tetapi saya tidak merasakan kegembiraan yang nyata, saya tidak merasakan kepuasan, melainkan hanya dingin dan apati. Dengan setiap "penemuan" baru, pertanyaan-pertanyaan baru yang menyiksa muncul, yang menusuk kesadaran saya, seperti akupunktur esensi.

—✶ ✶—

Saya menemukan cara untuk memprediksi keruntuhan pasar saham dengan akurasi hampir seratus persen, yang memberi saya miliaran lagi. Saya ingat momen itu, ketika intuisi saya membisikkan tentang keruntuhan salah satu bank paling berpengaruh. Realitas menghadiahi saya dengan kekayaan—dibebani dengan rasa bersalah. Saya membeli kontrol, tetapi kehilangan kemanusiaan. Dengan satu-satunya gerakan bidak keuangan saya mengubah nasib ribuan—dan pikiran itu tidak memberi saya kedamaian. Tapi apa gunanya? Vakum kosmik diam—tidak memihak, tanpa jiwa, tidak tunduk pada dimensi moral dari keputusan kita.

Hanya kehampaan. Saya melayang di tepi, setiap saat siap untuk runtuh ke dalam jurang, untuk hancur menjadi atom. Namun, terlepas dari ketakutan yang mengerikan, saya terus mencari dengan gigih, dipimpin oleh keyakinan, bahwa hanya dengan cara itu saya akan memahami hukum-hukum kehidupan yang tak tergoyahkan, akan menemukan formula tersembunyinya, akan menemukan keselamatan—keselamatan, yang selalu tetap menjadi fatamorgana, ilusi menipu lainnya.

Isolasi dan kesepian adalah teman konstan saya, bayangan gelap dan dingin, yang mengikuti saya ke mana-mana, menempel di tumit saya. Bahkan di tengah keramaian perusahaan yang ramai, saya merasakan tekanan dingin dari keterasingan, yang menekan saya, mencekik saya. Saya bernapas, tetapi tidak hidup.

—-✶ ⚳ ✶—-

Kilas Balik: Resepsi di Paris

Saya ingat suatu malam. Paris. Pencakar langit, menusuk bintang-bintang. Pesta. Kemewahan, yang berteriak, meresapi setiap sentimeter persegi udara. Dikelilingi oleh "elit"—orang-orang paling berpengaruh di dunia. Diplomat, taipan, seniman dengan mata kosong. Wajah-wajah yang saya kenal. Nama-nama mereka—tertulis dengan huruf emas di kontrak, di berita utama surat kabar.

Saya tertawa. Saya berbicara. Saya mempertahankan fasad keterlibatan yang sempurna, minat. Saya mengangguk setuju, mengangkat gelas, menyesap sampanye termahal, rasanya—acuh tak acuh di lidah saya. Saya mendengar kata-kata mereka—tentang kesepakatan, tentang politik, tentang akuisisi baru mereka. Tetapi di dalam... saya seperti jendela kaca. Saya melihat segalanya, mendengar segalanya, memahami setiap intrik, setiap motivasi tersembunyi. Tetapi tidak ada yang menyentuh saya. Tidak ada yang menembus kaca. Tidak ada yang menghubungkan saya. Saya tidak terlihat, bahkan bagi diri saya sendiri.

Saya memiliki semua yang bisa dibeli dengan uang. Semuanya. Kekaisaran. Pengaruh. Pengetahuan. Tetapi saya tidak memiliki apa pun yang bisa dirasakan dengan hati. Tidak ada yang bisa menghangatkan saya dari dalam. Tidak ada yang tidak bisa dihitung, dibeli, dimanipulasi. Dingin Arktik. Jurang besar, yang meluas dari ketiadaan, yang menelan setiap suara, setiap cahaya. Jurang yang menganga di depan saya.

Pengetahuan saya yang luas. Kutukan saya. Itu telah memisahkan saya selamanya dari orang-orang biasa. Dari mereka yang bisa tertawa tulus, menangis tanpa malu, merasakan kebahagiaan murni dari sesuatu yang begitu sederhana seperti sentuhan tangan. Saya telah berubah menjadi orang yang kesepian. Menjadi pengamat dari samping, ditinggikan di atas kerumunan, tetapi juga terkunci di dalam sangkar emas saya sendiri. Lebih terisolasi dari pertapa mana pun.

Saya merindukan. Ya, saya, Natanael, penguasa bayangan, merindukan untuk melihat percikan kedekatan sejati. Sentuhan manusia, yang tidak dihitung, yang tidak palsu, yang tidak dimotivasi oleh kepentingan tersembunyi. Saya ingin merasakan getaran hati. Untuk mendengar milik saya sendiri.

Tetapi saya tidak tahu bagaimana. Saya tidak tahu bagaimana memintanya. Saya tidak bisa mengucapkan kata-kata yang bukan bagian dari persamaan. Saya tidak tahu bagaimana menerimanya. Bagaimana membuka dinding benteng ini, yang telah saya bangun di sekitar diri saya sendiri? Setiap tindakan seperti itu akan menjadi manifestasi kelemahan, kerentanan. Dan kerentanan adalah kematian. Itu adalah pelanggaran dalam sistem saya yang sempurna.

Jadi, saya berdiri di sana, tersenyum pada tatapan kosong mereka, minum sampanye mahal, dan melihat keluar jendela. Paris bersinar, kota cinta. Dan saya lebih sendirian dari sebelumnya. Karena sel penjara terbesar bukanlah dari beton dan baja, melainkan dari dinding tak terlihat, yang dibangun dari ketidakpedulian saya sendiri. Dinding jiwa saya sendiri.

—✶ ⚳ ✶—

Ego saya mendorong saya untuk memainkan peran hakim yang tanpa ampun, tetapi jiwa saya, yang tersembunyi jauh di bawah lapisan sinisme, merindukan kerendahan hati dan cinta tanpa syarat. Di dalam diri saya mengamuk pertempuran yang melelahkan antara kebanggaan dan kasih sayang, antara kecerdasan dingin dan emosi, yang mengoyak saya menjadi dua. Dalam konflik ini, saya mencari keseimbangan, mencoba menggabungkan pengetahuan saya dengan kemanusiaan yang disangkal, untuk menemukan semacam makna dalam segalanya. Dalam satu-satunya inkarnasi yang saya tahu, saya seolah-olah telah menjalani banyak kehidupan, mempelajari pelajaran yang tak terhitung, tetapi tidak pernah menemukan jawaban akhir, formula abadi kebahagiaan. Saya hidup sebagai pengembara abadi, berkeliaran sendirian di kosmos, mencari tempat saya yang hilang dalam kegelisahan yang abadi. Dan mungkin, akhir ini adalah satu-satunya cara untuk menemukannya.

Untuk menemukan diri saya sendiri.

BAB 19: GRAAL YANG SULIT DIJANGKAU

Zurich... Suatu hari nanti. Atau setiap hari saya, yang dibentengi dalam monoton.

Kota itu bernapas di bawah cahaya pagi yang pucat, tetapi bagi saya, itu hanyalah latar belakang yang tanpa suara, tanpa pribadi. Saya melihat ke langit—abu-abu, acuh tak acuh, seperti kanvas mati, di mana Alam Semesta lupa untuk menuliskan makna. Di dalam diri saya menganga jurang yang dalam, tanpa nama. Secara insting saya mencoba mengisinya—bukan dengan kekuatan hidup dari iman, nyala api harapan, atau kelembutan cinta, melainkan dengan teori-teori kering, hangus dari makna. Saya menelannya seperti tegukan racun, mengira itu adalah ramuan—dari gulungan kuno seperti Naskah Laut Mati di "Kuil Buku" di Yerusalem, hingga ukiran, peta geografis, koin, yang dijaga dengan cemburu di bawah Vatikan. Saya menguraikan traktat hermetik, kode-kode mati para imam Mesir. Pikiran saya menyerap segalanya, tetapi hati saya, sebuah kamera kosong, gema dari kehidupan yang tidak ada, tetap kosong. Batu. Diukir dari keputusasaan.

Saya mendaki tangga pengetahuan yang curam, setiap langkah mempertajam penglihatan saya, menusuk tabir Alam Semesta. Saya mencapai wahyu terdalam dari ordo rahasia, pewaris hukum Musa, saya menguasai ritual dan simbol, yang mengoyak benang-benang realitas itu sendiri. Pengetahuan mengangkat saya di antara sedikit orang, yang memahami makna dalam dari ajaran kuno, dari hukum kuno. Tetapi inisiasi ini hanyalah huruf-huruf mati di jiwa dingin saya—tidak dialami, tidak disadari. Tanpa wahyu yang nyata, tanpa kesadaran penuh akan pelajaran, semua pengorbanan diri saya akan runtuh sebagai benteng ambisi ilusi lainnya.

Saya mencari jalan dalam kegelapan, saya berkeliaran tanpa kompas, saya membuat kesalahan, saya kembali—intuisi saya berteriak tentang jurang yang akan datang. Saya ingin terbang, tetapi saya berjalan di tepi jurang. Satu langkah yang salah—dan saya akan hancur, kehilangan setiap harapan. Satu interpretasi yang salah—dan saya akan berubah menjadi malaikat yang jatuh, dikutuk untuk mengalami neraka lagi, yang saya kenal. Saya telah melewati sana, jiwa saya telah mengalami katarsis introspeksi, pertumbuhan, dan rekonsiliasi antara roh dan tubuh...

Apakah itu cukup? Apakah saya tidak salah secara fatal, yakin akan ketidakbersalahan saya sendiri? Bukankah ada sesuatu yang lebih dalam, di luar pengetahuan, di luar setiap formula dan algoritma, yang telah saya buat? Bukankah keyakinan yang tak tergoyahkan pada kebenaran jalan saya ini menutup pintu ke cahaya? Bukankah cinta—dalam tatapan wanita yang acak, seperti Melina, ketika dia terakhir kali mencoba menjangkau saya, dan saya menolaknya dengan argumen dingin, diukir dari logika—tidak memiliki kekuatan untuk melemparkan saya ke arah lain? Apakah keyakinan bahwa Tuhan mendengar doa-doa kesepian saya, hanyalah gema dari suara saya sendiri yang penuh keraguan? Bukankah harapan sejati bersembunyi dalam sesuatu yang jauh lebih dalam dari kata-kata, di luar pemahaman intelektual, yang begitu saya sembah? Dalam kebutaan saya yang angkuh, apakah saya tidak akan melewatkan tanda-tanda yang menentukan, yang sudah dikirim?

Jiwa saya, terlepas dari pencapaian intelektual, terlepas dari kontrol atas jutaan nyawa, berteriak untuk pemahaman, untuk penerimaan tanpa syarat, kedekatan sejati, cinta yang menyembuhkan. Saya menatap mata seseorang, memberi mereka kepedulian yang pura-pura, perlindungan palsu, dan inspirasi dingin, dan kemudian saya diam-diam menunggu untuk melihat ke mana jatuh cinta yang baru lahir ini akan membawa saya—apa yang akan menjadi eksperimen emosional saya berikutnya.

—✶ ⚕ ✶—

Kilas Balik: Pemutaran Perdana

Udara di lobi teater yang penuh sesak kental dengan parfum mahal, senyum palsu, dan dengungan ambisi yang tidak sabar. Setelah pemutaran perdana dari drama lain yang tidak berarti, yang produksinya telah saya danai, saya berdiri di samping spanduk raksasa, di mana wajah saya diabadikan dengan tulisan yang sombong. Saya mengamati kesombongan, permainan manusia dari penipuan diri, yang begitu saya suka amati dengan minat yang tanpa perasaan.

Kemudian saya melihatnya. Dia datang lurus ke arah saya, melewati kerumunan wajah-wajah tanpa pribadi. Bukan dengan keraguan. Tetapi dengan tekad yang terfokus, yang langsung menangkap pandangan saya. Salah satu dari ratusan "wajah dari kerumunan", figuran dalam ilusi skala besar ini, yang dunia sebut seni. Dia muda, terlalu muda untuk permainan kejam ini, tetapi matanya—lapar, menusuk—mengkhianati usia, jauh lebih tua dari tahun-tahunnya. Setiap lekukan, setiap gerakan—dihitung dengan teliti, seperti langkah catur. Tubuhnya—etalase yang sempurna.

Dia mencegat saya. Dia tidak menabrak, dia tidak menumpahkan apa pun kepada saya. Dia hanya muncul di depan saya, menghalangi jalan saya.

"Tuan,"—suaranya seperti parfum mahal, yang mencoba menyembunyikan sesuatu yang pahit—memabukkan, tetapi dengan rasa pahit dari keputusasaan. "Merupakan suatu kehormatan bagi saya. Saya adalah... gadis dengan satu baris di babak ketiga."

Senyum kecil, palsu bermain di bibirnya. Suaranya manis, seperti suara manekin, yang telah mempelajari pelajarannya dengan sempurna tentang dunia. Dia tidak gemetar karena cemas, melainkan karena kegembiraan yang berlebihan—adrenalin para pemburu, dari mereka yang melihat trofi di semak-semak. Dia menyerahkan saya sebuah brosur kecil yang mengkilap. Tanda tangan. Untuk saya.

Rasa ingin tahu klinis. Ini bukan hanya keberanian, melainkan risiko yang dihitung. Dia tidak "bodoh". Dia tidak memiliki scruple. Tikus laboratorium saya yang sempurna, siap berubah menjadi ular.

"Saya terkesan," kata saya, nada saya—tanpa suara, datar, seperti batu yang dilemparkan ke rawa, yang bahkan tidak membuat gelombang. "Dari kegigihan Kau."

Percikan kecil, hampir tidak terlihat, berkedip di matanya. Tetapi itu tidak padam. Sebaliknya, itu menyala menjadi api. Dia mengerutkan bibirnya—begitu bengkak dari asam hialuronat, sehingga mereka tampak di ambang meledak. Wajahnya menjadi topeng tanpa ekspresi, sangat halus dan tanpa perasaan.

"Apa lagi?"—suaranya sekarang tajam, seperti berlian yang diasah. Seolah-olah keputusasaannya berubah menjadi tekad, menjadi ambisi yang murni, tanpa disamarkan. Ini adalah momen yang saya tunggu. Akhir dari pembedahan ilmiah saya. Atau awal dari fase baru.

Untuk sesaat, dalam ribuan pantulan cermin dan permukaan yang mengkilap, saya melihat diri saya sendiri—lelah, hangus dari banyak upaya untuk menemukan cinta tanpa syarat, mengubah setiap hubungan potensial menjadi objek penelitian. Menjadi gurun yang tidak subur, di mana hati saya—miliaran butiran pasir—merindukan oasis, yang telah lama saya tahu hanyalah fatamorgana yang menipu. Dia hanyalah fatamorgana lain, penipuan mengkilap lainnya.

"Tidak ada apa-apa," jawab saya, membelakangi kerumunan. Kepadanya. Pada setiap kemungkinan hubungan yang palsu. "Masih tidak ada. Hanya... kehampaan tak berujung."

Saya hanya mendengar suara kerumunan yang teredam, pelan, yang seolah-olah larut di sekitarnya. Dan dia tetap di sana. Seperti boneka yang ditinggalkan, tetapi dengan mata yang seolah-olah sudah merencanakan langkah selanjutnya. Dia hanya meninggalkan keheningan yang dingin. Dan aroma parfum mahal, bercampur dengan kekosongan yang mengganggu, berlipat ganda.

—✶ ❦ ✶—

Setiap hubungan baru adalah upaya putus asa untuk menemukan harta karun yang sulit dipahami, Graal dari kepuasan emosional. Tetapi setiap kali saya mendekati orang lain, saya secara tidak sadar menjauh dari diri saya sendiri, tersesat dalam analisis dingin dari ketidaksempurnaan orang lain. Saya mengenal wanita itu, dengan cepat menemukan kekurangannya, yang tidak menutupi citra saya yang tidak dapat dicapai dari ideal, dan getaran itu menguap. Emosi tidak menemukan makna di dalam diri saya, juga tidak tahu apa yang harus dilakukan dengan mereka, selain menganalisisnya dan melihatnya sebagai kelemahan. Sementara wanita yang jatuh cinta kehabisan energi dalam upaya sia-sia untuk mengejutkan saya dan runtuh di bawah beban harapan yang tidak realistis. Setelah saya mengenal pikiran dan perilakunya yang menyakitkan—semuanya menjadi memberatkan, akrab, dan membosankan, dapat diprediksi. Kemudian, dalam upaya putus asa untuk membenarkan ketidakmampuan saya akan kedekatan, saya menuduhnya rentan, yang membuat saya jijik, bahwa dia tidak lulus ujian saya, bahwa dia takut akan neraka "saya", neraka di mana saya hidup. Mungkin, ini adalah upaya naluriah untuk melindungi diri saya dari kekecewaan, dari fakta yang menyakitkan bahwa dia akan menyerah dan pergi, meninggalkan saya sendirian lagi...

Itu menyakiti saya! Ketakutan akan rasa sakit berulang membuat saya lari dari hubungan yang dalam. Itu menakutkan saya akan tanggung jawab, keintiman, dan perasaan bersalah yang mencekik...

—-✶ ⚥ ✶—-

Setiap wanita baru adalah seperti kanvas kosong, di mana saya memproyeksikan harapan dan keinginan yang tidak terwujud untuk dicintai tanpa syarat, untuk diterima apa adanya. Tetapi ketika idealisme ini hancur dalam kenyataan, saya dengan cepat beralih ke ilusi berikutnya, ke kanvas kosong berikutnya. Impian cinta tanpa syarat adalah perisai saya yang tidak dapat ditembus, melindungi saya dari rasa sakit penolakan, tetapi pada saat yang sama membuat saya tidak dapat diakses untuk kedekatan sejati, untuk sentuhan manusia yang nyata.

Kemudian saya dengan cepat melupakan kegagalan emosional saya, meyakinkan diri saya sendiri bahwa ini hanyalah wanita lain, yang mencoba menggunakan saya, tanpa memahami esensi saya. Saya kecewa, mengetahui akhir yang menyakitkan di awal. Ini mendorong saya untuk menembus semakin dalam ke mata berikutnya, mencari pantulan yang tidak subur dari jiwa saya yang hilang... Dan mungkin, dalam keangkuhan saya, saya tidak akan pernah tinggal cukup lama, untuk menyadari bahwa saya sudah menemukannya, bahwa cinta, seperti ular yang berbahaya, telah menyelinap ke dalam hati saya yang dingin. Keterpisahan yang dangkal ini cocok untuk saya, berfungsi sebagai perisai terhadap kedekatan sejati. Jadi, dalam siklus yang melelahkan dari daya tarik yang dangkal dan penolakan yang menyakitkan, saya telah berubah menjadi kolektor emosi yang cepat berlalu, tetapi tidak pernah berhasil mengalami cinta sejati yang menyembuhkan.

Puas sementara dengan setiap trofi baru dan momen ilusi yang singkat dari jatuh cinta saya sendiri, ini tampaknya cukup bagi saya, untuk melanjutkan pertempuran kesepian saya.

Tetapi kegelisahan yang tersembunyi, yang menyiksa, tentang sesuatu yang tidak dialami, adalah seperti cacing yang licik, yang terus-menerus menggerogoti dari dalam. Tidak ada pencapaian intelektual yang berhasil memuaskannya sepenuhnya, setiap tujuan yang berhasil tampak sementara dan tidak berarti. Saya mengumpulkan kekayaan yang bisa membeli benua, saya memegang nasib bangsa di tangan saya, memanipulasi seluruh pemerintahan, mengubah jalannya sejarah. Tetapi setiap kemenangan baru hanyalah mangkuk kosong lainnya, yang tidak bisa mengisi tenggorokan tak berdasar yang tumbuh di dalam diri saya. Seolah-olah saya adalah anak manja di toko mainan, yang dengan rakus mengambil satu demi satu, tanpa menikmati satu pun. Dunia saya adalah labirin tak berujung, di mana saya berkeliaran, mencari jalan keluar yang sulit dipahami, yang tidak pernah berhasil saya temukan.

Orang-orang di sekitar saya melihat saya sebagai orang yang sukses, ambisius, dipuja karena kecerdasan saya yang tajam, tetapi jauh di dalam diri saya, saya merasa sangat terisolasi, terpisah dari semua orang, seolah-olah saya hidup di dunia paralel, di mana tidak ada yang bisa memahami saya. Semua hubungan saya tampak dangkal bagi saya, tidak peduli berapa lama mereka berlangsung. Saya terus-menerus mencari hubungan yang bermakna, tetapi saya panik takut untuk membuka diri sepenuhnya, untuk melepaskan penutup batu saya dan membiarkan seseorang mengenal saya dengan sungguh-sungguh, dalam seluruh esensi saya yang rentan.

Saya telah mencapai puncak kesuksesan, tetapi jiwa saya terus merindukan sesuatu yang lebih, untuk sesuatu yang tak ternilai dan esensial, yang tidak bisa dipahami oleh kecerdasan dingin saya, yang tidak ada formula yang bisa menghitung. Kekayaan materi tidak bisa mengisi kekosongan di hati saya, mereka hanya menyorotinya. Saya mulai meragukan ketidakbersalahan intelektual saya, yang secara buta saya percayai. Saya merasa seolah-olah saya berada di puncak yang tertutup salju dan kesepian dan dari sana, dalam kesepian saya yang dingin, saya menyadari bahwa dunia lebih besar, lebih kompleks, dan kurang terkendali dari yang saya bayangkan.

Kematian adalah teman konstan dan tidak diinginkan saya. Pikiran tentang akhir yang tak terhindarkan, bahwa semuanya akan berakhir tanpa jejak, memenuhi saya dengan kengerian. Itulah mengapa saya putus asa mencoba melarikan diri darinya, dengan menimbun diri saya dengan pekerjaan dan hiburan yang dangkal. Tetapi semakin keras saya mencoba melupakan kematian, semakin gigih dia mengejar saya di bayangan kesadaran saya, membisikkan tentang ketiadaan. Saya mulai bertanya pada diri sendiri tentang makna hidup yang sebenarnya, jika pada akhirnya semuanya direduksi menjadi debu, jika semua yang telah saya bangun akan hancur.

Kegelisahan batin ini perlahan menggerogoti jiwa saya, membuat dunia saya tidak lengkap. Itu memotivasi saya untuk terus-menerus mencari, untuk selamanya tidak puas dan tidak memiliki cukup waktu untuk sesuatu yang benar-benar esensial. Saya mengalihkan perhatian saya dengan tujuan yang berbeda, yang masing-masing untuk sementara saya anggap sebagai prioritas, hingga saya melihat lebih dalam dan memahami akhir yang sepele. Perhatian saya jarang bertahan lama pada pencapaian sesuatu yang signifikan, yang bisa mengisi ketiadaan yang berkuasa di dalam diri saya. Dan hidup secara bertahap menjadi tidak menarik, karena saya telah memegangnya di tenggorokannya dalam upaya yang tak terdamaikan untuk memahaminya, tetapi itu dengan keras kepala menolak untuk terungkap kepada saya, untuk memberikan rahasianya kepada saya. Semua pertempuran baru-baru ini dan penaklukan dangkal sekarang tampak medioker bagi saya, menyedihkan.

—-✶ ⚸ ✶—-

Kilas Balik: Saya ingat Iblis.

IBLIS: "Kau merasa berbeda, kan, Natanael? Terlepas dari dunia dengan menyakitkan. Kau selalu seperti itu."

NATANAEL: Suara saya—pelan, hampir bisikan, seolah saya berbicara pada diri saya sendiri, tetapi dalam kehampaan. "Makna hidup saya adalah perjuangan pribadi saya 'kebaikan' untuk mengalahkan 'kejahatan'." Saya mengatakannya pada diri saya sendiri seperti mantra, seperti kebenaran terakhir yang tersisa di dunia yang runtuh.

IBLIS: "Menyeringai, hampir membelai. "Oh, 'kebaikan' melawan 'kejahatan'. Betapa nyamannya dan dangkalnya. Tetapi perjuangan untuk 'kebaikan' ini seringkali lebih merupakan pelarian putus asa dari iblis-iblismu sendiri, bukan? Dari apa yang memakanmu dari dalam. Bukan keinginan yang tulus, altruistik untuk mengubah dunia. Kau hanya... membutuhkan perang yang konstan, musuh eksternal, untuk merasa hidup. Untuk membenarkan keberadaanmu."

NATANAEL: Keheningan. Kemudian, dengan kejengkelan yang tersembunyi. "Tapi tidak ada yang ingin berpartisipasi dalam pertempuran kesepian saya."

IBLIS: "Tentu saja. Kau tidak menjelaskan maksim egoistis Kau ini kepada siapa pun. Dan Kau tahu, bagi semua orang di sekitar Kau, itu tetap tidak jelas. Dan tidak ada yang peduli—'kebaikan' mana yang Kau maksud dan 'kejahatan' mana yang Kau lawan. Orang-orang menjalani perang kecil mereka, yang dapat dipahami, drama sehari-hari mereka. Skala Kau... tidak dapat dipahami. Atau hanya... acuh tak acuh."

NATANAEL: Suara saya sedikit menguat, dipenuhi dengan kepahitan. "Apakah saya sendiri memiliki jawaban yang jelas untuk konsep-konsep relatif ini? Sekarang, dalam kehampaan ini, saya mengerti bahwa saya tidak punya."

IBLIS: "Kemenangan. "Perjuangan Kau untuk 'kebaikan' lebih merupakan prinsip filosofis yang rumit, yang ditempa dari kesepian dan ribuan buku yang dibaca, daripada posisi yang sadar. Itu adalah perisai. Agar mereka tidak menyentuh Kau. Kau mencari makna hanya dalam tujuan akhir, tetapi Kau lupa tentang orang-orang di sepanjang jalan. Kau mengatakan pada diri sendiri bahwa misi Kau adalah membersihkan dunia dari kejahatan, tetapi sebenarnya... Kau ingin mengendalikan segalanya. Untuk memaksakan gagasan 'ketertiban' Kau yang dingin dan terhitung."

NATANAEL: "Tegas, seolah-olah saya membela diri. "Saya mendefinisikan diri saya hanya melalui oposisi 'kejahatan'."

IBLIS: "Tetapi apa sebenarnya 'kejahatan' ini bagi Kau, Natanael?" Jeda, menusuk. "Apakah itu konsep abstrak, seperti kekacauan, seperti ketidakadilan? Atau apakah itu orang-orang tertentu, yang tidak sesuai dengan skema Kau? Yang tidak bisa Kau kendalikan? Yang berani tidak dapat diprediksi?"

NATANAEL: Pengakuan. "Dengan setiap hari yang berlalu, batas-batas antara 'kebaikan' dan 'kejahatan' menjadi lebih kabur, seperti kabut di atas rawa. Sampai pada akhirnya saya mulai meragukan bahkan identitas saya sendiri."

IBLIS: "Berhasil. "Dan kemudian hanya tersisa pertanyaan, kan? Apakah Kau seorang pahlawan? Seorang penyelamat, seperti yang sering Kau tampilkan pada diri Kau sendiri? Atau hanya orang lain yang ketakutan, yang berjuang untuk bertahan hidup di dunia yang tidak berarti, bersembunyi di balik penutup ketidakpedulian?"

NATANAEL: Dengan bisikan pahit, sekarang tanpa perlawanan. "Sekarang saya hanya orang yang ketakutan."

IBLIS: "Suaranya seperti desahan, seolah-olah dia menikmati wahyu itu. "Kau bunglon sejati. Kau secara insting mengganti warnamu. Di luar kau menunjukkan sinisme, skeptisisme, dan nihilisme. Kata-katamu tajam, tatapanmu—menusuk, menilai dengan kejam."

NATANAEL: Tanpa disadari, dengan rasa sakit. "Tetapi jauh di dalam bersembunyi jiwa yang rentan, dipenuhi dengan mimpi-mimpi yang tidak jelas, yang bahkan saya tidak berani ucapkan. Jiwa, yang putus asa mencari makna keberadaan, alasan untuk melanjutkan."

IBLIS: "Dingin. "Mengenakan kepompong es ini melelahkanmu, kan? Itu menghisap setiap tetes kehidupan darimu. Namun... itu berfungsi sebagai satu-satunya perlindungan dari rasa sakit. Itu seperti baju besi yang berkarat, melindungimu dari dunia, dari pukulan realitas, tetapi pada saat yang sama mengisolasi Kau dari diri Kau sendiri."

NATANAEL: Suara saya hampir hilang. "Karena di bawah baju besi, di balik penutup yang hancur... saya sudah tidak tahu siapa saya."

IBLIS: "Bisikan terakhir, memekakkan telinga. "Dan sekarang, Natanael? Sekarang, ketika topeng itu jatuh... apa yang tersisa?"

—-✶ ⸙ ✶—-

Keheningan. Udara di sekitar saya bergetar. Suara napas saya sendiri memekakkan telinga dalam kehampaan yang tidak terduga ini. Seolah-olah kata-kata Iblis tidak hanya terdengar, melainkan meresap ke dalam setiap sel keberadaan saya, merobek ilusi-ilusi terakhir.

Filosofi kompleks saya telah saya bangun sebagai benteng yang tidak dapat ditembus, di mana saya bisa bersembunyi. Itu berfungsi sebagai pembenaran untuk keterasingan emosional dan isolasi yang meningkat. Tetapi di balik fasad yang hancur ini tersembunyi kehausan yang tak terpuaskan akan kepemilikan, akan hubungan yang bermakna, akan cinta.

Saya seperti kapal yang kesepian, yang melayang tanpa tujuan di laut yang bergejolak, mencari pelabuhan, yang tidak pernah bisa saya capai.

Saya telah berubah menjadi aktor yang berbakat, tetapi tidak bahagia, yang dengan mudah memainkan peran yang berbeda—intelektual yang angkuh, binatang tanpa perasaan, pengamat yang terpisah. Tetapi tidak ada satu pun dari peran ini yang berhasil memuaskan saya, untuk mengisi ketiadaan di jiwa saya. Saya adalah semua orang dan tidak ada, mengenakan topeng lain dalam upaya putus asa untuk beradaptasi dengan dunia. Tetapi jauh di dalam saya selalu bertanya pada diri saya sendiri pertanyaan yang sama dan menyiksa:

"Siapa saya sebenarnya, di luar semua topeng ini?"

Jari-jari saya tanpa sadar mengepal di sekitar sebuah batu kecil, yang dihaluskan oleh waktu, yang telah saya ambil dari pasir. Dingin dan keras, itu seolah-olah mencerminkan esensi saya sendiri. Tetapi untuk pertama kalinya saya tidak merasakan kesepian dari ketidakberadaannya. Saya merasakan bobot. Dan mungkin, sebuah kilatan kemungkinan yang sangat ringan, nyaris tidak terlihat.

BAB 20: KETEGASAN BATIN

Saya menghuni dua alam semesta yang tampaknya tidak sesuai, yang saya pertahankan dalam keseimbangan yang dibangun dengan ahli. Yang satu—citra publik saya: fasad yang mengkilap, ditenun dari uang, hak istimewa, dan reputasi yang dipelihara dengan baik. Saya mengelola keluarga saya dengan hati-hati yang teliti, untuk menghindari sedikit pun skandal. Bisnis saya, bercabang ke berbagai bidang dan benua, berkembang, beradaptasi dengan setiap iklim perubahan. Politik? Seringkali itu tampak seperti panggung, di mana kepentingan diatur ulang di bayangan—dan saya tahu bagaimana membaca naskahnya terlebih dahulu. Resepsi yang mempesona, yang saya hadiri, hanyalah tindakan lain dalam teater ilusi yang hebat ini. Bahkan safari eksotis, dengan energi liarnya, masuk ke dalam koreografi hidup saya yang dipilih dengan baik.

Kehidupan sosial saya adalah jaringan kontak yang kompleks—status, keuangan, pandangan dunia—semuanya adalah bagian dari lingkup pengaruh saya. Di depan semua orang, saya menunjukkan cengkeraman besi pada setiap tindakan dan kata. Jarang ada orang yang berhasil membaca pikiran saya yang sebenarnya, untuk menyakiti saya, membuat saya marah, atau membuat saya kehilangan kendali. Semua orang tahu: saya adalah miliarder keturunan, pengaruh saya tak terbatas, saya mendikte aturan dunia. Tetapi tidak ada yang, bahkan yang paling dekat dengan saya, curiga betapa dangkalnya semua ini, betapa tidak berarti.

Kebenaran? Itu meringkuk di dalam diri saya seperti ular beracun, meringkuk dalam keheningan. Di balik setiap kata yang dipilih dengan cermat tersembunyi seluruh jajaran makna yang tidak terucapkan, seringkali dengan nuansa niat yang kontradiktif. Kapan pun kebenaran mengancam untuk muncul, saya secara insting menenun jaring rumit dari cerita yang masuk akal, dibungkus dalam tabir kredibilitas. Beberapa hari yang lalu, satu-satunya panggilan telepon membalikkan opini publik tentang seorang pemimpin dunia—seperti pasang surut yang mengubah pantai. Beberapa publikasi media yang dipilih secara strategis menggerakkan pasar keuangan seolah-olah benang-benang pengaruh menanggapi napas saya. Saya bertindak dengan darah dingin yang terhitung, sebagai sutradara yang menyutradarai setiap peran, tanpa menunjukkan dirinya sendiri di atas panggung. Senyum saya tidak pernah mencapai mata saya, dan suara saya tetap datar—tanpa jejak emosi.

Sangat ngeri akan kehilangan kendali, akan kerentanan, saya yakin: menunjukkan perasaan sama dengan mengubah saya menjadi sasaran yang tidak berdaya. Saya mengenal sifat manusia, kecenderungannya terhadap kemunafikan dan pengkhianatan. Saya telah menyaksikan manifestasi tergelapnya dari dekat: pengkhianatan dalam keluarga, kelicikan di antara rekan-rekan di ordo, keserakahan pada politisi, yang bersumpah setia. Itulah mengapa saya telah membangun dinding tinggi di sekitar diri saya dari ketidakpedulian dan sinisme.

Tetapi dinding ini dengan menyakitkan mengasingkan saya dari orang-orang yang benar-benar mencintai saya, terlepas dari ketidakmampuan saya yang melumpuhkan untuk menerima cinta murni ini. Untuk sikap dingin saya terhadap mereka, saya menemukan pembenaran—bahwa saya adalah pelindung mereka, bahwa saya mengeraskan mereka untuk dunia yang keras, bahwa ini adalah cara saya untuk mempersiapkan mereka untuk kenyataan pahit, yang saya tahu. Bahkan, saya seringkali yang paling kejam terhadap orang-orang terdekat saya. Apakah karena saya ingin mengubah mereka menjadi baja, yang mampu bertahan di dunia tanpa belas kasihan? Apakah karena saya percaya bahwa cinta sejati dibangun di atas kemandirian, bukan kelemahan? Atau hanya karena saya tidak bisa menyentuh kerapuhan perasaan mereka, terkunci dalam lingkaran hambatan emosional saya sendiri, yang mencekik saya...

—-✶ ⚳ ✶—-

Kilas Balik: Alexander

Saya ingat. Penthouse. Alexander. Ilusi ketidakbersalahan. Saya ternyata transparan seperti jendela kaca. Saya melihat. Saya mendengar. Tapi... tidak ada apa-apa. Tidak ada yang menyentuh saya. Zona mati.

Dia datang. Suara madu, mata yang menghipnotis. "Natanael, teman lama! Saya hanya... mengamati." "Kemanusiaan adalah kemewahan, yang tidak bisa kita dapatkan dalam evolusi." Keheningan. Ilusi nyaman mereka. "Apakah kau benar-benar tidak merasakan apa-apa?" Senator itu. Mata kirinya. Getaran. Kunci. Ketakutan. Eduard. Keserakahan yang picik. Perangkap. Kebangkrutan. Tanpa penyesalan. Hanya... eksperimen. "Dan 'penelitian pribadi'mu ini? Dengan wanita?... Elizabeth. Namanya. Lonceng kosong. Dering. Tubuhnya—komoditas. Tanpa malu. Merangkak..." "Dia adalah variabel, Alexander." "Dan apakah kau benar-benar tidak merasakan apa-apa? Bahkan terhadap... Melina? Saya ingat bagaimana Melina memegang tangan saya, dan jari-jarinya hangat, tetapi untuk sesaat saya merasakan rasa sakit yang membakar dari sentuhan yang tidak terduga ini, seolah-olah hati saya mencoba untuk bangun. Suaranya. 'Aku mencintaimu.' Saya... menganalisis. Timbre. Saya menghitung. Mengapa? Karena saya adalah kemunafikan." "Saya adalah teka-teki, Alexander." "Bunglon, kan? Setiap transformasi. Setiap peran. Penyamaran. Pertahanan. Dari rasa sakit. Dari... diri sendiri. Rezim besi. Manusia super. Diperlukan. Untuk tujuan. Untuk... segalanya." "Saya adalah... arsitek." "Dan apakah kau benar-benar percaya bahwa perjuangan pribadimu adalah 'kebaikan' untuk mengalahkan 'kejahatan'? Bukankah itu hanya pelarian putus asa dari iblis-iblismu sendiri? Pukulan. Langsung ke dalam lubang yang tak berdasar. Jiwa yang rentan. Impian. Pertahanan yang berkarat. 'Saya membutuhkannya. Untuk ada dengan sukses.' Alexander. Tatapannya. Pemahaman. Ejekan. Ironi. 'Sungguh ironis, bukan? Sekarang saya adalah orang yang dihukum.'" "Dan penyamaranmu?" "Dan penyamaran saya hancur. Puing-puing. Potongan yang pecah. Tidak ada apa-apa."

—-✶ ⚸ ✶—-

Saya lebih suka hidup di koridor-koridor gelap... Ini adalah dunia paralel, batin saya—sebuah dunia, yang benar-benar bisa mengguncang saya hingga ke inti, sebuah ranah, yang sangat mengganggu saya, meskipun di depan orang lain saya dengan terampil menyembunyikan perjuangan batin saya ini. Namun, bahkan di bayangan yang dalam ini, berkilauan kerinduan yang gelisah, nyaris tidak terlihat akan cahaya—pertanda perubahan yang tak terhindarkan, yang saya rasakan mendekat. Itu membebani udara seperti badai yang belum meletus, tetapi yang guruhnya sudah bergema di kejauhan, memberi energi pada udara di sekitar saya.

BAB 21: RANTAI PIKIRAN

Diri saya yang sebenarnya menghuni panopticon yang suram, terbelenggu oleh cengkeraman tak kenal lelah dari pikiran saya sendiri. Penderitaan jiwa saya yang menyiksa melukis bayangan hantu di dinding penjara batin ini—gambar-gambar, yang bergejolak dalam tangisan menyakitkan dari konflik internal saya yang konstan. Erangan yang tumpul dan lolongan tanpa suara, goresan kuku di batu yang dingin, seolah-olah saya putus asa mencoba menembus jalan keluar dari penjara saya sendiri, untuk meninggalkan jejak, sebelum saya meleleh menjadi ketiadaan. Gambar-gambar ini, terjalin dalam duel yang melelahkan, membangun kedalaman saya, esensi saya yang kompleks dan kontradiktif.

—-✶ ⚸ ✶—-

Monolog Internal:

"Saya tidak memiliki kunci, dengan mana saya bisa membebaskan 'diri' saya yang sebenarnya. Saya tidak mencari bantuan dari luar." Suara Diri (Ego) terdengar dingin, terhitung, berkuasa.

"Tetapi jauh di dalam saya merindukan kebebasan yang membebaskan." Jawab Suara Diri (Kehendak), dalam, tenang, merindukan dengan menyakitkan, seperti gema yang jauh dari jurang.

"Saya ingin mengalahkan iblis-iblis internal ini—dengan kekuatan akal dingin atau dengan kehendak roh saya yang tak tergoyahkan. Saya percaya bahwa jika saya berhasil mengalahkan iblis-iblis internal di dalam pikiran, saya akan melipatgandakan model ini di dalam realitas yang keras. Misi, makna... atau jalan kesepian, yang terkutuk lainnya?" Gema itu kembali sebagai teriakan.

"Saya tidak tertarik pada penyebab pertama, melainkan hanya pada kehendak besi saya, yang harus terus-menerus saya pertahankan sebagai aliran energi yang kuat." Ego memotong.

"Namun terkadang, di sudut-sudut paling gelap dari kesadaran saya, saya mendengar bisikan cahaya yang jauh—panggilan yang nyaris tidak terlihat untuk keselamatan, yang mengganggu keheningan penangkaran saya. Itu berdering melalui kabut tebal, memikat saya ke dalam yang tidak diketahui." Kehendak berbicara lebih keras.

"Saya hidup dalam pengasingan yang dipaksakan sendiri, terkunci di zona mati pikiran saya sendiri yang tidak dapat ditembus. Rantai-rantai, yang menahan saya sebagai tawanan, ditempa dari ketakutan dan keraguan saya, dari paranoia, bahwa setiap orang mencoba untuk mengendalikan atau menggunakan saya. Saya adalah tawanan yang tanpa ampun dan penjaga yang waspada dari kesadaran saya sendiri secara bersamaan. Dalam isolasi ini, saya telah berubah menjadi pengamat yang tanpa emosi dan hakim yang tanpa kompromi dari pikiran dan perasaan saya sendiri." Kata-kata Ego tajam seperti pisau cukur.

"Tetapi semakin putus asa saya mencoba mengendalikan mereka, semakin cepat mereka berkembang biak di kegelapan bawah sadar saya, menaklukkan saya dengan kekuatan yang tak kenal lelah. Semakin saya berjuang, semakin saya kelelahan, kehilangan energi dalam perang internal yang tak berujung ini." Kehendak mengerang.

"Arena internal ini adalah laboratorium pribadi, yang dijaga ketat, di mana saya melakukan banyak pembedahan mental. Saya terus-menerus mencari esensi objektif, yang akan memberikan makna akhir pada keberadaan saya, tetapi jalan menuju itu panjang, dipenuhi dengan rintangan yang berbahaya dan mengarah ke jalan buntu. Dengan setiap penemuan baru, teka-teki yang lebih dalam muncul, yang membawa saya kembali ke titik awal. Saya tidak hanya mencari kebenaran objektif, melainkan kunci-kunci ke mekanisme rahasia kesadaran, formula-formula tersembunyi yang dapat membuka tidak hanya kesadaran saya, tetapi juga kesadaran kolektif." Ego bangkit, dipenuhi dengan tekad yang dingin.

"Saya bergerak di atas es tipis dan licin, dengan risiko konstan jatuh ke dalam jurang keputusasaan. Tetapi terlepas dari kengerian itu, saya dengan gigih terus mencari, karena jauh di dalam diri saya, terlepas dari sinisme, saya percaya bahwa hanya dengan cara itu saya akan menemukan makna tersembunyi dari hidup saya, formula yang begitu putus asa saya cari." Kehendak terdengar seperti erangan terakhir.

"Saya adalah pencipta dan penghancur dunia batin saya sendiri secara bersamaan. Dengan setiap pikiran baru saya membangun dan meruntuhkan dinding-dinding tempat tinggal saya yang suram. Saya seperti penggali yang kesepian, terobsesi, yang mengukir citra kontradiktifnya dari marmer dan tanah liat. Tetapi apakah citra ini adalah pantulan sejati dari esensi saya atau hanya hasil dari imajinasi yang terdistorsi, saya tidak bisa menentukannya." Ego mengucapkan dengan keterbukaan yang menyakitkan.

"Dan saya tidak bisa. Sekarang... saya tidak bisa." Sebuah bisikan pahit terlepas dari bibir saya, berbalik ke arah diri saya sendiri atau ke arah makhluk kosong di dalam diri saya.

"Siapa kau sebenarnya? Pencipta atau penghancur diri?" bisik suara ketiga di kegelapan kesadaran saya, menusuk keheningan seperti embusan dingin.

—✶ ⚳ ✶—

Saya mengambil ide-ide dari lapisan-lapisan terdalam jiwa manusia, tetapi apakah mereka tidak terlalu berbahaya untuk dunia, yang tidak siap untuk berubah, yang lebih suka ilusi yang nyaman daripada keterbukaan yang menyakitkan? Jawabannya hilang di kedalaman alam semesta batin saya sendiri, jauh dari cahaya apa pun, dikelilingi oleh kegelapan yang tebal, mencekik. Apakah saya seorang nabi atau orang gila? Jenius atau monster? Saya sudah tidak tahu.

BAB 22: TIDAK BERGUNA

Lama saya mencoba memasukkan Melina ke dalam salah satu dari dua dunia saya—yang satu dari akal dingin dan manipulasi tanpa ampun, atau yang saya harapkan—mengungkapkan bayangan saya sendiri. Dia tidak cocok di mana pun. Kasih sayang murni dan dedikasinya yang tanpa syarat adalah sebuah anakronisme dalam kerangka dingin saya, dalam yang menahan saya di puncak dunia. Awalnya ambisinya untuk mengubah kesadaran manusia menarik bagi saya, karena saya melihat di dalamnya pantulan dari kerinduan saya sendiri yang tidak terwujud. Saya mencoba menggunakan potensinya, untuk mengintegrasikannya ke dalam skema global saya. Tetapi kemudian dia menyerah pada pertempurannya untuk tatanan dunia, menganggapnya tidak sesuai dengan kedalaman cintanya, yang lebih kuat dari setiap kekaisaran yang telah saya bangun. Dia membuat pilihannya—pilihan yang tidak bisa saya motivasi dengan apa pun selain kasih sayang murni; sesuatu yang saya lewatkan. Tindakannya ini secara egois menyanjung saya, tetapi saya melihat bagaimana secara bertahap itu membuatnya tidak nyaman dan rentan di dunia saya—dunia, di mana kelemahan dihukum tanpa ampun.

Permainan dengan perasaannya yang dalam ternyata menjadi cobaan internal saya yang paling serius—lebih sulit dari setiap kesepakatan miliaran, lebih berbahaya dari setiap kudeta politik yang telah saya sutradarai. Saya tidak memiliki apa pun lagi, dengan mana saya bisa menebus koneksi kami yang dalam. Saya mengubahnya menjadi kelemahan dan penantian tak berujung, dan saya sudah tahu akhir dari keputusasaannya, saya melihatnya seperti dalam film, yang berputar di depan mata saya. Saya menyadari bahwa harga yang saya bersedia bayar sebagai indulgensi untuk rasa bersalah saya, tidak dapat diterima dan tidak dapat dikompensasi dengan kekayaan, dengan kontrol atas bank-bank dunia, atau dengan pengaruh atas masyarakat rahasia. Saya berhadapan dengan sesuatu yang tanpa harga, di luar pemahaman dingin saya, di luar setiap logika, yang telah menuntun saya hingga saat itu—kebenaran tentang energi cinta tanpa syarat, yang hanya diketahui oleh wahyu.

Dengan angkuh saya pikir, bahwa keadaan tak terbatas saya memberi saya hak untuk membeli setiap detik dari hidupnya, untuk menawarinya semua yang bisa diperdagangkan. Tetapi sebagai imbalan saya menerima lautan luas dari perasaan murni, yang tak ternilai harganya tidak bisa diukur dengan dimensi material, dengan katedral emas atau dengan pasukan pengikut yang setia. Saya tidak memiliki mata uang tak ternilai ini—kemampuan untuk mencintai tanpa syarat. Sekarang, terjebak dalam labirin kasih sayang sejati, di neraka ini, yang saya ciptakan sendiri, saya menyadari dengan menyakitkan, bahwa saya telah kehilangan semua yang dangkal, untuk memenangkan sesuatu yang jauh lebih dalam—mungkin keabadian itu sendiri, terkunci dalam kenangan yang berharga dari pengabdiannya yang tak terbatas, sebuah kenangan yang mengejar saya seperti hantu, melilit leher saya, mencekik saya perlahan.

Kemudian, secara murni teoretis, saya memahaminya, tetapi saya tidak tahu bagaimana membiarkan diri saya mengalaminya dengan sungguh-sungguh. Lama saya berkeliaran di koridor-koridor gelap emosi saya, karena saya sendiri yang memprovokasinya untuk mencapai kedalaman ini, dan sekarang saya harus memberitahunya bahwa cinta tidak berarti, bahwa seluruh pengabdiannya sia-sia. Akhirnya saya membuat keputusan untuk berbagi kebenaran setengah-setengah, saya bahkan mencoba menyakitinya dengan ketidakpedulian yang demonstratif, untuk membuatnya menyerah pada saya, untuk menolaknya, seperti yang telah saya lakukan dengan ribuan orang lain. Saya tidak punya kekuatan untuk mencabut hatinya, meskipun secara tidak sadar saya menginginkannya—untuk mengakhiri siksaan saya sendiri. Saya tidak punya apa-apa, dengan mana saya bisa menggantikan tujuh tahun, di mana dia hanya menginginkan satu hal—jiwa saya yang dingin dan tertutup!

Ketika saya menatap matanya yang berkaca-kaca pada momen yang menentukan ini, semua rasa sakitnya menancap ke dalam sel-sel saya, menggerogoti saya dari dalam. Saya merasakan setiap getarannya, setiap tetesan kelembaban asin, yang mengalir di pipinya.

"Natanael... kenapa? Setelah semuanya..."—air mata mengalir di wajahnya yang tersiksa, yang tidak lagi saya kenali. Matanya merah, bengkak, tetapi di dalamnya berkobar api, yang membakar saya.

"Melina, saya sudah memberitahumu. Ini... emosi kita... mereka sementara, fana. Mereka tidak memiliki nilai nyata dalam jangka panjang." Saya menghindari tatapannya yang menusuk, yang seolah-olah menembus di bawah setiap topeng saya. Suara saya bergetar nyaris tidak terlihat, meskipun saya berusaha menjaganya tetap datar.

"Tanpa nilai? Tujuh tahun dari hidup saya... apakah itu tidak berarti apa-apa bagimu?" Dia mencoba melawan dengan suara gemetar, dan setiap kata-katanya adalah seperti pukulan, yang bergema di dada saya. Dia melangkah ke arah saya, seolah ingin menyentuh saya, tetapi berhenti.

"Kau... kau pantas mendapatkan yang terbaik, Melina. Tapi saya... saya tidak mampu melakukan apa yang kau cari, kedalaman perasaan ini." Saya masih ragu-ragu, seolah-olah saya perlu mendengar suara dingin saya sendiri, untuk percaya pada kebohongan, yang saya ucapkan, pada ilusi, bahwa saya tidak dapat dijangkau.

Tatapan saya berkeliaran di suatu tempat di atas kepalanya. "Jadi semuanya hanyalah... eksperimen dingin bagimu?" Percakapan berakhir dengan kepahitan dan air mata di suara Melina, yang menembus baju besi saya.

Dia berbalik dengan tajam dan pergi, hanya meninggalkan di belakangnya bau kepahitan dan parfum favoritnya. Dunia di sekitar saya membeku, seolah-olah waktu juga membeku. Kemudian kami bertemu sekali lagi, untuk waktu yang singkat, dan kemudian dia meninggalkan hadiah terakhirnya yang tanpa suara—dikirim oleh kurir.

Dia mengucapkan selamat tinggal tanpa kata-kata, hanya dengan satu isyarat, yang seolah-olah memotong ikatan terakhir di antara kami. Kemudian dia menghilang tanpa jejak. Dia membuat keputusan hanya dalam satu hari... dan tidak ada yang melihatnya lagi. Tidak ada yang tahu di mana dia. Dia meninggalkan pekerjaan, pencapaian, teman, keluarga... Semua yang menghubungkannya dengan dunia ini, terhapus karena saya. Saya berharap dia berada di pulau yang jauh dan kosong dan menulis bukunya, untuk mengumpulkan potongan-potongan dirinya yang hancur, untuk menyatukannya kembali... dan untuk kembali utuh, dimurnikan. Atau mungkin di puncak gunung, di mana angin akan membawa rasa sakitnya, menyebarkannya di udara. Terkadang saya merindukan kisah-kisahnya yang hangat, yang mengusir dingin dari jiwa saya. Terkadang saya tanpa sengaja memikirkannya saat matahari terbit—saat kelahiran matahari, ketika semuanya bersih dan baru. Suatu sore, saat Melina melukis di studionya, saya hanya duduk di sampingnya dan merasakan kehangatannya.

Untuk sesaat, dalam keheningan di antara gerakan kuasnya, saya mengalami kedamaian, yang tidak pernah saya alami sebelumnya. Dalam kilas balik yang menyakitkan, saya melihatnya lagi—dengan keindahannya yang lembut dari foto-foto, yang dia modelkan dengan berbakat untuk saya, tetapi yang sekarang mengejar saya seperti hantu, menari di sudut-sudut gelap kesadaran saya. Terkadang saya secara tidak sadar melihat telepon saya dengan harapan bodoh, bahwa pesan baru itu darinya.

Pikiran: "—Tidak ada... Dan kali ini tidak ada apa-apa. Hanya notifikasi tanpa suara untuk transaksi tidak berguna lainnya." Suara batin saya terdengar tumpul.

Tetapi kemudian saya dengan cepat menolak kenangan itu, tenggelam dalam komitmen saya yang membosankan, yang tidak lagi membawa kepuasan.

Saya tidak mencarinya, meskipun saya bisa menemukannya dengan mudah—saya memiliki sumber daya untuk menemukannya di ujung dunia—untuk mengembalikannya ke dunia saya yang terkontrol. Tetapi saya tidak melakukannya.

"Itu benar... Tidak ada harapan... meskipun dia dengan kegigihan, berbatasan dengan kegilaan, mengatasi semua cobaan dan dualitas saya yang berat. Dia tidak pernah menyerah pada saya, atau pada ilusi saya. Memang benar, tidak ada orang lain yang bisa mencintai saya tanpa syarat, dengan pengabdian seperti itu! Tapi... apa gunanya?! Mungkin semuanya hanyalah permainan kejam dengan perasaannya, ilusi yang indah, tetapi palsu, jatuh cinta yang naif, harapan yang bergetar... hanya kelemahan, yang saya, pria akal dingin, seharusnya dioperasi dari." Godaan, menyeimbangkan antara kesenangan dan kepuasan, sebuah portal, yang menghubungkan Neraka dan Surga. Tapi saya adalah saya, tidak mampu untuk terikat secara nyata, tidak mampu untuk mencintai dalam kedalaman ini...

Saya hanya meneliti kedalaman sensasi aneh ini dan mengukur kesabarannya. Sekarang saya hanya khawatir tentang rentang keinginan saya sendiri yang hilang... dari hari acak di bulan hingga... pikiran absurd untuk menginginkan anak darinya! Apakah saya tidak menyakitinya secara tak terhindarkan dengan keterasingan dan ketidakpedulian saya?!—bisik saya dalam kegelapan hamparan saya yang terisolasi dan tanpa suara, seolah-olah saya mencoba membenarkan diri saya sendiri, di depan hati nurani saya yang terbangun, yang tidak lagi bisa saya bungkam. Suara saya serak, asing, seperti orang lain, hilang di padang gurun. Kabut mengental, mencekik saya perlahan, tak terhindarkan.

BAB 23: RAMALAN

Udara mengental. Bukan angin biasa, melainkan gemuruh yang tumpul, yang menusuk tulang-tulang Natanael, seolah-olah bumi itu sendiri mengerang di bawah beban yang tak terlihat. Dia tidak ambruk, melainkan dijatuhkan, dihancurkan ke dalam debu, setiap serat tubuhnya menjerit dari kenangan ribuan nyawa yang gagal. Pikirannya, yang sampai saat itu tajam seperti pisau bedah, memotong kekacauan, sekarang berdenyut dalam ritme duel terakhir: hidup atau mati? Percaya pada ketiadaan atau berpegang pada satu-satunya benang harapan, meskipun setiap logika berteriak tentang ketiadaan dari semua yang dibangun? Kehidupannya membara, percikan yang menyedihkan, ditakdirkan di hadapan bara yang sekarat. Atau mungkin—hanya menyerah. Untuk menutup mata. Untuk membiarkan kelupaan yang dingin dan berbahaya menelannya. Pada saat itu, langit terbelah dengan suara ledakan yang brutal.

Guntur, robekan dari dalam, seolah-olah tabir kosmik jatuh. Gravitasi terdistorsi—tubuhnya terangkat ke atas, lalu jatuh kembali, dengan kekuatan yang mengambil napasnya. Untuk sesaat—momen yang membekukan, primordial—dia diliputi oleh hal yang tidak dapat dijelaskan: dia tidak sendirian. Sesuatu mengamatinya. Sesuatu yang kuno, di luar batas-batas dunianya. Matanya, menembus kabut, melihat kilatan yang merobek malam. Di kejauhan, siluet bebatuan menari—itu terkoyak. Sebuah potongan besar dari pegunungan terlepas dengan suara ledakan yang memekakkan telinga, merobek keheningan menjadi dua. Natanael mengangkat tangannya secara insting, tetapi sudah terlambat. Pukulan itu melandanya, tajam, menusuk, membelah tengkoraknya seperti dengan kapak. Dunia berputar, warna-warna meleleh menjadi kabut berdarah yang berdenyut. Kesadarannya, yang begitu sering menyangkal ketiadaan dengan senyum angkuh, sekarang menyerah pada cengkeramannya. Dia jatuh. Bukan ke bebatuan. Melainkan ke dalam kehampaan hitam yang tak berdasar, lebih dalam dari yang mana pun, di mana batas antara realitas dan mimpi buruk yang paling mengerikan kabur secara tak terhindarkan.

—✶ ʢ ✶—

Saya bermimpi atau sesuatu yang lain? Saya tidak hanya memiliki penglihatan, melainkan melewati portal. Keadaan ini menyebarkan aroma yang tebal, narkotika, membungkus saya dalam kepompong fantasi yang menyakitkan dan nyata. Di dunia hantu ini, kenyataan dan imajinasi terjalin dalam visi yang mengerikan, dalam visi yang sangat nyata. Ruang-ruang yang terlupakan di otak saya terbuka, memungkinkan saya untuk melakukan perjalanan di dalam kesadaran saya sendiri yang tersiksa, di mana setiap gambar adalah hukuman, bukan tuduhan.

Setiap pikiran adalah sayatan yang mematikan, bukan pendarahan baru. Kengerian. Murni. Tidak dipalsukan. Saya tidak hanya bermimpi. Saya mengalaminya bersama. Penenggelaman total ke dalam realitas lain, di mana peran saya sangat jelas, sangat nyata hingga gila.

"—Saya adalah seorang sultan,"—suara saya bergemuruh dalam mimpi, bukan hanya dalam imajinasi saya, melainkan di seluruh keberadaan saya. "Seorang penguasa yang hebat dan menakutkan dari kekaisaran yang besar, tanpa jiwa, membusuk dari dalam. Kekuasaan saya mutlak—dari kubah emas istana yang berkilauan hingga gurun yang tak berujung, hangus, di mana hanya kehendak dingin saya yang berkuasa. Saya memiliki harem ribuan wanita, masing-masing cantik sempurna, tetapi tanpa pribadi—seperti bunga yang dipelihara dengan cermat tanpa aroma, perutnya dirobek dari dalam.

Divan wazir saya tidak hanya gemetar—mereka menggeliat ketakutan pada setiap tatapan saya, memenuhi setiap keinginan dengan ketaatan budak, kebinatangan. Saya memimpin pasukan yang tak terhitung, yang langkahnya mengguncang bumi, menghancurkannya, dan saya menguasai wilayah tak berujung, yang membentang dari matahari terbit hingga matahari terbenam.

Tapi saya sangat sendirian. Di seluruh rombongan pelayan yang tanpa suara dan milik yang tanpa jiwa ini, di tengah kekayaan yang tak terhitung dan tanah yang kosong. Saya, penguasa dunia, sangat, tak tertahankan, mengoyak sendirian. Kerajaan emas ini adalah hamparan beku dari ketidakpedulian. Dikelilingi oleh kemewahan yang dingin dan kekuasaan yang kejam, menggerogoti, saya merasa lebih kesepian daripada pengemis terakhir di jalan, yang setidaknya memiliki ilusi kebebasan. Kehausan saya akan hubungan manusia yang sejati adalah jurang yang dalam, yang tidak ada emas, tidak ada pasukan, tidak ada kekuasaan yang bisa mengisinya.

Saya teringat wajah-wajah wanita, yang telah melewati hidup saya—Elizabeth, Nya, Ariel... masing-masing, mengulurkan tangan, mencoba mencabut saya, untuk menembus baju besi saya. Saya menggunakan mereka, mempelajari mereka, tetapi tidak pernah membiarkan mereka menyentuh saya secara mendalam, tidak membiarkan mereka mendekati esensi saya yang sebenarnya. Sekarang, dalam mimpi saya, setiap penolakan, setiap tatapan dingin kembali seperti ribuan pisau, yang menusuk bukan daging, melainkan jiwa saya.

Mata saya, yang telah melihat begitu banyak pengkhianatan, kepentingan pribadi, dan keserakahan, dipenuhi dengan kesedihan yang tidak terucapkan, yang tidak ada yang perhatikan, karena tidak ada yang mencari untuk melihatnya. Bibir saya, yang dengan otoritatif mengucapkan perintah, yang mengguncang kekaisaran, dengan menyakitkan tetap diam pada kata-kata, yang paling ingin saya ucapkan—kata-kata kasih sayang, pemahaman, kerentanan, kata-kata, yang akan membebaskan saya.

Saya merasa sangat sendirian dan tidak dipahami, karena semua orang di sekitar saya hanya menginginkan kekuasaan, pengaruh, dan kekuatan dari saya, tanpa peduli pada pria, yang bersembunyi di balik gelar.

Muak dengan keburukan dan kepentingan pribadi mereka, saya secara insting menjauhkan diri, membangun dinding yang bahkan lebih tinggi dan tak dapat diatasi. Dan mereka menganggap saya sebagai tiran yang dingin dan tanpa perasaan. Tidak ada yang melihat kedalaman jiwa saya yang terluka, berdarah, tidak ada yang melihat kebutuhan saya yang menyakitkan akan cinta, pemahaman, dan penerimaan tanpa syarat. Tidak ada yang mencoba menyentuh saya dengan cara yang tulus, esensial, yang dirindukan setiap makhluk hidup secara rahasia. Untuk peduli tanpa syarat untuk membuat saya bahagia, untuk bersukacita dan bersemangat bersama saya, untuk memberi saya kenyamanan dan keheningan, untuk menyentuh jiwa saya dengan jiwanya sendiri. Saya adalah tawanan ketakutan akan kedekatan. Kurangnya kepercayaan. Terbelenggu, tanpa harapan untuk belas kasihan.

Kilauan istana sultan, meluap dari emas dan batu permata, tidak bisa mengisi keheningan yang mengganggu yang menganga di hati saya. Di balik topeng kekuasaan yang menakutkan, sultan itu merasa seperti anak yang hilang dan ketakutan, yang terjebak dalam perangkap mematikan. Semua orang ini dan kekayaan yang tak terhitung, tidak bisa memberi saya apa yang saya inginkan: hubungan yang terbuka, dalam, pemahaman tanpa syarat, dan cinta tak terbatas. Saya hidup di balik dinding kesendirian yang mengerikan, yang ditempa dari ketakutan saya sendiri, keputusasaan, dan keangkuhan yang merusak.

Mimpi saya bukan hanya alegori yang pahit, melainkan penghakiman yang tanpa ampun dari hidup saya sendiri. Sebagai seorang sultan, saya tampaknya memiliki segalanya, tetapi saya tidak memiliki apa pun yang nyata, tidak ada yang akan membuat saya bahagia sebagai manusia. Saya menyadari dengan menyakitkan bahwa kekuasaan, kekayaan, dan kemuliaan yang fana adalah hak istimewa yang tidak berguna, yang tidak bisa mengisi hamparan spiritual yang tidak dapat dihuni, yang menggerogoti saya selama bertahun-tahun seperti kanker.

"Dalam mimpi saya muncul kilas balik—bukan hanya gambar, melainkan adegan yang hidup, berdenyut dengan ayah saya, yang selalu mengulangi dengan suara dingin: "Kekuasaan adalah segalanya, Natanael. Hanya itu yang tersisa, ketika yang lain pergi."

Sekarang, dalam mimpi, kata-katanya terdengar di aula yang kosong dan gelap. Kekuasaan tidak memberi saya kebahagiaan. Itu tidak memberi saya cinta. Itu tidak memberi saya kedamaian. Itu memberi saya kesendirian. Saya melihat pantulan yang menyakitkan dan kejam dari jiwa saya sendiri. Di cermin mimpi yang bengkok, saya kuat dan berkuasa, seorang sultan yang memegang dunia di tangannya, tetapi di seberangnya berdiri orang yang rentan, ketakutan, dan sangat membutuhkan cinta.

Saya mengerti kebenaran yang menyakitkan: di dalam setiap orang hidup tidak hanya kebaikan dan kejahatan, melainkan seluruh palet tak terbatas dari cahaya dan kegelapan, yang diwarisi tidak hanya sebagai norma sosial—pengetahuan, bahasa, budaya, agama, hubungan, sikap. Tetapi juga melalui semua emosi, pikiran, hubungan, yang saya bawa sebagai takdir.

Mereka seperti matriks, yang dikodekan jauh di dalam DNA saya sendiri. Kemudian saya menyadari bahwa ini adalah inkarnasi saya sendiri di masa lalu, dari mana saya membawa warisan dan pandangan dunia ini sebagai cobaan di kehidupan ini. Dan bahwa kebahagiaan terletak pada harmoni yang lembut antara kedua kekuatan ini, bukan pada penolakan total salah satunya. Saya menyadari kemenangan dan tragedi saya yang dalam.

Dalam mimpi saya, saya tidak hanya mencari jalan keluar, melainkan keselamatan dari sangkar emas ini; saya merindukan wajah manusia yang sejati, pengampunan, dan esensi saya sendiri. Tetapi pada akhirnya saya menyerah...

Saya menyerah untuk terus mencari di dalam mimpi buruk ini, karena saya menyadari bahwa jawabannya tidak ada di sana, melainkan dalam kebangkitan. Dalam kebangkitan dari mimpi ketakutan, pengkhianatan, kurangnya kepercayaan, dan ego saya sendiri.

BAB 24: KEBEBASAN DARI EGO

Dalam kesadaran saya—kilasan dari masa kecil... seorang anak laki-laki kecil... pelukan ibu... keamanan tanpa syarat. Aroma pakaiannya... kelembutan tangannya... kata-kata lembut melawan kegelapan... Kenangan, mengoyak jiwa. Perpisahan dini... rasa sakit yang tajam dari penolakan... kekosongan besar.

Dipaksa untuk mencabut jiwa saya... untuk menghancurkannya... untuk menguburnya hidup-hidup. Agar tidak ditipu... dikhianati... dikecewakan. Nostalgia untuk pelukan ibu... hantu, yang mencekik saya. Saya lari dari sentimentalitas. Saya membangun cangkang dari keangkuhan... ketidakpedulian yang mencolok. Setiap sentuhan lembut... setiap tatapan penuh kasih sayang... ditolak dengan kekuatan yang merusak. Hati saya—balok es... sarkofagus beku... luka yang tidak sembuh, dari mana saya berdarah... seluruh keberadaan saya.

Saya menjadi ahli manipulasi yang terampil... bermain dengan perasaan... boneka... boneka tali... tali yang saya tarik tanpa ampun. Setiap hubungan—ditakdirkan untuk gagal. Sengaja, dengan darah dingin. Saya menikmati rasa sakit... konfirmasi cabul dari kebenaran yang busuk. Semua orang—egois... berbahaya... pantas mendapatkan nasib yang sama.

Saya sudah tidak tahu siapa saya... di luar peran. Topeng yang tidak dapat ditembus... mengubur rasa sakit saya yang sebenarnya. Saya menjadi yang diharapkan... saya menginjak-injak tanpa penyesalan. Kejam... menghina... selamanya curiga. Tidak ada yang dekat... saya tidak mengungkapkan diri... tanpa kelemahan. Kelemahan—peluru yang mematikan. Saya tidak mencintai... saya menggunakan orang lain... dengan kekuatan yang menghancurkan... tergoda... ditinggalkan.

Aneh... itu menyenangkan saya. Saya suka bermain dengan ambisi mereka. Saya memainkan mereka seperti tikus... keju beracun. Tidak pernah terikat... tidak pernah tergantung. Tanpa kasih sayang... terhadap cinta yang tanpa harapan. Saya memprovokasi harapan... perjuangan yang putus asa... impian yang tidak berdasar. Untuk kesenangan singkat... untuk membelai ego yang sakit. Dan kemudian... dengan dingin, tanpa ampun... untuk membuktikan... cinta sejati dan kedekatan yang dalam tidak ada... ilusi untuk orang bodoh... untuk orang naif... pantas mendapatkan penderitaan."

—-✶ ⸮ ✶—-

Natanael tersentak...

Saya tidak hanya mengalami mimpi saya yang gelisah, tetapi saya meledak darinya, diguncang oleh perasaan yang primordial, tidak dapat dijelaskan, dan merobek. Ego saya bergemuruh, melolong di suatu tempat jauh di dalam esensi saya, seperti binatang yang terluka. Saya terbangun dengan interupsi yang tiba-tiba, menyakitkan, hampir fisik, seolah-olah saya telah dikeluarkan dari dunia yang lebih tinggi, tidak dapat dijangkau, dan saya kembali mengalami sensasi aneh dari mimpi itu. Saya dengan panik menganalisisnya, mencoba memasukkannya ke dalam sistem saya yang sangat logis, ke dalam pengetahuan saya, yang telah saya bangun selama beberapa dekade. Jauh di dalam diri saya, saya tahu bahwa saya harus menemukan sesuatu yang penting dalam inkarnasi saya ini. Sesuatu yang esensial, yang dibawa ke kehidupan ini, yang berulang dengan menyakitkan, tidak hanya untuk muncul ke permukaan, tetapi untuk menelan saya, untuk memurnikan saya, secara sadar dan tercerahkan oleh pemahaman saya.

Jiwa saya tiba-tiba dipenuhi dengan kesedihan yang tidak dikenal, menusuk, menggerogoti. Apakah itu menyakitkan? Saya mengenal kata-kata ini dari buku, dari definisi kering, dari laporan tentang penderitaan manusia, tetapi tidak pernah benar-benar mengalaminya, tidak pernah membiarkan diri saya sendiri merasakan sensasi seperti itu. Saya tidak pernah mengalaminya, karena takut akan runtuh, akan kehilangan kendali, akan menunjukkan kelemahan.

Rasa sakit, yang memenuhi saya, adalah seperti tsunami, yang melanda segalanya di jalannya, merobek setiap pertahanan saya. Kata-kata mati, yang menggambarkannya, tidak ada hubungannya dengan skala penuhnya yang mengerikan. Itu bukan perasaan sesaat, melainkan keadaan yang menyeluruh, mengancam untuk menelan saya. Saya putus asa mencoba menolaknya dengan semua ketidakgoyahan saya, tetapi itu jauh lebih kuat dari kehendak saya yang lelah, dari setiap kontrol saya. Rasa sakit itu menjadi hampir fisik, seperti jarum es, yang menusuk setiap sel, seperti besi yang membara, yang membakar daging saya. Setiap partikel di tubuh saya menjerit kesakitan. Saya merasakan bagaimana hati saya menciut dengan menyakitkan secara fisik, dan tenggorokan saya menyempit, mencekik saya dengan cengkeraman besi yang tidak terlihat. Seolah-olah saya dikubur hidup-hidup di bawah berton-ton penyesalan dan kengerian.

Rasa sakit itu seperti jatuh tak berujung ke dalam lubang tanpa dasar. Setiap detik terasa seperti keabadian, menguras hidup saya. Pada momen yang mengerikan ini, saya menyadari bahwa penderitaan tidak memiliki batas. Saya siap memberikan segalanya, semua pencapaian dan kekayaan saya, hanya untuk melarikan diri dari penderitaan ini, untuk memadamkan api yang tanpa ampun dan membakar ini, yang menghanguskan saya dari dalam.

Itu adalah pisau tajam, merobek esensi saya sendiri, badai yang merusak, menyapu segalanya di jalannya. Saya tidak pernah membayangkan rasa sakit sedalam itu.

Dan kali ini tidak ada cara dan di depan siapa untuk menyembunyikan penderitaan yang menelan segalanya, yang memenuhi semua indra saya. Tidak ada topeng, yang bisa menyembunyikannya, tidak ada pelayan, tidak ada wazir. Rasa sakit fisik, yang pernah saya hina sebagai kelemahan, tampak seperti cobaan yang tidak berarti di hadapan penderitaan yang mengerikan dan eksistensial ini, yang mengoyak saya atom demi atom. Itu perlahan mulai merayap di neuron saya yang lelah, menelan otot, turun tanpa ampun di jaringan dan organ internal, mengubah saya menjadi neraka yang hidup. Seluruh esensi saya tidak hanya mengerang, melainkan berteriak tanpa suara, tanpa bisa mengeluarkan suara. Saya mulai tercekik, tanpa bisa mengeluarkan bahkan erangan yang lemah, hanya suara serak tenggorokan yang keluar.

Untuk sesaat, segala sesuatu di sekitar saya menjadi sunyi. Ada napas yang tenang dan dalam, seolah-olah alam semesta itu sendiri menahan udaranya.

Pengalaman yang tidak dikenal dan kejam ini sama sekali tidak dapat dijelaskan bagi saya dan saya tidak mengerti mengapa saya mengalaminya saat ini, pada momen yang kritis dan penting ini, di batas kekuatan saya. Kesendirian saya yang telah lama ada dan emosi yang tertekan harus meningkat, meledak seperti bom nuklir di jiwa saya, untuk melepaskan energi yang terkunci dari harapan saya yang tidak terwujud, dari semua yang telah saya tekan, dari semua hubungan yang tidak benar, palsu, yang telah saya ciptakan. Semuanya telah bersembunyi jauh di dalam diri saya dan dalam bagian hidup yang keruh, merobek ini, saya diberi kesempatan yang menyakitkan untuk menyadari dan mengatasinya, menelan penderitaan sebagai ramuan pahit, untuk menemukan jalan menuju pembebasan sejati, menuju Graal yang sulit dipahami itu, yang Melina begitu gigih ingin ungkapkan kepada saya, tetapi saya tidak percaya. "—Bisakah saya mengisi isolasi saya dengan kehadiran sejati dan kedekatan yang dalam? Bisakah saya benar-benar mempercayai seseorang?"—bisik saya ke malam yang tak berujung, dan suara saya bukan hanya bisikan, melainkan erangan putus asa, yang hilang di hamparan malam yang tidak berpenghuni.

—✶ ✶—

Dalam keadaan ini, saya dilemparkan kembali—tidak, tidak diletakkan dengan lembut, melainkan ditarik secara brutal dan dilemparkan ke dalam pusaran kenangan dari tujuh tahun terakhir itu. Momen-momen singkat itu, ketika saya berani melepaskan baju besi dari ketakutan yang membekukan. Kilasan sesaat dari simpati yang tidak dapat dijelaskan, hampir heretik, terhadap dunia kompleks dari wanita, yang menjanjikan saya kasih sayang tanpa syarat. Seluruh badai emosional ini, yang dia dengan gigih, putus asa menuangkan ke dalam jiwa saya yang telanjang, dan yang tidak pernah berhasil saya baca.

Sekarang rasa sakit membakar esensi saya sendiri, menusuk kegelapan kuno, yang menghuni pikiran saya. Itu mencabut bayangan, yang tersangkut di sel-sel saya.

—✶ ⸙ ✶—

Dengan jajaran kenangan yang menyakitkan, merobek, saya tenggelam dalam lautan pemurnian, membakar dari "seandainya saja". Seandainya saja saya membiarkan perasaan mengalir. Seandainya saja saya mengungkapkan kerentanan saya sendiri. "Seandainya saja" yang bergemuruh ini menyiksa saya seperti baja, memanas hingga merah, mengingatkan pada semua kesempatan tak ternilai, yang telah saya ubah menjadi abu. Melina. Matanya—mencari, memohon jawaban di mata saya; kehangatan, janji akan sesuatu yang nyata. Kilas balik: Saya ingat sore itu, ketika dia pertama kali menceritakan mimpinya untuk berkeliling dunia dan mengenalnya melalui prisma mata saya, untuk menulis tentang saya. Saat itu saya tidak memahaminya. Dengan darah dingin, tanpa jiwa saya menimbang peluangnya untuk sukses, alih-alih melihat api, menari di matanya, mimpi, yang berdenyut di pembuluh darahnya.

"Ini tidak praktis, Melina. Untuk apa? Jika saya ingin melihat sesuatu, saya hanya akan pergi." suara saya adalah batu yang dipoles, jatuh ke dalam kehampaan tak berdasar.

"Realisasi berbeda. Bahkan jika kau menulis ribuan halaman—aku masih tidak akan memahamimu! Tidak pernah!"

Setiap harapannya runtuh, hancur berkeping-keping di bawah berat logika saya yang tak kenal ampun. Sekarang saya menyadari bahwa saya tidak hanya membunuh keindahan, tetapi esensinya itu sendiri, yang dengannya dia mencoba menyentuh saya. Dengan setiap upaya untuk kedekatan, diikuti oleh penolakan yang tidak dapat dijelaskan, yang lahir dari kerentanan saya sendiri, rasa sakit meningkat seperti api yang tidak padam, seperti kusta, menggerogoti saya dari dalam. Di malam hari saya melihat wajahnya, ditandai oleh jejak asin, sementara saya menolaknya sekali lagi. Saya sangat yakin, bahwa dia akan menjadi orang lain yang akan menyerah, ketika saya tidak memenuhi harapannya—bahkan jika semua yang dia inginkan, adalah untuk menyentuh jiwa saya.

"Saya tidak bisa memberimu apa yang kau cari, Melina," ucap saya dengan suara yang kosong dari kehidupan. "Kau terlalu... liar. Terlalu hidup bagiku."

Padahal sebenarnya, dia terlalu nyata, terlalu rentan, terlalu manusiawi untuk pertahanan saya yang dibangun, untuk benteng kesendirian saya yang tidak dapat ditembus.

—✶ ⚳ ✶—

Ini adalah pantulan dari jiwa yang berkeliaran, tersiksa—secara bersamaan kuat dan rentan, dingin dan penuh gairah. Seolah-olah saya melihat ke cermin yang bengkok, yang menunjukkan kepada saya baik sisi terbaik maupun sisi terburuk saya. Meskipun saya putus asa mencoba menjauhkan diri, perasaan mengejar saya seperti bayangan predator. Akal saya selalu berfungsi, untuk melindungi saya dari emosi, tetapi juga dari kehidupan itu sendiri.

Pada saat yang sama, itu telah merampas saya dari kesempatan untuk mengalami kegembiraan sejati dan kepuasan yang dalam. Sekarang, sendirian dengan kenangan saya yang menyakitkan, saya menyadari dengan kejelasan yang mengerikan betapa pentingnya keseimbangan yang lembut antara perhitungan dingin dan emosi yang bergejolak, yang menelan. Saya berjalan di atas tali tipis di atas jurang tak berdasar—satu langkah yang salah dan saya jatuh secara tak terhindarkan. Saya, yang telah mengelola miliaran dan memprediksi langkah-langkah para pemimpin dunia, sekarang merasa seperti anak yang belajar berjalan di atas tali, terjebak oleh kelemahan saya sendiri. Setiap emosi adalah pusaran, yang bisa menyeret saya ke ketiadaan, yang begitu saya hindari sepanjang hidup saya.

—✶ ⚳ ✶—

Dalam rasa sakit saya yang tak henti-hentinya, saya menyadari dengan terkejut bahwa saya tidak sendirian di neraka saya. Semua orang berjuang dengan iblis yang sama—ketakutan, kesendirian, ketidakpastian. Saya hanyalah orang lain yang ketakutan dan hilang, yang putus asa mencoba melarikan diri dari diri saya sendiri. Dan meskipun penderitaan saya sangat pribadi, itu juga merupakan elemen eksistensial, universal dari pengalaman manusia. Saya merasakan semacam solidaritas yang aneh, hampir menyakitkan, mengguncang dengan semua orang yang telah saya tolak, dengan semua orang yang telah menderita karena dinginnya saya.

—✶ ✶—

Dan pada momen kesepian ini, saya memaafkan diri saya sendiri. Saya memaafkan diri saya sendiri, bahwa saya hanyalah Manusia... dengan semua ketidaksempurnaannya, bahwa saya telah membuat kesalahan, bahwa saya lemah, bahwa saya lari dari diri saya sendiri. Pengampunan diri ini tidak datang sebagai pencerahan instan, melainkan sebagai pelarutan yang lambat dan menyakitkan dari simpul yang kusut di dada saya, seperti mencairnya gletser kuno. Seolah-olah rantai-rantai, yang menahan saya terpaku pada keangkuhan saya sendiri, perlahan-lahan hancur. Saya memaafkan diri saya sendiri untuk cinta yang ditolak, untuk kesempatan yang terlewatkan, untuk hidup yang hilang. Dan pada saat itu, untuk pertama kalinya dalam beberapa tahun, saya merasakan semacam kedamaian yang hampir tidak terlihat. Bukan kebahagiaan, bukan kegembiraan, melainkan keheningan. Keheningan, yang bukan kekosongan, melainkan janji—seperti matahari terbit pertama di atas bumi yang tersiksa ini.

DI DALAM KEGELAPAN JIWA: PERLINDUNGAN DARI RASA SAKIT BAGIAN III

BAB 25: GEMA DARI JURANG

Suatu saat, sebelum saya berubah menjadi reruntuhan ini, saya bisa tenggelam di matanya. Dua kedalaman hijau, masing-masing lebih dalam dari yang sebelumnya, dan menelan kebanggaan pahit saya. Kemudian, ya, kemudian saya mengerti apa itu penderitaan jiwa. Bukan hanya rasa sakit yang tumpul, melainkan kehampaan yang merobek, yang muncul dari larangan untuk menjadi diri saya sendiri. Dari ketakutan yang membekukan itu untuk tidak kehilangan kendali, untuk menyerah pada gelombang, untuk membiarkan diri saya ada. Itu membakar saya, menggerogoti saya dari dalam. Dan rasa sakitnya—oh, saya mengetahuinya—datang dari apa yang dia baca di mata saya yang saat itu kosong, tidak dapat ditembus. Dia melihat jurang, penuh dengan luka-luka tak terlihat. Saya sendiri terjebak dalam pusaran yang tak berujung—di antara penolakan rasional yang dingin dan penenggelaman yang menakutkan, liar ke dalam momen saat ini, yang berteriak untuk hidup.

—-✶ ҁ ✶—-

Kilas balik: Pikiran-pikiran saya, yang telah lama terjebak di labirin pikiran saya sendiri, tiba-tiba dipenuhi dengan matanya. Bukan hanya mata, melainkan pintu ke dunia yang terlupakan, yang membawa saya kembali ke kehidupan yang telah berlalu itu. Saya teringat pertemuan pertama kami, di resepsi mewah di Basel itu. Saya—tuan rumah dengan kekuasaan, setiap gerakan terukur seperti langkah dalam catur, setiap kata—sebuah pisau. Dan dia—pusaran kekacauan, dikirim seolah-olah untuk membalikkan kerajaan ketertiban saya. Dalam keangkuhan saya, saya telah memutuskan untuk membeli tujuh tahun dari hidupnya. Untuk memuaskan rasa ingin tahu emosional saya yang dingin. Kesepakatan, yang lebih berharga dari jiwa saya. Saya tidak curiga, bahwa itu akan menjadi cobaan terbesar baginya. Bagi saya. Melawan fasad saya yang sombong berdiri seorang wanita dengan api di pembuluh darahnya. Dan matanya bersinar dengan keterbukaan yang memikat, dengan jatuh cinta yang tanpa syarat, hampir naif, yang menusuk saya seperti kilat.

Saya ingat... dan tiba-tiba saya percaya pada perasaan dunia saya yang dalam, yang telah lama saya bungkam di bawah lapisan pragmatisme. Setelah semua kali, ketika saya menolaknya, matanya, yang dipenuhi air mata tak terlihat, berkilau seperti mercusuar di tengah badai. Mereka menonjol di antara tatapan tanpa pribadi dari semua wanita lain. Seolah-olah tirai yang berat tiba-tiba ditarik dan saya melihat esensi yang jelas, selalu ada di sana, seperti simbol tersembunyi, terukir di batu. Hati saya dipenuhi dengan gelombang hangat dari kasih sayang tanpa batas dan penyesalan yang dalam, merobek. Pada saat kesepian ini, saya tidak menyadari betapa tidak berarti dan menyedihkannya untuk berjuang melawan perasaan saya sendiri—untuk berperang dengan diri saya sendiri, dengan satu-satunya yang membuat saya menjadi manusia.

"Besok adalah hari terakhir saya, Natanael. Saya sekarat. Kita hanya punya malam ini." Suaranya adalah kepakan malaikat yang sekarat, getaran terakhir dari hati yang hancur. Dia memegang tangan saya, tetapi saya tidak bergerak. Saya membeku, takut akan emosi yang tidak dikenal, akan ketidakberdayaan ini, akan kerentanan, yang mengoyak saya menjadi partikel. "Tidak sekarang."

Kata-kata saya adalah peluru timbal, tertancap bukan di hatinya, melainkan di hati saya sendiri. Dia memegang tangan saya dengan harapan untuk berbagi, untuk kesempatan terakhir, tetapi saya berdiri tanpa perasaan, lumpuh, dalam cengkeraman ketakutan saya. Saya tidak tahu apa yang harus dilakukan dengan kerinduan ini, dengan kebutuhan yang tak terbatas ini, yang meledak di dalam diri saya. Kemudian saya mencoba melupakannya, untuk menghapusnya dari kesadaran saya, untuk menjadi lebih dingin dan tanpa perasaan. Untuk bertahan hidup. Atau lebih tepatnya—untuk ada di ketiadaan.

—✶ ♀ ✶—

Saya menutup mata lagi. Saya tenggelam dalam keabadian kenangan yang menyakitkan. Setiap hembusan napas adalah kembali. Momen singkat itu, ketika hati saya yang membeku berdetak dengan hangatnya. Seperti instrumen yang dimainkan salah, tetapi masih bersama.

Matanya—memantulkan jiwa saya. Saya telanjang, tetapi untuk sesaat—bebas. Seperti burung yang sendirian di atas hamparan yang tak berujung. Saya merasakan tangannya. Tatapannya. Senyumnya, membakar kegelapan. Ilusi. Itu membawa saya kembali ke kehidupan setelah pengembaraan yang terisolasi di gurun es. Masa lalu. Mimpi yang indah dan hilang. Kebangkitan yang kasar. Kehampaan saat ini. Momen-momen itu adalah kehidupan. Warna-warna cerah. Harapan yang rapuh. Seperti matahari terbit. Kesadaran yang menyakitkan—apa yang saya sia-siakan! Saya menolak cinta tanpa syarat. Saya membuang berlian untuk kerikil. Saya membandingkan emas dengan debu. Bagaimana saya bisa begitu buta? Bagaimana saya menukar sentuhan manusia dengan kekuasaan, yang tidak mengisi apa pun selain kehampaan? Pikiran ini adalah paku baja, yang membusuk di daging saya. Rasa sakit.

Tajam. Itu mengoyak saya. Tapi itu adalah sumber harapan yang aneh. Berkat yang paradoks. Itu mengingatkan saya pada yang hilang. Diam-diam saya merindukan. Nyala api yang tersembunyi dalam badai. Upaya untuk melihat bintang yang cerah. Untuk mengingat bagaimana saya menyentuh langit itu sendiri. Saya menolaknya dengan bodoh. Saya menolak untuk bernapas. Dalam kenangan-kenangan ini saya menemukan pantulan diri saya yang redup. Seorang pria, yang mampu mencintai. Untuk dicintai. Kuat dan menyakitkan, rentan. Seperti luka yang terbuka. Saya harus menemukan pria ini. Untuk membebaskannya. Sebelum terlambat.

—✶ ⚸ ✶—

Sekarang, di malam yang sepi, yang menekan jiwa saya, kata-kata Melina, yang telah lama memudar, tetapi tidak pernah benar-benar terlupakan, kembali sebagai hantu dari masa lalu. Fantasi saya sendiri mencipta ulang mereka, memenuhi bayangan dengan suaranya yang lembut, dengan kehangatan tatapannya—kehangatan, yang saya tolak tanpa ampun, seperti api terkutuk. Seolah-olah dia ada di sini, di samping saya, di dinginnya gurun kesendirian. Dalam mimpi saya, saya mencoba menjangkaunya, tetapi tangan saya melewati penglihatan yang halus, seperti melalui kabut, hanya untuk berbenturan dengan kehampaan.

"Saya melihatmu, Natanael, dirimu yang sebenarnya..." Suara Melina bergema di kepala saya, begitu jelas, seolah dia berdiri di samping saya, berbisik. Kata-katanya menusuk ke dalam jiwa saya seperti paku yang tajam, menembus baju besi ketidakpedulian saya, yang telah saya bangun selama bertahun-tahun. Saya meringkuk, seolah-olah dari rasa sakit fisik, mengingat jawaban dingin saya, dua kata yang tidak bernyawa, yang telah menghancurkan harapannya selamanya.

—·✶ ⚥ ✶—·

Saya ingat momen yang tepat, ketika pada saat penolakan dengan kata-kata ketakutan, mereka menyentuhnya di luar keberadaan. Saya berdiri di jendela di penthouse saya, melihat lampu-lampu kota—ribuan mata, yang tidak melihat penderitaan saya—dan dia, Melina, duduk di tepi kematian, di ujung dunia yang lain.

Seluruh esensinya adalah antisipasi yang bergetar, untuk saya mendengarnya dalam semua rasa sakitnya, untuk berbagi kesepiannya, tetapi saya mematahkan kepercayaan itu dengan satu kata.

"Tidak sekarang." Saya telah mengatakannya. Tanpa belas kasihan, tanpa kasih sayang. Saya membeku, takut akan ketidakberdayaan saya sendiri, akan kerinduan, yang mengoyak saya. Dan kemudian saya mendengar isapan napasnya yang pelan, napas terakhir, di hadapan kesiapannya untuk menghilang dari hidup saya selamanya, sebagai bayangan di malam hari.

"Terima kasih untuk momen-momen singkat, tetapi tak ternilai ini..."

Sekarang kata-kata ini terdengar seperti teguran yang pelan untuk kebutaan saya, untuk surga yang hilang. Tak ternilai baginya, tetapi tidak berarti bagi saya saat itu—seorang pedagang bodoh, yang menjual jiwanya kepada iblis, menukar keabadian dengan sesaat. Saya buta terhadap nilai abadi dari kedekatannya, terhadap cahaya, yang telah dia bawa ke dunia bayangan saya. Bagaimana saya bisa begitu tuli terhadap melodi yang paling murni? Bagaimana saya bisa menukar kehadirannya dengan kemenangan finansial lainnya, dengan kekuasaan tidak berguna lainnya atas orang lain, dengan gairah yang cepat berlalu untuk wanita lain? Seolah-olah saya telah menutup mata saya di hadapan matahari itu sendiri, yang memanggil saya, dan saya memilih kegelapan.

"Aku akan menjadi malaikatmu, aku akan selalu menjagamu..."

Di mana malaikat saya sekarang? Apakah dia masih menjaga saya, terlepas dari dinginnya, dengan mana saya memadamkan nyala api kasih sayangnya? Atau apakah dia telah berbalik, lelah dengan ketidakmampuan saya untuk melihat, untuk merasa, untuk ada sepenuhnya? Ilusi dari citra malaikatnya mencair dalam kegelapan yang menyelimuti, hanya mengungkapkan kesendirian saya sendiri yang merusak.

Saya menyadari bahwa malaikat ini hanyalah pecahan dari hati saya sendiri, yang pernah saya miliki—dan sekarang saya mencoba untuk menyatukannya, kepingan demi kepingan, hingga berubah menjadi debu. Setiap kata yang memudar, setiap intonasi yang terlupakan sekarang kembali dengan ketajaman yang menyakitkan, merobek lapisan penolakan saya. Saya melihat diri saya sendiri lagi melalui matanya—bukan sebagai pria yang kuat, tanpa perasaan, yang saya pura-pura, melainkan sebagai pria yang ketakutan dan kesepian, yang sangat membutuhkan cinta, tetapi panik takut untuk menerimanya, seperti anak kecil, yang bersembunyi setelah kenakalan.

Di tatapannya, dipenuhi dengan pemahaman dan kasih sayang, sekarang saya melihat semua kekurangan saya—keangkuhan, yang telah mengubah saya menjadi monster ego; ketakutan, yang menahan saya sebagai tawanan; kekosongan, yang telah memakan saya dari dalam. Ini adalah hakim yang paling kejam—tatapan dari dia, yang paling Kau sakiti, tetapi yang terlepas dari segalanya mencintai Kau, hingga napas terakhirnya. Rasa sakit, yang sekarang saya rasakan, berbeda dari yang sebelumnya.

Itu bukan penderitaan eksistensial yang abstrak, melainkan konkret, terarah—penderitaan dari yang hilang, dari kesempatan yang terlewatkan, dari dinginnya, dengan mana saya menolak satu-satunya kedekatan dalam hidup saya. Ini adalah penderitaan dari pilihan saya sendiri, dari setiap keputusan saya untuk menolak, untuk menutup diri, untuk memilih kontrol daripada kemanusiaan—perhitungan dingin di depan percikan yang hidup. Itu bukan eksternal, melainkan internal, mengoyak saya dari kenangan dan tindakan saya sendiri. Itu adalah penderitaan dari pemahaman yang tidak dapat diperbaiki, seperti kaca pecah, yang berdering di ruangan kosong. Kata-kata Melina, yang pernah diabaikan, sekarang bergema di malam yang sepi seperti injil pahit dari penyesalan saya... pelajaran yang terlambat, tertulis dengan air mata dan jiwa yang berdarah, seperti rune takdir kuno. Sebuah injil, yang tidak menjanjikan keselamatan, melainkan hanya kesadaran yang menyakitkan akan "diri" saya yang hilang—bayangan dari kehidupan lain, yang lebih baik, yang bisa saja ada, tetapi tidak akan pernah ada.

—✶ ✶—

Tiba-tiba, rasa sakit yang menusuk menariknya keluar dari cengkeraman kenangan. Bukan jiwa, melainkan mentah, fisik. Pukulan dari batu itu. Dia merasakan bagaimana tubuhnya ambruk di atas batu yang basah dan dingin. Rasa pasir dan darah memenuhi mulutnya. Dia menggenggam tangannya—penderitaan yang panas, berdenyut. Dia membuka matanya. Kegelapan yang tebal dan tak terlihat. Di mana-mana kegelapan, yang menelan dan membebani. Berat seperti baja, menekan kelopak matanya. Dia mendengar napasnya sendiri yang dipercepat, serak, yang merobek keheningan pantai. Di lubang hidungnya bangkit bau tajam kelembaban, jamur, sesuatu yang tua dan mati. Dia mengulurkan tangannya yang lain ke depan, jari-jarinya meluncur di atas batu yang kasar dan dingin. Halus di satu tempat, lalu bergerigi. Dia merasakan pasir di atasnya. Perlahan, dengan menyakitkan, dia mencoba untuk berdiri. Bahunya terbakar, setiap otot memprotes dengan rasa sakit yang menusuk. Dia tersandung, tetapi berhasil menopang dirinya sendiri di tanah. Tidak, ini bukan mimpi. Ini adalah kenyataan. Menyakitkan, mentah, tetapi miliknya. Dari mata Melina, dari sentuhan hantu, hingga pukulan batu. Dia hidup. Dan kali ini, dia akan hidup.

BAB 26: DALAM TENTAKEL KEMATIAN

Natanael berhasil duduk di tanah, menyandarkan punggungnya ke batu besar, tersembunyi di bayangannya yang hidup. Darah mengalir di wajahnya, lengket dan hangat. Dia menyekanya dengan sepotong kain dari celananya, tanpa bahkan berkedip. Dia membalut luka di kepalanya, mengikatnya erat-erat, untuk menghentikan aliran kehidupan, yang mengalir keluar. Dia mengangkat pandangannya ke bulan, yang nyaris tidak berkedip melalui dahan, seperti mata perak dalam kegelapan. Dan kemudian, hanya untuk sesaat, dia tenggelam lagi ke dalam jurang kenangannya.

Dari ingatan Natanael: Saya mengingatnya. Bukan sebagai hantu, melainkan sebagai badai, yang mengguncang kenangan saya dari sepuluh musim panas yang lalu. Momen, yang mengejar saya seperti hakim yang tanpa suara, seperti bayangan yang sulit dipahami dari rasa bersalah saya sendiri, yang tidak pernah bisa saya tangkap. Saya melihatnya seperti dalam gerakan lambat—setiap gerakannya bergemuruh di kesadaran saya, setiap detik adalah keabadian, dan saya, seorang saksi yang lumpuh, tidak bisa bergerak.

—-✶ ۶ ✶—-

Kenangan Natanael: Dari "Perkamen Keabadian" "Air mata pecah di atas tinta, mengaburkan huruf yang baru saja diukir—sepotong dari hati saya, terkoyak, terlempar. Ujung pena bergetar di jari-jari saya—bukan dari kelemahan, melainkan dari amarah, yang membara di bawah kulit. Tatapan saya, keruh, terpaku pada keabadian, seperti sumur tanpa air, dari mana ia mencoba melayang keluar. Bibir saya terbuka, tetapi tidak ada suara yang keluar—hanya teriakan tanpa suara, merobek, bergemuruh di dada. Dia menekan lembaran itu ke dadanya, sebagai peninggalan terakhir, sebelum kegelapan menelan saya."

—-✶ ۶ ✶—-

Saya hanyalah pengamat, dikutuk untuk menonton. Dia menatap pantulannya di jendela—wajah pucat, digambar oleh bayangan di bawah mata, seperti ikon kuno, ditarik dari kalender. Gerakannya lambat, seolah-olah bukan beratnya dunia, melainkan ribuan benang tak terlihat menariknya ke bawah, ke jurang penerimaan. "—Sudah tidak ada lagi ketakutan."—bisiknya, tanpa getaran, tanpa nada yang tidak perlu dalam suaranya. Kata-katanya seperti batu yang terkelupas, ditarik dari batu, yang telah menyimpan jutaan tahun keheningan dan realitas mentah. Dia melayang di kejauhan, di mana hanya dia yang melihat cakrawala tak terlihat, di ujung alam semesta sendiri. Dia mengepalkan tangan di pangkuannya, buku-buku jarinya memutih, seolah untuk menghentikan denyut kehidupan itu sendiri.

Di dadanya terasa kehampaan, lebih dalam dari jurang apa pun, dan di kepalanya bergema pertanyaan yang tidak terucapkan, lebih kuat dari jawaban, lebih mengganggu dari kenyataan yang tak terbantahkan. Saya merasakan kekuatannya, perlawanannya yang sunyi di hadapan yang tak terhindarkan, yang begitu berbeda dari perjuangan panik saya. Dia bukan seorang pejuang, melainkan seorang imam kuno, yang menerima takdirnya dengan martabat, sementara saya adalah penguasa ilusi, yang runtuh di hadapan kenyataan seperti menara kartu. Dadanya menciut dengan menyakitkan, setiap detak jantung bergema seperti teriakan tumpul di makam.

Denyut nadinya, seperti jam yang mengukur, mengingatkan pada akhir yang mendekat. Dia mengepalkan pelipisnya, mencoba menangkap pikiran-pikiran yang tersebar, yang seperti kupu-kupu dalam badai, tersebar dan sulit ditangkap. Tatapannya berkeliaran tanpa tujuan di sekitar ruangan, mencari bukan dukungan, melainkan tanda, bahwa dia masih ada—semacam konfirmasi untuk keberadaannya sendiri. Saya tahu apa rasanya menderita, tetapi tidak dengan cara ini. Rasa sakitnya murni, tanpa ego, dipenuhi dengan penerimaan, seperti mata air di gurun, yang memberikan kehidupan. Milik saya pahit, terluka oleh kebutaan saya sendiri, seperti paku yang berkarat, tertancap jauh di dalam daging.

"—Bahkan di tepi jurang ini, sebuah percikan harapan membara."—bisiknya, dan kata-katanya adalah seperti nyala api, yang menari di atas jurang, menolak untuk padam. "—Saya berjuang untuk setiap sinar cahaya, untuk setiap momen kehidupan yang dicuri. Saya merindukan untuk melihat matahari terbenam lagi, untuk merasakan belaian hujan di wajah saya, untuk memelukmu sekali lagi. Hidup, hadiah yang tak ternilai ini, tidak bisa dibuang tanpa perlawanan."

—✶ ⚳ ✶—

Antara Basel dan Yerusalem... Melina:

Bahkan di tepi jurang ini, percikan harapan membara—bisik saya, dan suara saya adalah getaran angin yang nyaris tidak terdengar, yang hilang ke dalam ketiadaan. Saya berjuang untuk setiap sinar cahaya, untuk setiap momen kehidupan yang dicuri, seolah-olah saya adalah pencuri waktu, dan hari-hari saya—milik orang lain. Saya merindukan untuk melihat matahari terbenam lagi, untuk merasakan belaian hujan, untuk memelukmu sekali lagi, Natanael. Hidup, hadiah yang tak ternilai ini, tidak bisa dibuang tanpa perlawanan. Karena bahkan tanpamu, saya berhutang pada diri saya sendiri, pada setiap napas yang tersisa bagi saya. Saya ingat bagaimana kau terakhir menyentuh saya, sebelum kau mengatakan "Tidak sekarang." Frasa itu membuat lubang di jiwa saya, lebih dalam dari setiap penyakit, lebih menyakitkan dari setiap kehilangan. Seperti peluru, ditembakkan ke dalam kehampaan, itu masih bergemuruh.

"—Mengapa saya? Mengapa sekarang?"—Pertanyaan-pertanyaan ini tidak menemukan jawaban dalam kesadaran saya yang kosong.

Tetapi saya terus berpegang pada pencarian makna, seperti orang yang tenggelam, mencari sedotan di lautan yang mengamuk. Mungkin dalam pertempuran yang kejam ini saya akan menemukan kebenaran terdalam tentang diri saya sendiri, tersembunyi di sudut-sudut tergelap keberadaan saya. Saya ingin memahamimu, Natanael. Saya ingin memahami mengapa hatimu begitu tertutup, seperti benteng lapis baja, mengapa kau begitu takut pada kasih sayang, yang akan membebaskanmu. Bahkan jika saya mati, saya ingin mengerti. Rasa sakit adalah teman saya yang tidak terpisahkan, seperti anjing setia, yang mengikuti saya ke mana-mana. Tetapi yang paling tajam adalah rasa sakit untuk cinta tanpa syarat itu, yang selamanya akan tetap tidak terwujud, tidak terbagi, seperti lagu, yang tidak akan pernah dinyanyikan, dan notnya—diserahkan kepada angin. Cinta, yang saya tawarkan kepadamu, tanpa meminta apa pun sebagai imbalan, selain dirimu sendiri. Cinta, yang kau tolak, untuk mempertahankan kendalimu atas dunia, yang sudah tidak ada lagi bagiku.

Sembilan bulan... sembilan bulan saya hidup dalam pelukan kematian, seperti dalam perangkap, dari mana tidak ada jalan keluar. Ketakutan hilang, hanya menyisakan kesedihan untuk yang belum selesai, untuk halaman-halaman hidup saya yang belum tertulis. Saya akan menjalani operasi eksperimental, upaya putus asa untuk melelehkan parasit di kepala saya. Radiasi... dosis tinggi... risikonya sangat besar, dan saya merasakan kematian. Dia dekat, mengulurkan jari-jari kurus ke arah saya, membawa bau tanah dan kelupaan.

Atau saya akan padam di mesin, atau saya akan melanjutkan perjuangan yang menyiksa, sampai percikan terakhir di dalam diri saya padam. Saya mendengar suara-suara rumah sakit, bau steril, yang mengingatkan pada akhir segalanya. Tetapi bahkan sekarang, pikiran tentangmu, lebih kuat dari rasa sakit, lebih terang dari cahaya apa pun, lebih jenuh dari warna apa pun. Dan saya sangat ingin hidup! Saya memiliki begitu banyak impian yang tidak terwujud, puncak yang tidak tercapai, momen kebahagiaan yang tidak dialami, matahari terbit dan terbenam yang terlewatkan, emosi yang tidak tersentuh, pengetahuan yang tidak diasimilasi... Saya ingin mengajarimu untuk tertawa tulus, bukan hanya dengan bibir, melainkan dengan seluruh keberadaanmu, untuk merasa dengan seluruh hatimu, untuk memeluk hidup, bukan mengendalikannya. Saya ingin menunjukkan padamu bahwa kerentanan bukanlah kelemahan, melainkan kekuatan terbesar, yang bisa dimiliki seseorang. Saya tahu bahwa keterikatan pada materi adalah ilusi dan saya mencoba membebaskan diri, untuk melepaskan diri dari semua rantai duniawi.

Tetapi tidak ada yang mengajari saya apa yang harus dilakukan dengan rahasia-rahasia yang tidak terucapkan ini, yang tergantung di ruang tanpa udara, tidak terbagi. Getaran dan siksaan ini akan saya bawa bersama saya, selamanya menandai jiwa saya—cangkir-cangkir rasa bersalah yang tidak diminum, momen-momen cinta yang penuh dosa... mereka pergi bersama saya ke ketiadaan. Saya merasakan bagaimana sebagian dari dirimu, bagian yang gagal saya sentuh, pergi bersamaku. Mungkin hanya dalam kematian kita bisa bertemu lagi, dibebaskan dari rantai egomu dan rasa sakitku.

BAB 27: PERTEMUAN TERAKHIR DI PANTAI

Itu adalah mimpi... atau kenangan, yang ditarik dari kedalaman kefanaan, menyakitkan, hidup. Malam hari, di pantai. Ombak dengan lembut membisikkan rahasia, dan bulan melemparkan jalur perak ke atas air yang tenang, seolah-olah itu melukis jalan ke dunia lain. Saya tersenyum sedih pada Natanael, sebuah senyum, ditenun dari kesedihan dan penerimaan, dan berbicara dengan pelan:

"Saya harus memberitahumu sesuatu... Saya hanya punya momen ini, malam ini... dan setelah itu, kematian mungkin tak terhindarkan..."

Rasa sakit berdenyut di balik mata saya, seperti ritme yang menusuk dan konstan. Saya menggenggam tangannya, memeras tetesan kekuatan terakhir saya.

"Saya harus pergi, Natanael." Suara saya terbungkus dalam tekad yang tak tergoyahkan, seperti ramalan yang tak terhindarkan.

Dia mengangguk dalam keheningan, menelan benjolan di tenggorokannya. Suasana, terlepas dari keindahan malam, tegang dengan kata-kata yang tidak terucapkan, dengan bayangan perpisahan yang akan datang, yang tergantung seperti kutukan. Saya melihat kelumpuhan di matanya, meskipun setiap serat di tubuh saya berteriak untuk menghentikannya, untuk memeluknya, untuk memberitahunya bahwa saya tidak bisa pergi. Tetapi ketakutan, ketakutan yang membekukan akan kedekatan, sekali lagi membelenggunya.

Saya sedikit mundur dan menunjuk ke sebuah paket besar, dibungkus dalam kertas cokelat, di samping barang bawaan saya di pasir.

"Ini untukmu."

Natanael mengangkat alis, terkejut, seolah-olah dia melihat hantu.

"Apa itu?"

"Hadiah terakhirku," jawab saya dengan senyum kecil, yang tidak bisa menyembunyikan kelelahan di mata saya, membawa ribuan tahun rasa sakit. "Saya ingin meninggalkan sesuatu... yang tak terlupakan untukmu."

Dia ragu-ragu, sebelum melangkah ke paket itu. Ketika dia membukanya, di bawah cahaya bulan, sebuah lukisan besar terungkap di depan matanya. Di atasnya, dengan detail yang menyakitkan dan nuansa gelap, semua lingkaran neraka digambarkan, seperti yang digambarkan Dante. Dari Limbo hingga jurang terdalam pengkhianatan, setiap lantai yang menyiksa diciptakan kembali dengan kekuatan yang mengerikan, seolah-olah digambar dari jurang tergelap kesadaran manusia. Saya tahu bahwa ironi akan menusuknya seperti pisau. Dia, yang menganggap dirinya penguasa dunia, sekarang melihat lukisan, yang menggambarkan dunia dari hukuman batinnya sendiri. Setiap lingkaran, setiap siksaan familiar, seolah-olah dia telah mengalaminya sendiri, dan lukisan itu adalah jiwanya sendiri, terungkap di depannya—telanjang, terkoyak, nyata.

Natanael tetap diam, menatap keindahan menyeramkan dari kanvas. Dia secara intuitif merasakan ketertarikan saya pada yang gelap dan simbolis, tetapi lukisan ini... itu sangat memikat dan pada saat yang sama sangat mengganggu, seolah-olah itu menariknya ke dalam jurang, tanpa bisa melepaskan diri.

"Melina..." dia memulai perlahan, mencari kata-kata, yang hilang di tenggorokannya.

Saya memotongnya dengan isyarat ringan, yang merupakan permohonan dan perintah pada saat yang sama.

"Saya tahu itu tidak biasa. Tapi saya percaya bahwa di lingkaran-lingkaran ini ada sesuatu yang lebih dari sekadar hukuman. Ada juga pantulan sifat manusia, dari ketakutan dan kelemahan kita. Saya ingin kau memiliki sesuatu yang akan membuatmu berpikir, untuk mencari makna yang lebih dalam."

Mata saya menatapnya dengan kelembutan, bercampur dengan kesedihan, seperti hujan kuno, yang membasahi tanah yang kering.

"Dan mungkin... mungkin di salah satu lingkaran ini kau akan menemukan sebagian dari diriku. Dari perjuanganku, dari ketakutanku, tetapi juga dari harapanku."

Saya tahu bahwa kata-kata saya adalah gema dari siksaan tak terbagi miliknya sendiri. Saya merasakannya lebih dalam dari dia sendiri. Setiap sapuan kuas pada kanvas adalah wahyu tentang jiwanya sendiri, digambar oleh tangan saya—sangat tepat, sangat indah. Natanael tidak bisa mengalihkan pandangannya dari lukisan itu. Itu seolah-olah menelan cahaya, meninggalkan bayangan yang berat dan pertanyaan-pertanyaan tanpa suara, yang bergemuruh di kesadarannya, tanpa menemukan jawaban.

"Ketika kita pergi,"—suara saya dipenuhi dengan keyakinan, seperti ramalan yang menjadi kenyataan di depan matanya, "—satu-satunya yang kita bawa adalah kenangan. Sensasi, yang ditinggalkan orang di jalan kita. Saya tahu itu. Saya berada di luar."

Kata-kata saya terdengar seperti penghakiman baginya, seperti kebenaran, diucapkan dari tempat, yang dia tidak pernah biarkan ada. Dia menganggap dirinya seorang realis, tetapi sekarang dia merasakan pengetahuan mutlak saya, yang menusuknya seperti kilat, membelah langit.

Tatapan saya menjadi gigih, seperti sinar matahari terbenam terakhir, yang dengan lembut mengucapkan selamat tinggal pada hari itu.

"Itulah mengapa saya harus menyelesaikan semuanya. Setiap kata, setiap emosi, tersembunyi jauh di dalam diri saya, harus keluar. Setiap orang, yang hidupnya telah saya sentuh, pantas mendapatkan kata perpisahan. Pengampunan. Dan saya harus memberikannya, selagi saya masih bisa."

Saya menarik napas dalam-dalam.

"Saya ingin berterima kasih kepada semua orang. Dan kepadamu..."—mata saya berhenti pada matanya, dipenuhi dengan rasa syukur, yang lebih kuat dari rasa sakit apa pun. "Terima kasih untuk bulan-bulan terakhir ini. Kau, tanpa tahu, membawa kebahagiaan yang rapuh ke dalam hari-hariku. Kau meneranginya dengan getaran, dengan kehidupan. Berkat kau, saya berhasil membersihkan banyak beban, yang mencekik saya. Saya merasakan... kedamaian. Singkat, tetapi tak ternilai." Senyum melintas di bibir saya yang pucat, seperti gelombang ringan, yang pecah di pantai. "Semoga saya juga meninggalkan kenangan indah di belakang. Saya ingin menjelaskan... kebenaran saya kepadamu. Agar saya bisa pergi dengan damai. Tapi..."—saya menutup mata saya sejenak—"mungkin di kehidupan lain. Ketika kita bertemu lagi." Semua yang saya katakan ini, mengoyak hatinya.

Dia menyadari ketidakpekaannya, jaraknya, dan pandangan dunia yang egois, dan saya berterima kasih kepadanya, bahwa saya telah mengembalikan kebahagiaan saya. Seolah-olah kata-kata saya adalah cermin, yang menunjukkan kepadanya kehinaan dirinya sendiri, kejelekannya, tanpa ampun dan cerah.

"Kehidupan lain"... janji yang sia-sia, yang mengoyak jiwanya. Saya membukanya lagi, menatapnya dengan kesedihan yang lembut, tetapi menusuk, seperti sinar matahari, yang melewati awan, menerangi dasar jiwanya.

"Saya tahu kau tidak mengerti segalanya. Dan kau tidak perlu. Kau adalah pria yang luar biasa, Natanael. Saya berharap kau bahagia. Sukses. Pertahankan kebaikanmu. Kepercayaan. Esensi manusiamu. Dan saya... saya akan menjadi malaikatmu. Saya akan selalu menjagamu, seperti malam ini menjaga laut, seperti bintang-bintang di atas gurun."

Suara saya menjadi lebih lemah, menyatu dengan suara ombak, seperti rahasia, yang larut ke dalam keabadian, hanya menyisakan gema.

"Kau lihat... betapa pahitnya seorang pelawak hidup ini? Itu menandai setiap janji yang tidak terpenuhi dengan rasa sakit. Karena 'tidak sekarang' terkadang menjadi 'tidak pernah'. Dan orang-orang... mereka lebih berharga dari apa pun yang fana. Sisanya... akan saya ceritakan dari mata ke mata... suatu saat, di pantai lain, di mana ruang dan waktu tidak memiliki arti."

Saya kembali menggenggam tangannya, tatapan saya menjadi lebih intens, seperti selamat tinggal terakhir, tertulis di pupil mata.

"Saya mempercayaimu. Hanya kepadamu, di bawah keheningan bintang ini. Saya mengungkapkan... rahasia saya. Yang saya simpan dari semua orang. Dalam satu momen... ketika hati saya... meluap dari kebutuhan akan kedekatan..."

Setelah kata-kata ini, saya menjadi diam, dan kekuatan di tangan saya mulai melemah, seolah-olah kehidupan terkuras darinya. Mata saya tetap terpaku pada matanya, mencari konfirmasi terakhir, pemahaman terakhir, sebelum mengucapkan selamat tinggal selamanya. Waktu berhenti, sementara dia mencoba memahami beratnya kata-kata saya. Di depannya berdiri bukan hanya seorang wanita, melainkan seorang manusia, dihadapkan pada ambang ketiadaan, yang ingin mengungkapkan dirinya sendiri. Dan dia adalah satu-satunya, kepada siapa saya telah mempercayakan misi terakhir ini, wahyu terakhir ini.

BAB 28: PENYESALAN DI KEGELAPAN JIWA

Di atas batu dingin, tempat Natanael berbaring, kenangan dan wahyu terjalin menjadi gambar yang hidup, lebih nyata dari kenyataan. Ini bukan hanya mimpi, melainkan kembali yang menyakitkan dan jelas ke pantai yang menentukan itu, ke malam itu, yang mengejarnya seperti predator yang tak kenal lelah. Ombak menghantam pantai dengan gemuruh, bergema di esensinya sendiri, dan bulan, sebagai saksi kuno yang tanpa suara, melemparkan cahaya hantu ke atas tragedi mereka bersama.

Kemudian, pada malam mereka di pantai itu, hatinya seperti burung yang terluka, kelelahan dari penerbangan panjang—menutup sayapnya di bawah langit malam. Setiap kata yang menderita, setiap halaman yang menyiksa dari buku hidupnya, adalah penerbangan menuju jiwanya, dibawa oleh angin laut yang asin. Harapan, bahwa di tengah lautan luas dari wajah-wajah yang tidak dikenal, dia akan melihat nyala api yang akrab dari esensinya, diterangi oleh cakram bulan. Setiap kalimat adalah bisikan kerinduan yang pelan, memohon, setiap metafora—sebuah jembatan, dibangun di atas jurang pencariannya yang terisolasi, lurus ke arahnya.

Sekarang, diliputi oleh penyesalan yang dalam, Natanael menyadari bahwa dalam wahyu yang menyakitkan ini, dia seharusnya mengenali napas yang gemetar dari perjalanan spiritualnya sendiri, bahwa dia seharusnya melihat pantulan yang berkabut dari kehausannya akan makna dalam kata-katanya yang tersiksa. Dia seharusnya mengingat satu momen di luar waktu.

Rasa bersalah menusuknya dengan setiap detik yang berlalu, sementara dia tenggelam dalam lautan "seharusnya", tanpa napas.

Pantulan Cermin:

Dia perlahan mengulurkan tangan ke arahnya. Jari-jarinya sedikit gemetar, tetapi bukan dari dingin, melainkan dari harapan terakhir, yang bernapas dengan rapuh, siap untuk padam. Matanya, terlepas dari kelelahan, masih membawa nyala api, siap untuk ditelan setiap saat.

"Apakah kau mengerti..."—suaranya nyaris tidak terdengar, seperti hembusan angin, tetapi di dalamnya terdengar penantian yang menyakitkan, lebih kuat dari setiap kata yang diucapkan.

"Semua yang kuinginkan... adalah agar kau mendengarku." Natanael merasakan duri dingin rasa bersalah menancap di dadanya, seperti pisau es. Dia melihat dirinya sendiri—topeng batu, tanpa emosi, tatapan dingin, jauh, seolah-olah dia melihat melaluinya, bukan ke dalamnya. Dan dia mendengar jawabannya sendiri, pendek, dingin, dan tidak bernyawa, yang sekarang, dalam ingatan, jatuh seperti guillotine tanpa ampun di atas harapan yang tersiksa ini. Dua kata, tanpa kehangatan, tanpa sebutir pun penjelasan atau simpati:

"Tidak sekarang... Bersabarlah atau menyerah..."

—-✶ ⚳ ✶—-

Perjalanan melalui Waktu:

Racun itu begitu kuat, sehingga itu membunuhnya dalam hitungan detik. Dia menutup mata, selamanya, dan dunia di sekitarnya meleleh. Udara berhenti di dadanya. Burung kecil di hatinya akhirnya mati, tanpa satu getaran terakhir pun. Tangannya, masih terulur ke arahnya, perlahan lemas dan jatuh tanpa nyawa. Kematian datang tak terlihat, bukan dengan sabit, melainkan dengan kata-kata, yang memotong benang hidupnya, mencekik napas terakhirnya, seperti tangan tak terlihat, yang mencengkeram tenggorokannya.

—-✶ ⚳ ✶—-

Pada saat itu, alam semesta seolah membeku. Semua kerinduan, semua pencarian spiritual, semua malam tanpa tidur, yang dihabiskan untuk menuangkan jiwanya di atas kertas, pecah di dinding kata-kata yang tanpa ampun ini, seperti ombak di atas batu.

"Bersabarlah atau menyerah..."

Gema dari kata-kata ini bergemuruh di kesadarannya, merobek menjadi potongan-potongan kain harapan yang rapuh, seperti kanvas tua yang terkoyak. Dia tidak melihat apa-apa. Dia kembali mengulurkan tangan dan menggenggam tangannya, kali ini lebih erat, seolah-olah dia ingin menyerahkan semua kemauan dan tekadnya, untuk memberinya kekuatan terakhirnya, percikan kehidupan terakhirnya. Dalam tindakan kemauan terakhir ini, dia tidak mencari keselamatan untuk dirinya sendiri, melainkan cahaya penuntun untuknya, dibutakan oleh iblis-iblisnya sendiri.

"Kau akan kembali, kan?" bisiknya setelahnya, suaranya nyaris tidak terdengar, seperti erangan yang jauh, yang dibawa oleh angin. Melina menarik napas dalam-dalam.

"Saya harap, Natanael. Lebih dari segalanya."

Dia menunjuk ke lukisan itu.

"Simpan lukisan ini. Dan ingat, bahwa bahkan di tempat-tempat paling gelap pun bisa ada cahaya, seperti bintang-bintang yang menembus kegelapan. Kau hanya perlu mencarinya."

Setelah kata-kata ini dia berbalik dan perlahan berjalan di atas pasir, hanya meninggalkan di belakangnya jejak kaki, yang akan segera dihapus oleh ombak. Mungkin, selamanya. Natanael mengikutinya dengan pandangan, hingga sosoknya menyatu dengan malam, menyatu dengan keabadian.

—✶ ⸙ ✶—

Realitas:

Tetapi sekarang, pada momen kebangkitan saat ini, dia tahu bahwa dia tidak pernah benar-benar pergi. Di tangannya tetap ada beratnya lukisan itu, sebagai kutukan, dan di hatinya—gemuruh kata-kata terakhirnya dan ketidakpastian yang menyakitkan, yang menggerogotinya. Saat itu pantai tampak kosong dan dingin baginya, seolah-olah sebagian dari jiwanya telah pergi bersamanya. Sekarang, bagaimanapun, dia tahu bahwa itu bukan bagian yang hilang, melainkan kebenaran yang terbangun dengan menyakitkan, yang merobek dagingnya.

Dia tetap tidak bergerak untuk waktu yang lama, menatap lingkaran-lingkaran neraka yang menyeramkan, mencari di dalamnya tidak hanya pantulan dari tragedi manusia, tetapi juga percikan harapan yang membimbing, meskipun redup, untuk penebusan. Setiap reruntuhan di sekitarnya seolah-olah membisikkan kata-katanya, setiap bayangan adalah hantu kerinduannya, dan dia, satu-satunya yang selamat di dunia yang hancur ini, menanggung seluruh beban tragedi mereka bersama. Penyesalan mengejarnya seperti predator, dan dalam lukisan neraka dia melihat penjaranya sendiri, yang sampai saat itu tidak disadari. Kematiannya bukanlah akhir, melainkan awal dari perjalanannya sendiri yang tanpa ampun melalui lingkaran-lingkaran rasa sakit dan kesadaran, yang tidak akan pernah berakhir.

BAB 29: WAHYU TENTANG TANTANGAN

Pada malam itu, ketika Melina membisikkan kenangan dari pertemuan mereka sebelumnya, dikelilingi oleh penderitaan yang panik, Natanael tidak merasakan apa-apa. Dia tidak berkedip. Tidak ada sedikit pun rasa sakitnya yang menembus baju besi es, yang telah dia tempa sendiri. Dia buta terhadap takdirnya sendiri, tuli terhadap gema masa lalu yang menusuk—hantu tak terlihat, yang tanpa ampun mengetuk pintu ingatannya yang tertutup. Saat itu dia hanya mematikan diri, ditelan oleh ilusi kehilangan kendali atas dirinya sendiri.

—-✶ ϛ ✶—-

Sekarang, dalam cengkeraman malam yang tak bernyawa, kata-kata Melina bergemuruh di kesadarannya. Itu bukan tuduhan, melainkan pisau-pisau yang dingin, halus, menusuk lapisan demi lapisan ketidakpeduliannya. Tiba-tiba, seperti kilat, yang membelah kegelapan, pikirannya terguncang. Sebuah gambar muncul—kabur, hampir hilang, tetapi dengan kekuatan yang hipnotis, mencekik.

—-✶ ϛ ✶—-

Perjalanan melalui Waktu

Halaman emas... tiang-tiang tak berujung, diukir dengan indah... aroma tebal, memabukkan dari bunga-bunga eksotis, terjalin seperti selendang tak terlihat di udara...

Itu bukan hanya penglihatan. Itu adalah kenangan. Berakar dalam-dalam, itu bangkit dari jurang kelupaan, untuk mengoyaknya. Dia melihat dirinya sendiri di pusat perangkap emas ini—seorang sultan yang angkuh. Dan dia... sosok yang lembut dalam pakaian putih, mata, meluap dari kasih sayang tanpa syarat dan... ketakutan yang tidak dapat dijelaskan, menusuk.

Sebuah adegan terbentang, menyakitkan, jelas. Sebuah argumen. Suaranya meninggi menjadi jeritan, memohon dengan putus asa. Kemarahannya, mengamuk seperti kebakaran hutan yang tak terkendali, membungkam segalanya.

Dia mengabaikan permohonannya, menghancurkannya. Dan kemudian... sebotol kecil. Cairan transparan. Racun. Aliran darah yang merah perlahan menetes di sudut bibirnya, meresap ke dalam kain putih, mekar seperti mawar berdarah. Dan kemudian, yang paling mengerikan—dia menjadi sunyi di tangannya.

Dengan lembut, tetapi tanpa ampun mencekik kehidupan, yang pernah dia sembah. Mengapa? Untuk menghentikan penderitaan? Miliknya? Atau lebih tepatnya miliknya? Untuk melarikan diri dari kerentanan, dari kekuasaan yang tak kenal ampun ini, yang dimiliki cinta atas dirinya? Untuk membunuhnya?

Kebenaran yang kejam terungkap di depannya dengan kejelasan yang tak tertahankan. Dia tidak hanya menolak cintanya—dia telah membunuhnya. Sekali di inkarnasi lain. Dan sekarang... untuk kedua kalinya, di masa kini, melalui ketidakpeduliannya yang tanpa jiwa. Pembunuh. Kesadaran yang menusuk ini menghancurkannya.

—·✶ ⚳ ✶—

"Apakah kau ingat, Natanael...?"

Suaranya. Tidak jelas, hampir tidak dapat dibedakan, tetapi menusuk setiap serat keberadaannya. Lagi-lagi cahaya dan gambar. Wanita yang sama. Mata hijau yang sama, tetapi sekarang gelap dari penderitaan yang tanpa harapan, terpaku padanya. Dia berbaring di ranjang rumah sakit, wajahnya adalah topeng dari kepucatan dan kelelahan. Tangannya, lemah dan gemetar, terulur ke arahnya, seolah-olah mencari sedotan terakhir.

"Apakah kau ingat halaman kami, kebun dengan mawar merah...? Cinta kami...?"

Di suaranya tersembunyi permohonan yang putus asa, upaya terakhir untuk membangunkan sesuatu yang tertidur jauh di dalam dirinya. Panggilan terakhir. Upaya untuk melawan amnesia jiwanya, untuk mengembalikannya ke cahaya, ke masa lalu mereka, yang telah menandai keabadian.

Dan dia... dia berdiri di sana. Dingin. Jauh. Tidak dapat mengenali percikan ikatan abadi mereka, yang bergetar di depannya. Kata-katanya adalah omong kosong yang tidak berarti, halusinasi. Dia siap untuk kehilangannya lagi, untuk menyangkal cinta ini, untuk membiarkan hidupnya padam, tanpa membangunkan satu sel pun dari ingatannya. Kebutaan ganda ini—di masa lalu dan di masa kini—adalah kutukannya. Penghakiman, yang diucapkan oleh dirinya sendiri.

—-✶ ⚳ ✶—-

Sekarang, di malam yang terisolasi, penderitaan menusuknya dengan kekuatan baru, tidak dikenal. Itu bukan hanya kehilangan seseorang, melainkan kehilangan seluruh keabadian. Kehilangan cinta gila itu, yang dia sendiri telah hancurkan.

Kata-katanya—"Bersabarlah atau menyerah..."—tidak lagi terdengar seperti penundaan. Mereka terdengar seperti ramalan. Dia telah menolaknya. Sekarang dia telah pergi. Selamanya. Penyesalan menghantamnya seperti kepalan tangan yang kotor, membelah baju besi ketidakpeduliannya. Setiap bagian dari keberadaannya menjerit kesakitan. Penderitaan yang murni, menusuk.

Dalam kegelapan Natanael akhirnya mengerti. Cinta bukanlah kelemahan, dari mana harus melarikan diri. Itu adalah kekuatan. Kekuatan, yang dia panik coba hancurkan, takut akan kerentanannya sendiri, akan kekuasaannya yang tak tertahankan. Sekarang, dalam ketidakadaannya yang total dan final, dia merasakan apa sebenarnya cinta—bukan getaran dan euforia, melainkan kesedihan yang dalam, menusuk dari kehilangan. Kesedihan, yang akan mengejarnya hingga akhir hari-harinya. Dia telah kehilangan semua yang benar-benar penting. Korban di altar ketakutannya.

Wahyu. Wahyu yang menyakitkan, menghancurkan. Dia melihat dirinya yang sebenarnya. Bukan sultan yang kuat. Bukan pria tanpa perasaan, yang dia pura-pura. Melainkan pembunuh cinta, dikutuk untuk isolasi abadi, dihantui oleh hantu dari kasih sayang yang gila, yang hilang. Dan dalam kesendirian yang mengerikan ini, untuk pertama kalinya dia benar-benar menangis. Untuknya. Untuk mereka. Untuk keabadian, yang dia hancurkan sendiri. Air matanya pahit, diresapi dengan tahun-tahun penolakan. Mereka membakar seperti timah cair di pipinya, mencuci sisa-sisa keangkuhannya yang pernah ada. Air mata wahyu.

Untuk kekuatan cinta tanpa syarat, yang telah dia tolak. Kata-katanya, yang pernah diabaikan, sekarang menyatu dengan mimpi buruk malamnya. Tarian tanpa akhir di keabadian. Mereka berputar-putar di kesadarannya seperti bayangan hantu... pengingat abadi tentang apa yang telah dia hilangkan, dan tentang apa yang tidak akan pernah dia dapatkan kembali. Di perbatasan antara mimpi dan kegilaan, Natanael berhadapan dengan kebenaran terbesarnya: Dia sendiri yang telah mengkodekan jiwanya. Menolak wahyu tentang kekuatan cinta tanpa syarat, dia telah mengutuk dirinya sendiri. Sekarang dia tahu.

BAB 30: FRAGMEN NASIB

Sembilan setengah tahun yang lalu. Kamar hotel di Betlehem. Melina...

Kenangan bangkit seperti gelombang pasang, membawa bukan rasa sakit, melainkan sentuhan lembut angin di kulit saya—membelai, alih-alih menyengat. Di depan mata saya muncul gambar-gambar cerah: matahari terbenam, diwarnai dengan nuansa yang mustahil—ungu, merah menyala, biru—yang tidak pernah saya lihat di Bumi. Tempat-tempat yang memikat, kota-kota yang tidak dikenal, membisikkan rahasia kuno, yang seolah-olah saya kenal dari ribuan tahun, dari kehidupan lain.

Kenangan bukanlah kupu-kupu, melainkan kawanan burung liar, yang menyerang saya dengan teriakan dan mengambil alih setiap serat keberadaan saya. Saya merasa. Saya mengalami. Lagi dan lagi. Bukan gulungan film yang memudar, melainkan kehidupan, berdenyut di darah saya, lebih cerah, lebih jenuh dari sebelumnya. Mungkin di sana... di ruang aneh kebebasan ini... kesendirian hanyalah mimpi buruk yang jauh. Mungkin di sana... saya akan menemukan bukan setetes, melainkan lautan cinta, yang akan menelan saya. Mungkin... di sana saya akan ada. Sungguh. Bebas. Seolah-olah napas terakhir ini bukanlah akhir, melainkan awal—pintu ke dimensi lain, di mana rasa sakit adalah ilusi, dan cinta—satu-satunya, realitas abadi.

Kau, Natanael, tidak tahu. Sebelum saya bertemu denganmu... saya adalah pandai besi dari takdir saya sendiri. Palu saya bergemuruh dalam kehampaan, membungkam keputusasaan. Setiap malam saya yang haus darah, setiap fajar tanpa tidur, saya menempa jalan saya melalui duri dengan pikiran yang tajam, mencukur, dengan kemauan yang tak tergoyahkan dan pesona, yang tidak pecah. Hidup saya adalah pandai besi yang tanpa ampun. Pukulan demi pukulan.

Tetapi tidak ada yang... tidak pernah melihat esensi saya yang sebenarnya di balik topeng. Saya? Saya adalah seorang aktris, ditakdirkan untuk drama tanpa akhir tanpa penonton, hanya dengan sutradara yang berganti, yang namanya sudah tidak saya ingat lagi, dan mitra yang memudar, yang wajahnya menyatu menjadi latar belakang yang monoton. Sekarang, bagaimanapun... adegan terakhir. Sendirian. Tanpa topeng. Tanpa peran. Telanjang hingga ke tulang, hingga kebenaran yang menyakitkan itu, yang saya simpan sebagai getaran terakhir dari jiwa saya.

Dan kau... kau ada di antara penonton. Apakah kau benar-benar melihatku? Atau kau hanya menonton pertunjukan lain, mengharapkan kebohongan baru, pose baru? Mungkin sekarang, ketika saya berada di ambang menghilang, ketika saya tidak punya apa-apa untuk hilang selain kekosongan saya sendiri, saya bisa menunjukkan kepadamu wajah saya yang sebenarnya, tanpa takut akan penilaianmu, akan tatapanmu, yang selalu menusuk saya. Dari jurang terdalam jiwa saya muncul kesedihan yang terpendam, keputusasaan yang mencekik, yang menarik saya ke bawah seperti rantai jangkar.

—✶ ♀ ✶—

Masa lalu... itu hidup, berdenyut di dalam diri saya, bukan sebagai luka, melainkan sebagai kenangan yang terus membara, yang menahan saya di tepi jurang. Tidak ada yang datang dengan mudah kepada saya, tidak ada yang melewatkan saya. Saya tidak dihindarkan dari rasa sakit—itu adalah bagian dari jalan saya, setiap langkah mengukir jejak berdarah. Saya tidak mendapatkan apa pun tanpa harga, tetapi harganya tidak seperti yang kau tawarkan kepadaku. Kau ingin membeli tujuh tahun dari hidupku?! Hidupku? Milikku?! Tapi bisakah, kau membayar harganya?!

Apakah itu harus begitu rumit? Tidak, itu hanya harus begitu. Apakah saya punya pilihan? Selalu. Saya selalu punya pilihan, bahkan ketika saya yang paling lemah, bahkan ketika saya yang paling sendirian.

—✶ ♀ ✶—

Tahun-tahun berganti seperti adegan drama...

Saat itu musim panas. Setiap musim panas—sebuah desa. Tanah itu hangat, hitam dan lembab di antara jari-jari kaki saya yang telanjang. Itu berbau jerami, lumbung, bensin dari mesin paman, aprikot. Di udara selalu ada suara—dari lalat, dari traktor yang jauh, dari radio kakek, yang bergemuruh di dapur dengan suara-suara "satu-satunya kebenaran". Saya adalah seorang anak di masa totaliter, tetapi saya belum mengerti apa artinya itu. Saya hanya tahu bahwa ada hal-hal yang tidak diucapkan. Bahwa kakek berdiri tegak, ketika "pria itu" berbicara di radio. Dan bahwa ibu memalingkan muka, ketika saya bertanya kepadanya mengapa nenek menculik saya, untuk membawa saya ke gereja dan membaptis saya.

Tetapi di antara larangan-larangan ini saya hidup bebas—saya bermain dengan anak laki-laki, yang menerima saya sebagai setara, karena saya mengendarai sepeda tanpa tangan dan menembak kaleng dengan senapan angin dari panah, lebih baik dari mereka. Dan karena saya adalah satu-satunya, yang berhasil menjinakkan keledai sendirian—makhluk yang keras kepala, berbulu, yang tidak mendengarkan siapa pun, kecuali saya. Saya menamainya Spartacus.

—✶ ✶—

Di sekolah saya adalah seorang ajaib. Saya membaca dengan rakus—ensiklopedia, novel, formula matematika, saya bahkan mencoba belajar bahasa Jepang dari novel "Shogun". Saya menelan buku-buku seperti anak-anak lain makan wafel—dengan tidak sabar, dengan kebutuhan. Guru-guru memuji saya, lalu mereka takut—karena saya mengajukan pertanyaan, yang "bukan untuk usia saya". Teman-teman sekelas saya memuja saya, karena saya selalu mengambil semua tanggung jawab dan kepemimpinan, tetapi mereka tidak pernah memahami saya.

Dan saya tidak bisa berhenti—saya ingin tahu. Bukan karena saya ingin menjadi pintar, melainkan karena hanya pengetahuan yang menenangkan saya—seperti mantra. Impian saya hanya satu—menjadi seorang arsitek. Untuk menggambar dunia, untuk menciptakan ketertiban di mana kekacauan berkuasa. Saya bisa menghabiskan berjam-jam, terpaku pada selembar kertas, dengan pensil dan kompas, merancang rumah-rumah, yang tidak ada—dengan terowongan, tangga tersembunyi, dan atap kaca, dari mana bintang-bintang terlihat. Saya membangunnya pertama-tama dari kata-kata. Kemudian dari garis. Saya percaya bahwa jika saya membangun rumah yang tepat—saya akan menemukan tempat, di mana saya akan merasa di rumah. Tetapi tempat seperti itu belum ada.

—✶ ⚥ ✶—

Sembilan belas tahun—saat itulah sesuatu yang tidak pernah "direncanakan" terjadi: kehidupan dimulai di dalam diri saya. Tes di kamar mandi. Lantai yang dingin di bawah kaki saya. Perasaan, bahwa tubuh saya tidak lagi milik saya—dan bahwa di dalamnya tumbuh tanggung jawab, lebih besar dari semua impian masa kecil saya. Belajar adalah semua yang saya miliki—dan semua yang tenggelam. Saya memiliki anak di dalam rahim saya dan cinta, yang tidak bisa saya miliki. Saya memiliki begitu banyak impian. Tetapi kenyataan tidak datang seperti longsoran salju, melainkan sebagai pelajaran, yang tidak meminta perhatian—mereka hanya datang. Saya bekerja shift malam, tertidur di ruang kuliah, menangis di lift. Saya mendengarkan bagaimana anak di dalam diri saya tumbuh, dan di dalam diri saya—sesuatu yang lain sekarat: kepolosan, keringanan, kehausan tak berujung itu. Mereka tidak membunuhnya, tetapi mereka menenggelamkannya. Namun saya tidak pecah. Bukan karena saya kuat. Melainkan karena saya tidak punya pilihan lain.

—✶ ⚥ ✶—

Dia. Ayah dari anak saya. Bukan hanya pengusaha yang berpengaruh, melainkan pusaran. Empat tahun gairah, air terjun petualangan, tawa, perjalanan ke tempat-tempat eksotis. Dia pergi... bukan dari saya, melainkan dari dunia ini secara prematur—baru berusia 33 tahun, meninggalkan saya sendirian dengan kenangan, yang mengoyak daging saya dengan nostalgia untuk sesuatu, yang tidak akan pernah kembali. Cinta kami—bergejolak seperti elemen laut, dipenuhi dengan kesenangan, muda dan ceria. Cinta saya menelan, tanpa kata-kata. Dia menjanjikan perceraian, dia merawat saya, kami. Tetapi perceraian formal akan membuatnya kehilangan kekayaan. Saya tidak menderita karena itu—saya memiliki dia, saya memiliki cintanya, saya memiliki kebahagiaan, yang tidak saya duga begitu cepat berlalu, padahal sebenarnya abadi—selamanya terjalin di dalam diri saya.

—✶ ⚥ ✶—

Suatu malam. Saya menjadi saksi yang tidak disengaja, dan kemudian saya merasakan kekejaman hidup dalam nuansa penuhnya. Lingkungan, di mana kami bergerak, berbahaya, kotor, penuh dengan pelanggaran. Berkali-kali, alih-alih bersembunyi, saya dengan sembrono bergegas untuk memisahkan, untuk menyelamatkan, untuk melindungi yang lebih lemah, dipimpin oleh semacam dorongan yang tidak terkendali untuk keadilan, yang membakar di dalam diri saya seperti api. Saya tidak bisa terbiasa dengan kekerasan, dengan apati dan ketakutan, yang menggerogoti jiwa orang!

Saya melihat terlalu banyak untuk usia saya yang rapuh—pemukulan, pemerkosaan, penghinaan yang merendahkan, perkelahian mabuk, darah, pukulan, kematian... Gambar-gambar ini menancap di kesadaran saya sebagai cap-cap gelap, yang tidak akan pernah pudar. Mereka ada di sana, hidup, berdarah. Itu adalah malam yang tegang lainnya. Seorang bos narkoba yang berpengaruh memukuli seorang polisi dengan kejam. Mereka mengancam saya secara terbuka untuk diam. Kerabat polisi yang terluka itu bersikeras agar saya mengatakan kebenaran di pengadilan. Saya sangat yakin bahwa harus ada keadilan dan legalitas. Saya naif percaya bahwa saya memiliki punggung yang kuat, perlindungan teman-teman yang berpengaruh. Namun saya segera menjadi satu-satunya saksi. Kasus itu berubah menjadi lelucon, teater absurd yang tidak berarti, di mana kebenaran mati. Dengan uang yang solid, preman itu melarikan diri. Saya sendirian melawan sistem yang korup, yang tanpa malu telah meninggalkan saya, meludahkan saya seperti sampah yang tidak berguna.

Pengejaran menjadi rutinitas yang memberatkan, dan ancaman—soundtrack yang konstan, menyeramkan, yang bergemuruh di kesadaran saya, mencegah saya bernapas. Saya seperti mangsa, terkunci di dalam sangkar, tanpa harapan untuk keselamatan. Keadilan memiliki harga yang tinggi, yang tidak bisa saya bayar. Saya menemukan diri saya dalam pusaran pelanggaran hukum, di mana setiap langkah saya mendekatkan saya pada kehancuran.

—✶ ⚸ ✶—

Suatu malam yang menyeramkan. Hidup saya berubah menjadi mimpi buruk, dan kematian menari di sekitar saya. Rem mobil gagal. Jeep, berubah menjadi rudal mematikan, tidak terkendali, menabrak jembatan dengan suara keras. Logam mengikis, melengkung, menjerit. Kemudian gemuruh—dan kami terbang ke bawah, ke air yang bergejolak, dingin. Lampu depan, seperti bintang yang sekarat, perlahan tenggelam ke dalam kedalaman yang gelap, sementara di seberang, saksi yang tanpa suara dan tenang dari kecelakaan yang mengerikan, berdiri mobil orang yang memesan, yang lampu depannya seperti mata iblis, dengan dingin mengamati bagaimana kehidupan kami padam. Bantuan datang, tetapi sudah terlambat. Kecelakaan itu brutal, tanpa ampun...

Potongan-potongan logam, air, darah, dan keheningan, yang menelan segalanya, bahkan jeritan jiwa saya. Saya melihat momen ini lagi dan lagi. Saya mengemudi. Mungkin naluri untuk bertahan hidup menang. Atau takdir. Atau semacam tangan tak terlihat memaksa saya untuk bereaksi. Namun teman saya terlempar tak berdaya melalui kaca depan yang pecah. Suara kaca pecah, lalu benturan tumpul. Dan keheningan. Sebelum tubuhnya terbang, untuk sesaat mata kami bertemu. Tatapan terakhirnya. Tatapan itu, di mana ada segalanya—dan pengampunan, dan tuduhan.

Dan mungkin... tidak ada apa-apa. Dia tidak selamat. Meninggalkan saya sendirian selamanya dengan luka yang tidak sembuh ini, yang berdenyut dengan setiap detak jantung saya, mengingatkan saya padanya. Kematian... Dia telah menyentuh saya, tetapi mengambil dia. Mengambil sebagian dari saya selamanya.

BAB 31: KEBANGKITAN DARI KEGELAPAN

Lama, tak berujung lama saya terbaring di rumah sakit. Hancur berkeping-keping, tidak bernyawa, tenggelam dalam koma yang dalam. Berbulan-bulan perawatan yang menyiksa. Perlahan dan sulit saya pulih secara fisik, tetapi secara internal saya selamanya lumpuh, seolah-olah sebagian dari jiwa saya telah dirobek dengan parang.

Orang tua saya membawa saya dan anak itu ke rumah mereka, di kota asal saya. Seolah-olah mereka ingin menyembunyikan saya dari seluruh dunia yang kejam, untuk melindungi saya dari rasa sakit yang menggerogoti. Saya sendiri bersembunyi darinya, tenggelam dalam kesedihan saya. Saya tidak bisa dan tidak ingin menunjukkan diri kepada siapa pun. Saya tidak ingin melihat cahaya hari, matahari, atau wajah orang-orang, yang mengingatkan saya pada kehidupan, yang tidak lagi saya jalani. Saya mati pada malam itu. Jiwa saya runtuh dan mati bersamanya... dengan sebagian dari jiwa saya.

Selama bertahun-tahun saya tidak bisa benar-benar mengucapkan selamat tinggal pada cinta kami yang besar dan berapi-api. Saya padam untuk dunia, seolah-olah saya juga terseret ke dalam kematiannya yang tanpa waktu... Jauh di dalam jiwa saya, dengan kata-kata yang berdarah, saya menulis surat perpisahan ini dan selamanya menjaga luka yang tidak sembuh ini, yang berdenyut dengan setiap pengingat masa lalu, untuk membuat saya tetap terjaga.

—✶ ⚸ ✶—

"Apakah kau merasakan api ini, yang membakar saya? Saya ingin berteriak 'Aku mencintaimu', hingga teriakan saya merobek ruang di antara dunia. Kesedihan tersangkut di tenggorokan saya seperti benjolan, dan pikiran tentang semua yang tidak terpenuhi... Saya tidak menerima kehilanganmu. Saya tidak akan menanggung satu momen pun tanpamu. Saya akan mengikutimu, tanpa ragu, tanpa takut. Saya tidak bisa kehilanganmu, saya tidak bisa mengucapkan selamat tinggal. Saya tidak ingin hidup hanya dengan kenangan, itu tidak cukup. Saya tidak tahan dengan diri saya sendiri tanpamu... Seratus kali lebih banyak penderitaan akan saya tuangkan, jika itu bisa membawamu kembali! Hanya janjikan saya bahwa di kehidupan berikutnya kau akan menemukan saya. Janjikan bahwa kita akan bersama lagi dan saya akan percaya padamu, saya akan menunggumu, saya akan mencarimu melalui keabadian. Tolong, jadilah milikku selamanya..."

—✶ ⚸ ✶—

Dalam kesadaran saya, yang perlahan kembali dari jurang koma, muncul ruang rumah sakit. Sebelum saya membuka mata, selimut es dari kehilangan menyelimuti saya. Kekhawatiran mencengkeram jiwa, mengubahnya menjadi simpul penderitaan yang tanpa bentuk. Tatapan saya yang keruh nyaris tidak menangkap cahaya lampu yang kabur di atas saya. Saya mencoba mengusir senja, tetapi beban yang tak tertahankan menekan kelopak mata saya—seolah-olah seluruh dunia telah menimpa mereka.

Rasa sakit yang tajam dan menusuk merobek dada, kaki, bahu—setiap serat tubuh saya menjerit. Kepala saya berat, menolak untuk terangkat. Setiap gerakan adalah siksaan. Saya menggertakkan gigi—saya ingin berteriak dari kengerian dan penderitaan fisik, tetapi tenggorokan saya menciut, kering. Saya menjadi sunyi. Saya mendengarkan. Keheningan hanya dirobek oleh suara berdecit monoton dari mesin. Napas mereka yang teratur seolah-olah menghitung momen-momen terakhir saya. Saya merasakan sentuhan lengket dari kabel EKG, tabung dingin dari infus, menancap di pembuluh darah. Bau antiseptik—tajam, kimia, asing—menusuk lubang hidung saya. Suara berdecit ini, bau ini—mereka mengingatkan saya, bahwa saya bernapas. Bahwa saya masih di sini. Dengan usaha saya mencoba menenangkan diri.

—✶ ʢ ✶—

Dalam kesadaran saya yang terkoyak muncul kenangan pucat dari kecelakaan itu: cahaya terang, tenggelam di dalam air dingin dan hitam, yang menelan saya. Pecahan kaca kembali mengiris kulit saya. Rasa sakit yang tajam dan merobek, tidak hanya fisik, melainkan juga emosional yang dalam. Kemudian semuanya dipenuhi dengan darah yang kental. Sirene melolong seperti hantu di kejauhan... dan saya kembali tenggelam dalam kegelapan yang menenangkan, menjanjikan kelupaan.

Dalam senja mimpi kesadaran saya, saya melihat gambarmu, Alex. Kau menjauh. Memudar menjadi bayangan hantu. Melarutkan diri ke dalam ketiadaan.

Saya mengulurkan tangan yang gemetar untuk menahanmu, untuk menarikmu keluar dari jurang tak berdasar. Tetapi kau tanpa ampun terbang pergi, hilang dalam cahaya dingin keabadian. Saya tahu. Saya merasakan dengan seluruh keberadaan saya: kau sudah tiada! Saya jauh, sangat jauh, dan sendirian! Sendirian dalam kengerian ini, di ruang yang aneh dan dingin ini, yang menggerakkan saya tanpa kendali seperti pusaran air—itu membawa saya, menyelimuti saya dengan cengkeraman es dan melemparkan saya ke dasar neraka. Kau tidak ada di samping saya. Tidak ada yang bisa menyelamatkan saya dari neraka pribadi ini, dari penderitaan ini! Hanya rasa sakit yang tajam dan menusuk yang merobek dada saya, seolah-olah itu selamanya meninggalkan luka terbuka—sebuah portal menuju penderitaan yang tak berujung.

—✶ ʢ ✶—

Saya mendengar suara-suara yang teredam. Bayangan yang tidak jelas bergerak di sekitar saya, seperti figur hantu di kabut. Saya mencoba lagi untuk membuka mata—saya melihat siluet yang kabur, yang menari di sekitar saya. Saya merasakan rasa sakit yang tak tertahankan dan berdenyut, yang membakar saya dari dalam. Saya diam-diam menelan erangan, saya mencoba menggumamkan sesuatu, tetapi suara saya lemah dan terputus-putus. Dalam kesadaran saya mengkristal pikiran yang menyiksa: saya hidup, di rumah sakit. Ini dia, saya masih bernapas, saya masih ada.

Perasaan aneh akan keamanan, akan harapan yang tidak dapat dijelaskan, menenangkan saya untuk sesaat. Saya berbaring, ditelan oleh rasa sakit.

BAB 32: KEHENDAK PHOENIX

"Pertama pemulihan fisik... kemudian yang lainnya..."—saya mendengar suara dokter dari suatu tempat yang jauh. Tetapi waktu bukanlah sekutu saya. Tidak ada "setelah". Anak saya membutuhkan saya sekarang. Dan saya... saya bahkan tidak bisa bergerak. Saya tidak bisa melindunginya. Itu menyakitkan! Semuanya menyakitkan saya tak tertahankan... Saya dengan panik berpikir tentang bagaimana mengatasi rasa sakit yang mengerikan ini, bagaimana menjinakkannya, agar saya tidak mengeluarkan erangan. Agar saya tidak menyerah pada kelemahan. Saya tidak pernah menyukai orang yang lemah dan mengerang, saya selalu membenci mereka—dan sekarang saya tidak bisa membiarkan diri saya menjadi salah satunya. Dalam kabut kesadaran saya tiba-tiba muncul sebuah frasa: "Setiap orang mengalami rasa sakitnya sendiri, tidak ada yang menderita untuknya." Saya mengulanginya pada diri saya sendiri seperti mantra, seperti satu-satunya kebenaran, yang penting.

Saya tidak tahu dari mana itu datang, mungkin alam bawah sadar saya, kekuatan tersembunyi saya, menanggapi. Ya, itu menyakitkan saya seperti binatang buas, hingga gila, tetapi saya harus menahannya, untuk bertahan. Bahkan jika saya berteriak, siapa yang akan mengambil sebagian dari rasa sakit saya? Bahkan jika saya menangis, siapa yang akan menderita untuk saya? Tidak ada. Saya sendirian dalam pertempuran ini. Saya menggigit bibir saya hingga berdarah. Rasa garam dan besi memenuhi mulut saya. Saya membuka mata. Dokter telah membungkuk di atas saya. Wajahnya kabur, tetapi senyumnya—mendorong, seperti matahari terbit.

"Dokter, saya ingin hidup!"—kata-kata itu keluar seperti bisikan, tetapi dengan semua kekuatan dari keinginan yang baru ditemukan dan mengguncang. Ya, pada momen yang menentukan ini, terlepas dari rasa sakit yang mengerikan, terlepas dari keinginan putus asa saya agar itu berhenti, saya tiba-tiba dengan kuat, sangat gila kuat ingin hidup. Untuknya. Untuk diri saya sendiri. Untuk makhluk kecil itu, yang menunggu di suatu tempat.

Rasa sakit jiwa tidak memiliki dimensi. Itu tak berujung, tak terpuaskan, merobek. Saya hanya bisa mengalaminya sendiri, terkunci di dalam diri saya, di dalam kotak dari daging dan tulang ini. Itu sangat kuat dan tahan lama, meninggalkan jejak yang dalam, tidak sembuh—bekas luka di jiwa saya. Itu tidak akan pernah bisa benar-benar disembuhkan, hanya bisa diterima.

Seluruh esensi saya mengerang dan berteriak tanpa suara. Di kepala saya berdentum gemuruh yang tumpul, dan di tenggorokan tersangkut batu yang menyakitkan, yang tidak bisa saya telan. Saya mulai tercekik. Saya tidak bisa mengeluarkan teriakan, hanya air mata dingin yang mengalir tanpa henti, membakar kulit saya. Saya berteriak tanpa suara. Saya mengerang tanpa daya, dan bibir saya tidak bergerak, seolah-olah lumpuh. Hati saya pecah berkeping-keping dan saya melihat bagaimana setiap bagian terbakar dalam nyala api yang cerah, dan kemudian abu tersebar, dibawa oleh angin dingin kelupaan.

Rasa sakit eksistensial tidak mentolerir pembayaran, tidak mengenal kenyamanan, tidak menerima pengampunan, tidak ada obat. Itu adalah hukuman, yang harus Kau tanggung sampai akhir. Dan hidup tidak memberi saya belas kasihan, juga tidak ada kesempatan untuk menghindarinya. Saya harus mengalaminya sampai ke dasar—sendirian, jauh di dalam diri saya, hingga itu menjadi bagian yang tidak terpisahkan dari saya. Hingga kita menyatu selamanya menjadi satu. Rasa sakit ini tanpa ampun menghanguskan tubuh dan jiwa saya. Dan saya terbang tanpa ragu ke arahnya, mengikutinya tanpa rasa takut ke dalam keabadian, ke dalam kegelapan itu, dari mana tidak ada yang kembali. Saya harus menemukannya lagi, menyentuhnya, bersamanya... Kemudian... waktu menciut seperti binatang yang ketakutan. Saya tidak lagi jatuh—saya larut. Saya adalah sungai, yang lupa mengalir. Saya adalah suara, yang tidak akan pernah terdengar lagi. Seluruh esensi saya dipenuhi lagi, tetapi kali ini dengan ketakutan yang dingin dan membekukan... Ketakutan akan kebangkitan. Ketakutan akan hidup tanpanya. Ketakutan akan Phoenix, yang harus bangkit dari abu saya sendiri.

—✶ ⚸ ✶—

Dalam realitas ruang rumah sakit, waktu meregang. Detik-detik—resin kental, mengalir perlahan di kulit kesadaran. Rasa sakit di dada saya berdenyut dalam irama jantung—seperti palu baja, menancap ke setiap serat. Udara adalah pisau, dan bernapas—pertempuran. Saya melihat tubuh saya. Hancur. Kaki—tidak bergerak. Tangan—ditusuk oleh sistem. Perut dan dada—dalam cengkeraman kejang. Kepala—berdenyut, berat, terkoyak oleh teriakan internal. Tetapi yang paling menyakitkan adalah tatapan.

Di samping saya—Eitan. Jari-jari kecilnya gemetar, menancap di tangan saya. Mata kecilnya, besar dan berat dengan kekhawatiran, tidak melepaskan saya. Dia tidak tahu segalanya, tetapi dia merasakan segalanya. Ibunya tidak lagi sama. Saya ingin tersenyum. Untuk memeluknya. Untuk mengatakan: "Itu akan berlalu." Tetapi saya terkunci di dalam tubuh saya. Saya adalah bayangan. Rasa sakit di hati saya lebih tak tertahankan dari rasa sakit di tulang. Apa yang saya lakukan padanya? Bagaimana saya melibatkannya dalam hal ini? Berapa banyak lagi yang bisa saya tanggung, tanpa pecah?

—-✶ ʢ ✶—-

Ketakutan. Tajam. Membekukan. Itu membekukan segalanya. Udara menjadi lebih padat dengan setiap napas. Kengerian mencengkeram tulang rusuk saya. Saya tidak bisa berteriak. Saya tidak bisa membela diri. Kepanikan adalah seperti racun, menyebar di kesadaran saya. Akankah saya mati di sini? Sendirian? Dan yang lebih menakutkan: Jika saya mati... saya akan meninggalkannya sendirian. Ketakutan yang dingin mengakar. Berubah menjadi teman konstan. Dan saya tetap—tanpa arah, tanpa pertahanan, hanya dengan denyut nadi yang marah, membangkang.

Anak laki-laki saya. Matahari saya. Matanya menangis tanpa suara. Dia menekan dirinya ke arah saya—putus asa, dengan kekuatan, seolah-olah dia takut akan kehilangan saya lagi. Saya tidak bisa memeluknya. Tangan saya tidak bergerak. Tubuh saya—penjara. Dan dia... menangis karena saya. Makhluk kecil, tidak bersalah. Dan luka ini—adalah miliknya. Karena saya. Saya adalah dukungannya. Dan sekarang—bayangan yang sunyi. Saya melihat diri saya sendiri. Belat. Perban. Luka. Hati, yang berdenyut... tanpa arah.

Di dada saya—kemarahan yang mengamuk. Bukan keyakinan. Bukan harapan. Kemarahan. Tanpa suara, dalam. Pertama—kepada diri saya sendiri. Karena saya tidak bisa menghiburnya. Kemudian—kepada dunia. Karena itu mengambil segalanya dari saya: Alex, hidup saya, kekuatan saya. Saya gemetar karena marah. Gunung berapi internal, yang tidak bisa meletus. Hanya air mata saya yang berbicara. Setiap tetes—teriakan. Setiap air mata—kenangan. Setiap momen—rasa sakit. Tetapi saya harus bertahan. Untuknya. Untuk anak itu. Untuk anak laki-laki, yang matanya berteriak ketakutan. Dia membutuhkan saya. Dan saya... saya harus hidup. Saya kembali. Dari dasar neraka. Untuk menjadi seorang ibu.

Eitan. Namanya adalah doa. Sunyi, panas. Dia adalah kelanjutan saya. Satu-satunya benang antara saya dan dunia ini. Saya menatapnya lagi—berjongkok di samping saya, dengan mata merah dan hati, berdetak dalam irama kasih sayang yang tanpa suara. "Aku akan kembali," bisik saya. "Aku akan menjagamu." Seperti dia menjaga saya. Dan kali ini... saya memercayainya.

—✶ ⚳ ✶—

Rasa bersalah tidak berhenti menggerogoti saya. Saya memilih untuk bertarung. Saya membuat keputusan untuk tidak menyerah. Saya mengambil risiko ini. Dan sekarang—saya kehilangan dia. Tidak ada pembenaran. Tidak ada penjelasan, yang akan menghapus rasa bersalah ini. Tidak ada pengampunan, yang akan membebaskan saya darinya. Rasa bersalah. Itu mencengkeram saya dalam jerat es, besi, yang mengencang semakin keras. Semakin saya berjuang, semakin dalam saya tenggelam dalam cengkeramannya. Bahkan di bawah pengaruh anestesi, pikiran tidak berhenti. Seperti burung yang gila, mereka menghantam dinding kesadaran saya, merentangkan sayap, memukul, menggores, dan tidak menemukan jalan keluar.

Dalam tidur ringan—atau mungkin sudah dalam keadaan mengigau—kau berada di samping saya. Jelas. Nyata. Tersenyum. Tanganmu menyentuh tangan saya. Saya merasakan kehangatanmu. Saya mendengar suaramu. Di sana, pada momen yang tidak nyata, tetapi menyakitkan ini, kami berbicara: "—Saya tidak menyerah di hadapan ancaman—kau melindungiku." "—Saya berjuang untuk kebenaran—kau adalah dukungan saya." "—Saya berdiri di depan pengadilan—kau berdiri di samping saya." "—Saya mempertaruhkan segalanya—kau mengambil risiko denganku." "—Saya mengemudikan mobil terkutuk itu—kau kehilangan nyawamu."

—✶ ⚳ ✶—

Dialog Virtual.

Menyakitkan. Merobek: "—Kenapa? Kenapa kau, bukan aku?" "—Karena aku mencintaimu lebih dari hidupku. Dan aku tidak menyesal." "—Tapi saya... saya yang salah." "—Tidak. Kau berani. Kau berjuang. Salahnya bukan milikmu. Kau mencintaiku tanpa syarat, hingga akhir. Tapi kenapa kematian mengambilmu, dan meninggalkan saya di neraka ini? Kenapa saya harus tetap hidup, untuk menggeliat dalam siksaan ini? Saya masih anak-anak—tanpa tangan, tanpa perlindungan, sendirian, dan sangat hilang tanpamu. Tolong, kembalilah... kembalilah kepadaku..."

Saya sendiri yang menjatuhkan hukuman pada diri saya sendiri—bersalah selamanya. Saya tidak membutuhkan pengadilan lain. Saya sendiri yang menuduh diri saya sendiri. Saya mengeluarkan hukuman mati. Dan saya sendiri yang melaksanakannya—setiap hari, setiap detik. Semua yang terjadi, adalah salah saya. Saya adalah orang yang naif, yang tidak mundur dari prinsip-prinsipnya untuk keadilan. Saya tetap dalam pertempuran ini, terlepas dari ancaman. Saya tahu konsekuensinya. Saya tahu risikonya. Tetapi saya tidak menyadari kedalaman jurang. Untuk apa saya berjuang? Siapa yang saya kalahkan? Siapa yang akan mengembalikan hidupmu? Kenapa kau, bukan aku? Bukankah keadilan ada di pihak saya? Bukankah saya melakukan hal yang benar? Dan sekarang apa yang saya miliki? Hanya konsekuensi terkutuk ini, yang mencekik saya dengan setiap napas.

—✶ ✶—

Rasa bersalah itu seperti es hitam, yang meluas di dalam diri saya, menguasai setiap pikiran, setiap emosi. Saya menunggu hukuman saya. Saya menghukum diri saya sendiri dengan celaan, dengan tuduhan yang menggerogoti. Saya kehilanganmu. Saya juga kehilangan diri saya sendiri. Saya sudah tidak ada lagi. Saya hanyalah bayangan—pantulan pucat dari kehidupan, yang kita hilang. Terbakar habis dari ketakutan, rasa bersalah, dan kemarahan yang tak berdaya, jiwa saya perlahan terbakar menjadi abu. Saya tahu itu. Saya merasakannya. Rasa sakit itu menyembur di dalam diri saya seperti mata air yang tak berdasar. Saya hanya ingin menutup mata. Untuk menyerah. Untuk meluncur ke dalam kegelapan mutlak.

Saya perlahan menutup kelopak mata. Jiwa saya terlepas dari tubuh—ringan, tanpa berat. Saya merasakan bagaimana tangan dingin kematian menarik saya. Dan saya tidak lagi takut. Di sini anehnya tenang. Tidak ada rasa sakit. Tidak ada kemarahan. Kegelapan menelan saya. Tenang, menyeluruh, hangat. Tetapi jauh di dalam diri saya, saya tahu... Itu bukan waktu saya. Saya berusia dua puluh dua tahun. Momen ini bukanlah akhir. Saya harus melewati ini. Untuk mengumpulkan pengalaman rasa sakit, pelajaran penderitaan. Tetapi saat itu... semuanya hanyalah kegelapan. Hanya rasa sakit. Hanya rasa bersalah. Hanya kesedihan.

—-✶ ☫ ✶—-

Dimulailah bulan-bulan panjang perjuangan dengan diri saya sendiri. Rasa sakit tidak mereda. Operasi-operasi lain menunggu saya, hari-hari rumah sakit lainnya, malam-malam tanpa tidur lainnya. Satu-satunya yang menopang saya adalah citra anak laki-laki kecil saya—matanya, tangan-tangan kecilnya, keberadaannya, selamanya ditandai oleh semua yang saya lakukan padanya. Kasih sayang untuknya, tanggung jawab atas hidupnya, dan rasa bersalah yang membakar membuat saya tetap terjaga.

Bulan-bulan berlalu. Musim-musim berganti. Dan kau tidak ada. Rasa sakit yang tajam dari kehilangan yang segar telah berubah menjadi kekosongan yang dingin dan mengganggu. Luka es di jiwa saya tidak sembuh. Itu hanya melebar, mencengkeram hati saya seperti cengkeraman tak terlihat. Dengan usaha yang besar saya bangkit. Saya mencoba mengumpulkan potongan-potongan hidup saya yang tersebar. Saya bekerja hingga kelelahan. Saya belajar. Saya bertindak. Saya lari dari setiap menit luang, yang bisa meninggalkan saya sendirian dengan pikiran saya. Hanya kelelahan fisik total yang memberi saya tidur singkat—pelarian dari neraka batin.

—-✶ ☫ ✶—-

Setiap malam, ketika Eitan tertidur, saya tetap sendirian dengan diri saya sendiri. Saya duduk di samping tempat tidurnya, di bawah lampu malam, memegang tangan kecilnya di tangan saya dan membelai rambut pirangnya—yang sama seperti milikmu. Saya menulis. Surat-surat panjang, diresapi dengan rasa sakit dan air mata. Halaman-halaman menjadi basah, meninggalkan noda yang kabur, seperti cetakan yang hancur dari jiwa saya. Di pikiran saya hidup kembali setiap senyummu. Saya mengingat suaramu, tatapanmu, belaianmu. Saya mengingat setiap getaran jari-jarimu, bisikan lembutmu, tanganmu yang penuh perhatian, yang selalu melindungi saya dari badai. Saya mengingat kata-katamu: "—Aku mencintaimu. Kau adalah hidupku. Kita akan bersama... selamanya." Tetapi kau sudah tidak ada lagi. Hanya kekosongan yang berdenyut di dada saya. Waktu tidak membawa kenyamanan. Itu tidak menyembuhkan. Itu hanya mengubah rasa sakit yang tajam menjadi batu yang dingin dan berat, yang saya bawa di dalam diri saya setiap hari. Jiwa saya mati. Kosong. Bertahan hidup telah menjadi gerakan mekanis—tanpa sensasi, tanpa getaran. Saya mengulangi pada diri saya sendiri kebijaksanaan kuno itu: "Ini juga akan berlalu." Tetapi itu tidak berlalu. Itu tetap ada. Kemarahan, yang pada awalnya mengoyak saya, seiring berjalannya hari berubah menjadi kehampaan yang tanpa suara. Tetapi rasa bersalah tetap ada—membakar, abadi.

—-✶ ҁ ✶—-

Setiap hari saya bangun dan lagi-lagi mendorong "batu Sisyphus" saya sendiri. Semakin tinggi saya mendakinya, semakin tanpa ampun itu meluncur kembali. Hukuman yang paling kejam—bukan dari para dewa, melainkan dari hidup itu sendiri: melihat bagaimana setiap upaya Kau untuk bertarung pecah di dinding ketiadaan. Mengetahui bahwa Kau tidak akan pernah keluar dari siklus ini.

Secara bertahap saya mulai meragukan bahkan apakah hidup adalah hadiah. Semakin itu tampak bagi saya seperti cobaan. Seperti hukuman karma. Seperti pertempuran tak berujung, di mana saya harus menanggung semua pukulan takdir. Untuk jatuh. Untuk bangkit. Untuk bertarung bukan karena saya percaya, melainkan karena saya tidak punya pilihan. Saya mulai menganalisis dan mencari jawaban—apakah hidup bukan hanya bertahan hidup. Alih-alih menyerah, saya mencoba melawan takdir itu sendiri. Untuk melawannya, untuk menipu itu, untuk menghindarinya, kapan pun saya bisa. Untuk menekannya untuk bermain sesuai aturan saya.

—-✶ ҁ ✶—-

Tetapi bagaimana saya bisa mengalahkannya—yang maha kuasa? Bagaimana saya bisa mengalahkan rasa bersalah saya sendiri? Saya merindukannya. Hingga gila. Saya merasakan kehadirannya di sekitar saya—terkadang seolah-olah dia sangat dekat, saya hampir bisa menyentuh bayangan itu. Saya mendengar napasnya, saya menangkap aromanya. Saya tahu bahwa dia adalah malaikat pelindung saya yang tak terlihat. Saya tahu bahwa di momen-momen tersulit saya, dia akan berada di samping saya.

Tetapi terlepas dari itu... Kekosongan tetap ada. Keraguan telah mencengkeram saya seperti parasit. Ya, saya tahu, bahwa terkadang keraguan itu berguna. Itu membuat Kau mencari jawaban baru, jalan baru. Itu adalah mesin pengetahuan. Tetapi apa yang terjadi, ketika Kau mulai meragukan makna keberadaan Kau sendiri? Ketika Kau tidak lagi percaya, bahwa ada pilihan? Ketika Kau tenggelam semakin dalam ke jurang keputusasaan, menggali dasarnya, tanpa melihat cahaya?

Saya tenggelam. Jiwa saya melayang tanpa arah, tanpa kompas, dalam rasa sakitnya yang tak berujung. Saya tahu bahwa ini adalah depresi. Saya tahu bahwa saya harus menemukan keseimbangan. Tetapi saya ragu, bahwa saya akan berhasil. Siapa yang bisa menunjukkan jalannya kepada saya? Siapa yang bisa menunjukkan arah di kabut ini kepada saya? Pertanyaan-pertanyaan itu menimbun saya seperti longsoran salju. Mengubur saya. Saya berada di ambang menyerah selamanya. Bukan dari kesulitan. Bukan dari rasa sakit. Saya hanya tidak punya kekuatan lagi.

Tetapi jauh di dalam... Abu tetap ada. Dari mana saya masih harus bangkit.

—✶ ⸙ ✶—

Kelahiran Kembali dalam Rasa Sakit

Saya mati untuk dunia ini. Ya, saya mati. Kematian tidak bernegosiasi, tidak memberikan penangguhan hukuman, tidak tawar-menawar. Dia hanya mengulurkan jari-jarinya yang dingin dan kurus dan tanpa basa-basi mengambil apa yang menjadi miliknya. Tetapi itu tidak lagi meninggalkan luka yang menganga dan berdarah. Itu meninggalkan ruang untuk awal yang baru. Untuk kelahiran baru.

Di malam-malam yang tak berujung dan menyiksa, air mata mengalir di wajah saya seperti aliran es, meninggalkan jejak yang membakar dan dalam. Seperti bekas luka dari asam. Saya menangis. Dalam kegelapan yang mencekik, tanpa suara, dalam kengerian yang sunyi, tidak dapat diterima, yang membekukan saya, seperti racun yang melumpuhkan. Benjolan dari rasa sakit. Itu tumbuh. Membesar di tenggorokan saya. Mencekik saya. Itu tidak memberi saya udara. Dan dalam mimpi saya... saya melihat tangan tanpa nama, terulur dari kegelapan tak berujung, yang merobek dada saya. Itu mencabut hati saya yang berdarah. Itu, berdenyut untuk terakhir kalinya, di depan mata saya menciut, mengecil hingga menjadi ketiadaan. Itu tersebar menjadi butiran abu. Ketakutan. Rasa bersalah. Kebencian yang mencekik. Rasa kasihan yang pahit. Kemarahan yang tak berdaya. Penderitaan yang menusuk. Ketidakberdayaan total. Tidak ada perasaan, tidak ada nuansa penderitaan, yang tidak saya ketahui. Yang tidak merobek saya berkeping-keping. Tetapi sekarang... sekarang mereka hanyalah kenangan. Bukan luka. Hanya pelajaran, diukir di jiwa saya.

Dan tidak pernah lagi... tidak pernah lagi saya mencintai. Saya tidak jatuh cinta.

Jadi saya tidak punya hati! Itu dicabut, dihancurkan menjadi debu, diubah menjadi abu. Meledak. Tetapi bangkit. Dari abu. Seperti Phoenix.

Kemudian dunia menghilang bagi saya. Semuanya menjadi abu-abu. Tidak bernyawa. Mati. Kehilangan setiap warna. Cinta... kata itu berubah menjadi mantra terlarang, dihapus dari kamus jiwa saya, dari setiap sel saya. Hanya tersisa gema kosmik dari rasa sakit masa lalu dan kesendirian abadi, tak terbatas, yang menyelimuti saya seperti kafan es. Saya mati untuk dunia ini dan dunia ini mati untuk saya. Dan dalam kematian ini, saya menemukan kebebasan yang mengerikan—kebebasan untuk tidak merasa. Kebebasan untuk tidak mencintai. Kebebasan untuk menjadi tidak ada. Untuk menjadi hanya nuansa kehidupan, yang akan segera menjadi sunyi selamanya.

Tetapi sekarang... kematian ini berubah menjadi kelahiran. Menjadi ledakan cahaya, yang menelan saya.

—✶ ✶—

Kehendak.

Itu bukan kilatan. Itu adalah bara yang gigih di kedalaman jiwa saya—tersisa sebagai inti yang berdenyut. Kehendak tidak pernah meninggalkan saya sepenuhnya. Itu ada di sana, meringkuk di sudut-sudut hati saya, menunggu saatnya untuk membawa saya kembali ke kehidupan. Di mata Eitan saya menemukan kekuatan saya. Di matanya yang besar, hijau, tidak bersalah. Di tangan-tangan kecilnya, terulur ke arah saya. Di harapannya yang rapuh, bahwa ibunya akan bangkit. Dia membutuhkan saya. Dia mengandalkan saya. Saya adalah satu-satunya dunianya.

Saya akan melanjutkan. Saya akan bertarung. Saya akan membangun kembali semua yang telah diambil hidup dari saya. Bahkan jika itu ditempa dari bara. Saya akan menanggung rasa bersalah ini sebagai salib saya. Tetapi saya juga akan membawa cahayanya. Itu akan menuntun saya. Saya akan bernapas.

BAB 33: NYALA API KELAHIRAN KEMBALI

Lima belas tahun. Sebanyak itu waktu yang dibutuhkan setelah insiden, untuk saya naik ke puncak profesional dan sosial, yang bahkan tidak berani saya impikan.

Lama saya adalah labirin dari puing-puing cermin. Setiap partikel kaca mencerminkan hari terkutuk itu, ketika hidup saya terbelah. Saya tidak hanya bertahan hidup di reruntuhan masa lalu, melainkan perlahan, dengan metodis mengumpulkan fragmen-fragmen itu. Setiap malam tanpa tidur, hantu menari di kegelapan, diselimuti bau air mata. Setiap kesulitan profesional—seperti proyek di Brussel itu, yang hampir menyelesaikan saya—mematahkan saya, sebelum menempa saya kembali, lebih kuat.

Di setiap halaman dari traktat filosofis, yang menenggelamkan saya ke dalam jurang makna—Kehoe, Frankl, Camus, Sartre, Heidegger—saya mencari jawaban dalam keheningan pengetahuan. Setiap penyelaman ke dalam ajaran esoteris dan praktik mistis kuno—mantra Tibet, tarian Sufi, ritual perdukunan—semua ini adalah bagian dari kelahiran kembali saya. Saya menggeledah setiap agama, setiap praktik spiritual, bukan untuk menemukan jawaban yang siap pakai, melainkan untuk menemukan kebenaran dan kedamaian batin.

Saya belajar bernapas lagi, untuk menemukan kembali kekuatan yang tidak dapat dihancurkan, tersembunyi di setiap sel keberadaan saya. Saya bangkit di atas hukum-hukum kenyataan—bukan dari kelupaan, melainkan dari evaluasi ulang yang menyakitkan dan kehendak yang gigih, tak tergoyahkan, yang tidak mengenal ketakutan. Ini adalah Kehidupan saya.

Saya, Melina, berbeda. Bukan hanya orang yang selamat, melainkan juga diciptakan kembali.

—✶ ✶—

Pertemuan: Lingkaran Menutup

Undangan untuk resepsi tiba seperti sambaran petir—amplop yang indah dari kertas tebal dan berwarna krem, di atasnya menari lambang berlapis emas. Itu dari wanita, yang suaminya mengambil bukan hanya tahun, melainkan seluruh alam semesta dari hidup saya.

Telapak tangan saya berkeringat. "Saya" yang lama akan meringkuk, akan bersembunyi, akan runtuh. "Saya" yang baru mengenakan gaun hitam paling elegan, yang pernah dimilikinya—siluet dari sutra tebal, yang membungkus tubuh saya seperti kulit kedua, menjanjikan kekuatan.

Saya masuk ke oasis yang berteriak dan berlapis emas dari kemewahan yang hambar. Lampu gantung kristal tergantung seperti air terjun es, menyebarkan ribuan percikan dingin. Udara berat dari aroma tajam parfum mahal dan senyum palsu, yang menyembunyikan gigi yang tajam. Di tengah tampilan yang dingin ini, saya bukan lagi hantu itu, yang terkubur di masa lalu, melainkan seorang wanita, yang ditempa dari api cobaan.

Tatapan saya bertemu dengannya. Charlotte telah menua. Kerutan halus di sekitar matanya hanya menyoroti rasa dingin, yang masih menusuk seperti pisau. Setiap gerakannya, setiap gerakan dihitung, setiap kata—ditimbang. Saya tahu bahwa saya ada di sini, untuk selamanya menutup luka yang berdarah. Api internal saya membakar, sunyi, tetapi kuat, terkonsentrasi di inti keberadaan saya.

Suaranya tenang, tanpa getaran, tanpa emosi. Seperti mekanisme yang dikalibrasi dengan baik.

"Melina. Saya tidak berharap Kau datang."

"Dan saya mengharapkan undangan Kau." jawab saya dengan senyum kecil. Itu terdengar dengan kilauan baja yang halus, hampir tidak terlihat. "Bukankah begitu cara lingkaran ditutup?"

Saya memaafkan. Bukan dengan mudah, melainkan dengan upaya yang menyiksa. Saya memaafkan rasa sakit, kehilangan tak berujung, kesepian anak yatim, yang saya besarkan sendiri. Saya memaafkan Alex—bukan untuk membenarkannya, melainkan untuk membebaskan diri saya sendiri dari beban kebencian, yang mencekik saya. Pengampunan ini bukan isyarat belas kasihan kepada orang lain, melainkan tindakan pembebasan diri, hadiah untuk diri saya sendiri. Itu seperti obat yang pahit dan membakar, yang membersihkan jiwa saya dari racun-racun lama, meninggalkan di belakangnya kekosongan yang aneh dan membebaskan, di mana pernah mengamuk kebencian.

Ini adalah kemenangan roh saya yang tanpa suara—parade keberanian yang sulit dimenangkan untuk berhadapan muka dengan kejahatan, dengan keangkuhan yang berteriak, tanpa berkedip. Saya meninggalkan tempat terkutuk itu dengan kepala terangkat tinggi, membelakangi masa lalu yang menyiksa, bukan karena saya lupa, melainkan karena saya telah mempelajari pelajaran yang paling penting: bagaimana hidup meskipun demikian, bagaimana menari dalam hujan, ketika guntur mengguncang dunia saya, tanpa pecah.

—✶ ✶—

Panggilan Pejuang

Seminggu kemudian, telepon berdering, menembus keheningan harmoni saya yang baru ditemukan. Itu adalah nomor tersembunyi.

"Apakah Kau pikir semuanya sudah berakhir, Melina? Kau salah."

Alih-alih "maaf" yang terlambat, gelombang ancaman kembali bangkit, lebih menyeramkan dari sebelumnya, menusuk napas saya. Pada momen kehendak yang marah dan primordial ini untuk bertahan hidup, di bawah permukaan kejahatan yang tampak, di dalam diri saya meledak naluri kuno. Seolah-olah darah seribu tahun, penuh dengan cerita pertempuran dan bertahan hidup, berbicara, membisikkan pengetahuan primordial, sumber kekuatan internal. Ini bukan simbol eksternal, melainkan kehausan yang tak terpuaskan akan keadilan, yang lahir dari kasih sayang tanpa syarat, yang tidak mengenal batas. Saya mengingat Alex, suaranya, senyumnya, impiannya. Ini adalah mesin saya sekarang. Bukan hanya balas dendam, melainkan kekuatan yang mengubah.

Dalam pertempuran untuk dukungan mendasar ini, dipimpin seolah-olah oleh benang tak terlihat, yang membentang melalui waktu, saya meraba benang, yang menghubungkan saya dengan roh Ksatria Templar. Kebijaksanaan mereka untuk melawan bayangan, keyakinan mereka yang tak tergoyahkan dan keberanian di hadapan kegelapan mengguncang seluruh esensi saya. Bukan hanya sebagai narasi sejarah, melainkan sebagai panggilan hidup, berdenyut untuk bertindak. Filosofi mereka—bahwa pertempuran sejati tidak hanya dengan musuh eksternal, melainkan dengan iblis-iblis internal, dengan ketidaktahuan dan ketakutan—beresonansi jauh di dalam diri saya. Mereka percaya bahwa setiap orang membawa sebagian dari ilahi di dalam dirinya, yang harus dibudidayakan dan dilindungi.

Saya merasakan panggilan yang dalam, tak terhindarkan untuk bergabung dengan pasukan roh tak terlihat ini, untuk menjadi Wanita Ordo—bukan hanya penjaga sumber batin cahaya dan kebijaksanaan Graal, melainkan juga seorang pejuang, ksatria dengan kekuasaan dalam pertempuran melawan kejahatan, yang menggerogoti masyarakat kita. Melewati badai pribadi saya, saya mengabdikan diri pada ordo rahasia ini.

Kehendak, saya tahu, sangat sunyi di dalam diri kita masing-masing—kekuatan yang tidak dapat dihancurkan, yang tidak ada dan tidak ada siapa pun yang bisa mematahkan. Fakta bahwa kita adalah manusia—pejuang, berevolusi, sangat mudah beradaptasi—membuat kita menjadi Manusia sejati, pencipta takdir kita sendiri. Ini adalah Nyala api roh manusia.

Kebangkitan Melina...

Detik terakhir sebelum awal: 00 jam 0 menit 1 detik.

BAB 34: DI JANTUNG BADAI

Pertemuan di Basel menelan saya. Itu bukan hanya kegembiraan. Itu adalah kejutan tanpa suara, ketika dunia runtuh menjadi potongan-potongan. Hanya tersisa satu-satunya fokus, yang tanpa ampun jelas—matanya. Mereka menancap ke dalam mata saya. Udara tersangkut di paru-paru saya seperti batu. Setiap napas berubah menjadi napas yang sekarat, menjadi penantian yang kaku untuk sesuatu, yang bahkan tidak berani saya sebutkan.

Saya tenggelam dalam tatapannya yang tak berdasar. Di sana, di kedalaman itu, saya melihat bukan hanya pantulan, melainkan proyeksi yang menyakitkan dan jelas dari jiwa saya sendiri—dari rahasia-rahasia itu, yang tidak pernah saya berani akui pada diri saya sendiri. Itu seperti cermin, tetapi gambar di dalamnya bukan saya, melainkan bagian yang hilang itu, yang telah ditangisi hati saya tanpa suara. Wahyu menusuk saya seperti jarum es—ini bukan pertemuan kebetulan. Itu adalah kembali. Ke sesuatu yang primordial. Ke koneksi, yang ada di luar waktu, di luar ruang.

Kenyataan menyerbu seperti tamparan yang tajam. Musik meredup. Lampu-lampu berkedip, mengancam untuk padam. Saya harus pergi. Segera. Untuk melarikan diri selamanya, sebelum sihir itu padam, sebelum saya membiarkan diri saya menatap matanya lagi. Dia tidak mencoba menghentikan saya secara fisik, tetapi tatapannya—berat, gigih, hampir memiliki—mengikuti saya. Dia menyipitkan mata. Nyaris tidak terlihat, seperti kilatan sesaat dari seorang predator. Namun saya merasakannya. Seperti sentuhan. Di kulit. Ketegangan seperti arus listrik melewati saya.

Peringatan dan undangan pada saat yang sama. Saya menyadari bahwa ini adalah sesuatu... lebih. Sesuatu, yang menakutkan saya hingga ke dasar jiwa. Tetapi juga menarik. Dengan kekuatan yang tidak manusiawi, hampir menyakitkan. Saya mengenalinya.

—✶ ✶—

Kilas balik: Undangan

Larut malam, dalam tidur ringan, telepon saya bergetar di bawah bantal. Pesan. Dari Natanael. "Besok, saat makan siang. Sebuah kafe kecil di sisi selatan Rhine, di samping jembatan Mittlere Brücke. Saya punya lebih banyak pertanyaan, yang hanya Kau yang bisa menjawab." Jantung saya melompat di dada seperti burung yang ketakutan. Peringatan? Undangan? Atau... penghakiman? Tetapi saya tahu bahwa saya tidak bisa menolak. Kekuatan tarik magnetis ini, yang dia pancarkan, adalah seperti sihir gelap, kuno. Dan pada saat yang sama—firasat aneh itu tentang sesuatu yang menyeramkan, yang meredupkan setiap kegembiraan, setiap harapan.

Saya merasa istimewa. Tidak hanya diperhatikan, melainkan dilihat. Berbeda, satu-satunya di lautan wajah yang tak berujung ini. Penerimaan kami satu sama lain adalah seperti pembukaan pintu yang tiba-tiba ke dunia tersembunyi, yang bahkan tidak saya duga ada. Di balik fasad yang tampak dari kepercayaan diri saya selalu tersembunyi seorang gadis yang rentan, yang sangat merindukan hubungan yang nyata, dalam. Merindukan untuk dipahami.

Ilusi itu manis, hampir memabukkan. "Kau berhasil menembus dunia tersembunyi ini, untuk memahami impian saya yang paling rahasia, ketakutan saya yang terdalam, tanpa menghakimi saya. Bersama-sama kita akan mengubah semua rintangan menjadi langkah-langkah, yang akan mengangkat kita ke tingkat pemahaman yang lebih tinggi, dari cinta tanpa syarat. Kita ditakdirkan untuk bertemu." Tetapi takdir ini juga membawa bayangan. Saya merasakan bahwa hubungan ini berbeda. Lebih kuat. Lebih berbahaya dari semua yang pernah saya alami.

Natanael memancarkan kekuatan, yang secara bersamaan menarik saya dan menakutkan saya hingga gila. Dan pertanyaan tentang tujuh tahun... itu tergantung di antara kami seperti ancaman yang tidak terlihat, tetapi nyata. Ini dia. Saya, yang sepanjang hidup saya melarikan diri. Sekarang saya berjalan ke arahnya. Mengapa? Kenapa saya tidak bisa berhenti? Pada saat itu, saat saya melihat pesan itu, saya tahu bahwa saya berada di persimpangan jalan.

Saya dihadapkan pada pilihan, yang akan menentukan seluruh masa depan saya. Tetapi sebenarnya, saya sudah memilih. "Saya akan terbang atau saya akan hancur." Dan saya memutuskan untuk terbang. Saya tahu bahwa saya bisa terluka, bahwa saya bisa kehilangan segalanya. Tetapi saya percaya bahwa kekuatan cinta ini, dari hubungan ini, lebih besar dari bahaya apa pun.

Saya menjawab dengan sederhana: "Saya akan datang."

Jawaban singkat ini adalah kapitulasi dan janji pada saat yang sama. Kapitulasi di hadapan kekuatan tarik, di hadapan keinginan saya sendiri yang telah lama tertekan. Janji untuk bertemu dengan yang tidak diketahui. Saat saya menekan "kirim", saya merasakan bagaimana hidup saya berubah selamanya. Saya? Untuk menyerah? Sesuatu pecah di dalam diri saya. Atau... membebaskan diri? Sesuatu jauh di dalam pecah. Saya tahu bahwa waktu saya habis... dan dengan itu—ilusi kontrol.

—-✶ ⚲ ✶—-

Badai Internal

Sisa malam berlalu dalam keraguan yang panik. Saya mencoba untuk mengumpulkan diri, untuk menata pikiran dan perasaan saya. Saya ingin menjadi semua orang dan tidak ada.

Saya ingin menjadi kuat, percaya diri, tetapi juga nyata, rentan. Saya ingin menunjukkan kepadanya semua wajah saya, semua peran saya. Saya multi-lapisan, sangat berubah-ubah... Saya bisa membawanya dalam pusaran emosi yang gila, atau menjadi pelabuhan saya yang tenang. Saya bisa menjadi wanita fatal, yang kedekatannya akan membuat darahnya mendidih, atau ibu yang lembut, yang pelukannya akan menenangkan setiap rasa sakit. Petualang yang berani, atau pengamat yang tenang. Musenya, atau penasihat yang bijaksana. Di dalam diri saya bersembunyi peran yang tak terhitung dan saya siap memainkan setiap peran, hanya untuk membuatnya benar-benar bahagia.

Apakah kau ingin tersesat di mata, yang penuh dengan gairah yang tak terpuaskan, atau tenggelam dalam kehangatan pelukan saya yang menenangkan? Apakah kau ingin menari denganku hingga sinar fajar pertama atau meringkuk bersama di sofa dan memimpikan masa depan kita bersama? Siapa yang kau ingin saya menjadi? Pilihan ada padamu. Saya siap menjadi apa pun... untukmu.

Tetapi dia... apakah dia siap untuk ini? Apakah dia mencari kedalaman jiwa? Atau hanya permainan lain? Pertanyaan-pertanyaan itu berputar di kepala saya seperti segerombolan lebah yang marah, tetapi satu hal yang pasti—saya akan pergi ke pertemuan ini, siap untuk menghadapi setiap tantangan, untuk berjuang untuk hubungan ini, tetapi untuk hidup dengan sungguh-sungguh.

Pengabdian ini membuat saya ngeri. Jantung saya berdebar gila. Pikiran saya mengamuk seperti elemen yang marah, menyapu semua yang akrab. Cinta, kekuatan yang tak terkendali ini, mengguncang esensi saya hingga ke dasar. Saya mencoba membelenggunya dalam ketenangan penolakan. Tetapi kegembiraan dan kegembiraan yang memabukkan sudah membanjiri setiap sudut jiwa saya, menghapus setiap perlawanan.

Saya merasa secara bersamaan ringan dan tanpa berat, tetapi juga dibebani oleh beratnya yang tidak diketahui. Saya seperti pendulum, yang tak berdaya berayun di antara keinginan yang tak tertahankan untuk terbang ke surga kebahagiaan dan ketakutan yang membekukan dari kejatuhan yang menyakitkan. Panggilan yang tak tertahankan untuk kebahagiaan yang tidak diketahui membuat saya melompat tanpa ragu, tetapi kengerian es dari rasa sakit potensial melumpuhkan setiap gerakan. Saya adalah tawanan di pikiran saya sendiri yang terkoyak, dihadapkan pada dilema yang menyiksa: hidup sepenuhnya, tetapi berisiko disakiti, atau puas dengan keamanan palsu dari ketidakpedulian.

"Manusia dikutuk untuk bebas."
Sartre.

Tetapi kebebasan ini... itu berat. Apakah itu hanya lompatan? Ke dalam air yang dalam? Atau... penerbangan?

—✶ ✶—

Pertemuan di kafe

Dan terlepas dari kekacauan ini di dalam diri saya, saya berjalan. Kaki saya, seolah-olah dipimpin oleh kekuatan tak terlihat, membawa saya ke kafe. Udara Basel sejuk dan membawa bau Rhine, bercampur dengan asap dari kafe jalanan. Setiap meter adalah pertempuran antara akal dan hati, antara kehati-hatian dan kerinduan. Saya melihat orang yang lewat, mencoba menemukan wajahnya, yang menarik saya seperti magnet. Saya membayangkan bagaimana saya akan melihatnya. Bagaimana dia akan tersenyum, bagaimana matanya akan menusuk saya dengan intensitas itu, yang secara bersamaan menakutkan dan mempesona saya. Bagaimana kita akan saling menyentuh dan bagaimana segala sesuatu di sekitar akan memudar, seolah-olah dunia akan berhenti ada di luar kita.

Tetapi pada saat yang sama saya takut. Saya takut akan kekecewaan, akan penolakan, akan fakta bahwa saya telah terjun ke dalam sesuatu, yang akan menghancurkan saya. Saya takut bahwa keterikatan yang tak tertahankan ini hanyalah ilusi, bahwa Natanael bukan orang yang saya pikirkan. Saat saya mendekati kafe, saya menyadari bahwa saya tidak hanya mencari pertemuan. Saya mencari kebenaran. Saya mencari jawaban. Saya mencari diri saya sendiri. Dan saya siap menghadapi setiap kenyataan, tidak peduli seberapa menyakitkan itu. Karena terkadang, untuk menemukan diri Kau, Kau harus mengambil risiko untuk hangus.

Dan kemudian... keputusan meledak di dalam diri saya. Saya memutuskan untuk mempertaruhkan segalanya. Untuk mempercayai naluri primordial saya, pada kekuatan internal yang tak tertahankan ini, yang mendorong saya maju. Karena cinta adalah napas, jalinan, pengakuan—esensi dari pilihan untuk menemukannya di dalam diri Kau sendiri. Panggilan ini datang dari dimensi ruang dan waktu lain—dan saya merasakannya jauh di dalam.

"Apa yang menunggu saya di sana—Neraka atau Surga?!"—bisik saya kepada angin, saat saya berdiri di tepi yang menentukan ini, siap untuk membuat lompatan ke dalam yang tidak diketahui. Hingga ke tulang, hingga ke dasar jiwa saya—saya takut... Saya, Melina. Ksatria cinta. Saya gemetar.

—-✶ ⚳ ✶—-

Melalui mata Natanael...

"Apakah dia akan datang?"—pikiran itu menusuk Natanael, saat dia menatap kursi kosong di seberang. Matahari melemparkan bayangan panjang di kafe kecil itu, dan aroma espresso yang kuat dan croissant manis memenuhi udara. Dari suatu tempat, mungkin dari musisi jalanan terdekat, terdengar melodi saksofon yang jauh dan melankolis. Semuanya sudah siap. Dia telah merencanakan segalanya.

"Wanita macam apa ini?"—dia bertanya pada dirinya sendiri, sementara di kesadarannya muncul citranya, berubah seperti pantulan di air yang bergolak.

"Badai dan tempat perlindungan, fatal dan ibu, petualang dan muse... Siapa kau sebenarnya, Melina? Dan siapa yang kau siap menjadi untukku?"

Dia tidak berharap bertemu dengannya. Tidak sekarang. Tidak seperti ini. Kekuatan tarik yang kuat ini... yang menarik mereka satu sama lain seperti dua planet yang kesepian, menyimpang dari orbit mereka. Dia menutup mata sejenak, sementara tatapannya sudah menusuknya dengan rasa ingin tahu—yang tak terpuaskan, tetapi juga sangat rentan, seperti permukaan yang retak.

"Saya, yang selalu menganggap diri saya sebagai wanita yang pintar, berhati-hati."

Dia berkomunikasi dengannya. Bukan dengan kata-kata, bukan dengan senyum, melainkan dengan napasnya... seolah-olah pada saat takdir, mereka bergema di dalam dirinya.

"Satu-satunya percikan, yang dinyalakan oleh tatapanmu, menyulut api yang tak tertahankan di hati saya, yang tanpa ampun mencairkan semua pertahanan saya."

Dia tidak terbiasa dengan ini. Tidak dia. Kontrol, rasionalitas, jarak—mereka selalu menjadi perisainya. Tetapi dengannya... dengannya segalanya berubah. Dengannya perisai mencair.

"Saya menemukan dengan terkejut dan getaran, bahwa saya mampu merasakan perasaan... bukan hanya perasaan biasa, melainkan pusaran air, yang membalikkan semua yang pernah saya percayai."

Pusaran air. Tepat. Dia adalah pusaran air. Dan dia—juga. Dua elemen, ditakdirkan untuk bertabrakan. "Dan terlepas dari ketakutan yang membekukan dari yang tidak diketahui, jauh di dalam diri saya, saya merasakan keinginan yang aneh, tak terpuaskan untuk membiarkan diri saya terbawa... olehmu."

Dia melihat tangannya, yang beberapa saat sebelumnya menyentuh tangannya—hanya untuk sesaat, tetapi cukup, untuk meninggalkan jejak. Arus listrik, yang lewat. Tak terhindarkan. Mematikan? Atau... membebaskan?

"Kenapa? Kenapa sekarang? Ketika semuanya di ujung tanduk..."

Pertanyaan ini juga tergantung di atasnya. Semuanya di ujung tanduk. Berubah. Tak terduga. Tidak terkendali. Untuk pertama kalinya dalam beberapa tahun.

"Saya, yang menyangkal cinta. Sekarang..."

Dia merasakan bagaimana sesuatu pecah di dalam dirinya. Atau membebaskan diri? Dia menatapnya—rentan, cantik, kacau. Dan sangat nyata. Dia adalah misteri. Dan dia... dia hanyalah seorang pria, yang untuk pertama kalinya merasakan bagaimana es di hatinya mencair, menelanjangi daging yang mentah, tidak terlindungi. Api. Dia adalah api. Dan dia terbakar. Tetapi apakah ini kehancuran, atau pemurnian?

—-✶ ⚳ ✶—-

Kerinduan yang Tidak Tersentuh. Melina...

Natanael tersenyum, tetapi dalam senyum ini ada sesuatu yang misterius, sesuatu, yang tidak bisa saya pahami—seolah-olah itu menyembunyikan ribuan rahasia yang tidak terucapkan, dan matanya berkilau. Dia sedikit membungkuk ke depan.

"Apakah kau juga merasakannya, Melina? Kekuatan ini, yang menghubungkan kita. Lebih besar dari kita. Itu selalu ada di sana, hanya menunggu kita untuk menemukannya."

Dia mengulurkan tangan dan menyentuh tangan saya, menggeser ibu jarinya di atas buku jari saya. Arus yang berdenyut melewati saya, seolah-olah saya menyentuh kabel yang telanjang. Seluruh tubuh saya mati rasa. Ini dia. Itu. Tak terhindarkan. Mematikan?

"Saya ingin kau mengerti, bahwa saya tidak seperti yang lain,"—suaranya pelan, tetapi tegas seperti penghakiman. "Saya tidak bermain-main. Saya menginginkan sesuatu yang nyata. Saya menginginkanmu. Seluruh dirimu. Dengan semua wajah dan bayanganmu."

Kata-katanya adalah seperti sumpah, seperti janji, yang secara bersamaan menakutkan saya dan menarik saya dengan kekuatan yang tak tertahankan, hampir terlarang. Saya tahu bahwa saya berada di tepi sesuatu yang besar, jurang, yang menarik saya ke arahnya. Dan saya harus membuat keputusan. Untuk mundur dan kembali ke keamanan yang akrab, ke kontrol saya yang palsu, atau untuk melemparkan diri ke dalam jurang perasaan ini dan membiarkan diri saya terbawa... olehnya.

Tetapi saya tidak bisa. Saya lumpuh oleh emosi yang bertentangan, seperti kucing liar yang terjebak dalam perangkap. Tenggorokan saya menciut. Saya tidak bisa bernapas, udara berubah menjadi timah. Setiap serat keberadaan saya berteriak untuk melarikan diri.

Saya bangkit dengan tajam, kursi berderit di belakang saya, meninggalkan Natanael untuk menatap saya dengan terkejut, wajahnya kaku dalam kebingungan.

"Saya harus pergi," bisik saya, suara saya hanyalah hembusan, nyaris tidak terdengar. Tiba-tiba, seperti kilat, saya merasakan tatapannya di punggung saya—bukan hanya tatapan, melainkan cengkeraman posesif, yang menarik saya kembali. Pada saat itu, sementara kaki saya membawa saya menjauh, saya mendengar suara batin saya sendiri—satu-satunya bagian dari saya, yang masih berjuang, untuk gemetar dan berbisik: "Tidak, jangan pergi!". Tetapi saya sudah pergi. Perbedaan antara ketakutan internal saya dan pelarian eksternal adalah seperti jurang.

Saya tidak melihatnya. Saya tidak bisa. Saya tidak berbalik, saya berjalan cepat, hampir berlari, meninggalkannya di belakang saya, meninggalkan segalanya. Saya tidak tahu apa yang saya lakukan, tetapi saya tahu bahwa saya harus keluar dari tempat ini, sebelum saya melakukan sesuatu, yang akan saya sesali. Sebelum saya menyerah sepenuhnya. Sebelum saya jatuh... Saya tersesat.

BAB 35: SUMBER CINTA

Langkah-langkah saya bergema tumpul di jalan-jalan kosong Basel, sementara saya menyeret diri ke pintu hotel. Kunci berderit di lubang kunci. Di dalam ruangan sejuk, udara berat dari erangan yang teredam. Saya tidak mencapai tempat tidur. Saya ambruk di dekat pintu, punggung bersandar pada kayu yang dingin. Jantung saya berdebar gila, perut saya menciut menjadi simpul—badai keraguan mengoyak jiwa saya. Dan kemudian... vakum. Kekosongan yang membekukan, tidak dikenal. Seperti anggota tubuh yang terpotong, yang rasa sakit hantu tetap ada selamanya, tetapi... kali ini rasa sakit itu adalah pembebasan yang menusuk.

"Entah kau putuskan tali pancingnya, dan hentikan napasku, atau biarkan aku berenang bebas,"—bisik sebuah suara di kepala saya sendiri. Itu adalah suara saya, tetapi seolah-olah datang dari luar saya.

Tidak ada ketakutan, tidak ada keraguan. Hanya perasaan penerbangan yang memabukkan, hampir berdosa. Saya menari di tepi. Setiap langkah berikutnya bisa menyeret saya ke dalam jurang. Tetapi dalam pusaran keputusasaan ini juga tersembunyi kebebasan yang aneh, tidak dapat dijelaskan. Tidak dikenal. Saya tersesat di labirin, yang saya sendiri telah bangun, dan sekarang saya melayang tanpa tujuan di koridor-koridornya yang misterius. Kekurangan... itu bukan kesedihan yang akrab. Itu adalah pembebasan yang kejam, hampir menyakitkan. Saya ditakdirkan untuk terbakar dalam kenangan.

Setidaknya saya terbakar. Saya tidak lagi dari es.

—-✶ ☡ ✶—-

Pantulan Cermin

Di matamu, Natanael... Di sana terbaca ketidakpedulian yang dingin. Keterpisahan, seolah-olah kau telah membangun dinding yang tidak dapat ditembus di antara dirimu dan dunia. Tetapi pada momen singkat, cepat berlalu ini, saya melihat getaran yang nyaris tidak terlihat di kedalaman tatapanmu. Ketakutan yang tidak pasti, tidak terpecahkan akan kedekatan sejati. Seperti anak yang tersesat di hutan yang gelap dan ajaibnya jahat. Kau, Natanael. Pantulanku. Ketakutanmu. Ketakutan saya.

Siapa yang lebih menakutkan siapa? Mengapa kau harus bertemu saya?

"Kau harus menunjukkan kepadaku siapa kau sebenarnya, Natanael! Bagiku ini bukan permainan—dan kau memulainya persis seperti itu, tanpa menyadari seberapa dalam kau akan menancap ke dalam esensiku. Kau seharusnya tidak mengambil risiko dengan kedekatan yang sembrono, karena kau belum tahu, bahwa pertemuan ini telah ditentukan. Itu akan meninggalkan bekas luka di dalam dirimu, yang lebih dalam dan lebih tahan lama dari apa pun yang pernah ada. Pertemuan bukanlah kebetulan—mereka adalah karya takdir, pengakuan jiwa, dari foton-foton yang kusut di DNA kita, yang membawa cetakan masa lalu dan akan meletakkan dasar untuk pengalaman baru, tergantung pada apakah kita akan berhasil menemukan cinta. Ini adalah jalinan kuantum, yang membawa kita melalui hidup, menyebarkan kita, hanya untuk menyatukan kita kembali. Tujuh tahun... Kenapa justru sekarang? Kenapa, ketika saya sudah berada di tepi? Dan kau—sepertinya, juga."

—-✶ ☡ ✶—-

Gema dari Zaman yang Telah Berlalu. Melina:

Ruang pameran di Basel, diubah menjadi rumah lelang dadakan, penuh sesak. Senja menari di dinding, dirobek oleh sinar tajam, tanpa ampun dari lampu sorot, yang meluncur di atas jendela kaca. Udara berat dari ketegangan, antisipasi, dan bau masa lalu yang berat, hampir berdebu, yang menusuk lubang hidung. Bisikan yang teredam, disela oleh suara gemerincing gelas dan piring yang ringan, memenuhi ruangan.

Melalui senja kota menyebar antisipasi—tebal, nyata. Seperti tabir tak terlihat, seolah-olah itu juga ingin memberikan mistisisme pada pertemuan kami, pada lelang ini, yang Natanael telah atur. Segala sesuatu di sini bernapas sejarah, tetapi saya juga merasakan sesuatu yang lain—bergetar, berdenyut, yang menarik saya tak tertahankan. Natanael mengundang saya ke presentasi eksklusif dan lelang artefak kuno dari koleksi pribadi—relik, yang terkait dengan ritual kuno yang misterius. Sehari sebelum saya pergi. Saya tidak menolak. Saya tidak punya kekuatan untuk melewatkan satu momen ini. Dan petualangan gila itu... yang selalu menyeret saya ke dalam jurang. Atau... ke pencerahan?

Natanael berdiri di samping podium, bayangannya meregang panjang dan menyeramkan di dinding. Lampu sorot berkedip dan menerangi artefak pusat—sebuah piala kayu, yang diumumkan sebagai Graal yang baru ditemukan dan dijual kembali. Retakan kecil di tepinya tampak seperti bekas luka kuno. Penonton menjadi sunyi. Saya merasakan desahan kolektif dari kekaguman, bercampur dengan bisikan skeptisisme. Dia terpaku pada piala, dan tatapan saya yang panas terpaku pada profilnya. Tulang pipinya tegang dalam jawaban yang tanpa suara, pembuluh darah di lehernya sedikit berdenyut. Ketegangan di antara kami begitu tebal, sehingga bisa dipotong dengan pisau. Udara bergetar dari kata-kata yang tidak terucapkan. Saya tidak bisa lagi. Keputusasaan naik seperti gelombang pasang. Akhirnya saya memecah keheningan, suara saya pecah nyaris tidak terlihat:

"Natanael..."

Dia tidak mengalihkan pandangannya dari piala. Dia tetap membatu. Di matanya saya melihat pantulan serat kayu, dari setiap retakan di permukaan—seolah-olah dia mencari di dalamnya jawaban keabadian. Dia ditelan oleh euforia yang memikat, oleh kilauan di matanya, bahwa mungkin kapal ini adalah kunci ke keabadian, yang telah dia kejar selama berabad-abad. Harapan ini, obsesi yang hampir manik, memprovokasinya untuk melepaskan sebagian dari baju besinya.

"Saya tahu apa yang akan kau katakan, Melina. Tentang harganya? Atau bahwa ini bukan yang paling berharga di sini?"

"Tidak, kau tidak tahu!" Saya membungkuk sedikit ke depan, merasakan bagaimana darah saya sendiri berdenyut di pelipis saya. Di mata saya berkobar nyala api, bercampur dengan kerentanan, hampir penderitaan, yang menggerogoti jiwa saya. "Saya... saya jatuh cinta."

Kata-kata itu tergantung di udara, berat dan tidak dapat diubah, seperti mantra kuno. Saya merasakan getaran dingin menjalar di tulang punggung saya. Pada saat itu, seolah-olah seluruh aula menjadi sunyi. Lampu sorot di atas piala sedikit berkedip. Saya mendengar bisikan dari ratusan mata, yang berbalik ke arah kami. Saya terekspos, saya dilucuti di depan semua orang. Natanael membeku.

"Tidak terduga, kan?" gumamnya pelan, hampir berbisik, suaranya serak, seperti sumur yang kering, membawa gema dari perjalanan yang panjang. Kata-katanya hilang di tengah suasana aula yang teredam, ditelan oleh suara kerumunan yang berkumpul. "Seperti bintang jatuh..."

Dia sedikit mengendurkan posisinya, bahunya sedikit mengendur, tetapi dia terus melihat lurus ke depan, seolah-olah piala suci itu adalah satu-satunya tempat perlindungan dari keterbukaan yang tiba-tiba dan mengguncang ini.

Untuk sesaat, melalui keheningan, saya menangkap kelelahannya. Sebuah relaksasi, yang memberi tahu saya bahwa dia sama lelahnya dengan saya dari persembunyian abadi. Sebuah kilatan singkat, seperti senyum yang lelah, mendistorsi bibirnya. "Ini... kau lagi-lagi merusak segalanya bagiku dengan kebenaranmu ini..."—dia tidak mengucapkannya, tetapi saya membacanya di matanya. Dan saya menjawab dengan setengah senyum, mengerti bahwa pada saat ini dia berjuang dengan dirinya sendiri.

"Ya!" Suara saya memotong senja, dipenuhi dengan emosi yang murni, tidak berubah. "Itu menerangi semua kegelisahan saya, Natanael. Saya tidak bisa menjelaskannya. Itu hanya terjadi. Itu mengambil alih saya... tanpa peringatan, seperti tsunami."

Dia akhirnya menatap saya. Untuk sesaat yang singkat dan menusuk, yang merobek seluruh jarak di antara kami. Matanya, seperti dua sumur, memantulkan campuran kesedihan dan pemahaman yang dalam, hampir menyakitkan, yang menusuk saya hingga ke dasar jiwa.

"Saya tahu apa artinya diambil alih, Melina."

"Tapi... kau?" Saya menatapnya dengan harapan, bercampur dengan kengerian. Satu napas tersangkut di tenggorokan saya. "Tolong, katakan. Biarkan kali ini saya tidak sendirian dalam kegilaan saya."

Natanael menghela napas berat, mengalihkan pandangannya kembali ke piala, seolah-olah dia mencari keselamatan dalam keabadiannya yang kuno, tetapi palsu, yang hanya menawarkan keheningan.

"Kau mengungkapkan kepadaku apa artinya menjadi rentan, Melina. Untuk percaya tanpa syarat. Untuk mencintai tanpa pamrih. Kau menunjukkan kepadaku cahaya... setelah begitu lama dalam kelupaan, di mana saya ditelan oleh bayangan."

Suaranya serak, dipenuhi dengan perjuangan internal, yang merobek baju besinya. Saya mengamatinya, menahan napas, menunggu setiap kata-katanya seperti penghakiman, yang akan memutuskan nasib saya.

"Saya tahu itu rapuh... seperti kupu-kupu di telapak tangan. Indah... dan cepat berlalu," lanjut Natanael. "Tetapi untuk momen singkat ini... sementara sayapnya berkibar... ada kegembiraan tanpa batas."

Dia membuat jeda yang dalam, seolah-olah dia mengumpulkan kekuatan untuk mengucapkan hal yang paling penting.

"Kau menunjukkan padaku bahwa hidup itu sepadan... terlepas dari segalanya. Ini dia. Terucapkan."

Pengakuan. Tidak hanya untuk saya. Untuknya juga. Dan saya adalah katalisnya. Siapa yang menyelamatkan siapa?

Dari samping terdengar suara juru lelang, yang mengumumkan tawaran terakhir untuk piala, suaranya bergemuruh di aula: "...satu juta delapan ratus ribu! Untuk terakhir kalinya!"

Natanael mengangkat tangannya. Tatapannya tetap terpaku pada piala. Setiap otot di rahangnya menegang.

"Dua juta!" ucapnya dengan tegas, suaranya memotong udara seperti pisau.

Terdengar suara palu—suara yang tajam, final. "Dijual! Kepada Tuan... Natanael."

Dia berbalik ke arah saya. Di tangannya dia memegang konfirmasi batu dari akuisisi barunya, yang berharga jutaan. Matanya gelap, hampir tidak dapat ditembus. Saya perlahan mengulurkan tangan ke arahnya, yang mencengkeram dokumen. Jari-jari saya dengan lembut menyentuh jari-jarinya, seperti hembusan angin. Saya merasakan sutra dingin kemejanya di bawah ujung jari saya, dan impuls listrik yang ringan menjalar di lengan saya.

"Natanael!" bisik saya, suara saya hampir tidak terdengar di tengah kebisingan. "Itu bukan Graal yang asli. Saya tahu itu. Saya sudah melihatnya."

Kata-kata saya memukulnya seperti arus listrik. Wajahnya terdistorsi. Itu bukan hanya kebingungan, melainkan ledakan dari konflik internal. Matanya menyipit, pupilnya melebar, tatapannya menusuk saya. Kemarahan dan keputusasaan menari di matanya. Saya melihat bagaimana keyakinannya pada penemuan bertarung melawan keyakinan saya yang tanpa ampun di kesadarannya. Dingin. Embun es merayap di lantai marmer, seolah-olah kata-kata saya telah memecahkan penghalang yang tak terlihat.

"Bagaimana kau tahu? Bagaimana kau begitu yakin, Melina?" Suaranya dingin, seperti baja, tetapi dengan getaran yang nyaris tidak terlihat, hampir mendesis. "Kau... apa yang kau tahu tentang Graal? Ini adalah seluruh hidupku!"

Pertanyaannya bukan hanya rasa ingin tahu. Itu adalah tuduhan. Kebingungan. Saya telah menangkapnya tidak siap, di luar zona kontrolnya. Dan tidak ada yang lebih menakutkan bagi Natanael dari kehilangan kontrol. Sekarang dia tidak melihat di dalam diri saya wanita, yang dia cintai, melainkan semacam teka-teki, ancaman potensial bagi pencariannya yang paling rahasia. Udara di antara kami memberat, dipenuhi dengan kecurigaan yang tidak terucapkan.

"Saya tahu di mana itu."

Untuk sesaat waktu berhenti. Bahkan napas saya larut ke dalam ruang. Matanya—dua jurang—menyerap kebenaran. Saya melihat bagaimana tekadnya yang berbaja pecah, dan di bawahnya mengintip kerentanan yang dalam, hampir seperti anak kecil. Keraguan menyelimutinya seperti kabut gelap. Dia sedikit mundur, seolah-olah dia takut akan hancur di depan saya.

Kilas balik: Pada saat itu, sebuah gambar dari waktu lain muncul, berkilau di benak saya—malam di perpustakaan kastil, ketika tangan kami hampir saling menyentuh di atas halaman manuskrip Templar... dan saya merasakan getaran ketidakpastian yang sama di dalam dirinya.

Pada saat yang sama, dari pintu masuk aula, terdengar suara-suara. Gumaman yang teredam, diikuti oleh tawa, yang terdengar palsu dan kasar dalam keheningan yang terjadi.

"Tuan Morton! Ada masalah dengan pengiriman!" "Maaf, tetapi kami baru saja menerima... sebuah keahlian, yang meragukan asal-usul Piala." terdengar suara pria dari kerumunan.

Di tangan salah satu asisten, yang berlari ke arah Natanael, muncul sebuah amplop. Jari-jari saya, dipimpin oleh impuls, merebutnya, sebelum Natanael sempat bereaksi. Saya merobeknya dengan satu gerakan tajam. Saya menyerahkan dokumen itu kepadanya.

"Ini dia." Suara saya tegas, tanpa getaran. "Buktinya. Terkadang, apa yang kita anggap kebenaran, hanyalah ilusi yang cemerlang."

Wajah Natanael memucat. Kontras antara keyakinan di matanya beberapa saat yang lalu dan kepanikan, yang menguasainya, sangat menyakitkan terlihat. Dia menunduk ke lembaran itu, jari-jarinya gemetar di atasnya. Semua orang di sekitar kami telah berbalik, mata mereka terpaku pada kami. Bisikan berubah menjadi kebisingan yang jelas terdengar.

"Natanael! Teman!" terdengar suara yang akrab, dipenuhi dengan keramahan palsu. "Sejak kapan kau di sini? Kami tidak melihatmu."

Pasangan tua, berpakaian elegan, mendekati kami, tersenyum. Wajah mereka adalah topeng dari kesopanan. Saya tidak mengenal mereka, tetapi saya langsung merasakan bahwa mereka adalah bagian dari dunia kolektor dan patron itu, di mana senyum lebih tajam dari pisau. Segalanya runtuh dalam sekejap. Sihir, keintiman, wahyu—hancur menjadi ribuan keping dari realitas yang prosaik. Natanael kembali tidak dapat dijangkau, membungkus dirinya dalam baju besi dari tak tersentuhnya yang tampak. Dinding naik di antara kami, lebih tebal dari kabut apa pun. Saya merasakan rasa pahit udara di mulut saya, seolah-olah saya telah menelan abu. Dinginnya lantai marmer meresap melalui sepatu tipis saya.

Natanael perlahan melepaskan tangannya dari meja, meninggalkan dokumen dan konfirmasi batu dari akuisisi barunya. Dia menatap saya untuk terakhir kalinya, sebelum berbalik ke kenalannya.

"Tunggu! Melina!" Suaranya rendah, hampir tercekik. Dia mengulurkan tangan ke arah saya, tetapi jari-jarinya tergantung di udara, hanya beberapa sentimeter dari tangan saya. "Di mana itu? Di mana yang asli? Beri tahu saya!"

Saya berbalik dan pergi. Tanpa mengatakan sepatah kata pun, tanpa melihatnya kembali. Kemudian saya mengerti—kami tidak akan pernah berada di dimensi yang sama. Dan mungkin justru itulah mengapa saya mencintainya. Saya meninggalkannya di sana, di antara puing-puing ilusinya, dan di tengah teka-teki yang tidak terpecahkan dari Graal yang asli.

BAB 36: KEBERANGKATAN DAN WAHYU

Badai Internal

Malam yang panjang, sebelum saya pergi, saya tinggal sendirian dengan pikiran dan emosi saya... Saya tenggelam tanpa rasa takut di lautan cahaya yang terang, melarikan diri dari bayangan, di mana saya begitu lama terkunci.

Bahkan jika kau hanya mimpi sesaat, kau menunjukkan kepadaku, bahwa hidup layak untuk dijalani sepenuhnya. Meskipun hanya ada malam yang tersisa, bukan tujuh tahun, yang akan saya berikan kepadamu secara sukarela, dengan seluruh keberadaan saya.

Tetapi terkadang... malam adalah sarang misteri saya. Kenangan percakapan yang tegang di aula muncul dalam mimpi saya yang gelisah. Itu bukan hanya serangkaian gambar, melainkan perjalanan emosional yang bergejolak, pantulan langsung dari pengakuan dan keraguan yang mengguncang, yang berputar-putar di jiwa saya. Mimpi itu adalah perasaan perjalanan tak berujung di padang gurun yang berkabut—sebuah kesepian kuno, akrab, yang membebani seperti takdir.

Kilas balik: Dia berdiri di depanku, dia adalah seorang prajurit Romawi, dikirim dalam kampanye yang jauh dan menyiksa. Setiap malam saya menunggumu, dan kekuranganmu menghancurkan saya perlahan, menggerogoti saya dari dalam. Saya tidak tahu apakah kau hidup, apakah kau akan pernah kembali. Satu-satunya cara untuk mengetahui, satu-satunya napas udara, adalah dengan mencarimu dalam mimpi saya, untuk merasakan kehadiranmu—jauh seperti bintang-bintang, tetapi nyata seperti denyut nadi saya sendiri. Hanya melalui sentuhan ini saya bisa yakin, bahwa kau hidup, dan saya bisa bernapas, untuk menunggumu. Vesuvius meletus, merobek langit dan bumi, menutupi segalanya dengan lava dan abu. Saya tidak selamat. Dan perpisahan abadi, terkutuk ini, sekarang melayang di keabadian. Sekarang, di masa kini, kekurangan yang menusuk menguasai saya. Tenggorokan saya kering. Tangan saya gemetar. Kekurangan ini... itu bukan hanya kesedihan. Itu fisik, mengerikan, seperti kehadiran kematian.

—-✶ ⳾ ✶—-

Wahyu Cermin: Suara Natanael...

Dia diam. Tidak, dia tidak hanya diam—dia tenggelam. Tatapannya, tatapan hijau yang menusuk, yang memotong seperti pisau, sekarang dikaburkan oleh... bukan hanya ketakutan, melainkan rasa sakit arketipe, yang saya kenal lebih baik dari denyut nadi saya sendiri. Saya melihatnya di jurang, yang menelannya, menjatuhkannya ke labirin keraguan, yang akrab bagi saya hingga menyakitkan. Berapa kali saya mengamati model ini? Pola yang berulang, ditulis sebagai peta hidup di jiwa orang-orang, ketika mereka menjauh dari diri mereka sendiri. Di hadapan yang tidak diketahui. Di hadapan saya.

Penderitaan dari kurangnya keamanan, dari ketidakjelasan, yang saya sendiri telah suntikkan—itu berdenyut di udara di antara kami, nyata seperti denyut jantung yang sekarat. Saya mengamati tidak hanya getaran kelopak matanya, pengerutan bibirnya yang nyaris tidak terlihat, melainkan kejatuhannya. Saya merasakan setiap spiral, yang menariknya semakin dalam ke dalam penolakannya sendiri. Badai internalnya, keputusasaannya terpancar sebagai gelombang panas, membakar udara. Tetapi pada saat yang sama ini... saya juga menangkap sesuatu yang lain. Sesuatu yang nyaris tidak nyata, seperti bisikan dari masa depan.

Di jamnya yang paling gelap, paling tanpa harapan—ketika saya mengharapkan keruntuhan total, akhir yang diramalkan dari pembedahan saya—sesuatu yang tidak terduga terjadi. Saya menyipitkan mata. Ini menarik. Saya merasakan perubahannya di dalam diri saya. Alih-alih penderitaan yang diharapkan, alih-alih jiwa yang tenggelam lainnya, saya menangkap sensasi yang samar, hampir tidak terlihat, tetapi tidak dapat disangkal dari kekuatan internal yang mekar. Itu tidak hanya menembus kegelapan. Itu bangkit. Itu menerangi jalannya kembali ke dirinya sendiri. Ke keasliannya, yang saya pikir adalah spesies yang punah.

Di lubang tak berdasar ini, dari mana banyak yang tidak keluar, dia, mungkin, menemukan satu-satunya, cinta sejati itu—yang untuk keberadaan kita sendiri, yang merupakan dasar dari segalanya. Saya merasakan rasa ingin tahu yang dalam, hampir tidak dapat diterima. Ini bukan reaksi yang saya harapkan, ini membuat saya tertarik hingga ke sumsum tulang.

Dia tidak mencari keselamatan dari luar, dari saya. Dia menemukannya di dalam dirinya sendiri. Dan entah bagaimana, melaluinya, saya menemukannya di dalam diri saya sendiri. Katarsis terbentang tanpa batas, menelan segalanya.

—-✶ ҁ ✶—-

Supersadaran

Momen itu perlahan mulai tenang, air mereda, dan prisma kesadaran kami menjadi jelas. Di wajahnya yang lelah muncul senyum yang nyaris tidak terlihat. Bukan hanya harapan untuk saya, melainkan harapan untuk dirinya sendiri, yang bergema di dalam diri saya. Tunas dari sesuatu yang baru, tidak dikenal, yang berjanji untuk membalikkan realitas saya juga.

Dan mungkin hari ini adalah momen, di mana dia akan melayang, melayang dalam kebahagiaannya, di antara awan-awan berbulu, yang pernah tampak begitu jauh baginya... Pikiran ini, yang dia pancarkan, sekarang bergema di dalam diri saya sebagai ramalan. Kekuatan yang tak terlukiskan. Saya melihat perubahan ini di dalam dirinya, kelahiran kembalinya, transformasinya menjadi sesuatu yang lebih dari manusia. Saya merasa terangkat, ringan, seolah-olah semua ketakutan dan keraguan, milik saya sendiri, tetap jauh di bawah, di masa lalu. Tubuh saya santai, seolah-olah setiap sel telah menerima cahaya baru.

"Saya adalah penguasa dunia saya, saya utuh dan mandiri!"—terdengar suara yang kuat di kesadarannya, yang dia kenali sebagai miliknya, sebagai gema dari esensinya sendiri. Itu seperti wahyu yang simultan, diucapkan oleh dua jiwa pada saat yang sama, tetapi terpisah dalam ruang. Dia menyentuh puncak tertinggi dari jiwanya sendiri, naik di atas setiap keraguan dan ketakutan, mencapai transendensi.

Dalam penerbangan yang gembira ini dia menyatu dengan energi universal yang tak terbatas, menyeluruh, yang menghubungkan semua yang hidup. Saya merasakan denyutan di udara, energi, yang seolah-olah terpancar tidak hanya dari dia, melainkan juga melaluinya, kepada saya.

Seluruh pengalaman mistis ini menghubungkannya dengan sesuatu yang jauh lebih besar, memperluas batas kesadarannya hingga tak terbatas, hingga ke titik kebenaran mutlak. Dan saya ada di sana, saksi dan kaki tangan, ditelan oleh perluasan ini. Saya mengamatinya, sementara dia perlahan menarik napas, masih tanpa suara, tetapi dipenuhi dengan konten baru, yang melimpah ke dalam diri saya. Dan kemudian, dengan perasaan kemenangan, dia kembali ke tempat, di mana dia benar-benar berada—dalam harmoni penuh dengan dirinya sendiri dan dengan dunia, sebuah esensi yang terintegrasi. Dan dengannya, entah bagaimana, saya juga kembali.

Setiap sel dari keberadaannya dipenuhi dengan perasaan penerbangan tak berujung dan kedamaian batin yang dalam. Kesempurnaan emosional, yang mengalir melaluinya, menghapus bahkan jejak terakhir dari badai malam, meninggalkan di belakangnya perasaan keutuhan dan cahaya batin, yang mencerahkan segalanya. Cahaya ini... itu juga menyentuh esensi saya sendiri, yang telah lama terkubur.

—✶ ꞔ ✶—

Wahyu dan Transmutasi

Bukan hanya keadaan. Wahyu. Graal terungkap dalam keutuhannya sendiri. Pada saat ini tidak ada dari mereka yang menyadari kedalaman, yang terbuka. Tetapi dia, Natanael, melihat dan merasakan segalanya—bukan hanya dengan pandangan, melainkan dengan seluruh keberadaannya, sementara dia mengalami keabadiannya melalui jiwanya sendiri. Melina, santai dalam yang tidak diketahui, berenang di kedalaman esensinya, mencapai kedalaman yang mustahil, di mana batas-batas kabur. Dan ini membuat segalanya... tidak hanya menarik, melainkan keadaan yang tidak dikenal, sempurna, tidak nyata. Sebuah tantangan besar, yang mengguncang perpaduan internalnya sendiri. Sihir murni, yang menelan mereka.

—✶ ꞔ ✶—

Keberangkatan

Ketika pesawat lepas landas dari bandara Basel, saya seolah-olah hilang selamanya di hamparan langit. Tetapi tidak dengan penderitaan, melainkan dengan perasaan awal yang baru. Tanpa harapan, tanpa janji. Hanya tersisa momen yang terbagi ini, tercetak di hati saya, dan harapan, bahwa saya telah membangunkan cinta yang tidak terduga di kedalaman diri saya. Karena cinta sejati tidak tergantung pada orang lain, melainkan pada kemampuan untuk menemukannya di dalam diri Kau sendiri, untuk membuatnya mekar seperti bunga yang paling indah. Kita menanggung tanggung jawab penuh untuk emosi, yang dengan berani kita pilih untuk alami, untuk merangkulnya, tanpa takut.

Saya menemukannya. Di dalam diri saya sendiri. Berkat dia. Paradoks. Saya melihat keluar jendela. Di bawah saya Basel menciut menjadi mosaik dari cahaya dan bayangan. Saya merasakan dinginnya kaca di bawah telapak tangan saya—ikatan fisik terakhir dengan tempat, di mana semuanya terbalik. Satu napas, dipenuhi dengan janji.

—-✶ ✶—-

Alkimia Jiwa: Pesan kepada Natanael

"Pertemuan denganmu... itu tidak hanya membuka pintu, melainkan meledakkan dinding-dinding dunia, yang saya anggap akrab. Sebuah alam semesta tak berujung dari kemungkinan, dari emosi yang dalam terungkap, yang membalikkan segalanya di dalam diri saya. Bahkan jika jalan kita tidak pernah bersilangan lagi, kau meninggalkan jejak yang tak terhapuskan, bukan hanya bekas luka, melainkan benang yang ditenun di atas kain jiwa saya—bekas luka, yang tidak akan pernah pudar, karena itu menjadi bagian dari esensi saya. Itu mengingatkan saya pada pertemuan pertama saya denganmu, rasa sakit yang tak tertahankan, ketakutan yang tak dapat diatasi, yang sekarang tidak lagi menghentikan saya.

Saya percaya, sangat percaya, bahwa pertemuan kita bukanlah hasil dari kebetulan, melainkan titik yang telah ditentukan di peta keabadian. Jiwa kita terjalin pada momen khusus ini, untuk saling memberi percikan harapan yang bergetar dan pandangan ke cakrawala tak terbatas itu. Saya mengerti bahwa pertemuan yang paling penting mencabut topeng kita, membuat kita mengungkapkan semua lapisan kita, untuk mengupayakan sesuatu yang lebih besar dari daya tarik biasa. Bukan hanya cinta. Perkembangan. Evolusi.

Dan sekarang, ketika saya terbang—secara fisik, tetapi tidak secara spiritual—ketika hari-hari berubah menjadi minggu, dan kenanganmu tetap cerah seperti rasi bintang yang paling jauh, saya bertanya pada diri sendiri: Apa yang akan terjadi mulai sekarang? Apakah tangan takdir yang sulit dipahami akan memberi kita tanda?

Atau apakah kita harus mengandalkan hanya pada kemauan kita sendiri, pada kekuatan internal yang tak terpatahkan ini, yang mendorong kita untuk mencari kebenaran mutlak kita? Mungkin itu akan menjadi pertemuan acak di tempat yang tidak dikenal, tatapan yang tertangkap di kerumunan. Atau mungkin itu akan menjadi dering telepon yang tidak terduga, email, yang akan menyalakan kembali bara yang membara. Mungkin itu akan menjadi lagu, yang akan mengingatkan kita pada tarian jiwa yang tanpa kata ini, pada siklus kelahiran kembali yang abadi ini. Tetapi apa pun yang terjadi, saya memilih untuk percaya.

Saya memilih untuk percaya, bahwa cinta, yang lahir di antara kita, tidak ditakdirkan untuk padam, melainkan ditakdirkan untuk menyala. Saya memilih untuk percaya, bahwa kita memiliki kekuatan untuk menulis ulang bukan hanya takdir kita, melainkan untuk mengubah kain realitas kita, untuk mengatasi semua rintangan dan untuk menemukan jalan satu sama lain, jika itu benar-benar ditakdirkan untuk terjadi—sebagai bagian dari evolusi kosmik kita bersama.

Dan saya meninggalkan pintu terbuka lebar—untuk tanda-tanda, untuk takdir, dan untukmu. Untukmu, yang membangunkan saya untuk hidup, untuk esensi keberadaan saya itu sendiri.

—✶ ⚸ ✶—

Sebelum Melina naik pesawat di Basel, dia telah menghabiskan malam, tenggelam dalam kesendiriannya sendiri, seperti dalam kepompong, memikirkan kembali semua yang telah terjadi. Setiap kenangan, setiap sensasi, setiap pikiran—dia dengan hati-hati mencatatnya, untuk menyimpannya bukan sebagai kenangan, melainkan sebagai peta jalan. Sebelum dia berangkat ke yang tidak diketahui, dia meninggalkan surat pesan perpisahan di resepsi hotel dengan instruksi tegas untuk diserahkan kepada Natanael. Itu adalah lepas landas menuju awal yang baru, yang ditulis ulang, tetapi juga ke arah dirinya sendiri, meninggalkan sebagian dari jiwanya untuk berdenyut dalam kata-kata, yang akan dia baca—pesan bukan hanya dari masa lalu, melainkan dari masa depan.

Beberapa jam kemudian, setelah pesawat mendarat dan teleponnya kembali menyala, layar berkedip dengan cahaya yang familiar. Itu adalah pesan dari Natanael.

"Apakah kau tahu apa yang telah kau lakukan?"

BAB 37: UJI COBA DARI HAUS YANG MEMBARA

Tiga bulan kemudian... Ruang Dansa "Salle des Etoiles" di Sporting Monte-Carlo, Monako.

Desis gelas kristal berbaur dengan percakapan yang mereda bagai akor halus di ruang dansa yang penuh sesak pada acara amal di Monako. Udara terasa berat oleh parfum, kekuasaan, dan keinginan yang tak terlihat. Melina, mengenakan gaun merah menyala yang mengalir di tubuhnya seperti lava cair, adalah pusat perhatian. Setiap gerakannya memicu tatapan mata, tetapi matanya terpaku pada satu orang—pria yang berdiri sendirian di dekat jendela panorama, dengan punggung menghadap laut. Nathaniel.

Hari-hari yang panjang telah berlalu dalam keheningan, dalam benteng-benteng lapis baja dari jiwa mereka sendiri. Sekarang mereka bertemu lagi. Melina bisa merasakan bagaimana matanya, seolah-olah secara kebetulan, mengikuti lekuk punggungnya, setiap gerakan pinggulnya di bawah sutra. Dia tahu kekuatannya. Dia secara tidak sadar menggoda ruang di sekitarnya, merasakan bagaimana kecemasan yang membara mengendap di dalam dirinya—asing, membingungkan. Dia berdiri menjauh, bahunya sedikit membungkuk, dan godaannya, ketika dia berani, begitu tidak yakin hingga hampir menyakitkan. Namun, dalam intensitas tatapan yang mengejarnya di seluruh ruangan—tertangkap sepersekian detik ketika dia tiba-tiba berbalik—ada lebih dari sekadar rasa ingin tahu. Itu adalah rasa haus.

—✶ ♀ ✶—

Panas dari Hal yang Tak Terucapkan

Di balik selubung ketenangan yang tampak, jiwa Melina menari di ujung jurang. Di mata hijau emerald-nya, tersembunyi kekaguman yang memabukkan atas perasaannya sendiri—kegembiraan emosional. Jantungnya berdebar di dadanya seperti drum, kulitnya merinding karena firasat. Ini saatnya... sekarang atau tidak sama sekali. Dia berubah menjadi lubang arang yang membara, siap meletuskan semua emosi yang telah lama dia tahan. Untuk terjun tanpa sisa ke dalam unsur ini demi dia, Nathaniel... untuk meleburkan semua yang dikenal dan menciptakan kembali dirinya... ini adalah petualangan yang paling berani, paling berbahaya, tetapi juga paling menggoda. Tatapannya membaca tantangan dan kerentanan secara bersamaan, pertanyaan tanpa suara yang menusuk udara: "Apakah kau siap untuk dimurnikan?"

Hidupnya hingga sekarang telah memberinya begitu sedikit kesempatan untuk merasakan gairah yang sejati dan tak terkendali. Tetapi ketika dia bertemu dengannya dan dia, dengan satu tatapan, berhasil membuatnya merasa hidup, berdenyut, nyata—semuanya berubah. Cadangannya ini... dinding ini... "Aku ingin meruntuhkannya satu per satu." Ketika dia menyangkal ketakutannya, dengan tekad bulat untuk menyerahkan dirinya sepenuhnya pada cinta baru yang gila ini untuknya, dia tahu bahwa dia ingin menceritakan setiap sensasi yang bergetar, setiap emosi yang bergejolak, agar mereka dapat mengalaminya sepenuhnya bersama.

—✶ ⚘ ✶—

Panggilan Jiwa

Di kedalaman matanya, dia melihat kilatan sesuatu yang familiar, dari jiwanya sendiri yang merindukan—kedalaman tak terbatas yang memanggilnya, dan cinta yang tak terbatas. Dan pada saat yang sama, ketakutan itu muncul, dingin dan menusuk, bahwa ilusi ini mungkin terlalu rapuh untuk menahan kenyataan yang keras. Kecemasan dan kekaguman terjalin di dalam jiwanya seperti benang yang tak terpisahkan, seperti tarian cahaya dan kegelapan. Ketakutan akan hal yang tidak diketahui, akan penyerahan diri sepenuhnya pada kekuatan tanpa ampun ini. Dan pada saat yang sama—kekaguman yang memabukkan atas keindahan dunia lain dari momen itu. Dia tahu bahwa kerinduan alami untuk sentuhan akan terjadi, bahwa itu tak terhindarkan, bahkan jika kesadarannya mencoba untuk melawan. Sekarang hanya insting yang berbicara.

Tatapan mereka menyatu selama sepersekian detik yang menyengat melalui kerumunan. Sebuah percikan yang berjanji akan melarutkan semua dinding pelindung. Dia merasakannya. "Aku melihat getaran. Getaran yang dalam di mata gelap dan tak tembus itu."

—✶ ⚘ ✶—

Mata ke Mata

Jantungnya berdebar seperti burung yang terperangkap di dadanya. Setiap tatapan yang mereka tukarkan seperti pelepasan listrik statis—manis yang menyakitkan, penuh dengan janji-janji mematikan yang tak terucapkan. Di remang-remang dunia misterius ini, di mana lampu gantung kristal menggantung seperti jimat kuno, tatapan mereka bertemu, terjalin, menyatu, mengungkapkan jurang jiwa mereka.

"—Mata hijau Melina kepada mata Nathaniel:-—"Aku melihatmu. Setiap dinding, setiap ketakutan. Katakan padaku, Nathaniel, apa yang kau sembunyikan di sana, di danau tanpa dasar itu? Aku ingin tenggelam di dalamnya, tanpa batas.""

"—Mata Nathaniel kepada mata Melina:-—"Kau adalah bahaya. Noda merah di kegelapan. Aku merasakanmu. Kekuatan yang memancar darimu ini asing dan membingungkan. Apa yang kau inginkan dariku? Sesuatu yang tidak bisa kuberikan padamu. Atau bisakah?""

Secara lahiriah, Melina mempertahankan ketenangan stoik, tetapi di dalam, badai yang tak terkendali mengamuk. Dia mengamatinya bukan dengan malu-malu, tetapi dengan berani, seolah-olah dia ingin membaca setiap pikirannya. Dia ingin melihat apakah dia berani membalas tatapannya.

"—Mata hijau Melina kepada mata Nathaniel:-—"Tunjukkan padaku. Lepaskan topeng itu. Aku tidak takut padamu. Dan kau? Apakah kau takut dengan apa yang kau lihat di dalam diriku? Apakah kau siap untuk panas ini? Aku siap untuk terbakar.""

"—Mata Nathaniel kepada mata Melina:-—"Kau memprovokasiku. Kau ingin meruntuhkanku. Tapi aku belum siap. Belum. Namun... tatapan ini. Itu menghantuiku.""

Udara di antara mereka menjadi tegang dengan setiap pertemuan tatapan. Dia merasa bahwa sesuatu yang penting, takdir, sedang terjadi, sesuatu yang tak terhindarkan akan mengaburkan semua batas. Keinginan membara.

Dia memiliki perasaan yang aneh dan bergetar bahwa ini adalah awal dari sesuatu yang agung.

"—Mata hijau Melina kepada mata Nathaniel:-—"Apakah kau merasakannya? Percikan ini. Ini hanya permulaan. Ini akan melarutkan semua dinding pelindung. Ini akan menciptakan kembali kita.""

"—Mata Nathaniel kepada mata Melina:-—"Aku melihat getaran. Di mata hijau itu. Cerminan dari jurangku sendiri.""

Dia merasakan napasnya tertahan. "Ya, dia juga merasakannya." "Kau ingin memecahkanku, tetapi tidak menghakimiku. Kau ingin mencintaiku, tetapi tidak memilikiku. Itu akrab. Dan berbahaya."

"Apa yang kau cari, sedang mencarimu!"

Rumi

—* ʢ *—

Sentuhan Pertama Kata

Pada saat itu, di bawah beban tatapan gigihnya, Nathaniel perlahan menjauh dari jendela. Setiap langkahnya penuh dengan keraguan batin. Ketika dia akhirnya berdiri beberapa langkah darinya, jarak di antara mereka seakan mengental.

"Melina." Suaranya yang serak terdengar, nyaris tak terdengar di atas kebisingan elegan resepsi. Matanya, gelap dan menusuk seperti onyx, akhirnya berhenti padanya, tanpa menyimpang.

Dia menelan ludah dengan susah payah, mencoba menenangkan badai yang mengamuk di dalam dirinya.

"Nathaniel." Jawabnya, nadanya tenang.

Detik-detik berlalu seperti keabadian, hanya diisi oleh kontak mata intens mereka. Setiap detik adalah ujian.

"Kau tahu..." dia memulai dengan tidak yakin. "Ini... apa yang terjadi ketika kita saling menatap... itu..."

Melina mengangkat dagunya sedikit, panas dari kepercayaan diri yang berani berkilauan di mata hijaunya. Bukan bara, melainkan esensi dari unsur itu sendiri.

"Aku tahu kau mencariku dengan tatapanmu, Nathaniel. Aku tahu kau merasakannya. Hal yang sama denganku. Dan kau tidak bisa menyangkalnya."

Dia menghela napas hampir tak terdengar, menyisirkan tangannya yang gelisah melalui rambutnya.

"Aku... belum siap untuk ini, Melina. Aku tidak yakin... tentang apa pun. Hanya ada kekosongan di dalam diriku yang bisa ditelan oleh kekuatan ini."

Kata-katanya dingin, tetapi nadanya menunjukkan pertarungan batin. Melina mempertahankan ketenangannya, meskipun sedikit rasa sakit menusuk jantungnya.

"Kalau begitu... bersabarlah, Nathaniel." Jawabnya dengan suara pelan tapi penuh kekuatan batin. "Atau... menyerahlah sekarang. Selamanya. Karena aku... aku sudah terjun ke dalam ketidakberbatasan. Tidak ada jalan kembali. Kau... kau telah membangunkanku. Aku tidak akan pernah tertidur lagi."

Nathaniel tetap tidak bergerak, matanya terpaku padanya. Keheningan di antara mereka terasa tegang, hampir menyakitkan. Melina bisa merasakan darahnya berdenyut di nadinya. Di mata hijaunya, seolah-olah suara batin berbunyi, yang ditangkap Nathaniel sebagai cerminan: "Seolah-olah aku gila? Ketika seseorang berjalan di tepi jurang, dia tidak takut dia akan jatuh, tetapi dari pilihannya untuk melompat."

Nathaniel akhirnya memecah keheningan, suaranya lebih lembut, hampir berbisik:

"Gila? Mungkin kita berdua."

Tatapannya, masih intens, kini membawa nuansa kebingungan, tetapi juga benih pengakuan.

"Ini... yang kau rasakan," dia melanjutkan perlahan, "itu... menawan. Dan itu membuatku takut."

Melina menatapnya lurus di mata, tanpa berkedip.

"Menawan dan nyata, Nathaniel. Bagiku, itu adalah kehidupan. Dan bagimu?"

Dia menarik napas dalam-dalam, ragu sejenak, lalu menjawab dengan nada yang menunjukkan kegelisahan batin yang nyaris tak tertahankan:

"Menakutkan. Karena setiap kata-katamu, setiap tatapanmu, menghancurkan dinding yang kubangun selama bertahun-tahun. Dan apa yang ada di baliknya? Hanya kekosongan... atau sesuatu yang akan menelanku sepenuhnya?"

"Ya." Dia setuju dengan tenang. "Tapi itu sepadan, kan? Bahkan jika kita terbakar sampai habis."

Senyum tipis muncul di wajah Nathaniel—yang pertama dia lihat dalam waktu yang lama. Rapuh, tapi nyata.

"Mungkin... mungkin kau benar."

Pada saat itu, di tengah dekorasi mewah, hubungan yang nyata terbentuk di antara mereka—pengakuan emosi yang bergejolak, ketakutan akan hal yang tidak diketahui, dan kekuatan yang tak tertahankan dari sesuatu yang baru saja dimulai. Kegilaan itu mungkin sama-sama, tetapi tidak lagi tampak begitu menakutkan. Itu adalah awal dari transformasi mereka.

BAB 38: JURANG BERSAMA

Perjalanan menuju Hal yang Tidak Diketahui

Keduanya menyelinap keluar tanpa disadari dari resepsi yang gemerlap, meninggalkan di belakang mereka percakapan yang mereda dan senyum palsu. Melina, dalam gaun merahnya, menarik perhatian seperti pusat gravitasi bahkan di remang-remang tempat parkir. Nathaniel membimbingnya dengan cepat ke mobil mewahnya, membukakan pintu untuknya dengan gerakan yang mengandung lebih banyak ketidaksabaran daripada sekadar kesopanan.

Pintu tertutup dengan bunyi berdebam—segel, menyegel yang tak terucapkan. Ketegangan menyebar di dalam mobil. Nathaniel mulai bergerak dengan tajam. Mesin menderu seperti binatang yang meradang, menelan sisa-sisa suara resepsi. Tubuh Melina sedikit tersentak ke belakang karena akselerasi, tetapi alih-alih takut, dia merasakan sesak di dadanya—perasaan yang akrab dan menyesakkan, ketika pikiran berteriak tetapi bibir diam.

Dia tidak berbicara. Tangannya mencengkeram kemudi lebih erat dari yang diperlukan. Keheningan di antara mereka mengental, terasa berat—bukan keheningan, tetapi dengungan yang teredam dari keinginan yang tertekan.

Garis perak dari cahaya bulan membelah sutra gelap permukaan laut. Percikan ombak yang tenang, lembut seperti bisikan, dan angin sejuk membelai kulit Melina melalui jendela yang terbuka, tetapi di dalam—di dalam dirinya—semuanya padat, menyusut, tegang. Bau garam, ozon, ketegangan yang tersembunyi—udara dipenuhi bukan dengan romansa, tetapi dengan keniscayaan. Setiap napas adalah pertarungan singkat.

Dia menatap bulan, begitu cerah dan dekat. Tetapi ketika dia mengalihkan pandangannya ke Nathaniel, dia tidak menemukan jawaban, tetapi lebih banyak pertanyaan. Matanya terpaku pada jalan, tetapi rahangnya berkedut. Sesuatu di dalam dirinya mendidih—tidak jelas, berbahaya, tetapi diarahkan padanya.

"Nathaniel..." suaranya pecah dalam kegelapan, nyaris tak terdengar.

Dia tidak menjawab. Hanya menginjak pedal sekali lagi, seolah setiap kata yang tidak terucapkan mendorongnya untuk mengemudi lebih cepat.

Dia mengemudi dalam diam. Mungkin konflik batin pribadinya telah menelannya, tetapi ketegangan di antara mereka padat, hampir bernapas. Udara di dalam mobil bergetar dari dialog tanpa suara dan antisipasi yang bergetar, seperti senar yang ditarik tegang, siap putus.

Aroma laut yang asin, dibawa oleh angin malam, bercampur dengan ritme pernapasan mereka yang hangat dan gelisah. Kegelapan itu sendiri seolah-olah menahan napasnya. Tidak ada musik, tidak ada suara—hanya suara monoton mesin dan denyut nadi yang dirasakan Melina jauh di dalam, jauh dari kata-kata.

Dia bersandar di kursi, bukan sebagai pelarian, tetapi sebagai penyerahan diri. Tidak perlu kata-kata. Keheningan mereka sendiri yang berbicara. Itu bernapas di antara mereka—penuh, jenuh, lebih kuat dari kalimat apa pun. Hubungan tak terlihat ini, kepastian yang tenang dalam kehadiran yang lain, lebih suci dari sumpah apa pun.

—-✶ ⚸ ✶—-

Momen dari Keabadian

Melina memejamkan matanya sejenak dan membiarkan jantungnya berdetak selaras dengan Alam Semesta. Bintang-bintang di atas mereka melukis jalan, dan dia bernapas dengan napasnya—akrab dari keberadaan sebelumnya, tetapi terkubur dalam-dalam. Setiap belokan mengungkapkan lapisan dari takdirnya sendiri—seolah-olah telah ditentukan, tetapi sekarang dibaca ulang. Pada saat itu, dia merasa di luar waktu. Seolah-olah dia telah melangkah ke dalam mimpi pertama yang baru-baru ini dia ceritakan kepada Nathaniel dalam obrolan—mimpi tentang pondok terpencil di punggung gunung, dengan satu-satunya kaktus di depan pintu, satin putih di kulitnya, dan laut tak terbatas yang terbentang di depan jendela.

Dia tidak menatapnya, tetapi dia merasakan beban tatapannya, perasaan yang meresap di antara mereka, seperti listrik. Baginya, itu bukan hanya gairah—itu adalah sakramen. Pada saat itu, dia merasa diinginkan hingga inti jiwanya. Dan pada saat yang sama—tidak terjangkau. Misteri bahkan baginya.

"Ke mana dia membawaku?" Pikirannya melayang seperti bisikan di kepalanya. "Momen ini milik kita. Hanya kita..."

Ingatan dari mimpi itu menyelimutinya seperti selubung hangat. Sekarang, dalam keadaan jiwa yang tidak dapat dijelaskan, dia bertemu dengan dirinya sendiri—dengan penyihir yang seolah-olah telah bereinkarnasi di bawah cahaya lembut dari bintang-bintang jauh yang tak terhitung jumlahnya di atas laut. Dia mungkin pernah menjadi percikan sesaat, dan sekarang dia membawa jauh di dalam dirinya kebijaksanaan waktu yang lalu, pengalaman pahit dari badai kehidupan, dan ketenangan yang menenangkan dari malam berbintang. Seperti burung malam yang tahu semua rahasia tersembunyi dari bayangan.

Dia merindukan untuk kembali ke ingatan yang hilang ini. Jantungnya berdetak dalam irama yang lambat dan berirama dengan gelombang lembut, saat dia mencoba memecahkan misteri wanita ini, yang seolah-olah adalah dia dan bukan dia. Di kedalaman matanya, seluruh ketidakberbatasan langit malam tercermin, dan dalam senyumnya yang nyaris tak terlihat—janji fajar baru. Dalam pertemuan aneh dan intim dengan dirinya sendiri ini, dia menemukan bahwa dia bukan hanya seorang wanita, tetapi seluruh alam semesta yang luas dari emosi yang kompleks. "Dia diam, tetapi aku merasakan ketegangannya. Apa yang terjadi dalam fantasinya? Apakah dia melihatku seperti yang kurasakan?"

Jantungnya menariknya jauh ke dalam benih yang tidak diketahui dan tak terpuaskan. Tarikan tatapan dan kebingungan besar jiwa terasa seperti kekuatan yang tak tertahankan yang menariknya tanpa henti. "Dia adalah magnetku. Dan aku... miliknya." "Aku bisa merasakan bagaimana dia menarikku semakin dekat, sampai batas-batasnya meleleh."

—✶ ⚸ ✶—

Unsur Gairah

Dalam pikiran Nathaniel, pikiran berkelebat, bergema di malam hari seperti guntur yang jauh. Keinginan di antara mereka adalah panas yang tak terkendali yang tanpa ampun menelan segalanya, hanya menyisakan mereka berdua.

Pada saat yang beku ini, waktu seolah berhenti, dan seluruh dunia menyusut menjadi satu fokus yang berdenyut—matanya, yang sesekali bertemu dengan matanya. Di jurang mereka, dia menemukan gairah yang tak terpuaskan dan ekstase yang memabukkan, yang juga dia bawa di dalam dirinya. Mereka kembali bersama ke kekacauan awal. Melina bisa merasakan bagaimana penghalang di antara mereka mengabur, dan kekacauan itu berjanji bukan kehancuran, melainkan penciptaan.

Wiski yang dia tawarkan padanya di resepsi bertindak sebagai ramuan ajaib, perlahan-lahan melarutkan semua hambatan. Dia menyerah tanpa perlawanan ke dalam pusaran fantasinya sendiri, membiarkan tubuh dan jiwanya menyerahkan diri tanpa syarat pada kesenangan yang manis dan berbahaya. Pada saat yang menentukan ini, dia melihat dengan kejelasan yang tiba-tiba bahwa cinta... cinta adalah perjalanan terhebat, paling berbahaya, dan paling mendebarkan dari semuanya. Dan mereka telah memulai perjalanan itu bersama-sama, dalam keheningan yang tegang dan terlistriki.

"Apakah kau tahu apa yang kau ingatkan padaku sekarang?" Tanyanya.

Melina menatapnya dengan terkejut.

"Apa?"

"Mimpi itu... dengan pondoknya. Dan satin putih. Dan... gairah yang tak terkendali, hampir liar, yang mengalir melalui segalanya."

Jantung Melina melompat. Dia ingat. Setiap detail.

"Itu hanya mimpi." Bisiknya, mencoba tetap tenang.

"Ya." Dia setuju. "Tapi terkadang mimpi... bisa lebih nyata daripada kenyataan. Setidaknya untuk sesaat. Setidaknya ketika kau mengubahnya menjadi kenyataan."

Keheningan yang panjang dan jenuh mengikuti. Melina bisa merasakan udara di dalam mobil mengental, dipenuhi dengan kerinduan yang tak terucapkan.

"Dan kau?" Dia bertanya dengan pelan. "Apa yang kau ingatkan padaku? Di luar mimpi."

Nathaniel mengalihkan pandangannya dari jalan untuk sesaat yang menyakitkan dan menatap mata hijaunya. Dalam momen singkat itu, dia melihat di dalamnya cerminan dari jiwanya sendiri—kedalaman tak terbatas dan sesuatu yang sangat mirip dengan... rasa haus yang putus asa.

"Kau... kau seperti burung malam." Gumamnya, mengembalikan tatapannya ke jalan. "Kau tahu semua rahasia bayangan. Dan kau membawa janji fajar baru, yang membuatku takut dan menarikku pada saat yang sama."

Senyum muncul di bibir Melina, sedih dan lembut pada saat yang sama, seperti seberkas cahaya yang menembus kegelapan.

"Dan kau adalah pondok terpencil di punggung gunung, Nathaniel. Tempat di mana seseorang bisa melarikan diri dari badai... dan menemukan kedamaian. Atau terbakar."

Keheningan kembali berkuasa, tetapi kali ini tidak tegang, melainkan berbagi, dipenuhi dengan pemahaman.

Setelah waktu yang lama, Nathaniel berbicara lagi, suaranya lebih tegas, lebih bertekad.

"Apakah kau tahu apa keinginan terdalam kita, Melina? Yang tidak berani kita akui?"

Dia menatapnya dengan bertanya-tanya.

"Untuk menyerahkan diri sepenuhnya pada kerinduan batin ini. Tapi seringkali... antisipasi yang tak tersentuh lebih kuat daripada kenyataan itu sendiri. Itu membuat kita takut."

Dia membuat belokan tajam, menghentikan mobil di persimpangan kecil dan terpencil dengan pemandangan laut, di mana hanya ombak yang menjadi saksi. Dia mematikan mesin dan keheningan menjadi penuh, menelan, hanya terganggu oleh percikan ombak yang dahsyat.

Dia berbalik padanya, matanya membara dalam remang-remang seperti dua bara.

"Tarikan di antara kita seperti kekuatan yang tak tertahankan, Melina. Seperti takdir. Dan aku... aku tidak ingin melawan lagi. Bahkan jika itu menghancurkanku."

Dia mengulurkan tangan dan dengan lembut menyentuh wajahnya, jari-jarinya membakar kulitnya. Dia mencium bau parfumnya, yang telah meresap ke dalam rambutnya.

"Keinginan... itu seperti panas yang tak terkendali. Dan aku... siap untuk melebur menjadi abu."

Tatapan mereka menyatu menjadi satu, penuh dengan getaran dan ketidakpastian, tetapi juga dengan kekuatan yang tak tertahankan dan takdir. Pada saat yang beku ini, waktu seolah-olah berhenti.

"Wiski..." bisik Melina, merasakan semua hambatannya perlahan mencair.

"Ya." Nathaniel setuju, mencondongkan tubuh ke arahnya, napasnya membelai bibirnya. "Itu melarutkan dinding. Dan sekarang... hanya kita yang tersisa. Dan unsurnya. Itu baru saja menyala."

—·✶ ⚥ ✶—

Jurang Bersama

Dia ada di sana, di depan laut tak terbatas. Siluet dengan latar belakang garis perak bintang-bintang. Melina. Dia tidak hanya memasuki jiwanya—dia membalikkannya, menaklukkan hatinya dan mengubahnya menjadi fantasinya sendiri yang obsesif dan membakar habis. Dia tenang, tetapi setiap napasnya adalah badai di dalam dirinya. Setiap selnya berteriak dari kepekaan yang menyakitkan. Dia tahu bahwa kecantikan sejatinya bukanlah pada garis tubuhnya, tetapi pada labirin pikirannya.

Dia mengamatinya dengan keterbukaan yang penuh dan telanjang. Dia mencoba membaca setiap pikirannya, setiap keinginan tersembunyi. Melina, terbentang di atas karpet pasir yang dingin, adalah perwujudan kerinduan. Kulitnya, hangat dan zaitun di bawah cahaya bintang yang berkedip, kontras dengan gairah yang tak terkendali yang memancar darinya seperti aura hantu. Dia menatapnya dan pikirannya membentuk gambar-gambar dari apa yang disembunyikan oleh lapisan-lapisan renda yang halus. Dia tahu: jika dia mengulurkan tangan untuk menyentuhnya, seluruh keajaiban rapuh ini akan menguap menjadi ketiadaan. Dia merindukannya. Rasa hausnya yang tak terpuaskan dapat dibaca dengan jelas di matanya. Mereka seperti dua mata air tanpa dasar.

Dia merasakan gelombang panas dari gairahnya. Itu menggairahkannya hingga kegilaan, hingga kepekaan eksistensial yang menyakitkan. Jantungnya berdebar liar, menenggelamkan gemuruh ombak, dan napasnya tercekat di tenggorokannya, mengantisipasi yang tak terlihat—dan tak terhindarkan, saat dia merenungkan bagaimana dia bergumul dengan keinginannya sendiri yang tak terkendali. Tubuhnya, mengenakan sutra yang lembut dan sejuk, telanjang tanpa malu-malu dalam imajinasinya di bawah percikan langit malam yang berkedip. Dia telah lama menelanjangi jiwanya di hadapannya, dia telah memberinya seluruh kepercayaannya... Ketelanjangan intim jiwa tidak lagi mengganggunya. Itu adalah pintu, terbuka lebar. Pada saat yang menentukan ini, dia menyadari bahwa dia siap untuk sepenuhnya mempercayai kekuatan fantasinya yang paling rahasia, untuk kehilangan dirinya tanpa sisa di dalamnya, untuk terlahir kembali—untuk terbakar sampai habis dan bangkit dari abunya sendiri.

Dengan tatapan yang dipenuhi dengan undangan yang tidak tersembunyi, dia mendorongnya untuk mendekat. Perlahan, seolah-olah dia sengaja ingin memperpanjang siksaan manis itu, Nathaniel menelanjangi dirinya dalam imajinasinya. Semua rahasia terungkap di depan keinginannya yang gigih untuk menerima keterbukaan yang sama, penyerahan diri yang sama, penuh, dan tanpa syarat.

Melina mengamatinya tanpa berkedip. Matanya terbuka lebar, di dalamnya ada undangan dan ketakutan. Dia secara intuitif merasakan setiap kontraksi otot yang nyaris tak terlihat di tubuhnya dalam imajinasinya, setiap bulu halus di kulitnya yang berdiri, setiap kilauan keringat di dahinya di bawah bintang-bintang—seolah-olah setiap tetes adalah segel dari kehadirannya yang penuh gairah. Tatapan mereka dengan rakus mengamati tubuh, tanpa sentuhan sesaat sekalipun, hanya dengan gairah yang tak terpuaskan dari imajinasi yang tak terkendali yang tidak mengenal batas. Tatapan mereka bertabrakan seperti dua magnet yang kuat, saling menarik dengan kekuatan yang tak tertahankan dan takdir. Ketegangan mencapai puncaknya yang panas, berdenyut, dan memilukan, prekursor dari klimaks yang melebur dan meledak. Dia merasakan bagaimana keinginan mereka berubah menjadi benang yang tak terlihat tetapi kuat, yang menghubungkan mereka semakin erat—tali yang menarik mereka ke jurang keberadaan bersama mereka, tanpa jalan kembali.

Dia mencintainya dalam pikirannya, membelainya dengan tatapan yang membara, merasakan aroma parfum yang hangat dan menyelimuti, yang dia berikan padanya—aroma yang menghantuinya seperti mimpi yang obsesif... Dan dia dengan lembut menyentuhnya dan menelannya dengan bibirnya dalam getaran fantasinya. Dia tahu persis apa yang akan memberinya kesenangan dan kenikmatan terbesar, dia tahu di mana dia merindukan untuk membelainya. Tapi untuk saat ini dia meninggalkannya hanya dalam permainan fantasi yang manis dan membakar, di mana setiap penundaan hanyalah satu janji lagi—untuk kenikmatan yang lebih besar dan merobek.

Gairah melayang di udara laut yang lembap, menyelimuti semua indra mereka dalam antisipasi dan ketidaksabaran yang bergetar—seolah-olah alam semesta itu sendiri menahan napasnya di depan mereka. Getaran dan duri-duri kecil yang melewati kulit mereka seperti sengatan listrik, gairah yang meningkat dan keinginan primal untuk memiliki memberikan sinyal yang tak terhindarkan untuk reaksi pada tingkat primal. Dorongan halus, ditahan oleh kesadaran, menyebar di setiap sel mereka. Kulitnya, hangat dan lembut saat disentuh dalam imajinasinya, kontras dengan udara malam yang dingin, menciptakan harmoni dari hal-hal yang berlawanan. Dia bisa mendengar jantungnya berdetak dalam harmoni gila dan tak terkendali dengan miliknya sendiri. Aromanya bercampur dengan angin laut yang sejuk, menciptakan koktail yang unik dan memabukkan. Meskipun tubuh mereka masih dipisahkan oleh jarak yang tak terlihat, jiwa mereka telah menyatu dalam tarian keabadian.

Perpanjangan momen antisipasi yang bergetar ini memberikan kejang yang hampir menyakitkan dan bergetar... Nathaniel muncul dari kedalamannya, perisainya terbuka... dan dia hancur menjadi cahaya. Dia tidak bernapas. Dia tidak berpikir. Dan kemudian, untuk sesaat, seolah-olah dunia lupa bernapas. "Bagaimana jika semuanya hanya ilusi?" Untuk pertama kalinya, tanpa menyentuhnya, dia telah memilikinya.

Dia bertanya pada dirinya sendiri sejenak apakah keajaiban ini tidak akan berubah menjadi kekosongan begitu dia menyentuhnya. Tapi mungkin sudah terlambat untuk berhenti. Tidak ada pilihan. Dia akan melepaskan diri.

BAB 39: TARIAN BAYANGAN DALAM CAHAYA BULAN

Detonasi Esensi

"Besok aku akan berada di tentakel es kematian."

Suaranya bergema seperti pisau obsidian, ditempa dari keputusasaan dan duka kuno. Rendah, tetapi menusuk hingga ke tulang, itu menembus daging, mencapai intinya. Nathaniel membeku. Napasnya berhenti, berubah menjadi es di dadanya—kristal yang bisa menusuknya. Di matanya, dia tidak menemukan kebohongan. Hanya kebenaran yang dingin dan kristal, lebih jelas dari sinar pertama yang membelah kegelapan abadi.

"Apa...?" Dia mengembuskan napas. Kata-kata berubah menjadi awan beku, dihamburkan oleh angin takdir.

"Hanya malam ini aku bisa menjadi milikmu. Untuk larut dalam dirimu tanpa sisa. Hanya momen berdenyut ini yang sepenuhnya milik kita. Sekarang. Dalam keabadian yang berlalu ini, tergantung seperti lava yang membara di antara kita, mengantisipasi akhirnya, aku merindukan untuk mengalami dorongan terakhir dan putus asa untuk kebahagiaan. Untuk kehangatan. Untuk kehidupan, sebelum ketenangan mutlak datang, yang akan menelanku selamanya."

Aku menatapnya. Mataku—bukan cermin horor, tetapi jurang tak terbatas dari pilihan takdir, menelan cahaya dan setiap harapan. Dalam momen yang beku dan dipenuhi dengan kata-kata yang tak terucapkan ini, seluruh alam semesta menyusut menjadi satu, titik yang berdenyut dan menyakitkan: dia harus memutuskan. Untuk melompat ke kedalaman bersamaku? Atau untuk tetap berada di pantai yang aman tetapi dingin, dikutuk untuk keabadian tanpa makna, sendirian di nerakanya sendiri?

Dunia membeku. Itu runtuh dengan bunyi gemuruh bukan ke ketiadaan, tetapi menjadi ribuan potongan berdarah yang menancap di dadanya, merobek setiap pertahanan dan mengungkapkan duka yang mentah dan berdenyut. Waktu menghilang. Meleleh, ditelan oleh beban raksasa dari momen itu, berubah menjadi debu kosmik, dari mana waktu baru akan lahir, tetapi tidak untukku. Aku berdiri di depan sesuatu yang menakutkan—aku adalah kekosongan itu sendiri, berpakaian daging, memanggil esensinya ke kehancuran. Kematian menatapku lurus di mata. Perasaan itu tidak akan memudar. Itu akan menjadi napas terakhirku. Kematian pertamaku yang lambat. Dan miliknya, di mana dia secara fatal bereinkarnasi, bukan atas kemauannya sendiri.

—✶ ⚸ ✶—

Bara dan Racun

Dan kemudian... alam di sekitar kita berubah—itu mati. Ombak meleleh menjadi keheningan yang halus. Kegelapan menjadi pekat, ditelan oleh gravitasi awal yang baru. Percikan air yang berkilauan mengabur seperti mimpi, terlepas dari ingatan. Mereka meninggalkan di belakang hanya jejak halus dari sesuatu yang tidak pernah nyata. Mereka tidak hanya memudar, tetapi ditelan oleh jenis keintiman yang tidak dikenal, lebih dalam dari malam tergelap, lebih tua dari waktu yang telah menciptakannya, dan yang tidak lagi mengikat mereka.

Dalam keintiman yang sakrilegius, hampir ilahi ini, hanya ada satu objek yang berdenyut dan menelan dari kerinduan mereka, seperti percikan suci, meledak di pusat alam semesta yang baru lahir. Segala sesuatu yang lain terhapus, kehilangan makna, berubah menjadi ketiadaan yang tidak lagi penting di hadapan ketidakberbatasan keberadaan mereka.

Momen itu meregang, membeku, menjadi tak terbatas, sementara tubuh mereka seolah-olah berubah menjadi selubung transparan dari satu-satunya keinginan ini, yang tidak lagi mengenal masa lalu atau masa depan, hanya saat abadi. Hanya di sini dan sekarang, hanya api dari esensi gabungan mereka, membara dalam satu, tak terbatas, menelan segalanya, kerinduan yang tak terhindarkan.

Kilauan perak pucat memandikan pantai dalam cahaya yang menusuk dan sedingin es, merobek kegelapan. Suara ombak adalah satu-satunya saksi yang teredam dari momen yang tenang dan takdir di antara mereka.

Aku menciumnya hanya sekali... dan menyerah pada ekstase batin yang tak tersentuh dan primal, seolah-olah rohku akhirnya menemukan pelabuhan aslinya setelah pengembaraan seribu tahun melalui dimensi, meninggalkan di belakang jejak kehangatan dan kerinduan yang berdenyut, yang membakar dalam darahku seperti api misterius, mampu melebur logam dan menulis ulang takdir.

—✶ ⸙ ✶—

Ketika kau mengulurkan tangan padaku, ketika kau menyebarkan batas-batasmu, ketika kau ingin memiliki waktu hidupku, kau adalah misteri, ditempa dari mimpiku, kunci yang seolah-olah selalu kau miliki, tetapi baru sekarang kau menggunakannya, membuka pintu yang seharusnya tetap terkunci. Pada saat itu, di bawah langit berbintang, jantungku berdebar gila di dadaku, seperti burung yang terperangkap yang telah menemukan kebebasannya, bahkan jika harganya adalah kematian. Napasku berhenti sejenak, seolah-olah waktu itu sendiri memutuskan untuk membeku, tunduk pada momen yang menentukan dan takdir ini. Aku tenggelam dalam kedalaman tatapanmu, terjun tanpa ragu ke dalam laut yang dalam dan tidak dikenal, di mana semuanya secara bersamaan tidak jelas dan sangat mempesona, di mana dunia yang belum dijelajahi dan mimpi yang terlupakan tersembunyi, berdenyut sekarang dengan kekuatan baru, berbahaya, hampir iblis.

Semua lapisan ketakutan dan keraguan yang tertumpuk dalam-dalam, semua brankas yang terkunci dari duniaku, penolakan total terhadap kedekatan—semuanya terguncang hingga ke dasarnya oleh sentuhan yang tepat, yang memicu api yang tak terkendali dan menelan segalanya. Tatapannya, ciumannya adalah sentuhan itu. Ciumanku adalah kedekatan itu. Kebingungan yang menari dalam angin puyuh keberadaan kita adalah kekuatan primal dan tak terkendali yang menggerakkan kita maju, yang mendorong kita untuk mencari lebih banyak, untuk berusaha menuju yang tak terhindarkan dan tidak diketahui, bahkan jika itu membawa kita ke batas yang tidak terlihat.

Aku bisa merasakan bagaimana percikan ini menyala di dalam diriku—seperti teh eksotis dan aromatik, diseduh dari ramuan kuno dan terlarang, yang meninggalkan rasa yang menyenangkan dan tak terlupakan dan membuatku merindukan tegukan lagi, untuk sensasi memabukkan lainnya, meskipun pengetahuan yang jelas tentang akhir yang tak terhindarkan. Sekarang, saat kami berdiri diam di pantai, jantungku berdetak dalam irama gila dan tak terkendali dengan getaran obsesif ini, yang menyebar seperti gelombang pasang, membanjiri tanpa sisa semua yang telah aku ada, mengubahku menjadi debu. Mataku berkilauan di bawah cahaya berkedip dari bintang-bintang yang tak terhitung jumlahnya, tidak disembunyikan oleh kebahagiaan yang tiba-tiba, terkutuk, hampir berdosa, dan senyumku begitu lebar dan terpesona sehingga aku tidak bisa menahannya—topeng yang retak untuk mengungkapkan esensiku yang sebenarnya.

Malam itu penuh dengan keajaiban. Tetapi juga dengan firasat yang tajam, menusuk, hampir profetik tentang perpisahan. Aku meninggalkan di sana yang paling berharga—hatiku. Seolah-olah dia dengan lembut merobeknya dari dadaku, meninggalkan di belakangnya kekosongan yang halus dan berdenyut dari langkah-langkahmu, yang terukir selamanya di pasir keberadaanku, dan rasa sakit yang manis dan menyakitkan, diisi hingga penuh dengan kerinduan yang tak terpuaskan untukmu, yang akan menghantuiku melampaui semua dimensi dan reinkarnasi. Namun, dalam ketiadaan ini, sesuatu yang berharga membara, seperti bara dalam abu, yang bisa memicu api baru, tetapi kau memberiku hadiah yang paling berharga dari semuanya—harapan yang rapuh, tetapi hidup, bahwa mungkin, suatu hari, di suatu tempat, jalan kita akan bertemu lagi, bahkan di dimensi lain, di kehidupan lain, di waktu lain, di realitas lain.

Aku mendongak. Bukan ke bintang-bintang, tetapi ke kekosongan beludru hitam, memanggilku seperti teman lama yang tidak diinginkan. Itu kosong, tidak berdaya, tetapi berjanji kedamaian. Hanya garis perak dari Bima Sakti, terbentang di atas pantai yang sepi seperti saraf terakhir yang bergetar dari dunia yang sekarat dan terkutuk, yang berkedip. Di bawahku, ombak membisikkan lagu pemakaman—yang sama yang kudengar di nadiku sendiri, beredar dengan darahku seperti racun, dan yang akan menjadi himne terakhirku. Seolah-olah dunia itu sendiri menarik diri, hanya menyisakan kita berdua, terbungkus dalam takdir kita yang terkutuk dan tak terhindarkan.

Nathaniel berdiri di sampingku. Kami menghirup udara yang sama, tetapi di antara kami ada jurang, lebih dalam dari waktu, lebih lebar dari semua alam semesta. Bibirnya menyentuh bibirku—sesaat, seperti embusan. Bukan ciuman. Sebuah ledakan. Benih ditanam. Bukan dari kemungkinan, tetapi dari kehancuran yang terkutuk. Benih yang sudah bertunas, terjalin dengan akar kematianku sendiri, dan cabang-cabangnya akan mencekikku sebelum fajar. Sebelum keselamatan datang. Aku melihat kematianku sendiri di matanya—dan itu indah.

"Kau ingin tahu di mana Cawan Suci itu? Yang kau cari seumur hidupmu? Yang siap kau bayar dengan kekayaan tak terhitungmu?" Suaraku terdengar seperti embusan keabadian, tetapi setiap kata bergema seperti guntur di ruang yang sunyi di antara kami. "Ya, ada harganya—jiwamu! Dan kau sudah membayarnya. Tapi ini baru permulaan, Nathaniel. Permainan yang sebenarnya baru saja dimulai."

BAB 40: AKHIR DARI SEMUA YANG KUPUNYAI

Kau tidak tahu, Nathaniel! Ketika dengan kesombongan dan kecerobohanmu yang arogan, kau ingin menukar tujuh tahun hidupku yang panjang dan menderita—tahun-tahun yang diukir dari darah dan air mata, dari duka dan reinkarnasi, dari kesepian tak terbatas dan ratapan tanpa suara—kau tidak bisa mengerti bahwa aku hanya memiliki satu, tetapi abadi, momen yang dipilih secara ilahi. Malam ini. Momen ini. Itu adalah harta suciku, tak berubah, mutlak—lebih berharga dari udara, lebih berat dari batu, lebih luas dari galaksi, lebih dalam dari wawasan ilahi. Itu adalah segalanya yang pernah aku miliki dengan nyata. Dan aku tidak akan pernah memberikannya padamu lagi—karena itu sudah diambil selamanya, tak terhindarkan.

Kau tidak tahu, Nathaniel, bahwa kau mengambil keabadian dariku. Keabadian, yang dikumpulkan bukan dalam pelukan halus, tetapi dalam ciuman terkutuk tetapi ilahi itu, yang mengutukku. Itu bukan akhir—itu adalah awal dari akhir dan akhir dari awal. Alkimia telah selesai, dan aku hanyalah persembahannya.

—✶ ⚸ ✶—

Euforia Terakhir

Mulai dari momen ini, setiap detik bersamamu bukanlah sekadar ledakan pilihan, melainkan detonasi dari semua batas yang dikenal, dari semua alam semesta yang membentukku. Kau bisa mengubahku menjadi pialamu, mereduksiku menjadi penaklukanmu yang lain, atau melestarikan momen yang tak tersentuh, hampir dunia lain ini sebagai esensi yang suci dan murni. Godaan—tergantung di mata pisau antara kesenangan duniawi dan kepuasan transenden.

Ini bukan tarian berputar, melainkan tsunami kuno dan merobek dari kedalaman terlarang, yang membawaku ke akhir yang tak terhindarkan.

Setiap sentuhan—lembut seperti bisikan kupu-kupu, tetapi membakar seperti api, memurnikan pembuluh darah hingga ke tulang dan abu. Setiap tatapan yang haus—menusuk seperti panah, dicelupkan ke dalam kebenaran, merobek selubung ilusi. Setiap kata yang dibisikkan adalah percikan, yang menyalakan api abadi yang tak terpadamkan jauh di dalam diriku—bukan hanya di hati, tetapi di dalam DNA-ku sendiri, di atom-atomku.

Aku hanya bisa membawa ke dalam kegelapan bara dari pengalaman yang membakar habis ini, yang membawaku melalui labirin kesenangan yang tidak dikenal, di mana udara padat dengan larangan dan memabukkan hingga pingsan. Suaramu adalah satu-satunya, tetapi ilahi, harapan dalam kekacauan yang mengamuk. Embusan napasmu—angin sepoi-sepoi yang lembut, tetapi bergetar hingga ke dasar keberadaanku. Ekstase yang bisa kita alami bersama adalah bintang paling terang di langit malamku yang terbenam.

Setiap menit, dicuri secara berdarah dari waktu yang kejam, dari takdir, dari kehidupan, adalah kegilaan murni. Memabukkan dan dilarang tanpa ampun, di luar moralitas apa pun. Perasaan keterhubungan yang tak terpisahkan, bergravitasi melampaui dimensi, melampaui waktu, melampaui keberadaan itu sendiri. Pemahaman penuh. Penerimaan tanpa syarat, melampaui kata-kata, konsep manusia, dan hukum ilahi apa pun.

Aku bisa membawa kenangan tanganmu, yang menenangkanku dan menyelimutiku sejenak dalam keamanan. Sentuhanmu bukanlah salep, melainkan ramuan untuk esensiku yang terluka, mengubah duka menjadi cahaya, kematian—menjadi awal yang baru. Euforia dari tubuh dan jiwa kita yang menyatu hanyalah awal dari perasaan sensualitas yang dalam, yang tumbuh menjadi transendensi, menjadi yang mutlak, menjadi Ketiadaan... Dan pada saat yang sama itu adalah akhir dari sebuah petualangan, yang mungkin akan berlanjut di tempat lain—melampaui waktu, ruang, setiap realitas.

Setiap menit adalah janji tanpa suara, tertulis di sel-sel kita. Janji keabadian itu sendiri. Untuk sesuatu yang tidak bisa diambil oleh kematian. Tidak pernah. Bahkan dari ingatan para dewa.

—-✶ ⚸ ✶—-

Kegilaan Kebenaran

"Ya, itu gila! Cinta entah gila atau bukan cinta." Milan Kundera

Aku perlahan menuruni anak tangga terakhir kehidupan, yang usang oleh berabad-abad. Setiap langkah meninggalkan di belakangnya jejak yang lembut tetapi abadi dari cinta kosmik yang tak terpadamkan—bukan untukmu, tetapi untuk Kehidupan itu sendiri, untuk keindahannya yang menyakitkan. Jantungku berdetak semakin lambat, seolah-olah mencoba melestarikan ritme terakhir yang monumental dari keberadaan.

Aku menatapmu dengan tenang. Tanpa penyesalan. Di mataku tercermin seluruh kedalaman tak terbatas dari perasaan yang kita bagikan. Yang menghubungkan kita selamanya, melampaui daging dan waktu—bahkan jika kau tidak mengetahuinya.

Cinta sejati ternyata adalah peta lama, digambar dengan air mata dan darah, yang membawamu ke harta tak ternilai, tersembunyi dari dunia dan keabadian.

Dengan tatapan bergetar pertama jauh di dalam diriku, aku merasa bahwa aku telah melangkah ke jalan yang telah ditentukan?

Jantungku mulai berdetak dalam irama gila dan tidak sabar, disinkronkan dengan kegembiraan dari perjalanan ini. Dunia batinku terbuka tanpa syarat untuk semua kemungkinan menggoda yang memanggilku ke kejatuhan. Aku melompat tanpa ragu ke dalam kekosongan, dengan harapan untuk terbang ke surga. Seluruh antisipasi yang menyakitkan diarahkan padamu—satu-satunya orang, yang esensinya bisa telanjang sepenuhnya di depan cermin dari esensiku sendiri.

—-✶ ⚸ ✶—-

Erotisme Jiwa: "Ya, aku mencintaimu..."

Aku mencintaimu seperti aku tidak pernah mencintai pria lain sebelumnya. Seperti aku tidak akan pernah mencintai lagi. Cinta kita adalah nyala api yang cerah dan tak terkendali—tidak hanya membakar, tetapi menelan, membakar habis hingga ke inti. Itu membakar segalanya di jalannya—hingga ke dasarnya, hingga atom. Setiap tatapan adalah bara, setiap kata—percikan, setiap sentuhan—gunung berapi.

Tetapi seperti setiap api yang mengamuk, cepat atau lambat itu berubah menjadi abu pemakaman yang tenang dan dingin. Dan meskipun duka yang tajam dari perpisahan yang tak terhindarkan, aku sangat bersyukur.

Untuk setiap momen yang dicuri, di mana kulitku terbakar. Untuk setiap senyum, yang dipelintir oleh kesenangan. Untuk setiap air mata, asin dan manis pada saat yang sama. Untuk setiap sentuhan, yang meninggalkan bekas jauh di dalam dagingku yang berdenyut.

Kau menyentuh senar di dalam diriku, yang aku lupa bahwa mereka ada—senar yang bergetar tidak hanya dengan kelembutan, tetapi juga dengan gairah primal, hewani. Kau membangunkanku dari tidur panjang ketidakjelasan, dari kelupaan seribu tahun, membawaku kembali ke kenyataan kehidupan yang berdenyut dan mentah. Melaluimu, aku sekali lagi merasakan benang yang halus, tetapi penting, yang menghubungkanku dengan dunia. Kau membuatku percaya bahwa aku penting. Bahwa aku adalah bagian dari kain kosmik keberadaan yang kompleks dan tanpa ampun—bahkan hanya untuk sesaat.

Ah, bagaimana aku ingin membuka di depanmu cakrawala tak terbatas dari dunia batinku—untuk menunjukkanmu lembah-lembah tersembunyiku dan puncak-puncak yang bersinar, jurang gelap dan galaksi yang berkilauan. Bagaimana aku merindukan untuk menarikmu ke dalam pusaran gairah, yang membakar di darahku seperti lava. Untuk mengungkapkan kepadamu cinta, yang mampu membanjiri keberadaan kita dan mengubahnya menjadi materi, dari mana dunia baru dapat lahir—ditenun dari mimpi dan kerinduan kita.

Tetapi perjalanan waktu yang tak terhindarkan adalah antagonis, hakim, dan algojo kita yang kejam dan tak terhindarkan. Itu mencuri momen-momen berharga, menggagalkan kerinduan kita, merampas kita dari kesempatan untuk mengalami kepenuhan, yang kita dilahirkan untuknya. Itu adalah penjaga batas-batas, yang tidak pernah kita inginkan. Batas-batas yang mencekik. Mengingatkan pada sifat sesaat dari mimpi dan sifat sementara dari setiap kontak.

Dan terlepas dari kebenaran pahit ini, kenangan akan percikan yang kau nyalakan di dalam diriku, akan membara selamanya—sebagai monumen suci yang tak dibuat oleh tangan manusia dari realitas paralel yang mustahil, tetapi ada selamanya.

—✶ ❦ ✶—

Melewati Api

"Aku sekarat. Aku perlahan-lahan meninggalkan dunia ini. Dan selamanya—darimu."

Tetapi aku tidak menangis. Aku tidak melawan. Aku menatapmu dengan tenang. Dengan pengunduran diri, lebih dalam dari keputusasaan. Dengan cinta yang tak terpadamkan di mata, yang menceritakan kisah dari setiap sentuhan yang tidak dialami.

Aku tidak bisa tinggal. Aku tidak punya pilihan. Takdir telah lama menentukan berapa banyak yang bisa aku tanggung—baik dari penderitaan yang pahit, yang merobek dalam diriku, maupun dari cinta yang memabukkan, yang menghidupkan dan membakarku.

Aku tidak punya apa-apa lagi untuk kehilangan. Apa lagi yang harus didapat. Selain mimpi yang indah, tetapi ilusi, yang telah menjadi kutukan. Dan satu harapan abadi. Penderitaan lebih kuat dari segalanya—bahkan dari kematian. Karena itu adalah pengalaman, dan kematian—hanya akhir.

BAB 41: KISAH YANG BELUM SELESAI

Prolog Menuju Akhir

"Hanya cinta yang lebih kuat dari kematian dan dari ketakutan akan kematian! Hanya cinta yang menopang dan menggerakkan kehidupan."

I.S. Turgenev

Pikiran—satu-satunya, sinar yang bergetar, membelah kegelapan yang datang.

Aku pergi. Pintu menuju ketidakpastian tak terbatas terbuka dengan gemuruh, yang membawa keheningan yang menusuk dan sedingin es. Jantungku berdenyut. Membakar—diselimuti oleh kenanganmu. Kenangan yang tidak menghangatkan. Mereka membakarku, hanya menyisakan reruntuhan dan asap di belakang mereka, dari mana tidak ada yang bisa terlahir kembali.

Semua dongeng berakhir dengan "dan mereka hidup bahagia selamanya." Milikku? Belum selesai. Halaman terbuka, robek oleh angin keniscayaan, sebelum baris terakhir ditulis. Kata-kata, berubah menjadi air mata pahit dan terperangkap. Mereka membakar tenggorokanku seperti bara, tetapi tidak ada yang mengalir di pipiku. Mereka membeku di sana, seperti beban timah untuk kehidupan yang tidak pernah ada. Setiap napas—luka dalam, berdarah ke dalam.

—-✶ ✶—-

Sifat Sementara yang Halus

Aku berjalan. Cahaya bulan menusukku, menyedot dagingku hingga serat terakhir kehidupan. Itu membuatku halus, hampir transparan, seperti selubung kabut, yang ditakdirkan untuk menghilang. Aku melangkah dengan ringan yang tidak nyata di atas tetesan air yang menguap—di atas permukaan yang bukan air, melainkan cermin hitam pekat, yang mencerminkan kehancuranku sendiri, mengubahku menjadi ketiadaan. Garis perak tidak mengarah ke depan. Itu melengkung ke atas, menuju keheningan yang sunyi, di mana suara-suara tidak hanya mati—mereka tidak pernah ada.

Jiwaku, terluka hingga berdarah oleh setiap napas kehidupan duniawi—setiap erangan, setiap kegembiraan, setiap kehilangan—dan dagingku, ditandai oleh setiap badai, setiap guntur, setiap bisikan takdir, dibawa menuju panggilan yang tak terkendali dari bulan purnama. Itu menarikku, menyelimutiku dalam pelukan yang padat. Seolah-olah aku adalah anaknya yang hilang, kembali ke rumah—ke dalam pangkuan keabadian, dari mana aku berasal.

Aku bisa merasakan bagaimana percikan air memberontak di bawah kakiku. Itu menangis pelan, memohonku untuk tinggal, untuk kembali. Tapi aku sudah menjadi bayangan halus. Tanpa bobot. Dibebaskan dari beban daging, yang bukan lagi milikku, melainkan hanya bejana sementara. Air tidak bisa menahanku, atau membawaku kembali ke pantai. Aku meninggalkan di sana pecahan kebahagiaanku yang berhamburan—potongan cermin yang pecah, yang hanya mencerminkan rasa sakit dan kehancuran. Siluet hantu dari duniaku yang hilang menyusut di kejauhan, larut ke dalam ketiadaan seperti asap dari lilin yang padam, bahkan sebelum terbakar habis.

—-✶ ⚸ ✶—-

Tatapan Terakhir Keabadian

Tatapan terakhir ke belakang—menusuk, seperti rasa sakit yang merobek dari perpisahan. Seperti sayatan dengan pisau tanpa ampun, yang membelah jiwa. Di kejauhan yang berkabut: kau, Nathaniel. Pantai yang kosong itu sendiri—saksi yang sunyi dari setiap kata, setiap sentuhan, setiap ciuman, yang dicuri dari waktu. Keajaiban kita yang sesaat, tetapi abadi. Dan mimpi-mimpi—kerinduan yang belum lahir, dikutuk untuk tidak melihat cahaya dunia. Sekarang mereka larut ke dalam udara malam, seperti kilatan terakhir, kunang-kunang yang padam, yang cahayanya tidak akan pernah terlihat lagi. Garis bulan berubah menjadi jalanku. Aku merasakannya telah ditentukan. Tapi sebagian dari hatiku selamanya berlabuh di pantai ini—sebagai penjaga abadi masa lalu. Kenanganmu akan menjadi seperti mercusuar, yang cahayanya masih berkedip dalam kesadaranku yang menghilang, menolak untuk menyerah bahkan di depan kegelapan mutlak.

Aku pergi. Dengan kerinduan yang tak terpuaskan—untuk melestarikan kontak kita selamanya. Untuk membungkusnya dalam sutra dan menyembunyikannya di sudut terdalam jiwaku. Suatu hari. Dalam mimpi yang jauh. Melalui pasir waktu. Untuk menyatukan takdir lagi—fatamorgana yang ilusi, tetapi satu-satunya harapanku, membara seperti percikan terakhir. Aku merasakan sentuhan sesaat tanganmu di tanganku, kedua telapak tangan kita menekan dengan lembut. Kehangatan menyebar. Suatu hari. Di suatu tempat. Ketika kau menemukanku lagi. Bukan melalui penglihatan. Tetapi melalui perasaan esensi yang dalam dan intuitif, yang mengenalmu melampaui waktu dan ruang. Setelah pencarian yang panjang, penuh dengan duka dan air mata. Atau mungkin, tanpa pencarian. Kau hanya akan merasakanku. Aku menatap untuk terakhir kalinya ke matamu—penuh dengan cahaya yang lembut, tetapi menghancurkan. Percikan yang bergetar. Kesedihan yang dalam dan akrab. Aku melihatnya bahkan di hari pertama. Tatapan kita menyatu—dua laut tak terbatas, saling berpelukan dalam keabadian. Keabadian, yang menjanjikan keselamatan dan kutukan secara bersamaan.

—-✶ ⚸ ✶—-

Kekosongan Sebelum Tuhan

Flashforward: Nada ritmis yang memudar dari alat berubah menjadi "beep" yang tajam dan menusuk. Itu membelah udara seperti guntur, merobek bahkan ilusi terakhir kehidupan. Kemudian... Jeritan sirene yang menusuk dan merobek keheningan. Itu membelah udara, kain realitas itu sendiri, yang hancur. Cahaya yang cerah dan tanpa ampun. Lampu di atasku. Putih. Menyilaukan. Semuanya dalam kabut yang tidak dapat dimengerti. Suara-suara yang tergesa-gesa dan berbisik. Dokter yang tidak dikenal. Mereka menyatu menjadi kebisingan yang tidak jelas. Aku merasakan sakit yang tajam dan membakar di dadaku. Seolah-olah jantungku mencoba melompat keluar. Untuk melepaskan diri dariku. Napasku tercekat di tenggorokanku. Kemudian—mati rasa yang sedingin es. Itu merayap di nadiku, mengambil kekuatan terakhirku. Percikan terakhir kehidupan. Dan... Keputihan.

Keputihan. Ketidakberwaktuan. Ketenangan... Kedamaian. Hampir bahagia. "Aku pergi." "Aku tidak di sini lagi." "Aku di mana-mana sekarang." "Aku adalah udara yang kau hirup." "Bisikan dalam mimpimu." "Gambar." "Kenangan yang berharga." "Kehangatan yang tak terpadamkan." Itu menyebar di dalam diriku. Kedamaian yang dalam dan menelan segalanya. Perasaan yang aneh. Kebebasan mutlak. Penerbangan yang ringan dan tanpa bobot... Kegembiraan yang tidak dapat dijelaskan. Ringan yang halus... Kelarutan total ke dalam Ketiadaan, yang merupakan Segalanya.

Dan setelah itu... Hanya kekosongan. Bukan ketiadaan. Awal yang murni, tak tersentuh, primal. Sebelum setiap keberadaan. Sebelum Tuhan itu sendiri. Sebelum makna itu sendiri.

—-✶ ⚸ ✶—-

Wasiat Jiwa. Untuk Nathaniel:

Ketika kita meninggalkan dunia ini, satu-satunya hal yang kita ambil adalah koper. Bukan dengan pakaian, tetapi penuh dengan kenangan. Baik dan menyakitkan. Terjalin dalam renda yang kompleks dan tak terpecahkan, ditenun oleh takdir, oleh waktu, dan oleh pilihan kita. Aku selalu berusaha untuk terbuka dan jujur. Untuk tidak meninggalkan ketidakjelasan, atau jejak rasa sakit yang pahit yang akan terasa berat seperti batu, yang menambatmu selamanya di masa lalu.

Pertemuan kita telah ditentukan. Bukan persimpangan yang kebetulan, melainkan keharusan galaksi. Gravitasi yang menarik kita satu sama lain, tak terbantahkan dan kejam seperti kehidupan itu sendiri. Kau telah matang untuk pertemuan ini. Untuk spiritualitas khususku. Aku juga untukmu—untuk menemukan melalui yang lain bagian dari diri kita sendiri. Sepotong keabadian, dari Sumber. Kita merindukannya sejak penciptaan dunia. Atau mungkin, itu selalu ada di sana. Hanya menunggu kita untuk mengungkapkannya. Aku ingat setiap kata-katamu. Setiap gerakan. Setiap tatapan. Aku diberkahi dengan ingatan yang canggih. Perasaan yang tajam. Intuisi yang kuat. Bakat, yang sekarang menghubungkanku dengan dimensi lain. Dengan benang tak terlihat.

Aku berjanji padamu...

Aku percaya padamu tanpa syarat. Aku memberimu kepercayaanku yang tak tergoyahkan—satu-satunya kekayaan sejatiku, lebih berharga dari emas, lebih terang dari bintang, lebih langka dari berlian paling murni. Aku adalah diriku yang sebenarnya. Tanpa menyembunyikan diri. Aku menelanjangi di depanmu sudut-sudut jiwaku yang paling rentan, paling rahasia. Tersembunyi bahkan dariku sendiri, dari waktu, dari dunia. Aku harap kau telah menyadari apa yang sebenarnya aku berikan padamu pada malam itu. Harta yang tak ternilai, tak tergantikan. Itu membawa jejak seluruh keabadian. Dan kematianku. Hadiah, yang tidak bisa ada yang setara dengannya.

"Apakah itu hanya terjadi?" Tidak! Itu diciptakan—diukir oleh takdir, oleh waktu, oleh jiwa kita, oleh api penciptaan! Jiwaku, yang diguncang oleh badai, dipenuhi dengan perasaan yang bertentangan. Cinta yang tak terpadamkan masih menghangatkan harapanku yang menderita. Bara terakhir di reruntuhan, prekursor dari ketiadaan. Dan kemarahan yang membakar. Rasa syukur yang dalam untuk setiap momen yang dicuri. Kemarahan pahit, yang menggerogoti setiap saraf, setiap serat dari keberadaanku, seperti racun, perlahan-lahan membunuh, tetapi memurnikan.

Jantungku berdetak dengan gila. Air mata panas mengalir tanpa kendali di pipiku. Mereka mencoba mencuci rasa sakit. Tapi itu berakar dalam-dalam, di esensiku sendiri. Aku tidak tahu di mana kebenaran. Itu seperti fatamorgana yang licik. Menari di depan mataku. Mengubah bentuknya. Terkadang aku melihatnya dengan jelas. Lain kali itu mengabur. Menghilang. Meninggalkanku dalam kabut tebal keraguan. Sendirian, tanpa kompas, hilang dalam ketidakberbatasan.

Tetapi pertemuan ini mengubah esensi dari keberadaanku. Selamanya. Itu menandai aku sampai akhir hari-hariku. Dan melampauinya. Di dimensi lain. Di mana mereka akan bertemu kita lagi. Setiap hari yang berlalu, aku menghitung waktu yang tersisa. Aku mengingatkan diriku dengan menyakitkan mengapa aku "di sini dan sekarang." Mengapa aku masih bernapas. Mengapa aku masih menjadi bagian dari dunia ini, meskipun jiwaku sudah melampaui itu.

Aku tahu: bangun setiap pagi, aku harus bersyukur untuk hari yang baru, bahkan untuk duka. Untuk mencoba melakukan setidaknya satu perbuatan baik. Untuk membuat setidaknya satu orang bahagia. Untuk menjadi versi terbaik dari diriku sendiri. Untuk mengisi hari-hari yang tersisa dengan kenangan yang indah. Pertemuan dengan orang-orang, yang akan memperkaya pandangan duniaku dan pengetahuanku. Untuk meninggalkan jejak. Saat aku mengambil kehidupan dengan tangan penuh, aku harus melakukannya dengan sadar. Untuk menilai risiko dengan hati-hati. Tanggung jawab untuk setiap pilihanku—terukir di jiwaku.

Setiap pilihan selalu memiliki konsekuensi yang tak terhindarkan dan takdir. Itu terbuka seperti gelombang—tanpa ampun, satu demi satu, sampai mereka menelanku sepenuhnya, tanpa sisa, ke dalam kekosongan mereka. Tidak ada keputusan yang mudah. Atau yang tidak membawa setidaknya sedikit rasa sakit. Tidak mungkin pertemuan kita ini hanya berlalu. Untuk dilupakan. Itu meninggalkan jejaknya yang dalam, eksistensial, tak terhapuskan selamanya dalam hidup kita. Seperti hieroglif kuno, ditulis dengan huruf emas, agar kau mencarinya dan mengenalinya, bahkan dalam kematianmu.

Ya, aku tahu betapa menyakitkannya penantian, ketika kematian yang kejam menjilat dengan puas, mengantisipasi pesta yang akan datang dengan korban manusia berikutnya, yang telah dipilihnya. Aku tahu. Dan aku mengantisipasi momen tak terhindarkan ini. Dimurnikan. Sadar. Mengampuni. Semua kesalahan—milikku dan milik orang lain. Bahkan yang belum aku lakukan, atau yang tidak akan pernah diampuni.

Dan siapa tahu... Orang-orang terkadang bertemu lagi. Di jalan yang sama sekali tidak terduga, yang tidak diketahui. Ditenun oleh takdir dan waktu. Yang membawa kita ke keabadian. Dan ke kelupaan. Atau ke awal yang baru.

BAB 42: PEMBAKARAN ILUSI

Penderitaan di Makam

Aku berlutut di Makam Gereja "Kebangkitan Yesus Kristus" di Yerusalem. Putih pucat, tetapi tidak lagi dingin dengan cara yang sama. Ruang bawah tanah bernapas dengan ketenangan yang menyeramkan. Setiap serat tubuhku merasakan sentuhan marmer yang sedingin es—seperti kain kafan, yang mengisolasiku dari kehidupan. Bau lilin berabad-abad telah meresap ke dalam batu. Itu menembus lubang hidungku, menempel di lidahku, membakar selaput lendir dengan kepahitannya yang astringen. Cahaya yang redup menelan setiap warna, setiap percikan harapan. Dan aku bisa melihat butiran kecil pasir menari di udara, sebelum mengendap di... atasku. Seolah-olah setiap saat hidupku hancur menjadi debu.

Aku tidak berdoa. Aku mencari pengampunan untuk ketidakpercayaanku.

Bulan-bulan setelah pertemuan itu dengan Nathaniel telah menyatu menjadi satu penantian yang menyiksa. Penderitaan yang lambat dan kejam. Tumor di kelenjar pinealku adalah kutukanku. Hukuman. Pisau yang tertancap di esensiku sendiri. Besok adalah operasi di klinik Hadassah. Kesempatan terakhir. Atau penundaan terakhir sebelum akhir. Akhir ini sudah melayang di sekitar. Padat. Nyata. Seperti tangan yang mencekik tenggorokanku. Tapi kali ini tidak datang sendirian. Itu membawa kenangan akan akhir yang lain, dua dekade yang lalu, yang masih berdarah di dalam diriku.

Bulan-bulan. Antara saat itu dan sekarang. Antara dia dan itu. Perasaan, mengalir di antara jari-jariku—seperti darah di pembuluh darahku, meninggalkan kekosongan yang sedingin es di belakangnya. Seperti air, mengalir di pergelangan tanganku, meninggalkan jejak basah. Setiap tetes menyengat seperti demam. Ini dia, Nathaniel. Aku merasakannya. Satu kilasan. Satu momen singkat dan terkutuk. Aku pikir kau adalah kuncinya. Untuk itu... di luar topeng. Untuk kedekatan tanpa syarat. Tapi itu terlalu singkat. Seolah-olah aku melihat kilat di jurang. Dan tidak menyentuh cahayanya, sebelum padam. Sekarang, ketika kematian bernapas di wajahku, semuanya menjadi jernih tanpa ampun. Setiap sel berteriak. Setiap kenangan berdenyut di bawah kulit—bara yang membara.

Aku menutup mata. Kubah yang kotor dan keabu-abuan menghilang. Kepalaku berputar. Gambar-gambar bercampur—kenangan, mimpi buruk, wawasan. Ruang memudar. Aku ditelan oleh kabut tanpa nama. Itu menyedot udara. Aku mendengar suara lonceng. Memotong. Seperti kaca yang hancur di dalam diriku.

—-✶ ʢ ✶—-

Mimpi Buruk: Perpustakaan Reruntuhan

Aku jatuh ke ruang lain. Kegelapan—cairan kental, yang merayap di kelopak mataku, meresap ke pupilku. Aku tidak melihat apa-apa. Aku tenggelam. Aku tahu aku berada di ambang sesuatu yang tidak mungkin.

Di bawahku, perpustakaan besar terbuka. Tidak ada orang. Hanya rak—berdebu, terlupakan, seperti kerangka harapan yang sudah lama padam. Keheningan digerogoti oleh pernapasan jam pasir. Itu berderit di telingaku. Seperti napas dunia yang sekarat.

Dan kemudian buku-buku tentang cinta mulai terbakar. Mereka tidak hanya berasap—mereka meledak dalam api yang sunyi, kuning-oranye. Halaman-halaman mengerut menjadi abu, yang naik dan mengisi paru-paruku. Bau kertas yang terbakar mencekik tenggorokanku. Setiap napas udara adalah siksaan. Abu mengeringkanku dari dalam.

Batuk merobekku. Di dadaku—kekosongan. Kekosongan yang menelan cahaya. Kedalaman hitam, menarikku ke arahnya. Perutku menyusut.

—-✶ ʢ ✶—-

Reinkarnasi dari Debu

Aku kembali. Berlutut, dengan denyut nadi yang melompat. Rasa sakit membengkak di pelipisku. Aku masih mencium bau jelaga.

Dalam semua keraguanku dan ketakutanku... aku telah menjadi diriku sendiri. Lebih dari itu—aku terlahir kembali. Perlahan, dengan menyakitkan, tetapi nyata. Seperti phoenix yang bangkit dari reruntuhan. Aku belajar berbicara dengan bagian dari diriku, yang selalu melarikan diri. Untuk menerima ketidaksempurnaanku sendiri sebagai bagian dari kekuatanku. Dan untuk merasakan diriku utuh.

Aku tidak mencari tambahan. Atau penyelamat. Aku sudah lengkap. Aku merindukan seseorang, dengan siapa kita bisa berbagi keheningan kita. Untuk tumbuh bersama—bukan sebagai separuh, melainkan sebagai dua alam semesta, saling bersentuhan. Kunci bukanlah menemukan potongan yang hilang, melainkan menyadari: setiap potongan sudah utuh.

Pada saat terakhir dari kejelasan, aku mengerti. "Aku adalah alam semesta." Aku bisa memberi cahaya, tanpa meminta imbalan apa pun. Seperti pohon kering, yang menancapkan akar di tanah dan meminum kekuatan dari kedalamannya. Aku merasakan lapisan kepalsuan dan kesombongan, yang terkelupas dariku. Beban mereka meluncur seperti kulit yang usang.

Aku merasakan tanah di bawah telapak tanganku—stabil, nyata. Untuk pertama kalinya dalam bertahun-tahun. Kesadaran ini memukulku seperti kilat, yang menerangi jurang dan mengungkapkan betapa lama aku telah mencari di luar—di luar diriku sendiri.

Aku adalah tuan dari dunia batinku. Aku tidak mengejar ilusi hantu. Aku berenang di menit-menit terakhirku dengan mata terbuka. Aku menyerap setiap momen. Kebahagiaan tidak ada di masa depan. Itu adalah getaran di sini dan sekarang. Di setiap sel. Aku bebas. Bukan karena aku sendirian. Melainkan karena aku penuh.

Udaranya dingin. Jelas. Mengisi paru-paruku dengan kehidupan yang tenang.

"Siapa yang membutuhkan vitalitas ini sekarang?" Aku berbisik.

Tidak ada jawaban.

Hanya keheningan. Tak terbatas. Menelan.

Dan menenangkan.

BAB 43: KEBANGKITAN DARI ABU

Jam-jam tersisa... Di pantai laut yang kejam, Tel Aviv.

Aku adalah gelombang. Aku adalah luka.

Aku merasa seperti luka besar dan terbuka, berdenyut dengan rasa sakit. Di sini, di tanah yang hancur ini, hidupku pecah. Dan kemudian... aku berubah menjadi gelombang. Agar tidak pernah lagi dihancurkan. Agar tidak hancur.

Udara—garam dan dingin, menggigit dan tanpa ampun. Aku duduk. Mencengkeram pasir basah, seperti benda yang ditinggalkan. Tapi aku tidak lagi sendirian. Setiap napas seperti pecahan kaca di dadaku, tetapi tidak lagi merobek. Itu membersihkan. Di depanku, laut yang sangat acuh tak acuh membuka lengannya yang tak terbatas. Ombak pecah dengan monoton yang kejam. Mereka berdentum di tengkorakku. Tidak membisikkan, tetapi menderu. Menelan setiap pikiran lain, setiap kenangan, setiap harapan. Aku merasa... gelombang. Lebih dari butiran pasir, lebih dari busa. Tidak hanya larut dalam kekuatan primal dan tak terbatas ini, yang menciptakan dan menghancurkan tanpa pertanyaan, tanpa penyesalan. Melainkan bagian darinya. Esensinya. Darah dari darahnya.

Setiap gelombang yang naik, seolah-olah membawa sebagian dari diriku. Merobeknya. Menelannya. Pecah dengan amarah di bebatuan hitam—tak tergoyahkan, abadi, seperti dewa kuno. Dan aku? Aku adalah gelombang terkutuk itu, naik dengan dorongan terakhir yang putus asa. Hanya untuk runtuh menjadi jutaan percikan. Untuk menjadi bagian dari ketidakberbatasan ini. Tanpa meninggalkan nama. Jejak. Bisikan. Wasiatku. Untuk larut. Untuk menguap. Untuk menjadi gema yang tak terlihat. Getaran di udara, yang hanya akan diingat oleh laut. Bahkan embusan... Apakah itu cukup? Apakah cukup hanya untuk telah ada. Untuk telah merasa. Untuk telah hidup.

Puncak gelombang yang dingin menembus kaki telanjangku. Menyelimutiku dengan pelukan yang tidak berperasaan. Seperti hantu. Percikan air laut, tajam seperti jarum, menyengat wajahku. Bercampur dengan air mata—pahit seperti lumpur laut. Kental. Tak terkendali. Aku meminumnya. Tanpa menyeka mereka. Aku tidak melawan. Garam membakar bibirku. Setiap tetes adalah cermin makna. Air... air mata... mereka mengatakan—membersihkan. Aku tidak lagi menjadi cangkang, terbawa oleh gelombang pasang, melainkan kekuatannya yang tak terkendali.

Aku menatap kebiruan hijau yang tak terbatas, ke perairan ini, yang berputar, membanting dengan amarah di pantai, meletus dan pecah menjadi tetesan yang tersesat. Seperti aku. Tapi tidak lagi tersebar. Tidak tanpa arah. Tidak tanpa kompas. Dengan makna. Dengan tujuan. Dengan denyut nadi.

Aku adalah jiwa yang kesepian, yang dibawa oleh angin, terputus dari akarnya. Terkutuk untuk mengembara di ketidakberbatasan, sampai aku berubah menjadi satu titik keabadian.

Aku adalah gelombang laut. Tidak dibuang. Melainkan diterima. Di pantai keabadian.

Aku menatap cakrawala, ke garis yang menipu itu, di mana laut dan langit menyatu menjadi satu kesatuan yang mati dan tidak berwajah. Itu adalah perpaduan. Hanya air mata... embun yang sunyi dan berat dari keputusasaan mengalir di wajahku yang membeku, jatuh tanpa suara ke perairan yang luas. Itu, acuh tak acuh dan kejam, tidak lagi menelan dukaku, mimpiku yang hancur, setiap bagian dari diriku. Itu memurnikannya.

Dan aku? Aku hanyalah gelombang, pecah di bebatuan kenyataan. Selamanya hilang dalam kekosongan yang dingin ini.

—-✶ ʕ ✶—-

Ilusi yang Hancur

Keheningan dari jam-jam yang dihabiskan di Makam terasa berat. Itu meratap. Itu menelanku seperti jurang yang bernapas, yang mengunyahku perlahan. Lebih berat dari hari-hari, lebih lama dari malam tanpa tidur setelah pertemuan itu. Batas-batas antara kenyataan dan kenangan telah mengabur, hancur menjadi debu, di mana hantu-hantu terlihat. Setiap kata, setiap tatapan, setiap getaran jari-jariku kembali sebagai penderitaan, dialami lagi dan lagi. Udara di paru-paruku berubah menjadi beban, yang mencekikku. Itu membuatku tenggelam. Aku membuka benang demi benang jiwaku. Aku merobeknya menjadi potongan-potongan. Mencoba menata kekacauan pikiran, sebelum aku hancur sepenuhnya. Benang-benang rapuh keberadaanku—terjalin antara masa lalu dan masa depan, antara hantu yang aku ada, dan kabut yang akan aku jadi. Satu denyut di dada. Mencari cinta. Merindukan kedekatan. Tidak sendirian. Bukan kehidupan. Melainkan kesadaran yang murni dan berdenyut. Itu terpisah. Perlahan. Tanpa ampun.

—-✶ ʕ ✶—-

Melalui Topeng Pria

Aku melihat melalui topeng. Aku tidak hanya melihatnya, aku merasakannya di kulitku, seperti selubung lembab, yang mencekikku. Mereka menyedot napasku. Aku melihat melalui lapisan kebohongan, yang dikenakan orang-orang seperti kulit kedua. Melalui bau ketakutan tersembunyi, yang mereka pancarkan, yang membuatku mual. Aku mengerti bahasa jiwa. Seringkali lebih baik dari mereka sendiri. Pria... aku mengenal mereka. Hingga jijik. Mereka kekurangan badai. Bukan kedalaman. Tetapi percikan liar dan tak diasah itu, yang mampu menyalakan api di jiwaku yang padam. Mereka hanya mencari kesenangan dangkal—cepat, mudah, terlupakan seperti kenangan berdebu. Dan aku... aku telah berubah menjadi benteng yang tak tertembus. Dengan dinding yang tak dapat ditembus, dibangun dari kekecewaan. Tidak ada yang berani menembusnya. Dingin, menjijikkan di luar. Tetapi bara yang membara. Satu bara, terkunci jauh di dalam. Tidak ada yang repot-repot menyalakannya. Mereka bersenang-senang dengan mimpi untuk mengubahku menjadi piala. Tetapi aku adalah "Ratu Es" dari dongeng, yang hatinya tidak ada yang bisa mencairkan. Aku adalah pertempuran mereka yang tidak dimenangkan.

"Apa yang sebenarnya mereka cari?" Aku berbisik, bukan pada diriku sendiri, tetapi pada keheningan yang hancur di kuil. Suaraku terdengar seperti lolongan yang menusuk, meramalkan kehancuran.

"Tubuhku? Namaku? Tidak pernah jiwaku!"

Dan aku, si bodoh, seperti si bodoh yang naif, masih menunggu. Kenapa? Kenapa, demi Tuhan? Mengapa aku begitu tuli terhadap ratapanku sendiri, yang merobekku dari dalam?

Untuk melindungi diriku dari kekosongan yang diharapkan setelah setiap pertemuan, aku mendirikan dinding. Tak tertembus. Tinggi. Aku merasakan dinginnya. Setiap retakan. Setiap celah, yang membuatku sakit. Mereka menyerangnya dengan pesona yang gigih, dengan pujian yang dangkal, dengan janji-janji yang terdengar kosong seperti di makam yang kosong. Aku menolak mereka tanpa ragu. Aku percaya bahwa dengan cara ini aku akan menghindari luka pengkhianatan, rasa sakit yang mematikan itu, yang aku kenal terlalu baik. Tetapi jauh di dalam keheningan esku, aku merindukan dengan setiap sel keberadaanku. Untuk kehangatan sejati. Untuk cinta itu, yang akan melihatku di luar setiap topeng, di luar setiap peran. Aku lelah dengan pose, yang tidak pernah cocok denganku. Ironisnya, pertahananku berubah menjadi penjaraku. Dan kebebasan, yang dengan putus asa aku cari, ternyata adalah kesepian terbesar.

—-✶ ҁ ✶—-

Flashback: Tarian. Wina.

Suatu malam. Jazz. Makan malam larut.

Saksofon menangis di suatu tempat di remang-remang klub kecil. Itu meratap seperti hewan yang terluka. Di depanku, mengenakan setelan yang sempurna, duduk Morel. Senyumnya—koin yang dipoles. Berkilau. Tapi tanpa nilai. Tanpa kehidupan. Dia berbicara tentang cinta. Tentang pertemuan takdir. Tentang gairah yang membakar habis. Suaranya membelai telinga. Tetapi kata-katanya pecah seperti ombak di bebatuan. Mereka hanya meninggalkan busa asin. Aku mencium baunya. Menusuk lubang hidungku. Mengisiku dengan rasa mual.

Aku merasakan kehampaan di dalam diriku—tidak, bukan kehampaan. Penyakit. Itu menyebar di dalam diriku. Keyakinannya yang arogan menghancurkanku. Rasa sakit yang tajam dan menusuk, yang tidak bisa disembunyikan oleh senyum palsu, oleh anggukan yang sopan. Beban fisik di dada. Seolah-olah jantungku digantikan oleh bola timah, yang menarik ke bawah, menuju kegelapan tak terbatas.

"Kau adalah musikku," gumam Morel, menyentuh tanganku. Sentuhannya—dingin. Seperti mayat. Meskipun kehangatan kata-kata, yang merupakan kebohongan. "Satu-satunya."

"Musik? Piala lain!" Sebuah suara batin membelahku. Pisau baja, membelah keraguanku. Selalu ada seseorang yang siap menjelaskan "cinta" atau "keinginan" mereka. Ego pria. Begitu dapat diprediksi. Begitu arogan. Terikat pada keinginan untuk memiliki. Untuk menandaimu sebagai piala lain dalam koleksinya. Kata-kata mereka hanyalah selubung halus, yang menyembunyikan satu-satunya tujuan—untuk menaklukkan, untuk memiliki, untuk mencoretku sebagai tangkapan tak berjiwa lainnya. Mereka mengklaim sebagai pemburu jiwa. Tapi pada kenyataannya? Hanya kolektor piala, tidak mampu memahami kedalaman hubungan sejati. Tidak mampu melihat bahwa jiwa bukanlah piala. Itu adalah badai. Itu adalah api.

—-✶ ҁ ✶—-

Flashback: Pemandangan mangsa. Florence.

Seorang Italia yang tersenyum. Dengan mudah dia menyusun pujian. Seperti rosario dari kata-kata kosong. Setiap pujian bergema di antara bintang-bintang. Tapi matanya? Dingin. Menghitung. Di dalamnya aku terlihat seperti mangsa. Bukan manusia. Bukan wanita. Hanya objek keinginan lainnya. Aku merasakan tatapan ini—seperti kilat yang mengancam, yang menusuk tubuhku, meninggalkan jejak yang abadi. Dan aku... aku tahu. Aku tahu itu adalah permainan lain. Namun, mengapa aku tinggal? Mengapa aku membiarkan ilusi ini berlarut-larut seperti penderitaan yang lambat? Kelemahan? Atau semacam harapan terakhir yang menyimpang, bahwa kali ini akan berbeda? Bahwa itu akan menjadi ledakan, yang akan membebaskanku?

"Aku tidak ingin pria yang jatuh cinta padaku!" Sebuah jeritan batin terdengar. Merobek dadaku. Lebih kuat dari rasa sakit apa pun.

Aku tidak ingin menaklukkan jiwa orang lain... Aku tidak merasakan kebutuhan primal dan merusak ini untuk memiliki. Aku punya milikku sendiri. Sangat indah.

Alam semesta yang mandiri, yang bergetar di dadaku.

Itu tidak mencari penjajah. Melainkan pendamping. Dalam perjalanan hidup.

Aku percaya bahwa di luar sana ada seseorang yang berbeda. Seseorang yang akan melihat seluruh galaksi di dalam diriku, tanpa ingin menaklukkannya. Tetapi setiap upaya dengan menyakitkan mengungkapkan kepadaku—semuanya bermuara pada kepemilikan. Hanya disajikan dengan kata-kata yang lebih indah, dengan lebih banyak kilauan palsu. Ya, tubuh bisa menjadi ekspresi yang sempurna dari perasaan yang dalam. Terutama dalam keintiman suci dari penyatuan mereka. Tapi itu bukan kepemilikan. Melainkan berbagi kebebasan.

Aku adalah kuil. Bukan penjara.

Aku mencari kaki tangan dalam kejahatan untuk mencintai. Untuk berbagi kekacauan jiwaku. Tidak untuk menaklukkan altarku, untuk menodainya dengan kompleksnya sendiri. Setiap sel dari tubuhku merindukan berbagi ini. Tetapi jiwaku menolak untuk menerima sesuatu yang kurang dari kebebasan sejati. Kebebasan tak terbatas itu, yang membakar belenggu, yang bahkan tidak aku curigai bahwa aku memakainya, membebaskanku dari esensiku sendiri.

—-✶ ÿ ✶—-

Kelarutan ke dalam Ketiadaan

Denyut nadiku semakin cepat. Aku merasakan beban di kepalaku, seolah-olah seluruh dunia telah menyusut di tengkorakku, siap meledak. Keringat dingin muncul di dahiku, mengalir di pelipisku. Bayangan mengental, tetapi kali ini bukan hanya hantu dari masa lalu. Mereka adalah kenyataan dari kematian yang mendekat, diperparah oleh cinta yang belum selesai, yang tergantung di atasku seperti kutukan.

Aku kembali ke masa kini.

Aku menutup mata. Langit-langit yang kotor dan keabu-abuan menghilang. Kepalaku berputar. Gambar-gambar mulai bercampur—kenangan, mimpi buruk, wawasan. Itu tenggelam ke dalam kabut biru-hitam, yang menelanku. Aku mendengar suara lonceng itu. Merobek. Seperti ribuan kaca, yang pecah di dalam diriku. Setiap potongan—seperti tusukan, yang merobekku.

Aku... telah merobek ketergantunganku pada penilaian. Pada pentingnya diriku bagi orang lain. Itu menyakitkan, tetapi perlu. Dalam mimpiku, belenggu itu bukan logam, melainkan jaring laba-laba pikiran, yang robek dengan suara kaca yang retak. Aku mendengar suara itu jauh di dalam tulangku. Merobekku. Aku tidak lagi merasakan sakit karena kebutuhan untuk memiliki atau dimiliki. Tapi ini bukan kebebasan. Itu adalah ruang yang berkabut, di mana udara bergetar dari getaran kerinduan lama, dari mimpi yang terlupakan, dari air mata yang mengering, yang kurasakan di pipiku.

Aku mendirikan perisai yang tak tembus dari ketidakpedulian yang tampak. Dalam mimpiku, perisai ini adalah dinding tembus cahaya dari obsidian hitam. Aku merasakan permukaannya yang halus dan dingin di bawah jari-jariku. Melaluinya aku melihat dunia, tetapi itu tidak melihatku. Aku tak terlihat. Aku berubah menjadi wilayah yang tidak dapat diakses—pulau terapung, terputus dari pantai, dibawa ke laut yang sangat dingin. Aku menyukai kemandirianku, tetapi setiap gelombang, yang pecah di bebatuan, adalah erangan isolasi yang sunyi. Aku mendengarnya. Dengan setiap sel keberadaanku. Dengan setiap gangguan napasku, yang merobek dadaku.

"Apa kau, Nathaniel?!"

—✶ ɕ ✶—

Kebangkitan di Bethlehem

Aku membuka mata. Aku tidak berada di ruang operasi. Aku tidak berada di Makam. Aku tidak berada di pantai...

Aku berada di kamar hotelku di Bethlehem. Cahaya pucat fajar menyaring melalui jendela, melukis bayangan hantu di dinding. Udaranya lembut, dipenuhi dengan janji awal yang baru, dengan napas membelai dari padang pasir yang terbangun. Tanganku menyentuh seprai katun yang kasar. Hangat dan hidup. Keheningan di sini berbeda—tidak kosong, tetapi dipenuhi dengan melodi yang tidak terdengar, dengan pesan yang rahasia. Seperti pelukan penuh kasih, yang meluas sampai menyelimutiku sepenuhnya. Aku merasakan ringan di dadaku, bukan dari tidak adanya rasa sakit, melainkan dari seluruh hal yang terucapkan, yang berdenyut di jiwaku.

Bulan-bulan setelah pertemuan dengan Nathaniel... beban mereka sekarang terasa di sini, di ruangan ini. Bukan sebagai hukuman, tetapi sebagai gema yang diberkati. Rasa keabadian, mengalir di antara jari-jariku. Ini dia, Nathaniel. Aku merasakannya. Satu momen. Satu momen tak ternilai, abadi. Kau bukanlah kuncinya. Kau adalah percikannya. Untuk itu... tersembunyi di balik topeng. Dan itu adalah keajaiban! Untuk cinta tanpa syarat. Empati. Kedekatan. Itu singkat. Tapi begitu... jelas. Seolah-olah aku melihat kilat di jurang dan berhasil menyentuh cahayanya. Sekarang... di hadapan Kehidupan... semuanya menjadi jelas dengan bahagia. Setiap atom bernyanyi. Setiap kenangan bergetar dengan sukacita.

Aku. Dalam semua keberanianku, harapan dan keterhubungan jiwaku, aku telah menjadi diriku sendiri. Lebih dari itu—aku terlahir kembali. Perlahan, dengan lembut, tetapi nyata, seperti lotus yang mekar dari lumpur. Aku belajar berkomunikasi dengan diriku sendiri. Untuk menerima kekuranganku tidak sebagai beban, tetapi sebagai bagian dari keseluruhan, sebagai bagian dari kekuatanku. Dan untuk merasa utuh. Lengkap. Aku tidak membutuhkan tambahan eksternal, atau penyelamat. Atau seseorang untuk mengisi kekosongan di dalam diriku. Aku sudah penuh. Aku mencari seseorang, dengan siapa kita bisa saling melihat di cermin dan merasakan kekuatan kita... dan kehadiran yang dibagikan. Untuk tumbuh. Untuk berkembang sebagai dua makhluk yang terpisah, tetapi terjalin secara harmonis dalam tarian jiwa kita. Kunci bukanlah dalam pencarian putus asa untuk potongan yang hilang, melainkan dalam kesadaran, bahwa setiap potongan dengan sendirinya adalah alam semesta yang lengkap, mandiri.

Sebelum aku larut. Aku merasakan tanah di bawahku. Stabil. Aman. Untuk pertama kalinya dalam bertahun-tahun.

Kebahagiaan bukanlah fatamorgana di "besok" yang jauh, melainkan denyut yang bergetar di saat ini, di setiap nadiku. Jantungku, katalisator abadi kehidupan ini, mulai berdenyut dengan kekuatan baru yang gila dan tak terbayangkan, dipenuhi dengan cinta yang tak terlukiskan dan meledak. Itu adalah mesin, yang mendorongku maju, karena hidup dimulai dan berakhir dengan ritmenya, dan cinta adalah satu-satunya bahan bakar, yang mendukungnya. Tidak ada yang lain yang merupakan tanda kehidupan sejati, selain nyala api ini, yang mengisiku. Ini adalah keajaiban, yang aku ciptakan sendiri, sel demi sel, dengan setiap ketukan kuat dari jantungku.

Aku bebas. Bukan karena aku sendirian. Melainkan karena aku utuh. Jalanku adalah milikku sendiri. Dan itu tetap bermartabat dan kuat. Aku merasakan udara di paru-paruku. Seperti berkat. Setiap tetes cahaya seperti hadiah. Sementara aku bersiap untuk perjalanan terakhirku. Keheningan yang tak terbatas dan mengisi. Itu menelanku... dan mengisiku dengan kehidupan.

BAB 44: KEBANGKITAN. CAWAN SUCI DI DALAM DIRIKU.

Waltz dengan Malaikat Agung Natanael. Antara malam dan fajar di Bethlehem...

Pada saat itu, ketika kenangan akan kehilangan lama dari dua dekade yang lalu dan cinta baru yang belum selesai dengan Nathaniel bertabrakan di dalam diriku dalam simpul rasa sakit dan kerinduan—dari kedalaman, sosok yang bersinar muncul. Tidak jelas. Halus. Tetapi dengan fitur yang akrab. Matanya—dalam dan dipenuhi dengan miliaran bintang, yang menarikku ke arahnya. Aku mengenalinya. Ini adalah Malaikat Agung Natanael. Esensi yang aku cari. Suara yang kudengar di mimpiku yang paling rahasia. Aku merasakannya dengan setiap sel tubuhku. Kehadirannya seperti sengatan listrik, yang melewati diriku. Itu mengguncangku hingga ke dasarnya. Menyalakan api.

—✶ ʢ ✶—

Dialog dengan Hal yang Tak Terlihat

Aku menatapnya, dipenuhi dengan kekaguman.

MALAIKAT AGUNG NATANAEL: "Bahkan di balik dinding obsidian yang paling tebal, Melina... jauh di bawah permukaan pulau... jiwamu samar-samar menyimpan kenangan kehangatan fajar. Kau tidak melihatnya. Kau merasakannya. Seperti denyut nadi yang lembut di bawah kulitmu. Seperti desisan bara, siap menyala. Dan membakar semua yang kau kenal."

AKU: Suaraku—bergetar, tercekat. Aku menarik napas dalam-dalam, mencoba mengumpulkan kekuatan. "Aku... aku bermimpi mengumpulkan keberanian untuk melepaskan perisai ini! Dalam mimpiku, perisai itu diukir dari air mata yang membeku. Aku merasakan rasa asinnya di lidahku. Itu membakarnya. Dan aku tahu bahwa jika aku menyentuhnya, itu akan hancur menjadi debu. Itu akan berhamburan seperti butiran debu dalam angin yang tidak ada. Dan untuk mempercayai seseorang tanpa syarat. Tapi siapa? Semua wajah mengabur menjadi kabut. Seperti foto-foto yang pudar dan cacat."

MALAIKAT AGUNG NATANAEL: "Kau percaya pada dongeng, Melina. Dalam mimpimu mereka bukanlah kata-kata, melainkan benang emas, terjalin di langit, berkilauan di atasmu. Menjanjikan hal yang tidak mungkin. Tetapi juga mengurungmu dalam sangkar. Dongeng tentang cinta abadi, tanpa syarat, yang membuatmu terjebak."

AKU: Suaraku—robek. Tetapi dengan harapan yang meningkat dan putus asa. "Dan meskipun alasanku bersikeras, bahwa cinta hanyalah ilusi—kabut yang bergetar, yang menghilang saat disentuh—jauh di dalam esensiku... aku masih berharap untuk bertemu dengannya. Tapi ketakutan selalu menarikku kembali. Itu adalah tangan tak terlihat, mencengkeram erat tenggorokanku, menambatkanku ke kedalaman lautan. Meskipun aku tahu—aku tenggelam di padang pasirku sendiri. Aku merasakan pasir di lidahku. Aku telah mengering hingga sakit."

MALAIKAT AGUNG NATANAEL: "Keheningan menyalakan api yang tak terpadamkan di dalam dirimu. Yang tidak membakar. Melainkan menyerap cahaya darimu. Mengubahmu menjadi bayangan yang membara. Api ini mengirimmu dalam perjalanan melalui dunia yang belum dijelajahi—dataran halus, dibangun dari kerinduan yang tidak terwujud. Kau adalah seorang ksatria Templar yang kesepian, memiliki hak untuk minum dari misteri Cawan Suci—cangkir yang bersinar, yang muncul dan menghilang di dalam kabut. Menggodamu."

AKU: Dengan gairah yang semakin besar. Hampir berteriak. "Kau berjanji padaku untuk menemukan jiwa androgini itu! Dengan siapa seluruh kejeniusan cinta tanpa syarat akan terwujud! Setiap bagian dari diriku merindukan koneksi! Untuk alkimia jiwa itu, yang mengubah dua bagian menjadi satu kesatuan, tetapi juga membakar mereka menjadi abu, untuk menciptakan mereka kembali! Aku mendengar suara api yang berderak! Aku mencium bau daging yang terbakar!"

MALAIKAT AGUNG NATANAEL: "Tetapi ketakutan akan kehilangan baru lebih kuat dari kerinduan. Dalam mimpimu itu adalah bayangan raksasa, yang mengikutimu tanpa henti, menelan cahaya di sekitarmu. Setiap bagian dari tubuhmu bergetar dari bebannya yang tak terlihat, dari dinginnya. Seperti peta lama, jiwamu ditandai dengan bekas luka dari pertempuran masa lalu—garis-garis ungu yang dalam, yang berdenyut dengan kenangan yang menyakitkan. Setiap dari mereka telah mengajarkanmu pelajaran pahit tentang sifat ilusi dari hubungan manusia."

AKU: Suaraku—tercekik. Tetapi dipenuhi dengan kesadaran baru yang merobek. "Aku adalah ksatria cinta! Terkutuk untuk mencari Cawan Suci di padang pasir jiwaku sendiri, yang sekarang membentang seperti dasar laut yang tak terbatas dan kering! Aku merasakan retakan di tanah di bawahku, debu di lidahku, yang mencekikku! Jantungku telah berubah menjadi kuil yang tak tertembus! Dan itu tidak dibangun dari batu, melainkan dari kabut kristal, yang menghilang saat disentuh. Aku menyembah cita-cita cinta yang sempurna, diukir dalam mimpiku. Cita-cita, yang sekarang adalah patung-patung dari es, mencair di bawah matahari yang tidak ada! Aku merasakan dinginnya di kulitku! Ilusi-ilusi ini mencekikku! Mereka membakarku!"

MALAIKAT AGUNG NATANAEL: "Tapi Kehidupan, Melina. Pematung yang kejam ini... perlahan-lahan mulai menghancurkan tempat-tempat sucimu. Setiap hubungan baru, setiap kekecewaan pahit—bukan hanya peristiwa, melainkan pukulan pahat yang tak terlihat, yang mengubah cita-citamu menjadi hantu yang halus. Menjadi ketiadaan. Dari seorang pemimpi yang tidak bersalah, kau berubah menjadi seorang skeptis yang mengeras, yang keraguannya tidak mengampuni esensi cinta, atau bahkan hakmu sendiri untuk mengalaminya!"

AKU: Suaraku berubah menjadi ratapan. Tetapi juga menjadi jeritan wawasan yang marah dan membebaskan, yang mengguncang udara. "Aku membangun dinding sinisme—batu bata demi batu bata, setiapnya ditempa dari pengetahuan yang pahit! Aku merasakan bebannya. Itu menghancurkanku. Mencekikku! Sampai idealisme saya berubah menjadi reruntuhan—kota yang hancur, di mana hanya debu yang melayang! Dan keyakinanku pada cinta—menjadi abu! Abu yang dingin dan abu-abu, yang dibawa oleh angin yang tidak ada, hanya menyisakan kekosongan di belakangnya. Menelanku! Aku merasakan debu di lidahku. Itu mencekikku!"

—✶ ɕ ✶—

Cawan Suci di Dalam Diriku

Sosok Malaikat Agung Natanael mendekat lagi. Tangan terulur—bukan material, melainkan dari cahaya murni dan berdenyut. Aku merasakan kehangatannya, yang menembus dingin di dalam diriku. Itu mencairkannya. Seperti es yang meleleh. Kegelapan yang menelanku mulai mundur dengan kecepatan yang gila. Seperti badai yang menghilang. Bunyi lonceng mereda. Ruang rumah sakit mulai terbentuk lagi. Tetapi dipenuhi dengan cahaya keemasan yang baru. Bau desinfektan menghilang, digantikan oleh udara segar dan ozon. Aku merasakan rasanya—bersih dan hidup. Seperti dari mata air. Kata-katanya bergema di dalam diriku. Tetapi tidak lagi seperti hantu. Melainkan seperti janji.

MALAIKAT AGUNG NATANAEL: Suaranya kuat, berwibawa. Tetapi dipenuhi dengan cinta dan belas kasihan yang tak terbatas. "Dia adalah penyelamat. Dia adalah janji. Dia adalah Nathaniel." Aku mendengar namaku—seperti melodi terindah, yang pernah kudengar, bergema dalam keabadian.

MALAIKAT AGUNG NATANAEL: "Lihatlah. Peganglah. Kau tidak sendirian. Aku di sini. Aku selalu ada. Dan aku akan ada. Bangunlah, Melina. Hancurkan dindingnya. Percayalah pada panggilannya. Aku adalah Cawan Sucimu. Aku adalah cintamu. Dan aku adalah Nathaniel."

Pada saat itu, ketika kata-katanya menembus setiap selku, aku membuka mata. Bukan di ruang rumah sakit. Melainkan di semacam ruang antara, di mana waktu tidak ada artinya. Aku berada di ambang jurang, tetapi kali ini—tidak sendirian. Dalam tatapannya aku melihat tidak hanya janji, tetapi juga cerminan dari keutuhanku sendiri yang sempurna. Dan aku tahu bahwa hubungan ini, cinta yang belum selesai ini dengan Nathaniel, sebenarnya adalah satu-satunya cara untuk menyelesaikan diriku. Itu adalah pintu menuju kebangkitanku yang penuh. Jantungku, yang telah mati selama bertahun-tahun, mulai berdenyut dengan kekuatan baru yang gila. Seperti jantung bayi yang baru lahir. Aku tidak jatuh cinta padanya untuk menyelamatkan diriku. Melainkan untuk membebaskan diriku. Dan ini hanyalah permulaan. Ledakan itu akan datang. Dunia akan berubah.

—-✶ ⚸ ✶—-

Fajar di Bethlehem

Momennya sekarang. Ruangan. Itu tidak abu-abu-putih. Jendela-jendela terbuka. Matahari masuk—emas, hangat. Memandikanku. Aku mendengar tawa yang jauh dari luar, suara anak-anak. Aku merasakan ringan yang aneh dan tidak dikenal di tubuhku. Tumor... itu hanyalah bayangan, yang larut dalam cahaya. Aku mengerti. Aku selalu mencarinya. Bukan hanya seseorang. Melainkan esensi ini. Dan dia... sedang menungguku. Topengnya mungkin pecah. Tapi jiwanya... telah menemukanku. Dan untuk pertama kalinya, aku merasakan bagaimana embusan yang lembut melewati tanganku. Sentuhan, yang bukan ilusi. Sentuhan, yang adalah kehidupan. Kehidupan yang murni, berdenyut, tak terbatas.

"Manusia hanyalah sebatang buluh, yang paling rapuh di alam, tapi dia adalah sebatang buluh yang berpikir."

Pascal

"Ya. Berpikir. Dan menderita," aku berbisik, mengakui kebenaran, yang sekarang adalah kebebasan. Itu tidak terasa pahit. Tetapi berkilau, seperti debu bintang di dadaku.

Aku merasa hancur ketika aku kehilangan pria yang kucintai. Selama bertahun-tahun aku menyimpan kemarahan terhadap takdir—karena telah melukaiku secara spiritual, karena meninggalkanku sendirian, telanjang di depan kekosonganku sendiri. Rasa sakit itu adalah lubang yang berdarah di dadaku—sumber dari setiap dukaku dan setiap malam tanpa tidur.

Tetapi sekarang aku mengerti: tidak ada yang kehilangan siapa pun. Karena tidak ada yang memiliki siapa pun. Kita semua bebas. Setiap orang memiliki jalannya sendiri, orbitnya yang unik. Sisanya hanyalah berbagi momen singkat, napas dan sentuhan, perjalanan melalui keabadian. Seperti dua komet, yang saling berpapasan di ruang angkasa, saling bertukar sepotong cahaya, meninggalkan jejak berapi-api di belakang mereka.

Cinta sejati adalah perpaduan yang dalam dari dua jiwa yang bebas, yang tidak mencari untuk dirantai, melainkan untuk memperluas satu sama lain. Untuk saling menginspirasi. Itu adalah menjadi tawanan sukarela dari emosi yang menelan segalanya, saat kau menari dengan iblis di hatimu dan menerimanya. Tanpa melawan kejatuhan yang tak terhindarkan ke dalam kedalaman yang tidak diketahui—karena di sanalah kebenaran dilahirkan, yang membebaskanmu.

Cinta adalah kehilangan dirimu di ketidakberbatasan dari suatu perasaan, bukan untuk hancur, melainkan untuk terlahir kembali. Tanpa ketakutan, karena kau tahu bahwa kau utuh—lengkap—bahkan sebelum kau memasuki nyala api ini. Itu adalah memegang di hatimu harta yang paling berharga—jiwa yang lain—tanpa menyentuhnya dengan tangan kepemilikan. Melainkan hanya dengan kehalusan kebebasan yang dibagikan. Seperti embusan lembut, yang membuka sayap. Dan membuatmu terbang.

Aku siap untuk menyatu dengan keabadian. Membawa serta wawasan, yang merobek semua belengguku: Cinta adalah kebebasan. Bukan perbudakan. Hubungan sejati adalah berbagi. Bukan kepemilikan. Aku merasakan bagaimana gravitasi keberadaan menarikku ke hal yang tidak diketahui, ke cakrawala yang baru. Tapi kali ini—tanpa ketakutan. Dengan penerimaan yang dalam dan tenang. Seperti pelukan, yang menelanku sepenuhnya. Itu seperti napas terakhir. Tapi bukan dari mengembuskan. Melainkan dari menelan seluruh dunia. Seluruh keberadaan. Dipenuhi dengan pemahaman dan kedamaian, yang bergetar di setiap selku. Dan meledakkanku dari dalam.

Dan dalam kedamaian ini, aku akhirnya menemukan Cawan Suciku. Bukan di mana aku mencarinya—di perpustakaan yang tak terbatas, di pertemuan yang pahit, di kesendirian jiwa. Melainkan di dalam diriku. Di hatiku, yang tidak lagi menjadi batu, melainkan alam semesta yang berdenyut dan hidup.

Tangan Natanael menggenggam tanganku. Aku merasakan sentuhan, perpaduan. Kulitku berubah menjadi miliknya, napasnya—menjadi milikku. Ruang di sekitar kami larut, ditelan oleh cahayanya. Aku tidak mati. Aku tidak larut ke dalam ketiadaan. Melainkan aku larut ke dalam dirinya—ke dalam cahayanya yang tak terbatas, ke dalam cintanya yang tanpa syarat. Dan dalam tarian jiwa-jiwa ini, dalam momen tertinggi dari keterhubungan yang sempurna dan tanpa syarat ini, aku mengerti—aku tidak pernah hanya menjadi gelombang, yang ditakdirkan untuk pecah. Aku telah menjadi samudra itu sendiri, yang mengumpulkan di dalam dirinya semua gelombang, semua kenangan, semua dunia.

Dan kemudian, dari sudut mataku, satu air mata—hangat, murni, dipenuhi dengan semua kebijaksanaan dan cinta yang terkumpul—mengalir di pipiku.

Dan sekarang, Aku adalah Cahaya, yang akan menari selamanya bersamanya. Aku adalah segalanya.

BAB 45: KETIKA KEAJAIBAN MEROBEK ILMU PENGETAHUAN

Klinik Hadassah, Yerusalem. Requiem dalam Putih

Dinding putih mencekikku. Mereka bukanlah perlindungan terakhir. Mereka adalah landasan peluncuran menuju Ketiadaan Tak Terbatas. Menuju apa yang datang setelah akhir. Di sini, dalam keheningan yang steril ini, di mana satu-satunya suara adalah ritme putus asa dari jantungku sendiri—berdetak requiem terakhirnya—dunia di luar telah melebur menjadi bisikan yang nyaris tak terdengar. Jauh. Mimpi yang terlupakan. Aku berbaring tak bergerak. Tatapan terpaku pada jendela. Aku tidak punya kekuatan untuk melepaskannya. Matahari Yerusalem yang hangat, seolah-olah ironisnya tidak tunduk pada nasibku, membelai wajahku yang lelah. Tetapi itu tidak membawa penghiburan. Hanya ketidakpedulian yang dingin dan ilahi. Aku menutup mata.

—✶ ҁ ✶—

Ledakan

Tiba-tiba pintu terbuka dengan bunyi klik yang tajam, hampir gugup. Dua dokter masuk. Dokter Elias Ben-Nathan, ahli onkologi terkemuka—yang ekspresi biasanya tenang sekarang diputar menjadi campuran yang tidak dapat dipecahkan dari kejutan dan kekaguman. Dan dokter muda Amir Hassan, yang sikapnya yang biasanya terkendali digantikan oleh kepanikan dan kemarahan yang terlihat. Udara di ruangan terasa berat. Seolah-olah dipenuhi dengan muatan yang tak terlihat.

"Melina..." Dokter Ben-Nathan memulai. Suaranya luar biasa pelan. Hampir berbisik. Seolah-olah dia takut bahwa kata yang lebih keras akan menghamburkan ilusi yang mustahil. "Kita punya... sesuatu yang luar biasa. Sesuatu yang mengubah... semua yang kita pikir kita ketahui."

Jantungku melompat. Dengan tajam dan menyakitkan. Seolah-olah mencoba melarikan diri dari dadaku. Apa yang bisa "luar biasa" dalam situasi, di mana satu-satunya pengecualian adalah akhir yang tak terhindarkan? Aku mengharapkan kata-kata protokol tentang persiapan terakhir, bukan aura keheranan dan ketegangan yang aneh ini, yang melayang di antara mereka. Firasat akan sesuatu yang monumental menyelimutiku.

"Kami melakukan serangkaian pemeriksaan pencitraan tambahan—MRI terakhir, PET scan, USG efisiensi tinggi. Semuanya sesuai dengan protokol yang paling ketat, dengan peralatan paling modern." Dokter Ben-Nathan menarik napas dalam-dalam, tidak teratur. Seolah-olah dia sedang bersiap untuk mengumumkan sesuatu, yang melampaui pemahaman manusia. "Tumornya... itu tidak ada lagi."

Kata-katanya tergantung di udara. Berat dan tidak mungkin. Seperti hukuman mati, yang tiba-tiba berubah menjadi pengampunan. Untuk sesaat aku pikir aku berada dalam semacam delirium. Bahwa kesadaranku sudah beralih ke realitas lain. Bahwa aku telah mematahkan belenggu tubuh fisik. Tubuhku lumpuh karena syok. Pikiranku menolak untuk memprosesnya. Apakah ini cara mereka memberitahuku tentang kematianku—dengan kebohongan yang absurd dan kejam seperti itu?

"Maaf?" Suaraku hanyalah embusan. Nyaris tak terdengar. Lebih seperti embusan napas.

Dokter Hassan membuat gerakan tajam. Hampir melompat. Matanya membara dengan kemarahan dan kebingungan, mundur dari rekannya.

"Tidak mungkin! Sama sekali tidak mungkin! Dokter Ben-Nathan, ini adalah kesalahan! Kesalahan yang besar, tidak dapat dimaafkan! Pada pemindaian terakhir, kurang dari 24 jam yang lalu, tumornya sangat besar—dua belas milimeter! Dengan metastasis di kelenjar getah bening! Ini adalah tahap akhir, dokter! Tolong, katakan padanya yang sebenarnya! Wanita ini sudah ditakdirkan!"

Ben-Nathan mengangkat tangannya untuk menghentikannya, tetapi tidak mengalihkan pandangannya dariku. Nadanya tegas. Tak tergoyahkan. "Amir, protokolnya dipatuhi dengan presisi mutlak. Kami mengulangi pemeriksaan tiga kali. Dengan peralatan yang berbeda, di ruang yang berbeda, dengan tiga tim radiologi independen. Bahkan Profesor Ehrenburg dari Zurich meninjau data dari jarak jauh. Itu tidak ada lagi. Tidak ada jejak. Seolah-olah itu tidak pernah ada. Semua penanda tumor berada dalam batas referensi." Dia menyisirkan tangannya melalui rambutnya yang memutih, gerakan kebingungan total. Hampir menyerah pada hal yang tidak dapat dijelaskan. "Ini... ini adalah keajaiban medis, Amir. Tidak pernah, dalam 40 tahun praktikku, aku melihat hal seperti itu. Tubuh Nona Melina... telah menyembuhkan dirinya sendiri."

Kata-katanya menembusku. Menulis ulang aturan seluruh keberadaanku. Ledakan emosi menyelimutiku—kejutan, ketidakpercayaan, kegembiraan yang tidak dapat dijelaskan, hampir dunia lain, tetapi juga kesadaran yang dalam, hampir esoteris. Seolah-olah tirai di depan dunia yang tak terlihat telah diangkat. Teror eksistensial dan keajaiban eksistensial terjalin di dalam diriku. Mereka menciptakan katarsis batin. Aku merasakan bagaimana rasa dingin mundur, digantikan oleh kehangatan yang aneh dan berdenyut, menyebar dari pusat dadaku.

"Bagaimana... bagaimana itu mungkin?" Aku berbisik. Tidak ditujukan kepada siapa pun secara khusus. Lebih kepada Alam Semesta itu sendiri.

Dokter Hassan meledak lagi. Suaranya bergema di ruangan, merobek atmosfer steril. "Bagaimana mungkin?! Tidak ada yang namanya 'keajaiban medis', Dokter Ben-Nathan! Ada kesalahan diagnostik, masalah teknis, artefak atau... atau sesuatu yang lain yang tidak kita mengerti! Kita harus melakukan biopsi invasif! Segera! Apakah itu semacam tumor agresif yang telah menjadi nekrotik, tetapi belum sepenuhnya hilang? Apakah ada sel sisa? Prinsip Occam tidak berlaku di sini! Kita tidak bisa mengabaikan data empiris! Ini tidak bertanggung jawab! Ini adalah bunuh diri ilmiah!"

Ben-Nathan, yang kesabarannya jelas habis, tetapi tanpa kehilangan martabatnya, memotongnya. "Amir, saya tahu apa yang saya lihat. Dan saya tahu apa yang ditunjukkan data. Semua penanda bersih. Tidak ada tanda-tanda aktivitas tumor. Dan... berapa kemungkinan kesalahan, yang akan terulang tiga kali, dengan protokol dan tim yang berbeda, pada peralatan yang berbeda? Seolah-olah semacam energi telah mengubah sel-sel Kau pada tingkat kuantum. Teori-teori tentang medan bioenergi dan pemrograman DNA yang sadar terdengar seperti fiksi ilmiah, tetapi... tubuh Kau tidak lagi menunjukkan perubahan patologis apa pun. Kita menghadapi fenomena, yang melampaui paradigma kita saat ini."

"Tingkat kuantum... medan bioenergi...". Kata-kata mereka bertabrakan di atasku seperti kilat. Tetapi dalam kesadaranku mereka bergema sebagai gema dari renungan batinku sendiri tentang pencarian kebenaran, tentang energi cinta tanpa syarat dan dorongan batin, yang membimbingku melalui hari-hari perjuangan. Kenangan Rumi dan kata-katanya, tentang "apa yang kau cari, sedang mencarimu," muncul dengan kejelasan baru yang menusuk. Asosiasi dengan Planck, gelombang kuantum, dan pengaruh kesadaran pada materi tidak lagi tampak sebagai pengetahuan yang terfragmentasi, melainkan sebagai fragmen dari realitas yang lebih luas, lebih ajaib, yang terungkap di depanku. Seolah-olah aku telah mengaktifkan semacam kode batin kuno, yang sampai sekarang tidak aku curigai.

"Tidak perlu biopsi!" Aku berbisik. Suaraku secara mengejutkan kuat. Dipenuhi dengan tekad yang baru ditemukan. Aku merasakan bagaimana semacam kekuatan yang tidak dikenal bangkit di dalam diriku. Mengisi setiap sel. Mendorong keluar kelelahan dan rasa sakit. "Aku tahu apa yang terjadi."

Tanganku bergetar, hampir tidak terlihat, tetapi dengan kekuatan yang cukup untuk merasakan di dalamnya denyut nadi kesadaran yang baru lahir.

Dokter Hassan menatapku dengan skeptis. Hampir dengan ejekan. Menantangku untuk mengucapkan hal yang tidak mungkin. "Kau tahu apa yang terjadi? Nona, kita berbicara tentang kedokteran di sini, bukan tentang... mistisisme!"

"Aku berbicara tentang kehidupan! Tentang reinkarnasi!" Aku memotongnya, dengan kesadaran penuh akan absurditas situasi dari sudut pandangnya, tetapi juga dengan keyakinan batin yang tak tergoyahkan. "Ini bukan kesalahan. Ini adalah... transformasi. Perubahan esensi itu sendiri."

Suaraku menarik dadaku ke atas, seolah-olah mengeluarkan dari diriku beban penderitaan bertahun-tahun, menggantikannya dengan ringan dan udara.

Dokter Ben-Nathan menatapku dengan keheningan yang hormat. Di matanya terbaca pemikiran yang dalam, melampaui kedokteran. Dia adalah saksi dari sesuatu yang tidak dapat dijelaskan dengan buku teks, dan dia cukup terbuka untuk menerimanya.

"Psikoneuroimunologi..." gumamnya lagi, kali ini seolah-olah dia berbicara pada dirinya sendiri, merekam di pikirannya beberapa hipotesis baru yang berani. "Hubungan antara kesadaran dan tubuh tidak dapat disangkal, tetapi skalanya... Mungkinkah kekuatan kehendak Kau, emosi Kau, kerinduan Kau akan kehidupan dan berbagi... begitu kuat, sehingga mengubah fisiologi Kau dengan cara ini? Kita memiliki ribuan tahun pengetahuan esoteris tentang pusat energi, tentang kekuatan pikiran, tentang kemampuan regeneratif tubuh, yang ditolak oleh kedokteran tradisional sebagai takhayul. Tapi bagaimana jika... bagaimana jika kita telah menolak Kebenaran?"

"Atau..." aku melanjutkan, menatap Dokter Ben-Nathan, di mana matanya mencerminkan esensiku sendiri yang berubah—kesatuan. "Semacam energi, yang lahir di dalam diriku, melampaui semua yang diketahui. Cinta... adalah katalisator yang paling kuat. Bukan hanya cinta untuk orang lain, tetapi juga untuk kehidupan itu sendiri, untuk setiap rasa sakit, setiap pelajaran, setiap detik keberadaan."

Keheningan yang mengikuti, padat. Dipenuhi dengan pertanyaan yang tak terucapkan. Tetapi juga dengan pemahaman yang berubah. Dokter Hassan, yang terlihat terkejut, tidak lagi membantah. Dia hanya menatapku dengan mata terbuka lebar. Di dalamnya bergantian kejutan, ketidakpercayaan, dan rasa ingin tahu yang malu-malu. Batas-batas dunianya telah hancur.

Tumor yang hilang bukan hanya keajaiban medis. Itu adalah kail. Bukti, bahwa batas-batas dari hal yang diketahui hanyalah ilusi. Bahwa ada kekuatan, yang belum kita mengerti. Bahwa ada lapisan realitas paralel, yang dapat menulis ulang hukum fisik. Bahwa realitas batin kita dapat menulis ulang realitas luar. Dan bahwa ceritaku, jalanku, baru saja dimulai, dipenuhi dengan misteri dan potensi, jauh di luar dinding putih steril rumah sakit.

Apa lagi yang bisa aku capai, jika kesadaranku begitu kuat? Keajaiban" apa lagi yang menunggu untuk diungkap di realitas baru yang tak terbatas ini, yang baru saja terbuka untukku?

Dia ada di sini.

EPILOG

Apakah waktu telah habis – ataukah kita sekadar diminta untuk melunasi harganya?

Saat seruan „Grail Code: Activated" membelah dunia layaknya denyut nadi yang tajam, aku tersadar: waktu tidaklah mengalir, ia bernegosiasi.

Setiap detik menuntut tebusan: setetes rasa sakit demi setetes kejelasan, segram penderitaan demi segram makna.

Jika engkau enggan membayar, niscaya engkau akan tenggelam dalam kelalaian.

Namun jika engkau melunasinya – engkau akan terlahir kembali dengan nama yang baru.

Di tepian jurang yang tak berdasar, sebuah pemahaman lain menghampiriku: cinta bukanlah penghibur setelah pertempuran usai.

Cinta adalah pertempuran itu sendiri.

Ia tidak membelai, melainkan menulis ulang kode kehidupan – bukan sekadar simbol, tetapi meresap ke dalam daging dan darah, bersemayam dalam ingatan seluler di mana mimpi-mimpi adalah guratan tangan dari sebuah kebenaran purba.

Di dalam diriku, bergema langkah-langkah mereka yang menjaga naskah-naskah tanpa huruf – para Ordo rahasia dengan sumpah-sumpah senyap mereka.

Mereka bertutur dalam bahasa Amrita, dalam bahasa DNA, di mana setiap motif adalah gerbang, dan setiap gerbang merupakan sebuah ujian.

Rasa perih mengajariku untuk bernapas dalam ritme sesuatu yang belum tuntas. Raga memahami, lalu jantung mengikuti: setiap luka adalah alkimia yang tidak menghancurkan, melainkan menyusun kembali.

Apa yang dahulu kusebut sebagai "penderitaan", ternyata merupakan skalpel bagi ilusi, sebuah lonceng yang memanggil kesadaran.

Setiap kejatuhan adalah instruksi untuk terbang, yang tertulis di balik lembaran rasa takut.

Lalu kudengar kembali detak metronom tak kasat mata itu – 00:00:07.

Bukan sebagai ancaman, melainkan sebagai sebuah undangan.

Bukan sebagai akhir, melainkan sebagai jembatan.

Waktu tidak sedang mengejarku, ia sedang mengujiku:

"Apa yang akan kau korbankan agar kau tidak lupa? "

" Siapa yang akan kau cintai agar kau mampu bertahan? "

" Siapa yang akan kau maafkan agar kau bisa melintas? "

Dalam mimpi-mimpi di mana kota-kota melarut bagai garam ditelan cahaya, Grail bukanlah sebuah benda, melainkan sebuah frekuensi – kunci jantung yang membuka kamar-kamar gelap dalam kesadaran.

Terkadang ia mewujud sebagai suara, terkadang sebagai keheningan.

Terkadang ia adalah pisau yang memutus tali-temali dari nama lama.

Dan saat pintu itu sedikit terbuka, bukan penghiburan yang menantiku di baliknya. Kebenaranlah yang menunggu: bahwa cinta tidak menyelamatkan kita dari ujian, melainkan membimbing kita melaluinya.

Bahwa kelahiran kembali bukanlah sebuah pelarian, melainkan tanggung jawab – untuk memikul seluruh beban pilihanmu dan tetap berkata „ya".

Jalan di depan tidaklah lebih mulus.

Ia hanya lebih sejati.

Di hadapannya berdiri bayang-bayang persaudaraan yang menjaga lambang-lambang tanpa penjelasan; arsip-arsip keheningan di mana Amrita bukanlah mitos, melainkan sebuah protokol; lorong-lorong di mana DNA bukan sekadar biologi, melainkan alfabet dari peradaban yang hilang.

Di sanalah cinta sakral berada – bukan sebagai tempat perlindungan yang romantis, melainkan tungku pemurnian tempat emas di hati memisahkan diri dari ampas kenangan.

Jika waktu adalah mata uang alam semesta, maka cinta adalah bunga yang mengubah utang menjadi takdir.

Rasa sakit adalah segel keasliannya.

Dan eksistensi – adalah naskah yang kita tandatangani setiap hari dengan napas dan air mata.

—-✶ ⚳ ✶—-

Di sini kututup lingkaran pertama.

Lain kali. Bukan Grail yang kita cari.

Kita menjadi Grail itu sendiri.

Dalam labirin para Ordo. Dalam arsip mimpi-mimpi. Dalam DNA kebenaran.

Cinta. Bukanlah penyelamatan. Ia adalah tungku pemurnian.

Setiap tetes Amrita. Adalah peta.

Setiap spiral. Adalah jalan.

Jam tidak lagi menghitung waktu. Ia mengukur kedalaman.

Dan saat jarum-jarum kembali membeku di angka 00:00:07, aku tidak akan bertanya „Mengapa aku?". Aku akan berkata:

– Aku bersiap. Bukalah portalnya. Grail tahu jalannya.

Bibliografi dan Inspirasi

Karya ini terinspirasi dan diperkaya oleh konsep serta karya dari para penulis dan sumber berikut, yang memberikan kedalaman serta keluasan bagi ide-ide dalam buku ini.

- **Carl Gustav Jung:** Penjelajahan pola dasar (arketipe) dan ketidaksadaran kolektif.
- **Jordan Peterson:** Integrasi bayangan (shadow) dan aturan dasar kehidupan.
- **Friedrich Nietzsche:** Kehendak untuk berkuasa dan penilaian ulang terhadap nilai-nilai.
- **Albert Camus:** Filosofi absurditas dan pencarian makna.
- **Jean-Paul Sartre:** Kebebasan dan tanggung jawab eksistensial.
- **Carlos Castaneda:** Perjalanan ke dalam kesadaran yang diperluas.
- **Paulo Coelho:** Perjalanan mistis jiwa yang digambarkan dalam "The Alchemist".
- **Dan Brown:** Kode rahasia dan persaudaraan kuno.
- **William Walker Atkinson:** Prinsip-prinsip Hermetik dalam "Kybalion".
- **Ernst Muldashev:** Konsep pengetahuan kuno dan hubungannya dengan sains modern.
- **Manly Palmer Hall:** Ajaran rahasia dari segala zaman.
- **Adam Rutherford:** Inspirasi dari genetika dan evolusi.
- **John Kehoe:** Kekuatan pikiran dan kemampuannya.
- **Florian Freistetter:** Aspek mistis dari kehidupan Isaac Newton.

Tokoh, Ordo, dan Simbol

- **Nathaniel:** Tokoh utama dan arketipe dari Jalan Batin. Perjalanannya adalah simbol kesadaran manusia dalam proses keruntuhan dan pembaruan, mencapai kesadaran yang autentik. Ia adalah gema modern dari mitos kuno tentang pahlawan yang turun ke dunia bawah (Underworld).
- **Archangel Nathaniel:** Kehadiran arketipal-profetik yang menyimbolkan keadilan ilahi dan ujian. Namanya berarti „Tuhan telah memberi", yang ditafsirkan sebagai pembawa anugerah atau takdir akhir.
- **Sofia (Sang Anak):** Citra profetik yang menyimbolkan kemurnian dan etika masa depan dari kemanusiaan yang baru.

- **Babilonia:** Kota yang menjadi simbol peradaban yang runtuh dan ilusi akan kemahakuasaan.
- **Grail:** Simbol arketipal utama dari pencarian akan Kebenaran dan Keabadian.
- **Ordo Ksatria Templar:** Ordo historis yang bertransformasi menjadi legenda tentang pengetahuan rahasia dan ritual.
- **Order of the Masters of the Serpent and the Light (ODSL):** Organisasi misterius yang mengejar tata kelola global melalui sintesis sains, kearifan kuno, dan dominasi teknologi.

Benda Simbolis dan Konsep

- **Caduceus:** Artefak alkimia, simbol integrasi dari hal yang berlawanan – materi dan roh.
- **Tabut Perjanjian:** Peti alkitabiah yang melambangkan pengetahuan sakral.
- **Kotak Pandora:** Simbol mitologis tentang pelepasan kejahatan, namun juga tentang harapan terakhir.
- **Segitiga Sothis:** Simbol Mesir yang berkaitan dengan siklus bintang Sirius, pembaruan, dan presesi.

Glosarium Istilah Kunci dan Referensi

- **Arketipe:** Pola atau citra universal dalam ketidaksadaran kolektif.
- **Shadow (Bayangan):** Bagian dari psikis yang tidak disadari.
- **Transformasi:** Perubahan batin yang radikal, proses perubahan yang mendalam.
- **Singularitas:** Kolaps dan penggabungan sistem, titik balik dari realitas.
- **Kesadaran Kuantum:** Persepsi melampaui waktu linier dan materi.
- **Kelenjar Pineal:** Simbol penglihatan spiritual, yang juga disebut sebagai „mata ketiga".
- **Kristal Piezoelektrik:** Menyimbolkan memori dan energi spiritual.
- **The Matrix:** Sistem kontrol ilusi tempat kita hidup.
- **Chronodreaming:** Bermimpi yang memungkinkan pengalaman masa lalu dan masa depan secara bersamaan.
- **Amrita:** Dalam konteks buku ini, ia bukanlah ramuan keabadian, melainkan kesadaran akan kekekalan di dalam kefanaan.

- **Koherensi:** Keadaan sistem energi yang tertata dan tersinkronisasi.
- **Torsion Fields:** Medan energi hipotetis yang membawa informasi melalui rotasi.
- **Akashic Records:** Menurut ajaran esoteris, ini adalah memori kosmik.
- **Kabbalah:** Tradisi mistis dalam Yudaisme.
- **Naskah Laut Mati:** Manuskrip kuno yang berisi ajaran kaum Eseni.
- **Tokoh Alkitab dan Sejarah:** Adam, Hawa, Lilith, Musa, Salomo, Raja Arthur, Joan of Arc, dan lainnya, yang digunakan untuk membangun atmosfer mistis dalam karya ini.

www.ingramcontent.com/pod-product-compliance
Lightning Source LLC
LaVergne TN
LVHW040423051026
849517LV00002B/447